白蠟仮面

横溝正史少年小説コレクション 5

Byakuro Kamen
Yokomizo Seishi

横溝正史

日下三蔵【編】

柏書房

目次

横溝正史少年小説コレクション5

白蠟仮面

挿画

『白蠟仮面』　深尾徹哉
『蠟面博士』「動かぬ時計」　岩田浩昌
「バラの呪い」「真夜中の口笛」　梁川剛一
『風船魔人』
『黄金魔人』「廃屋の少女」　伊勢田邦彦
「バラの怪盗」　北田卓史

白《びゃく》蠟《ろう》仮《か》面《めん》

せむしと棺桶

　それは東京の桜ものこりなく散ってしまって、青葉若葉のかげがしだいに濃くなっていく、五月なかばの、みょうにむしむしする夕方のことでした。

　お堀ばたの柳をかすめて、警視庁のまえからまっしぐらに、数寄屋橋《すきやばし》のほうへ走っていく、一台のトラックがありました。

　べつにこれといってかわったところもない、ふつうのトラックですが、運転台に運転手とならんで、まえかがみにすわっている男の、黒いちりよけめがねに、顔じゅうかくれてしまいそうなマスクというすがたが、なんとなく気にかかります。

　それにもうひとつ気になるのは、トラックにつんだ長方形の箱ですが、その大きさといい、かたちといい、棺桶《かんおけ》にそっくりでした。

　それは何百万という人が住んでいる、東京都のことですから、棺桶のひとつやふたつ、べつにめずらしいことではないかも知れませんが、しかし、そのトラックにつんである棺桶こそ、あとから思えば、あの、世にも奇妙な白蠟仮面《びゃくろうかめん》事件の、ほったんとなったのです。

　さて、トラックはいましも、数寄屋橋のたもとから、きゅうに左の横町《よこちょう》へはいっていきましたが、諸君もごぞんじのとおり、そこは東京でも有名な新聞街で、一流の新聞社がずらりとならんでいます。

　その新聞社のひとつ、新日報社《しんにっぽうしゃ》の横町から、いましも一台の郵便車がとび出してきましたが、その郵便車がさっきのトラックの横《よこ》っ腹《ぱら》へ、ドシンとぶつかったからたまりません。

「やいやい、気をつけろ。このばかやろう」

「なにを！　てめえのほうからぶっつけて来やがって！」

　というわけで、いまにもけんかがおこりそうでしたから、たちまち、あたりは黒山《くろやま》のような人だかり。

　しかし、さいわい、どっちの自動車にも故障はなかったので、いいあいをしただけで、まず、郵便車のほうからさきに、砂けむりをあげていってしまいました。

　しかし、トラックのほうはまだ動きません。

　それというのが、いまのしょうとつのあおりをくらって、台のうえにのっけてあった白木《しらき》の箱が、台からころげおちて、すこし箱がこわれたからです。

　ところが、トラックをとりまいているひとびとが、なにげなく、ひょいとその棺桶をみると、なんと、箱のこわれ目から、ニューッと、まっしろな男の足がのぞいているではありませんか。

　ああ、そうするとあの箱は、やっぱりほんものの棺桶で、なかには男のひとの死体がはいっているのでしょうか。

　しかし、お葬《とむら》いの車でもないトラックが、死体のはいった棺桶をはこぶというのは、ちょっとおかしい。死体を移動するということは、警察がとてもやかましくいうはずです。

　それはさておき、郵便車がいってしまうと、トラックからのろのろとおりてきたのは、運転手とならんですわった、あの黒めがねに、大きなマスクをかけた男です。

　さっきから、どうもからだつきがおかしいと思っていたら、なんと、その男はせむしではありませんか。

　トラックを取りまいたひとびとが、あっけにとられて見ていると、せむしの男は類人猿《るいじんえん》のようなかっこうで、のろのろと、トラックの車体にのぼりました。そして、腰から金《かな》づちをとり出すと、メリメリと棺桶のふたをこじあけたのです。

　そのひょうしに、トラックを取りまいていたひとびとがいっせいにのぞきこむと、なんと、箱のなかにあおむけに寝ているのは、まっしろな男の裸体《らたい》像、つまり石膏《せっこう》像ではありませんか。

「なあんだ、つまらぬえ。人形か……」

　トラックをとりまいていたひとりが、がっかりしたようにつぶやきました。

「あっはっは、いっぱいくったよ。しかし、考えてみると、この新聞街のまんなかを、死体をのっけた自動車が、走りまわるはずはないからな」

トラックを取りまいていたひとびとは、ひとり去り、ふたり去り、やがて、ほとんどいってしまいました。

そのあとで、せむしの男はゆうゆうと、棺桶のような箱のつくろいをすると、やがてまた運転台へのりかえて、トラックはすぐに、砂けむりをあげて走り去ってしまいました。

事件は、ただそれだけのことでした。

だから、そのときトラックを取りかこんでいたひとびとのなかには、ずいぶん腕ききの新聞記者もまじっていたのですが、これでは記事にもならないやと、なにげなく見のがしてしまったのもむりはありません。

しかし、あとから思えば、事件はただそれだけのことではなかったのです。その棺桶のなかに大きな秘密があって、それを見のがした新聞記者は、とんでもない大事件のいとぐちを、つかみそこなったのでした。

トラックを取りまいていたひとびとのなかに、自転車にのったひとりの少年がまじっていました。その少年は、なまえを御子柴進《みこしばすすむ》といって、この春新制中学を出て、新日報社へはいったばかりですが、うまれつき探偵小説がすきで、新聞社でもひまさえあれば、探偵小説ばかり読んでいるので、探偵小僧というあだ名があります。

その探偵小僧の御子柴くんは、トラックと郵便車が、しょうとつするところから見ていたのですが、なんのこともなく、トラックもいってしまったので、じぶんも、新聞社へかえろうとして、ふと足もとを見ると、なにやら、きらきら光る小さなものが、おちているのが目につきました。

御子柴くんはなにげなく、それを拾いあげてみて、思わずはっとしました。

それはふつうのガラス玉ではなく、ダイアモンドのようでした。むろん、子供の御子柴くんには、それがほんものかにせものか、わかるはずはありませんが、それについて御子柴くんには、思いあたることがあるのでした。

さっき、トラックと郵便車がしょうとつをして、

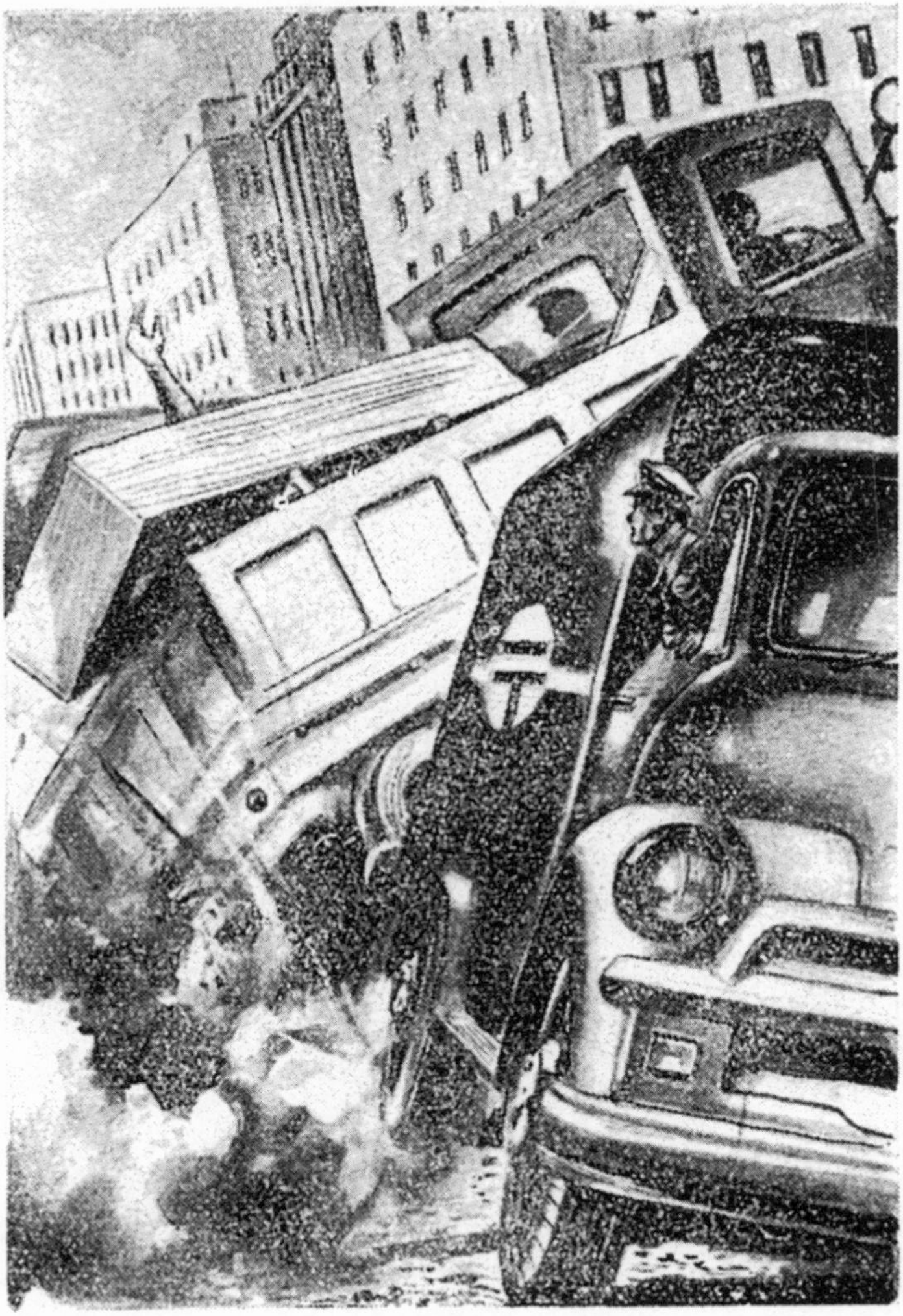

あの棺桶ががらがらと、台のうえからころげ落ちたときでした。

「あぶない！」

と、そばを通りかかった御子柴くんが、いそいで自転車をとめたせつな、どこから飛んできたのか、カチッと自転車のハンドルにあたって、下へ落ちたものがありました。

御子柴くんは、しかしそのときは、しょうとつのほうに気をとられていたので、すぐそのことを忘れてしまいましたが、いまから考えると、あのときハンドルにあたったのは、このダイアモンドではなかったか。

しかし、それでは、このダイアは、いったいどこから飛んできたのか……。

御子柴くんはすぐに、あの棺桶のような箱のさけ目を思い出しました。あの箱が台のうえからころげ落ちて、メリメリとさけたひょうしに、ダイアが中から飛び出したのではあるまいか。

新聞社の給仕《きゅうじ》をしている御子柴くんは、ちかごろさかんに、ダイアの密輸がおこなわれていることを聞いております。それからまた、それらのダイアが、いろんなものの中にかくされて、運ばれるのだということも知っていました。

ひょっとすると、いまの棺桶のなかには、石膏像のほかに、ダイアがたくさん、かくしてあったのではあるまいか……。

御子柴くんはとっさに、トラックの走り去った方角をふりかえりました。するとさいわい、そのトラックがいましも、丸ビルのほうへまがっていくうしろすがたが見えました。

新聞記者は決断がはやくないとつとまりません。しょうらい、新聞記者になって、奇怪な事件にぶつかりたいと思っている御子柴くんは、とっさに決心すると、ダイアをポケットにねじこんで、自転車にとびのり、いちもくさんにトラックのあとを追跡しました。

トラックは丸ビルの角《かど》をまがって、お堀《ほり》ばたへ出ると、それから半時間あまり、町から町へと走りつづけましたが、そのコースというのがふしぎです。行先をくらますために、わざとまわり道をしているとしか思えません。

御子柴くんの心臓は、いよいよはげしくおどります。

　ダイア密輪の張本人《ちょうほんにん》を、つかまえたときのすばらしさを想像しました。

　しかし、御子柴くんの空想はまちがっていました。それはダイア密輪とは、なんのかんけいもなかったのです。いやいや、それより、もっともっとすばらしい、奇怪な事件だったのです。

　それはさておき、半時間あまりも東京中をぐるぐる走りまわったトラックが、やがてぴったり横づけになったのは、麻布《あざぶ》にある、さびしいお屋敷のまえでした。

　もうそのときには、日もとっぷりと暮れはてて、あたりはうす暗くなっています。

　トラックがとまると、運転手と例のせむしがおりて来て、トラックから棺桶のような箱をおろそうとします。

　御子柴くんはちょっと思案《しあん》をしましたが、かまわずに自転車を走らせていきました。そして、ちょうどトラックのそばを、通りすぎようとしたときでした。

　どういうはずみか、せむしがつまずいたからたまりません。棺桶がトラックのうえから、ドシンところげ落ちたのでしたが、そのとたん、

「いたい！」

　という、小さなさけび声が棺桶の中からきこえたのです。

動く石膏像

　御子柴くんはガクンと心臓がおどりました。思わずペダルを踏みそこないそうになりました。

　しかし、そこで立ちどまっては怪しまれます。御子柴くんは口笛を吹きながら、なにもきこえぬふりをして、そのままそこを通りすぎると、横町《よこちょう》へまがって、そこで自転車をとめました。そして、そっとのぞいてみると、もうせむしも運転手も、すがたが見えません。たぶん、あのきみのわるい棺桶を、お屋敷のなかへ運びこんだのでしょう。

　ちょうどそこへ、近所の酒屋の小僧さんらしいのが通りかかったので、御子柴くんがあのお屋敷のことをたずねると、

「ああ、あのお屋敷ならあき家《や》だよ」

と、小僧さんがこたえました。

「あき家？……。だって、トラックがとまってるじゃないか」

「うん、だから、だれか引っ越してくるのかも知れない。あしたあたりご用聞きにいってみようっと」

小僧さんは、口笛を吹きながらいってしまいましたが、御子柴くんの胸は、いよいよはげしくおどります。

あき家のなかへ石膏像《せっこう》をかつぎこんで、なににするのでしょう。いやいや、あれはほんとの石膏像でしょうか。ひょっとすると、あの石膏像のなかには、人がかくれているのではありますまいか。

御子柴くんがとつおいつ、そんなことを考えていると、むこうからトラックのエンジンの音がきこえてきました。そこでもういちどのぞいてみると、トラックはこっちへやってくるようすです。

御子柴くんはいそいで自転車を、そばにあった溝にかくすと、電柱をのぼり、お屋敷の中からのぞいている、桜の枝のしげみのなかに身をかくしました。

と、ちょうどそのとき、トラックが角《かど》をまがって、御子柴くんの目の下をとおりすぎていきましたが、なかにはむろん棺桶もなく、またせむしのすがたも見えません。それでは、せむしはあの棺桶といっしょに、あき家のなかにのこったのか……。

御子柴くんはいよいよ胸をおどらせて、桜の枝からおりようとしましたが、ふと気がつくと、いま、じぶんののぼっている桜は、あのあき家の庭にはえているのです。

そう気がつくと、御子柴くんはからだのむきをかえて、あき家のなかを見おろしました。

それはずいぶん広いお屋敷で、庭にはいっぱい木が植《う》わっています。大きな日本建てのおうちと、それから、それについた洋館が見えましたが、日本建てのほうが、まっくらなのに、洋館のまどのすきまから、ちらちらとあかりがもれているのです。

「うん、あそこにいるんだな」

御子柴くんはもう一《いち》ど、へいの外を見まわしましたが、自転車はうまく溝のなかにかくれています。それにもうまっくらですから、たとえ人が通っても、気がつくはずはありません。御子柴くんは安心して、桜の幹をすべりおりると、そっと庭へおりました。

それにしても、ずいぶん荒れはてたお屋敷で、庭にはいちめんに草がはえています。御子柴くんは、できるだけ音をたてないように気をつけて、洋館のほうへはいよりました。

洋館の窓にはよろい戸《ど》がしまっています。しかし、なにしろ古いお屋敷ですから、そのよろい戸がところどころ破れて、そこからあかりがもれているのです。

御子柴くんは起きあがると、そっとよろい戸の破れから、なかをのぞいてみました。

なかは十畳《じょう》じきくらいな、がらんとした洋間でしたが、その中央においてあるのは、あの長方型の箱でした。その箱のそばにひざまずいて、ふたをこじあけようとしているのは、あのきみのわるいせむしです。

せむしは一本一本くぎをぬきます。そのたびに、キイキイと、いやな音がへやのなかにひびきます。せむしはとうとう、くぎをぬいてしまって、ふたを横へとりのけましたが、そのとたん、御子柴くんは、頭からつめたい水をぶっかけられたようなおそろしさを感じたのです。

ああ、なんということでしょう。せむしがふたを取りのけたとたん、箱の中からむくむくと、石膏像が起きあがったではありませんか。

「あっ！」

御子柴くんが思わずそうさけんだときです。

「この小僧！」

うしろからどなる声がきこえたかと思うと、御子柴くんはもんどりうって、土のうえに投げつけられました。そのとき、さっき拾ったダイアモンドが、ポケットの中からころがり出して、モグラの穴へはいるのが見えましたが、御子柴くんは、しかしそれを拾うひまもありません。

上からだれかがのしかかって、御子柴くんはみるみるうちに、さるぐつわをはめられ、手足をしばりあげられたのです。

深夜の怪放送

「首領《かしら》、怪しい小僧が窓のすきまから、このへやをのぞいてましたから、ひっとらえてまいりました」

そこはあの洋間のなかです。ゆかの上に投げ出された御子柴くんのまえには、あのふしぎな石膏像が、仁王立《におうだ》ちに立っています。

御子柴くんは恐怖の目を見はって、下からその石膏像を見あげましたが、すぐそれが石膏像でもなんでもなく、ふつうの人間であることに気がつきました。

そいつはぴったり身についた、シャツとズボンをはいていて、その上から、いちめんにべたべたと石膏をなすりつけているのです。そして、顔にはお面のようなものをかぶり、その上にも石膏がなすりつけてあります。それはひたいの中央に、みじかい角《つの》がはえた、西洋の鬼のような仮面でした。

諸君。諸君は人間の皮膚には毛穴があって、それが呼吸していることを知ってるでしょう。そしてその毛穴をぬりつぶしてしまうと、たとえ鼻と口とで息をしていても、死んでしまうこともごぞんじでしょう。

だから、その男も、もし全身に石膏をぬっていたら、息がつまって死んだはずです。

しかし、そいつが石膏をぬっているのは、からだのまえのほうだけで、背中もおしりも手も足も、うらがわのほうは何もぬらず、肉にくい入るような、まっしろなシャツやズボンを着ているだけでした。そして、そのズボンのおしりには、長いしっぽがぶらさがっているのです。

それにしても、そいつはなんだって、こんなへんななりをしているのでしょうか。

ふしぎな石膏人間は、上から御子柴くんを見おろしながら、

「きさま、どうしてここをのぞいたのだ」

と、われがねのような声でたずねます。

「ぼく、ぼく、あき家のなかへ棺桶《かんおけ》みたいなものを、せむしのおじさんが運びこむのを見たもんだから、へんに思って、その中へしのびこんだんです。そしたら、そこの窓から、あかりがもれていたもんだから……」

「そうか。それにちがいないな。まさか、トラックのあとをつけてきたんじゃあるまいな」

「とんでもない。ぼくのおうち、すぐこの近所なんです」

「よし、川北《かわきた》、山下《やました》、こいつのからだをしらべてみろ」

すぐにせむしと、さっき御子柴くんを投げとばし

た男が、御子柴くんの身体検査をしました。御子柴くんを投げとばした男は、拳闘家《けんとうか》のような大男で、目にマスクをかけていました。

「首領《かしら》、べつになにも持っていませんが……」

御子柴くんはそのとき、さっき投げとばされたひょうしに、ポケットからダイアがころがり出たことをどんなに感謝したかわかりません。もしあのダイアが見つかったら、トラックをつけてきたことが知れ、どんな目にあったかもわからないのです。

「そうか、よし」

「首領《かしら》、こいつをどうしましょう。いっそ、しめころしてしまいましょうか」

拳闘家のような大男が、御子柴くんののどに大きなてのひらをあてました。御子柴くんはぞっとして、思わず目をつむります。

「いや、それにはおよぶまい。それよりおれは、今夜こいつを利用しようと思うんだ」

「利用するって?……」

せむしがマスクのおくでぼそぼそいいます。

「われわれの声は、あの女のまわりのものに知られている。あの女ひとりだけならいいが、そばにだれかついているとまずい。だから、われわれにかわって、この小僧に放送させようと思うんだ」

「なるほど、しかし、この小僧が、しゃべるのをいやだといったときは……」

「そのときは、おまえの手でしめころしてもらうさ。あっはっは」

石膏人間のつめたい笑い声を聞いたせつな、御子柴くんは、またぞっとするような恐ろしさを感じました。

「よろしい。そのときにはわたしが、ひと思いにしめころしてやります。しかし、それまでにはまだ六時間ありますね」

「そう、だから、それまではかわいそうでも、もう一《いち》どさるぐつわをはめ、逃げないようにしばりあげておかねばならぬ」

御子柴くんは、さるぐつわをはめられました。そして、もう一どしばりなおされると、ゆかの上に投げ出されました。

そうしておいて三人は、あかりを消して、このへやから出ていってしまったのです。

それにしても、ふしぎなのは首領《かしら》のことばです。

御子柴くんに、いったいなにを放送させようとするのでしょうか。

さて、それから六時間ほどたちました。

さるぐつわをはめられ、がんじがらめにしばられた御子柴くんは、いましめをとこうとして、どんなにもがいたか知れません。

しかし、あの拳闘家のような大男の、強い力でしばられた結びめは、とても少年の力ではとけなかったのです。

こうして真夜中の一時すぎ、つかれはてた御子柴くんが、ついうとうととしていると、拳闘家とせむし男がやってきて、

「おや、こいつ、だいたんなやつだ。ねむってやがる。やい、小僧。おきろ、おきろ」

と、いやというほど足でけられて、御子柴くんは、はっと目をさましました。

「さあ、これからおまえに用があるんだ。いましめをといてやるから、こっちへこい。ただし、声をたてると、承知しないぞ」

拳闘家は、マスクのおくからすごい目でにらみながら、いましめをとくと、せむし男と左右から、御子柴くんの手をとって、つぎのへやへつれていきました。

見るとそこは、コンクリートづくりの、箱のようなせまいへやで、窓もなく、ドアも二重になっていて、どうやら完全な防音装置がほどこされているらしいのです。

そして、へやの中央のテーブルには、マイクロフォンがおいてあり、いましも石膏の怪人が、それにむかって、なにやらおまじないみたいなことをささやいているところでした。

やがて、おまじないがおわると、石膏の怪人はマイクのスイッチを切り、御子柴くんの方をふりかえると、

「小僧、ここへこい」

「はい……」

と答えたものの、御子柴くんは、気味がわるくて、足が前へすすみません。

「なにをぐずぐずしているんだ。こいといったらはやくこないか」

どなりつけられて、御子柴くんがふるえながらそばへよると、怪人は一枚の紙をわたして、

「小僧、声をだしてこれをよんでみろ」

見るとその紙には、みょうなことが書いてあります。御子柴くんがそれをよみはじめると、

「いかん、いかん。そんな早口じゃいかん。もっとゆっくり、ささやくように……そうだ、ここにある写真のぬしに、話しかけるようなつもりでよんでみろ」

そういわれてマイクのそばを見ると、そこには、十四、五のかわいい少女の写真がかざってあります。御子柴くんは、なんどもなんどもよみかたを訂正《ていせい》されましたが、それでも、やっと怪人の気にいったのか、

「よし、いまの調子をわすれるな。さあ、これからいよいよ放送だ。おちついてやれ」

怪人がマイクのスイッチをいれると、御子柴くんはいよいよ放送をはじめましたが、それは、なんともいえぬ、へんな文句でした。

「おきろ、おきろ、おきろ……へやをでて、へやをでて、へやをでて……左へ、左へ、左へ……三番めのドア、三番めのドア、三番めのドア……はいれ、はいれ、はいれ……右の壁、右の壁、右の壁……それをとれ、それをとれ、それをとれ……まわれ右、まわれ右、まわれ右……五歩前進、五歩前進、五歩前進……右手をあげろ、右手をあげろ、右手をあげろ……ふりおろせ、ふりおろせ、ふりおろせ」

「もっと、ゆっくり」

そばから怪人が、小声で注意します。

御子柴くんは汗びっしょり。それでもそばから怪人が、ものすごい目を光らせているのですから、しかたなしによんでいきます。

「手のものをすてろ、手のものをすてろ、手のものをすてろ……洋だんすの前へ、洋だんすの前へ、洋だんすの前へ……いちばん上のひきだし、いちばん上のひきだし、いちばん上のひきだし……ビロードの小箱、ビロードの小箱、ビロードの小箱……それをとれ、それをとれ、それをとれ……へやへかえれ、へやへかえれ、へやへかえれ……小箱をベッドの下へ、小箱をベッドの下へ、小箱をベッドの下へ……ねろ、ねろ、ねろ……わすれろ、わすれろ、わすれろ」

御子柴くんが奇妙な文句をよみおわったとたん、怪人はマイクのスイッチを切り、

「あっはっは、よくできた、よくできた。それじゃほうびをやろう。それ、山下」

怪人が合図をすると、拳闘家がいきなりうしろからだきしめて、なにやらしめったハンカチみたいなものを、ぴたりと御子柴くんの鼻にあてがいました。

御子柴くんはいうまでもなく、必死になってもがきましたが、そのうちに、あまずっぱいにおいが鼻から頭へ、つーんとぬけると、やがてぐったりねむりこけてしまったのです。

怪盗白蠟仮面

さて、それからどれくらいの時間がたったのか――御子柴くんがふと目をさますと、やぶれたよろい戸《ど》のすきまから、あかるい朝の光がさしこんでいます。はっとして腕時計を見ると、九時ちょっとすぎでした。

へやのなかを見まわすと、むろんもう怪人も拳闘家も、せむしのすがたも見えません。いや、そればかりではなく、テーブルやマイクロフォン、少女の写真もなくなっているのです。

御子柴くんは、いそいで床からとびおきようとしました。なんだか頭がずきずきいたんで、足がふらつく感じでしたが、いまはそんなことを気にしているばあいではありません。

大《おお》いそぎで洋館からとびだすと、そのまま門の外へかけだそうとしましたが、そのとき、ふと思いだして、ゆうべ拳闘家に投げつけられた、窓の下までかえってきました。

そして、見おぼえのある、モグラの穴を掘ってみると、ありました、ありました。ダイアがさんぜんと光っているのです。

御子柴くんは、それをポケットにつっこむと、内から外へとびだして、ゆうべ自転車をかくしておいたところへかえってきましたが、さいわい、そのへんは人通りの少ないうえに、溝がふかくてうまくかくされていたので、自転車はまだそこにありました。

ほっと胸をなでおろした御子柴くんは、自転車をひっぱりあげると、有楽町《ゆうらくちょう》にある新日報社めざしていちもくさん。

ところが、日比谷《ひびや》の角《かど》まで来たときです。そこにある新聞売場のポスターを見て、御子柴くんは思わずギョッとして自転車をとめました。

怪盗白蠟仮面《びゃくろうかめん》、石膏像《せっこう》となってまんまと逃走

そんな文字が電光のように、御子柴くんの目をつらぬいたからです。御子柴くんは、大いそぎで新聞を一枚買うと、自転車を道ばたによせ、むさぼるようによみましたが、そこには、つぎのような意味のことがのっているのでした。

〝怪盗白蠟仮面が、芝高輪《しばたかなわ》の東洋《とうよう》ビルにかくれていることをつきとめた警視庁では、きのう数十名の警官をくりだして、ビルディングのまわりをとりまかせました。

この東洋ビルというのは、六階だてですが、一階から三階までが貸事務所、四階と五階がアパートになり、六階はいろいろな催《もよお》しごとをする、ホールになっています。

さて、白蠟仮面がこのビルディングにかくれていることは、わかったものの、何階のどのへやにいるかということまでは、わかりませんでした。そこで警官たちは、手わけして、しらみつぶしにへやをしらべていきました。

ところが、そうしているところへ、六階から拳闘家のような大男とせむし男が、棺桶《かんおけ》みたいな大きな箱をかついで、おりてきました。むろん、おまわりさんたちは怪しんで、箱のふたをあけさせましたが、中にはいっているのは、悪魔サタンの石膏像でした。

ちょうどきのう、東洋ビルの六階では、絵画や彫刻の展覧会がおわったところで、ほかにも絵や彫刻をはこびだす人が大《おお》ぜいいたので、おまわりさんも怪しまずに、悪魔サタンの像を、とおしたのでした。

ところが、あとでわかったところによると、そのサタンの像の中にこそ、白蠟仮面がかくされていたらしいというのです。警官に十重二十重《とえはたえ》とビルディングをとりかこまれた白蠟仮面は、全身に石膏をぬって石膏像となり、まんまと警官の目をくらましたのでした。

いえいえ、そればかりではありません。白蠟仮面の石膏像をのせたトラックは、わざとまわり道をして、新聞街のなかをつっきり、腕ききの記者たちをしりめにかけていったのです〟

ああ、なんというだいたんさ！　なんという悪《わる》が

しこさ。

探偵小僧の御子柴くんは、この記事をよむと、ぶるぶるからだがふるえました。それでは、きのう自分がつけていったのは、怪盗白蠟仮面だったのか！

それにしても、白蠟仮面とはなに者か。それはいま評判の怪盗なのです。全国の警官たちが、やっきとなって追っかけまわしても、ついぞ、しっぽをつかまれたことがないという、それこそ、神出鬼没《しんしゅつきぼつ》の怪盗でした。

白蠟仮面というあだ名《な》はあっても、そいつはべつに仮面をかぶっているわけではありません。そいつはまるで、顔そのものが白蠟でできているみたいに、自由自在にかわるのです。つまり、変装の名人なのです。

そこで、人よんで白蠟仮面。

それはさておき、新聞をよんでしまうと、探偵小僧の御子柴くん、きっとくちびるをかみながら、自転車にのって、いちもくさん、新日報社さしてかえってきました。

一柳家の事件

ちょうどその朝、新日報社は、上を下への大さわぎでした。それというのが、白蠟仮面も白蠟仮面ですが、もうひとつ大事件がおこっていたのです。

御子柴くんが編集室にとびこむと、ハチのすをついたようにいそがしいへやの一隅《いちぐう》で、三津木俊助《みつぎしゅんすけ》が電話をかけていました。三津木俊助というのは、新日報社の宝といわれる腕きき記者、新聞記者というよりも、いまでは名探偵として有名です。御子柴くんが新日報社へ入社したのも、このひとにあこがれていたからでした。

「三津木さん。三津木さん、ちょっと……」

俊助が電話をかけおわるのを待って、御子柴くんが声をかけると、

「おお、探偵小僧、どうしたい。君はゆうべかえらなかったというじゃないか。さっきおうちから心配して電話をかけてきたぜ」

「それについて話があるんです」

「いや、話ならあとにしてくれ。きょうはとてもい

そがしいんだ。それより、おうちへ電話をかけておきな」

そこへ写真部のひとが、いそがしそうにはいってくると、

「三津木さん。三津木さん、引伸《ひきのば》しをしてきましたが、これくらいでいいですか」

そういいながら、デスクのうえへおいた写真をひとめ見るなり、御子柴くんは思わずあっとさけびました。なんと、それこそ、ゆうべマイクロフォンのそばにかざってあったのと、おなじ少女の写真ではありませんか。

「おい、探偵小僧。君はこの少女をしっているのか」

御子柴くんの顔色を見て、三津木俊助がふしぎそうにたずねました。

「はい、しっています。いいえ、このひとをしっているわけではありませんが、ゆうべあるところで、このひとの写真を見たのです」

「あるところって、どこ？……」

「いえいえ、それより三津木さん、このひと、いったいどうしたんです。なにか新聞にのるようなことをしたんですか」

「ふむ、じつはね。この少女はじぶんのおじいさんをころして、宝石をとろうとしたんだ。さいわい、おじいさんのほうは、気絶しただけで助かったが、宝石の行方《ゆくえ》はわからない」

御子柴くんは、きゅうにがたがたふるえだしました。

「み、三津木さん。ひょっとすると、その宝石というのは、ビロードの小箱のなかにはいってやしませんでしたか」

「なに！」

俊助は、ふいにいすから立ちあがりました。

「おい、探偵小僧、君はどうしてそれを知っているのだ。この事件は、けさ六時ごろ発見されたばかりで、まだどの新聞にもでていないはずだが」

「三津木さん！　それについてはいずれあとで話します。それより話してください。この少女はどこのなんというひとで、いったい、どんなことをしたのです」

がたがたふるえている御子柴くんを、怪しむように見つめながら、それでも三津木俊助が話してくれ

たところによると、こうでした。

少女の名は一柳由紀子《いちやなぎゆきこ》といって、有名な宝石王、一柳鶴平翁《つるへいおう》の孫でした。

由紀子は幼いとき両親をうしなったので、いままでは祖父の鶴平翁とただふたり、おおくの召使《めしつか》いにかしずかれながら、小石川《こいしかわ》の高台にある、ひろいお屋敷に住んでいるのです。

さて、けさの六時ごろ、女中《じょちゅう》が由紀子を起《おこ》しにいくと、こんこんとしてベッドのうえに眠りこけている、由紀子のパジャマの胸のあたりに、さっと血のとんだ跡がついていました。

おどろいて女中が由紀子をゆり起し、わけを聞いてみましたが、由紀子にはぜんぜんおぼえがありません。ゆうべ寝るときには、そんなものはついていなかったし、由紀子はべつに、どこにもけがはしていないのです。

そこでふしぎに思って、ふたりが、おじいさんの鶴平翁を起しにいくと、鶴平翁はベッドの中で、あけに染まって気絶しており、ベッドのそばには血にそまったゴルフのクラブが落ちていました。

「そこで、大《おお》さわぎになって、おまわりさんを呼んできて、いろいろ調べてもらったところ、鶴平翁の頭をなぐって気絶させたのは、由紀子さんにちがいないということになったんだ」

三津木俊助はくらい顔をして、

「それというのが、由紀子さんのパジャマの胸にかえり血がついているばかりではなく、パジャマのボタンがひとつ、鶴平翁のベッドのそばに落ちていたんだ。それのみならず、鶴平翁をなぐったクラブの柄《え》をしらべたところが、由紀子さんの指紋がついていたんだよ」

御子柴くんは、いよいよはげしくふるえながら、

「そして、そして、宝石のはいったビロードの小箱というのは、鶴平翁のへやにある、洋だんすのいちばん上のひきだしにあったんじゃありませんか」

「御子柴くん！」

「いいえ、いいえ。三津木さん、わけはあとで話します。それよりぼくを一柳さんのところへつれていってください。ぼくはなにもかも知っています。由紀子さんがなぜそんなことをしたか、また、ビロードの小箱がどこにあるかということも……」

三津木俊助はびっくりしたような目で、御子柴く

んの顔を見まもっていましたが、なんにもいわずに、受話器をとりあげると、大いそぎ、自動車を命じました。

宝石のありか

小石川にある一柳邸《てい》は、おまわりさんがげんじゅうに見張っていて、だれひとりなかへ入れません。ことに新聞記者ときたら、かたっぱしから追っぱらわれました。

しかし、さいわい三津木俊助は鶴平翁としたしいあいだがらでしたから、新聞記者としてではなく、友人として迎えいれられました。むろん、御子柴くんもいっしょです。

鶴平翁は頭のほうたいもいたいたしく、二階の寝室に寝ていました。きずのほうは大したことはなかったのですが、精神的なショックにまいっているのです。

それはそうでしょう。目の中へいれてもいたくないほどかわいがっている孫が、じぶんをころそうとしたのですから、だれだってびっくりせずにはいられますまい。

それはさておき、三津木俊助と御子柴くんが、へやの中へはいっていくと、そこには鶴平翁のほかに三人のひとがいました。

ひとりはひとめでそれとわかる由紀子さん。まっさおになって涙ぐんでいます。その由紀子さんから、いろいろ事情をきいているのは、俊助や御子柴くんも顔見知りの警視庁の等々力《とどろき》警部。

それから、もうひとり色の浅黒い、きびきびとした態度の紳士は、花田《はなだ》卓蔵《たくぞう》といって、弁護士でした。鶴平翁にたのまれて、由紀子さんをすくうためにかけつけたのです。

「おお、これは三津木くん。よくきてくれた。わしはどうしてよいかわからん。由紀子は気でもくるったのだろうか」

鶴平翁はもう涙声です。

「いや、ご老人。それについてここにいる少年が、なにもかも知っているというのでつれてきました。これは御子柴進といって、うちの社の給仕《きゅうじ》、あだ名を探偵小僧というのです」

「えっ、その少年が？……」

一同はびっくりしたように御子柴くんをふりかえります。御子柴くんはいささか固くなりながら、

「おじいさまにお聞きしたいことがあります。おじいさまをなぐったゴルフのクラブというのは、ドアをはいって右の壁にかけてあったのではありませんか」

鶴平翁はふしぎそうにうなずきながら、

「そう、そのとおりだが、君がどうしてそれを知っているんだな」

御子柴くんは、それにはこたえず、

「それから、盗まれた宝石というのは、ビロードの小箱にはいって、あの洋だんすのいちばん上のひきだしにしまってあったのでしょう。

いえ、いえ、ちょっと待ってください。それから由紀子さんの寝室というのは、このドアを出て、右へいくと三番めのへやですね」

「御子柴くん。き、君はどうしてそんなくわしいことを……」

「三津木さん、ちょっと待ってください。ぼくはそのビロードの小箱がどこにあるか知っています。みなさん、きてください」

御子柴くんがドアから外へとび出すと、みんなびっくりしてついてきました。寝ていた鶴平翁まで起きてきました。御子柴くんは三番めのドアのまえまでくると、

「これが由紀子さんのへやですね。はいってもいいですか」

「どうぞ」

ドアを開《ひら》くと、あけはなった窓のむこうに、ビルディングでも建つのか、高い鉄骨がそびえているのが見えました。

しかし、御子柴くんはそんなものには目もくれず、つかつかとベッドのそばへよると、敷《しき》ぶとんとわらぶとんのあいだをさぐっていましたが、

「ほら、ありました」

と、取り出したのはビロードの小箱です。それを見ると、由紀子はわっと泣きだしましたが、御子柴くんはそれをなぐさめようと、

「いいえ、由紀子さん、泣くことはありません。ゆうべあんなことをしたのはあなたですが、それはあなたの意志ではなかったのです。

あなたは催眠術《さいみんじゅつ》をかけられて、悪者の思うままに

あやつられたのです。しかも、催眠術をかけたやつは、このへやにいたわけではなく、遠くのほうから、特殊なラジオであなたに指令をあたえたのです。

みなさん、さがしてください。このへやのどこかに、きっと特別波長のラジオの受信器がかくしてあるにちがいありません」

一同はびっくりしたような顔をして、ただ目と目を見かわすばかり。

そのときでした。

とつぜん、へやの中のどこからともなく、世にもおそろしい声がきこえてきたのです。

「小僧！　よくもわれわれのたくらみをしゃべりやがったな。この仕返しはきっとするからおぼえていろ！」

それは聞きおぼえのある、あの拳闘家《けんとうか》のような大男の声でした。

鉄骨上の男

それを聞いておどろいたのは鶴平翁に由紀子さん、三津木俊助に等々力警部、それから花田弁護士です。

いままでみんな、半信半疑《はんしんはんぎ》で探偵小僧の話を聞いていたのですが、いまの声をきくと、もう、うたがいの余地はありません。

「あっ、やっぱりそうだ。探偵小僧のいうとおり、このへやのどこかに、特別波長のラジオの受信器がかくしてあるにちがいない」

そこでみんなで手わけして、声の聞こえてきた方角をたよりに、ベッドの枕《まくら》もとをさがしていたが、やがて、

「あったぞ、あったぞ。こんなところにかくしてあったぞ」

と、そういう声は三津木俊助。

なるほど、見れば壁にかかった油絵のうしろに、スピーカーがはめこんであるのです。

それを見ると、鶴平翁は目に涙をうかべて、探偵小僧の手をにぎりしめました。

「ありがとう、ありがとう。御子柴くん、おかげで由紀子のうたがいは晴れた。わしはこんなうれしいことはない」

鶴平翁が礼をのべるかたわらから、三津木俊助も肩をたたいて、

「でかしたぞ、探偵小僧。しかし、きみはどうしてこんなことを知っていたのだ」

「すみません」

探偵小僧の御子柴くんは、ペコリと頭をさげると、

「じつは由紀子さんをそそのかした放送はぼくがしたんです。でも、ぼく、こんな恐ろしいことになるとは夢にも知りませんでした。悪者におどかされて、しかたなしに放送の原稿を読んだんです」

「悪者……悪者ってだれだい？」

「白蠟仮面《びゃくろうかめん》です」

「な、な、なんだって？」

三津木俊助と等々力警部は、床からとびあがっておどろきましたが、

「おい、探偵小僧。もっとくわしい話をしてくれ。きみは白蠟仮面を知っているのか」

「いいえ、そういうわけではありませんが……」

と、そこで御子柴くんは、ゆうべからの出来事をのこらず語ってきかせると、

「しかし、警部さん、三津木さん、ぼくはふしぎでなりません。いまの声はたしかに白蠟仮面の部下の、拳闘家のような大男の声でしたが、そいつはどうしてぼくがここで、秘密をばらしていることを知ったのでしょう。ひょっとするとどこからか……」

と、そういいながら御子柴くんは、窓のそばへよって外をながめましたが、きゅうに大声をあげてさけびました。

「あっ、あそこだ、あそこだ。あの鉄骨を、いまおりていきます」

由紀子のへやの窓のむこうに、ビルディングでも建つのか、高い鉄骨がそびえていることは、まえにも書いておきましたが、なるほど、見ればその鉄骨を、いましもサルのようにおりていくひとりの男。

それはたしかに白蠟仮面の部下の、あの拳闘家のような大男です。しかも、胸に移動マイクをぶらさげているところを見ると、いまの放送もその男にちがいないのです。

「ちくしょう！　それじゃあんなところからこのへやを見張っていたんだな。三津木くん、いっしょにきたまえ」

「ようし！」

等々力警部は、したからおまわりさんをふたり呼びよせると、鶴平翁と由紀子さんの番をさせ、じぶ

んは三津木俊助とともに家からとびだしていきました。探偵小僧の御子柴くんも、むろんあとからついていきます。

弁護士花田卓蔵氏は、ちょっとためらっていましたが、これまた心をきめたように、すこしおくればせながら、一同のあとについて家をとびだしていたのです。

地下の迷路

さて、こちらは鉄骨上の大男です。

からだのわりに身《み》がるなやつとみえて、サルのようにするすると、鉄骨をつたっておりていきます。そのまま鉄骨をおりてしまえば、警部や三津木俊助も、まにあわなかったのにちがいありませんが、それが天《てん》ばつとでもいうのか、とちゅうでへまをやったのです。

それというのは、あまりあわてていたために、鉄骨からとびだしている、ボルトに気がつかなかったのですが、そのボルトが毛糸のジャンパーにひっかかったからたまりません。

「しまった！」

とさけんで、ボルトをはずそうとしましたが、なにしろものが毛糸のうえに、足場の悪い鉄骨のうえですから、あせればあせるほど、いよいよ毛糸がもつれてくるのです。

「ちきしょう、ちきしょう」

口のうちでさけびながら、それでもやっとボルトをはずしたときには、むこうのほうから等々力警部に三津木俊助、それから探偵小僧の三人が、二、三人の警官をうしろにしたがえ、こちらにむかって走ってくるのが見えました。

「しまった」

とさけんだ拳闘家は、それから大《おお》いそぎで鉄骨をすべりおりましたが、そのときすでに一同が、作業場のかこいのなかへなだれこんでくるのが見えました。

「とまれ、神妙《しんみょう》にしろ！　命令にしたがわぬとうつぞ！」

せんとうに立った警部がさけびます。

拳闘家は絶望的な目つきをして、きょろきょろあたりを見まわします。

きょうはさいわい、作業は休みとみえて、あたりに人影はありませんが、たかいかこいをめぐらした作業場は一方出口で、どこにも逃げる道はありません。

「おとなしくしろ。動くとうつぞ！」

警部の一行はしだいにこちらへ近づいて来ます。拳闘家はまたきょろきょろと、逃げみちはないかとあたりを見まわしましたが、そのとき、ふと目についたのは、二、三メートルほどむこうに、ぽっかりあいた四角な穴です。

それは地下室の入口なのです。むろん、まだ作業中なので、すっかりできあがってはおりませんが、コンクリートづくりの階段が、ななめについているのが見えます。

それを見ると拳闘家は、さっと身をひるがえして、穴のなかへとびこみました。

「おのれ、逃げるか！」

あわててその場へかけつけて来た等々力警部、

「あっ、こんなところに地下室の入口が……」

「警部さん、なかへはいってみましょう」

「よし！」

警部はおまわりさんを入口の外に待たせて、俊助のあとについて階段をおりていきます。あとからふたりの警官と探偵小僧の御子柴くんもついていきます。

まだ、電気の設備ができていないので、地下室の中はまっ暗です。それに工事中のこととて、ごたごたといろんなものがおいてあるので、足もとのあぶないことといったらありません。

「ちくしょう。こんなことと知ったら、懐中電灯を持ってくればよかった」

警部はいまいましそうにつぶやきましたが、そんなことをいってもあとのまつりです。

さいわい、三津木俊助がライターを持っていたので、それをたよりに、地下室のろうかを進んでいきます。

このビルディングは、かなり大きなものになるらしく、地下室もずいぶん広いのです。それに地下室のほうは、もうだいぶん工事が進んでいるらしく、へやとろうかのくぎりができているので、まるで迷路みたいです。

「ちきしょう。いったいどこへかくれやがったか」

一同はひとつひとつ、へやのなかをのぞいていきます。へやのなかにもろうかのすみにも、セメント樽《だる》やセメント袋が、ごたごたにならべてありましたが、拳闘家の姿は、どこにも見えません。

「ひょっとすると、ほかにも入口があって、そこから逃げだしたのじゃないか」

「しかし、それなら、警官がなんとか声をかけるはずです。とにかく、もうすこしむこうへいってみましょう」

一同がなおも前進をつづけていくと、まもなくろうかのむこうから、だれかこちらへやってくる足音。それを聞くと一同は、ギョッとして顔を見あわせました。

「ひょっとすると、さっきのやつが……」

「いや、それにしては足音がみだれておりません。ひとつ声をかけてみましょう。だれだ、そこへくるのは?……」

「ああ、そういう声は三津木君ですね。さっきのやつはどうしましたか」

そういいながら足をはやめて、ろうかのむこうから近づいてきたのは、なんと花田弁護士ではありませんか。

仮面の推理

「おお、花田さん。あなたは、どこからここへやってこられたのですか」

「あっちのほうにも入口があるんですよ。悪者が地下室へとびこんだというので、わたしは、あっちの入口からはいってきたんです」

「悪者におあいになりませんでしたか」

「いいや、あいませんでした」

「しかしひょっとすると悪者は、どこかにかくれて、あなたをやりすごし、そのあとで、あっちの入口から逃げだしたのじゃありませんか」

「そんなことはないでしょう。いっしょに来たおまわりさんに、入口の外で待っててもらうようにしておきましたから、悪者がとびだせば、なんとか声をかけるはずです」

それを聞くと等々力警部は、両手を打ってよろこびました。

「ははあ、わかりました。ようし、そうすると悪者は、まだこの地下室にかくれているんだな。こうなったら、袋の中のネズミも同じだ。みんなで手わけをしてさがしてみよう」

「いや、ちょっと待ってください。そのまえに、ほかにもまだ入口がないか調べてみましょう」

そこでいったん外へ出た一同は、かこいの内部を調べましたが、地下室への入口はふたつしかありません。そして、その入口にはどちらにもおまわりさんが番をしていて、悪者はまだ出てこないというのです。

「ようし、それじゃ、いよいよ袋の中のネズミだ。きみ、きみ、どこかへいって懐中電灯を五、六本借りてきてくれたまえ」

警官はすぐに、懐中電灯の用意をして来ました。みんなそれを一本ずつ持って、ふた手にわかれて地下室へおりていきます。御子柴くんも、懐中電灯を一本もらって、三津木俊助のあとからついていきました。

こんどはみんなが懐中電灯を持っているので、地下室もわりにあかるいのです。

一同はかたっぱしから、へやのなかを調べていきましたが、やっぱりどこにも悪者の姿は見あたりません。しかも、そのうちに、むこうの入口からはいって来た等々力警部や花田弁護士と、ばったり出あったのです。

「おや、警部さん。あなたのほうにもさっきのやつはいませんでしたか」

「いなかったよ。きみのほうにもいないのかい」

「見えませんでした。へんですねえ」

「みょうだなあ。いったい、どこにかくれていやがるんだろう」

一同がぼうぜんとして、顔を見あわせているときでした。

「わっ、み、み、三津木さん」

と、かなきり声をあげてとびあがったのは、探偵小僧の御子柴くん。

「あ、あ、あんなところから血が……」

「な、な、なに、血が……どこに、どこに……」

「ほら、あのセメント樽《だる》の底から……」

御子柴くんがさっと照らしたところを見て、一同は思わずギョッと息をのみました。

ろうかのすみに、大きなセメント樽がひとつおいてあります。俊助はさっきそのふたを取って、なかをのぞいて見たのですが、セメントが口のところまで、いっぱい詰《つま》っていたので、そのまま、ふたをしたのです。

ところが、いま御子柴くんにそういわれて、セメント樽の底を見ると、なんと、そこから赤黒い血が、ぶきみにしみだしているではありませんか。

しかも、その血は一同の目のまえで、しだいにひろがっていくのです。

「あっ、それじゃ、この樽の中に……」

俊助はあわててふたをとり、セメントのなかへ手を突っこみました。しばらくしてぬきだした手を見ると、ぐっしょり血にそまった短刀を握っているではありませんか。

「あっ、それじゃ、あいつはこの樽の中で自殺したのか」

「いや、そうじゃなさそうです。短刀の突っ立っていたのは背中のようでしたから……とにかく死体を樽の中からひっぱりだしてください」

言下《げんか》にふたりの警官が、力をあわせて、樽の中から死体をひっぱりだしましたが、見ると、それはたしかに昨夜の拳闘家でした。そして、その肩のあたりに、ふかい突きぎずがあるのです。

「あっ、そ、それじゃこいつ、殺されたのか」

「そうですよ。警部さん。世の中にじぶんの背中をついて自殺するやつがあるでしょうか。だれかがこいつを殺したのです。そして、その犯人はまだこの地下室の、どこかにかくれているはずです」

御子柴くんは思わずぞっとして、暗い地下室をみまわしました。

セメント樽の怪

さあ、たいへん、たとえ悪者にしろ、人ひとりが殺されたのですから、そのままではすまされません。

等々力警部は、さっそく電話をかけて、大ぜいの応援の警官を呼びよせると、地下室の中を、すみからすみまで調べさせました。しかし、ふしぎなことには、犯人はどこにもかくれていないのです。

「へんだなあ。それじゃ、いったいどこから逃げたのだろう」

しかし、その逃げ道もないのです。三津木俊助は、

しばらくだまって考えこんでいましたが、やがて何を思ったのか、

「警部さん、とにかく一応、一柳さんのところへひきあげようじゃありませんか。ここは警官たちにまかせておけばだいじょうぶ。花田さん、あなたもいっしょにどうぞ」

そこで、あとは警官にまかせておいて、一同は、ひとまず一柳家へひきあげることになりましたが、とちゅうで公衆電話をみつけると、

「あ、ぼくは、ちょっと社へ連絡しておきます。みなさんは、ひとあしさきにどうぞ」

と、俊助はボックスの中へとびこみました。

そこで、一同がひとあしさきに、一柳家にかえって待っていると、やがて俊助もかえって来ました。一同はまた、二階にある鶴平翁《おう》のへやにあつまりましたが、等々力警部は、すっかりふきげんになって、いらいらと、へやのなかを歩きまわっています。

「どうもふしぎだ。犯人は、どうしてあの地下室から逃げだしたのか、わしには、さっぱりわからない」

腹立たしげにつぶやく警部を、そばから俊助がなぐさめがおに、

「まあまあ、警部さん、そんなにご心配なさることはありませんよ。犯人は、どこへも逃げなかったのですから」

「なに、逃げなかった？……」

一同はびっくりしたように、三津木俊助の顔を見なおします。俊助はニコニコしながら、

「だって、警部さん。そう思わざるをえないじゃありませんか。どこにも逃げだす口はなかったし、また、逃げだすチャンスもなかったんです」

「しかし……」

「まあ、おききなさい、警部さん。拳闘家のような大男が、地下室へとびこんでからというもの、しじゅうおまわりさんが入口の外で番をしていたんです。だれかがとびだせば、わからぬはずはありません。しかし、だれもとびださなかった……」

「というと、犯人はまだ、あの地下室にいるというのかね」

「いいえ、あれだけさがしても見つからないところをみると、もうあそこにはおりますまい」

「三津木くん、どうもわからないね。きみはいった

い、なにをいおうとしているんだ」

「つまりね、われわれのすぐそばにいるんです。ただ、われわれがそいつを犯人だと、気がつかないでいるだけのことなんです」

「なに、犯人はわれわれのすぐそばにいる?……三津木くん、それはどういういみなんだ。もっとはっきりいってくれたまえ」

「つまりですね。犯人はわれわれのすぐあとから、べつの入口をとおって、あの地下室へとびこんだんです。犯人はにげてくる拳闘家に出あった。そこで、セメント樽の中にかくれるように命じた。拳闘家はいわれるままに樽の中へもぐりこんだが、そいつを上からぐさりと突きころし、セメントを詰め、ふたをすると、なにくわぬ顔をして、われわれのほうへやって来たんです。そして、どこにも拳闘家の姿は見えなかったと、われわれにうそをついたんです」

　警部をはじめ探偵小僧、それから鶴平翁も由紀子さんも、はっとしたように、花田弁護士のほうをふりかえります。

　花田弁護士はニコニコしながら、

「三津木くん。きみの話をきいていると、まるでぼくが犯人みたいですね」

「そうです。あなたが犯人ですよ」

「とんでもない。三津木さん、それはあんたのまちがいだ。こんな有名なひとが、人殺しなどするはずがない」

　鶴平翁はびっくりして、三津木俊助をなだめにかかります。

「そうです。一柳さん。花田弁護士はそんなことをなさるかたじゃない。それくらいのことはぼくだって知っています。

　しかし、その花田弁護士は、まだ事務所にいられたんですよ。ぼくはさっき公衆電話をかけてたしかめたんだ。これから出かけるところだということでした。だから……だから、こいつは花田弁護士じゃないんだ。こいつは……こいつは変装の名人、だれにでも化《ば》けることのできる白蠟仮面なんだ!」

白蠟仮面の呪い

　俊助のさけびを聞いておどろいたのは、等々力警部。さっとピストルを取りましたが、そのとたん、花田弁護士の顔色が、にわかに、がらりとかわりました。

「あっはっは、警部さん、およしなさいよ。そんなおもちゃをひねくりまわすのは……」

「なに、お、おもちゃだと……」

「そうとも。こんなこともあろうかと、さっき、むこうの地下室をうろつきまわっているあいだに、ちょろりとピストルをすりかえたんだ。あっはっは、見かけだけはりっぱだが、そいつは役に立たぬおもちゃだぜ」

「ちきしょう！」

警部は手にしたピストルを、くやしそうに床にたたきつけましたが、そのとたん、ヒョウのように身をおどらせた花田弁護士は、すばやくピストルをひろいあげると、きっと、それを身がまえながら、

「あっはっは、警部さん、ありがとう。これで攻守ところをかえましたな。やい、みんな、しずかにしろ！　動くとうつぞ！」

「な、な、なんだと？　そ、そ、それじゃ、そのピストルは……」

「りっぱなほんものよ。警部さんが持っているくらいのしろものだからな。あっはっは、うそだよ、地下室ですりかえたなんていったのは……あっはっは」

「ち、ち、ちきしょう！」

等々力警部は目を白黒、じだんだをふんでくやしがりましたが、こうなってはもうあとのまつりです。あいての手に飛び道具がにぎられているのですから、どうすることもできません。

「さあさあ、みなさん。お気のどくですが手をあげていただきましょうか。それから一列横隊《いちれつおうたい》にならんで。そうそう、さすがに三津木先生はわかりがはやい。こうなっちゃ、なまじ悪《わる》あがきをすると命があぶないですからな。やい、探偵小僧、きさまもならべ！」

探偵小僧の御子柴くんは、腹のなかがにえくりかえるようなくやしさでしたが、飛び道具にはかないません。鶴平翁《おう》や由紀子さんといっしょに、手をあげてならびました。

「あっはっは、それでよしと。やい、俊助」

白蠟仮面のにせ弁護士は、にわかに、がらりと声をかえると、

「きさま、よくもおれの変装を見やぶりやがったな。おれはな、由紀子にいったん罪をきせ、弁護士に化《ば》けて、それを助けてやるかわりに、このおいぼれから、うんと金をまきあげるつもりだったんだ。それを、それを……きさまのためにだめにされちまった」

白蠟仮面は、ばりばりと歯ぎしりをしながら、

「やい、探偵小僧！」

と、こんどは御子柴くんのほうへむきなおり、

「きさま、よくもラジオの秘密をばらしやがったな。きさまのおかげで、おれは、かわいい部下を殺さねばならなくなった。この返報《へんぽう》はきっとするからおぼえてろ！」

そういいながら白蠟仮面は、じりじりとあとずさりをしていくと、ひらりとろうかへとびだしました。

それを見るより等々力警部、

「おのれ！」

とばかり追っかけましたが、その鼻先へ、ぴしゃっとドアがしまったかと思うと、かちりとかぎをまわす音。

「あっはっは、警部さん、あばよ！」

とおざかっていく白蠟仮面の足音をきいて、

「ちきしょう、ちきしょう！」

警部は、やっきとなってドアに体《たい》あたりをくれましたが、そんなことでびくともするドアではない。

俊助は、さっと窓をひらくと大声で警官を呼びあつめます。

「あっ、警官！　もし花田弁護士がそっちへいったらつかまえてください。あいつは、にせものなんだ。あいつは、白蠟仮面なんだ！」

窓の下にあつまった警官は、それを聞くと、さっと家のまわりに散りましたが、それからまもなく階下のほうで、けたたましいわめき声、それにつづいて、ドスンバタン、とっくみあいをするような、はげしい物音。

「あっ、つかまったかな」

一同が顔見あわせているところへ、入りみだれた足音が近づいて来たかと思うと、警官がドアをひらいて、

「警部さん、花田弁護士をつかまえてきましたが……」

見れば、なるほど花田弁護士、両手に手錠《てじょう》をはめ

られて、いまにもたおれそうなかっこうで、警官にひったてられているではありませんか。

金獅子城

等々力警部は上《じょう》きげんで、

「あっはっは、うまくやった。うまくやった。おい、白蠟仮面《びゃくろうかめん》、さすがのきさまも手錠《てじょう》をはめられちゃ、どうすることもできまい。とにかくピストルをかえしてもらおうか」

「な、なにをいうんだ。白蠟仮面だのピストルだの、なんのことだか、わしにはわからん」

手錠をはめられた花田弁護士は、いかりに声をふるわせながら、

「一柳さん、いったいこれは、なにごとです。あんたから電話があったので、いまわしがやってきたら、いきなり警官がおどりかかって……そりゃ、裏口からこっそりはいって来たのは、わしがわるい。しかし、表《おもて》には警官が大《おお》ぜいいて、めんどうだと思ったし、それに心やすいあんたのうちのことだから……」

弁護士の話をきいているうちに、一同の胸には、はっと不安がきざしてきました。

「花田さん。花田さん、あんた、ほんとうの花田さんかな」

鶴平翁《おう》が声をふるわせます。花田弁護士は、むっとして、

「な、なにをいっているんです。一柳さん。ほんとの花田も、うその花田もあるもんですか。とにかく、これはどうしたことです」

と、弁護士が、かんかんになっておこっているところへ、よろよろとはいって来たのは、髪ふりみだしたシャツ一枚のはだかの男。

「け、警部どの……」

と、いいかけて、ふと花田弁護士を見ると、

「あっ、こいつだ、こいつだ。ちきしょう」

と、気ちがいのようにおどりかかります。おどろいたのは等々力警部、あわてて、はだかの男をだきとめると、

「木村《きむら》くん、ど、どうしたんだ。きみは、なぜはだかでいるんだ。警官の制服はどうしたんだ」

「こいつにはだかにされたんです。こいつが、わたしの制服をはぎとって……わたしは、いままで、さ

るぐつわをはめられ、がんじがらめにしばられて、階下の物置《ものおき》におしこめられていたんです。あっ、そうだ。その時こいつが警部さんにわたしてくれと、これを……」

と、はだかの警官がさしだしたのは、一《いっ》ちょうのピストルと一枚の紙きれ。

見ると、その紙きれには、こんなことが書いてあるではありませんか。

だいじなピストルありがとう。つつしんでおかえしもうしあげます。
白蠟仮面
等々力警部どの

「ちきしょう、ちきしょう！」

警部は頭からゆげをたててくやしがりましたが、もうその時は、あとのまつりです。こうして花田弁護士に化《ば》けた白蠟仮面は、警官をはだかにしてその制服をつけ、おりからやってきた、ほんものの花田弁護士をおそって手錠をはめ、それをおまわりさんにひきわたし、じぶんは警官になりすまして、ゆうゆうと一柳家から遁走《とんそう》してしまったのです。

ああ、おそるべき白蠟仮面！

それはさておき、ここに問題なのは白蠟仮面が、御子柴くんにむかってはいたことばです。

「きさまのおかげで、おれは、かわいい部下を殺さねばならなくなった。この返報《へんぽう》はきっとするからおぼえていろ！」

と、そういったときの白蠟仮面の目つきのおそろしかったこと！　あのような大《だい》たんふてきの怪盗のことですから、いつなんどき御子柴くんにむかって、どのような危害をくわえないともかぎりません。

それを心配した三津木俊助は、編集局長の山崎《やまざき》さんとも相談して、一時探偵小僧をどこかへかくすことにしましたが、さて、そのかくし場所にこまっているところへ援助の手をさしのべたのが一柳鶴平翁です。

鶴平翁は、ちかごろ伊豆《いず》に別荘を買いましたが、じぶんも由紀子をつれて、しばらく保養にいくから、御子柴くんにもいっしょにこないかというのです。

探偵小僧は、あれしきのことにおそれて逃げかくれするのはいやだ、と思いましたが、俊助があまり心配するものですから、鶴平翁のすすめにしたがうことにいたしました。

　こうして、五月もおわりのある日のこと、鶴平翁と由紀子さん、それから探偵小僧の三人は、ひとめをさけて東京をたち、伊豆の別荘へやってきましたが、ひとめ、その別荘を見たとたん、探偵小僧は、思わずあっとおどろきました。

　それというのが、その別荘は、まるで西洋のお城のような建物で、その名も金獅子城《きんじしじょう》というのでした。

金色の鬼

　金獅子城というのは、Sという温泉町からおくへはいること約一里《り》、人里《ひとざと》はなれたさびしいところに建っていて、ひとめをさけてかくれすむには、おあつらえむきの場所ですが、そのかわり、たいくつなことといったらありません。

　それでもはじめのうちは、お城のような建物のめずらしさに、由紀子さんも探偵小僧の御子柴くんも、ついうかうかと、その日その日をすごしていました。

　まったくそれは、めずらしい建物です。

　もとこの城を建てたのは、なんとか子爵《ししゃく》だそうですが、その人がヨーロッパを漫遊した時、フランスの田舎《いなか》で見てきたお城をそっくりまねて建てたのが、この金獅子城だということです。

　だから天城山《あまぎさん》を背景として、がけの上に建っているこのお城を見ると、まるでおとぎばなしのさしえを見るよう、高い尖塔《せんとう》、物見台《ものみだい》、銃眼《じゅうがん》のついた堅固な塀《へい》、お城のまわりには、まんまんと水をたたえた堀をめぐらしてあり、堀には吊橋《つりばし》がかかっているのです。

　しかも、かわっているのは外観ばかりではなく、中へはいると、いよいよお城そのままで、大広間には十いくつかの鐘《かね》が立っており、かべには剣だの槍《やり》だのがかざってあります。

「なんでも、このお城には、ぬけ穴があるんだそうだ」

　と、はじめて金獅子城へついた時、鶴平翁がそういいました。

「ところが、そのぬけ穴はこれを建てた子爵さんよりほかに、知るものはなかったんだが、その子爵さんが、きゅうになくなったので、いまでは、だれもぬけ穴のありかを知っているものはないそうだ。御子柴くんは探偵小僧というあだ名があるくらいだから、ここにいるあいだに、ぬけ穴のありかをさがしてごらん」

それを聞いた時、御子柴くんも由紀子さんも、大いに好奇心をもよおしました。

そこでふたりはその当座、お城中をかけずりまわって、ぬけ穴のありかをさがしましたが、よほどじょうずにかくしてあると見えて、どうしても発見することはできません。

そのうちにふたりとも、ぬけ穴さがしにもあいて、だんだんたいくつしてきましたが、するとある日、鶴平翁がこんなことをいいました。

「あっはっは、おまえたちたいくつしてきたな。むりもない。年《とし》よりのわしでさえたいくつするくらいだもの。よしよし、それではあすSへつれていってやろう」

それを聞くと由紀子さんも御子柴くんも大よろこび。それというのが、そのじぶんSにはオリオン・サーカスという、大《おお》じかけな曲馬団《きょくばだん》がきていたからです。

さて、その翌日、三人は、自動車でSまで出かけましたが、なるほど評判だけあって、オリオン・サーカスは大したものです。ゾウだのライオンだのがたくさんいて、いろいろ、めずらしい曲芸を見せます。

はじめのうち御子柴くんもむちゅうになって、曲芸に心をうばわれていましたが、そのうちにふと、あやしい胸《むな》さわぎをかんじました。

それというのが、そのサーカスの道化師《どうけし》にせむしがひとりいたからです。

諸君もおぼえているでしょう。白蠟仮面《びゃくろうかめん》の部下のなかに、せむし男がいたことを――。

オリオン・サーカスのせむし男は、顔をまっ白《しろ》にぬたくったうえ、ほっぺたにダイアだのハートだの形をかいているので、人相はよくわかりませんでしたが、背中のまがったかっこうが白蠟仮面の部下そっくり。

それに気がついた御子柴くんは、はっと胸をとどろかせましたが、御子柴くんをおどろかせたのは、ただ、そればかりではありません。

プログラムがだんだんすすんで、やがて『金色の鬼』という踊りになりましたが、その踊りを見たせつな、御子柴くんは、あっと手に汗をにぎりました。

それは金色の鬼をとりまいて、うすものをまとった花のような少女が数人、いりみだれての踊りでしたが、その鬼のすがたというのがただごとではないのです。

全身に金粉をぬたくって、ひたいの中央にみじかい角《つの》をはやし、おしりに長いしっぽをぶらさげた金色の鬼のすがたは、ああ、なんと、いつか石膏《せっこう》像にばけて、警官の目をくらました白蠟仮面のあの時のすがたにそっくりそのままではありませんか。

「あっ！」

と、思わずさけぶ御子柴くんの顔をふりかえって、

「あら、御子柴さん、どうかなすって？」

と、由紀子さんが心配そうにたずねます。

「い、いいえ。な、なんでもありません」

「でも、お顔の色がまっさおよ。それに、とてもひどい汗、どこか悪いんじゃないの」

「いや、なんでもないんです。きょうは、むしむしするもんだから……」

御子柴くんがそんなことをいって、ごまかしているときでした。

だしぬけに楽屋のほうから、けたたましい女のかなきり声。

「あっ、たいへん。ライオンがおりから逃げた」

それを聞くと見物は、わっとばかりに総立ちになりました。

黒いかげ

さあ、たいへん、ライオンがおりから逃げたというのですから、サーカスの中は、うえをしたへの大《おお》騒動。

「そら、そっちへ逃げたぞ」

「お客さんにけがさせるな」

「ひと思いにうち殺してしまえ」

うろたえさわぐ芸人たちの声にまじって、怒りにみちたライオンのうなり声が、楽屋のほうから聞こえてきましたから、見物はもう生きた空《そら》もありません。

われがちと逃げまとう人々、その人たちにおしたおされて、助けをもとめて泣きわめく子どもたち、

修羅《しゅら》のちまたとは、まったくこのことです。

鶴平翁《おう》も顔色をかえて立ちあがると、

「由紀子、御子柴くん、ともかく出よう。けががあっちゃつまらないから」

と、おしあう人々にもまれもまれて、やっとサーカスのテントを出たとき、楽屋のほうでズドン、ズドンと、鉄砲の音。

それにまじって、

「やあ、テントの外へとびだしたぞ」

「みなさん、気をつけてくださあい」

と、必死となってさけぶ芸人たちの声に、サーカスの付近は、いよいよ大騒動。

「これはいかん。由紀子、御子柴くん、一刻もはやく、お城へかえろう」

三人は自動車にとびのって、すぐにSを出発しましたが、それから半里《り》ほど来たときです。とつぜん、運転手がさけびました。

「あっ、あんなところにライオンが」

その声に三人がギョッとして、運転手の指さす方角を見れば、谷ひとつこえたむこうのがけのうえへ、いましも一頭のライオンが、たてがみをふりみだして、いちもくさんに走っていくすがたが見えました。

「ああ、おじいさま、こわい！」

「だいじょうぶ、だいじょうぶ。お城へかえって吊《つり》橋《ばし》をあげておけば、ライオンだってなんだって、とびこえることはできないさ」

それからまもなく一同は、ぶじに金獅子城へかえってきましたが、その夜のラジオのニュースによると、さいわい、けが人はなかったが、ライオンは天城山へ逃げこんだから、付近の人々は注意するように、とのことでした。

その晩はその話でもちきりでしたが、そのうちに鶴平翁が、ふと御子柴くんの顔色に目をとめて、

「御子柴くん、どうしたの。ひどく顔色がわるいが、そんなにライオンのことが心配かい」

「いえ、あの、そんなことはありませんが……」

「御子柴さんは、どこかおかげんがわるいのよ。だってライオンが逃げだすまえからお顔の色がわるかったんですもの」

「それはいけない。それじゃはやくねなさい。由紀子や、おまえもこうふんしているから、はやくベッドへおはいり。ライオンのことは大《だい》じょうぶだよ」

「はい」

それからまもなく、ふたりはそれぞれ寝室へひきさがりましたが、さて、その夜のま夜中《よなか》すぎのことでした。ねぐるしい夢を見つづけていた御子柴くんは、異様な声にふと目をさましました。それは、たしかにライオンのうなり声のようでした。

はっとベッドのうえに起きなおった御子柴くんは、じっときき耳をたてていましたが、声はそれきりきこえません。

それでは気のせいだったのかと、ふたたび枕《まくら》に頭をつけようとしたときでした。

ドアの外で、だれやら身うごきをするけはい。ギョッとした御子柴くんが、息をのんでようすをうかがっていると、やがて、だれやらドアのそばをはなれて、しのび足で、ろうかのむこうへ行くけはいです。

御子柴くんは、にわかに心臓がおどりだしました。だれだろう。いまごろろうかを歩いているのは。そして、ドアのそとでなにをしていたのだろう。

御子柴くんは音もなく、ベッドからすべりおりました。そして、そっとドアをひらいて見ると、だれやらかいだんのほうへまがっていく、うしろすがたが見えました。

御子柴くんはろうかをはうようにして、かいだんのところまでやってきましたが、そのとたん、つめたい水でもぶっかけられたようなショックを感じたのです。

二階から大広間へおりるひろいかいだんを、足音しのばせおりていくうしろすがたは、なんとせむしではありませんか。

消えたせむし男

せむし男はかいだんをおりると、大広間のほうへすがたを消しましたが、ゴリラのようなうしろすがたのきみわるさ!

御子柴くんはつめたい水でもあびせられたように、しばらくふるえていましたが、やがて、ゆうきを出して、かいだんをおりました。

かいだんをおりると、ひろいひろい大広間、あちこちに西洋のヨロイが立っています。そのヨロイのひとつが御子柴くんのすがたを見ると、ギロリと目をひからせたようでしたが、御子柴くんはそんなことには気がつきません。

あたりを見まわすと、せむし男のうしろすがたが、いましもむこうのろうかへ消えるところでした。そのろうかには、鶴平翁《おう》や由紀子さんのへやがあるのです。

御子柴くんは、ねこのように足おとをしのばせ、ろうかのいりぐちまで走りよりましたが、そのとたん、思わずぼう立ちになってしまいました。

せむし男のすがたが見えないのです。

そのろうかは、おくゆき十メートルばかり。つきあたりには、てつごうしのはまった窓があり、窓から月のひかりがさしこんでいます。

ろうかの左がわはかべになっており、そこにも窓がありますが、これまたげんじゅうなてつごうし。そして、右がわに鶴平翁と由紀子さんのおへやがならんでいるのです。窓から抜けだすはずがないとすれば、鶴平翁か由紀子さんのおへやへ、しのびこんだのではないでしょうか。

御子柴くんは、あまりのおそろしさに、ひざが、がくがくふるえましたが、それでも、ゆうきを出して、鶴平翁のへやのまえまでしのびよりましたが、そのときとつぜん、へやのなかから、

「だれだ！　そこにいるのは？」

と、するどいひと声。

「あっおじいさま。ぼ、ぼくです」

「なんだ、御子柴くんか。どうしたんじゃね」

そういいながらドアをひらいたのは、パジャマすがたの鶴平翁。

「いったい、いまごろどうしたんじゃな」

「おじいさま。いま、ここへ、せむし男がやってきたんです。ぼくそのあとをつけて……」

「せむし男？　せむし男ってなんのことじゃ」

「ほら、きょうのサーカスに、せむしの道化師《どうけし》がいたでしょう。あれに、よくにた男です」

「なんだ、サーカスの道化師が、ここへしのんで来たというのか。あっはっは、御子柴くん、きみはゆめでも見たのじゃないかな」

「いいえ、ゆめではありません。ぼく、たしかに見たんです。せむし男がこのろうかへはいるのを見たんです。ひょっとすると由紀子さんのへやへ……」

「なに、由紀子のへやへ？……」

鶴平翁もいくらかしんぱいになったのか、となりのへやへいきましたが、由紀子もふたりのはなしには目をさましていたらしく、

「おじいさま、どうかしましたの？」

と、しんぱいそうにドアをひらきました。

「ああ、由紀子や。御子柴くんがね、きょうサーカスで見たせむし男が、いまここへしのんできたというのじゃ。ひょっとすると、おまえのへやに、かくれちゃおらんかな」

「あら、いやだ。あたしのへやには、ちゃんとかぎがかかっておりますもの。でも、御子柴さん、それ、ほんとのこと？」

由紀子さんもきみわるそうです。

「あっはっは、御子柴くん、ゆめを見たんだよ。ほら、ろうかの窓には、ぜんぶげんじゅうなてつごうしがはまっているし、おまえのへやにも、わしのへやにもかぎがかけてあったのだから、どこにもかくれるところはない。それとも、御子柴くん、せむし男は忍術《にんじゅつ》つかいみたいに、ドロドロと消えたというのかい」

そういわれると御子柴くんも、へんじにこまってしまいました。

ああ、しかし、御子柴くんは、ゆめを見たのでも、ねとぼけたのでもなかったのです。たしかに、せむし男のすがたを見たのです。しかも、せむし男はこのろうかへはいってきたのです。

しかし、それではせむし男は、いったいどこへ消えたのでしょうか。

御子柴くんはあまりのきみわるさに、からだじゅうが、氷のようにひえていくのをおぼえました。

城のとりこ

それでもよく朝《あさ》になると、鶴平翁はめしつかいにいいつけて、お城のなかを、しらべさせました。しかし、どこにもひとがしのびこんだようなあとはないのです。

「ほら、ごらん。御子柴くん、やっぱりあれはゆめだったんだよ」

「でも、おじいさま。このお城にはぬけあながあるんでしょう。もしやそこから……」

「あっはっは、なくなった子爵《ししゃく》のほかに、だれも知

らぬというぬけあなを、たびまわりの道化師《どうけし》が、どうして、知っているというんだね」

「でも、あのせむしは……」

白蠟仮面《びゃくろうかめん》の部下ではないか、といいかけて、はたと口をつぐみました。由紀子がおびえてはならぬと思ったからです。

「とにかく、あれはゆめだったんだ。御子柴くんも由紀子もそんなことはわすれておしまい」

その日はそれですみましたが、それから二、三日のちのこと、御子柴くんは由紀子にさそわれて、お城の物見台《ものみだい》へあがっていきました。

ふたりはしばらくあたりのけしきを見ていましたが、きゅうに由紀子があたりを見まわし、

「御子柴さん。あたし、ちかごろ、こわくて、こわくてたまらないのよ」

「ど、どうしてですか。由紀子さん」

由紀子は、こわそうにあたりを見まわすと、

「ここならだれも聞くひとはないわね。御子柴さん、あなたちかごろのおじいさまをどうお思いになる？」

「おじいさまが、ど、どうかしたんですか？」

「だって、とてもへんよ。まえのことをすっかり忘れてとんちんかんなことばかりよ」

「まえのことって？……」

「ここへくるまえのことよ。いいえ、ここへ来てからだって、はじめのうちのことは、ぜんぜんわすれてるの。そして、あたしがへんな顔をすると、とてもこわい目をしてにらむのよ」

「由紀子さん。それ、いつごろから？」

「ほら、このあいだ、あなたがせむしのすがたを見たとおっしゃったでしょう。そのつぎの日からなんです。御子柴さん、あなた、ほんとにせむし男を、ごらんになったの？……」

「ええ、ぼく、ほんとに見たんです」

「いったい、せむし男って、なんなの？」

御子柴くんは、いおうか、いうまいかとまよいましたが、思いきってほんとのことをいいました。

「そればかりじゃないんです。ぼく、あのサーカスに、白蠟仮面じゃないかと思われるやつがいるのを見たんです」

「まあ！」

由紀子はまっさおになって、ふるえながら、

「そのせむしがあの晩、あたしたちのおへやのまえで消えたのね。ひょっとすると、おじいさまのおへやへはいったのじゃ……」

「しかし、それならおじいさまが……」

「だから、あたしこわいのよ。御子柴さん、あれ、ほんとうに、あたしのおじいさまなの」

「由紀子さん、な、な、なにを、いうんです」

「だって、だって、白蠟仮面は、だれにでも、化《ば》けることができるんでしょう。花田弁護士に化けたときだって、弁護士さんにそっくりだったわ。だから、いまこのお城にいるのは、おじいさまじゃなくて、白蠟仮面が、おじいさまに化けているのじゃ……」

御子柴くんは、からだじゅうがしびれるような、おそろしさをかんじました。そういえば御子柴くんも、この二、三日、鶴平翁のようすが、なんとなくみょうなのに気がついていたのです。

ふたりはしばらく、まっさおな顔をして立っていましたが、やがて、由紀子がいまにも泣き出しそうな声で、

「御子柴さん、あれが、白蠟仮面だとすると、ほんとのおじいさまはどうしたの。あたし、それをかんがえると、こわくて、こわくて……。

御子柴さん、おねがい。あなた三津木先生に手紙を出してくださらない。すぐ、こちらへきてくださいって……」

「ええ、ぼく、これからすぐに書きます」

「なに、なにを書くんだって?」

だしぬけに、聞こえてきた声に、ふたりはあっとふりかえりましたが、そのとたん、ぼうのように立ちすくんでしまったのです。

いつのまにあがって来たのか、鶴平翁がそこに立っているのではありませんか。

「あっはっは、どうしたんだね。なぜ、そんなみょうな目つきでわしを見るんじゃ」

鶴平翁はそういいながら、うたがいぶかそうな目で、じろじろふたりを見ています。

「ああ、おじいさま。ぼく、ちょっとおねがいがあるんですけれど……」

「なんだい、たのみというのは?……」

「ぼく、ちょっとお城を出たいんですけれど」

「お城を出てどうするんだい」

「いえ、あの、ちょっとさんぽに……」

「いけない、いけない！　サーカスのライオンはまだつかまらん。どこにかくれているかもわからんのじゃ。とうぶん、ふたりとも、ぜったいにお城から出てはいけません」

それを聞くと、御子柴くんも由紀子さんも、いよいよまっさおになりました。

まえにもいったとおり、このお城には、まわりにほりがめぐらしてありますから、つり橋をおろさないと、ぜったいに外へ出られません。

しかし、そのつり橋は鶴平翁のゆるしがないと、おろさないことになっているのです。

ああ、それでは御子柴くんと由紀子さんは、金獅子城《きんじしじょう》のとらわれびとになったのか。

抜穴《ぬけあな》をもとめて

世のなかにこんなきみのわるいことがあるでしょうか。

おじいさまが、いつのまにやら、ほかのひとにかわっているのではないかなんて、そんなおそろしいことが、ありましょうか……。

由紀子はいま、そのおそろしいうたがいに、おののきおびえているのですが、しかも、そのうたがいは、いよいよ強くなって来ました。

そのよくじつ、鶴平翁は、いままでのめしつかいにぜんぶひまを出し、どこからか新しいめしつかいをつれてきたのです。それを知ると由紀子は、まっさおになってふるえあがりました。

「ああ、もうだめだわ。こんどきためしつかいは、みんな白蠟仮面《びゃくろうかめん》の部下なのよ。あたしたちが逃げださないように見はっているのよ」

御子柴くんもしまったと思いました。いままでのめしつかいさえいてくれたら、手紙を出してもらうこともできたのですが、いまは、もうそれもできません。

こうして、ふたりはかんぜんに、ひとざとはなれた金獅子城のとりこになってしまったのです。

由紀子は、あまりのおそろしさに、いまにも病気になりそうでしたが、御子柴くんがそばからそれをはげまして、

「由紀子さん、そんなに気の弱いことじゃだめだ。ぼくたち、ここから逃げ出すことができるかも知れ

ない。いや、きっと逃げ出せる」

「あら、どうして？　どこから逃げるの。つり橋は、おじいさまのめいれいがなければおりないのに」

「なあに、つり橋なんかどうでもいい。ぬけあなから逃げるんだよ」

「ぬけあな？……。だって、どうしてぬけあなを見つけるの。あんなにさがしてもわからなかったのに」

「それはね、いままでは目あてもなしに、めくらめっぽうさがしていたからだめだったんだ」

「それじゃ、いまは目あてがあるの？」

「うん、あるんだ。ほら、このあいだ由紀子さんとはなしをしていた物見台《ものみだい》ね。由紀子さんはあのとき、おじいさまがあがってくるの、気がついていた？」

「ああ、そういえば、あたしふしぎでしかたがなかったわ。あたし、ずいぶんかいだんのほうに気をつけていたのよ。それなのに、おじいさまのあがっていらっしゃるの、ちっとも気がつかなかった。

　御子柴さん、それじゃ、あそこにぬけあなの入口があるの？」

「そうじゃないかと思うんだ。おじいさまは、きっとそのぬけあなから出てきたんだ」

　由紀子はきゅうに目をかがやかせて、

「御子柴さん、さがしましょう。ぬけあなをさがしましょう。そして、このお城から逃げだしましょう。あたし、こわくて、こわくて、いっときもこんなところにいられないわ」

「もちろん。しかし、由紀子さん、あせっちゃいけないよ。こんなこといちどしくじると、もう取りかえしがつかないからね。ときがくるまで、だれにもさとられないように……」

　しかし、さいわい、そのときは、思ったよりはやくやってきました。

　そのよくじつの晩ごはんのとき、鶴平翁はふたりにむかい、こんなことをいいました。

「由紀子や。今夜わしはようじがあって、町までいってくるからな。おまえは、御子柴くんとふたりで、おるすばんをするんですよ」

　それを聞くと、由紀子は、思わず御子柴くんと顔を見あわせました。

「ええ、おじいさま。由紀子、しっかりおるすばんをするから、ゆっくりいっていらっしゃい」

「ああ、そうか、そうか。御子柴くんもたのんだよ。ゆめにもお城から出ようなんて考えるんじゃないよ。どこからライオンがとび出すかも知れんからな。あっはっは!」

鶴平翁はきみのわるい声で笑いました。

それからまもなく、鶴平翁は、ふたりにおくられてお城から出ていきました。お城のばんにんは鶴平翁が出ていくと、すぐまたつり橋をつりあげて、ジロリとふたりをにらみます。

「さあ、由紀子さん、今夜だ。したくをしてまっていらっしゃい」

「ええ、御子柴さんも……」

大《おお》いそぎで身じたくをととのえたふたりは、じきのくるのをまっていましたが、さいわい、めしつかいたちは、鬼のるすにせんたくとばかりに、お酒をのみはじめたようすです。

このときとばかりに、そっとへやをぬけ出したふたりは、それからまもなく、しゅびよく物見台へとたどりつきました。

恐ろしきわな

物見台はたかい塔のうえにあり、まんなかに大きな獅子《しし》の像がおいてあります。

そして、その獅子の台座のいっぽうには、金獅子城とほった銅板がはめこんであるのです。

「由紀子さん、このあいだおじいさまの立っていたのは、この獅子のそばだったね」

「ええ、だしぬけに、声がきこえたので、びっくりして、ふりかえると、そこに、おじいさまが立っていたんです」

「よし、きっと、この獅子にしかけがあるんだ」

ふたりは、懐中電灯で、ねんいりに獅子の像をしらべましたが、ふと気がついたのは、ひたいにたれかかっているたてがみです。

ちょうどそれが、ほとけさまのひたいにある、びゃくごうのようなかたちになっているのです。

御子柴くんがそれに手をふれると、なんだか、うごくような気がします。

はっとして、思わず強くゆびでおすと、そのとたん、台座にはめてあった銅板が、おともなく内へひらきました。

「あっ、み、御子柴さん！」

「しっ、しずかに」

台座のなかをのぞいてみると、そこはたたみ二枚しけるくらいの広さになっており、そのすみに四角なあなが切ってあります。

「うん、やっぱりここだ。由紀子さん……」

ふたりが台座のなかへはいこむと、銅板はまたしずかにしまります。

四角なあなをのぞいてみると、ずいぶんふかいものらしく、底知れぬやみのそこから、なまぬるい風が吹いてくるのです。

むろん、あなのなかには、まっすぐにてつのはしごがついていました。

「由紀子さん、このはしごおりられる？」

「だいじょうぶよ。このお城から出られるのだったら、どんなことでもするわ」

「よし、それじゃついておいで」

ふたりはきけんもわすれて、てつばしごをおりはじめましたが、さいわい、このてつばしごのとちゅうには、十メートルほどごとに、おどり場《ば》がついていて、やすめるようになっています。もしそれがなかったら、由紀子はきっと底知れぬやみのなかの、長い長いはしごのとちゅうで、気がとおくなっていたでしょう。
五、六十メートルもおりたかと思うと、やっと底までたどりついたらしく、大きなトンネルが目のまえにひらけました。
「ああ、もうだいじょうぶ。このトンネルをいけば、きっと外へ出られるよ」

「うれしいわ。はやくいきましょう」

だが、そのトンネルを四、五十メートルもきたときです。

「あっ、いけない。だれか来た！　由紀子さん、懐中電灯を消して……」

ふたりはあわてて、懐中電灯を消すと、ぴたりとトンネルのかべへすいつきましたが、と、見れば、むこうに見えるあかりがふたつ、こちらへむかって走ってくるではありませんか。

「見つかった。由紀子さんひきかえそう」

「御子柴さん、手をひいて。あたしこわい」

「由紀子さん、しっかり……しっかりしなきゃだめだ！」

由紀子さんの手をひいた御子柴くんは、むちゅうでまっくらなトンネルの、かべづたいに走っていましたが、ふと手にさわったのは、ドアの、とってのようなもの。

「あっ、由紀子さん、ちょっとまって……」

御子柴くんが、とってをまわすと、なんなくドアがひらいたではありませんか。

これさいわいと御子柴くんが、由紀子さんの手をひいてなかへとびこみ、ぴたりとドアをしめたところへ、足音がちかづいてきました。

「おい、川北、だれもいないじゃないか」

「首領《かしら》、ひょっとしたら、このドアのなかへとびこんだんじゃありませんか」

なんとなく聞きおぼえのある声に、御子柴くんはかぎあなから、そっと外をのぞきました。

が、そのとたん、からだじゅうの血が、こおるようなおそろしさをかんじました。

ドアの外に立っているのは、このあいだサーカスで見た、あの金色の鬼と、せむしの道化師《どうけし》ではありませんか。ああ、もうまちがいはない。やっぱり、このふたりは、白蠟仮面《びゃくろうかめん》とその部下だったのです。

「なに、このドアのなかへ……」

金色の鬼の白蠟仮面は、からからと笑うと、

「それじゃ、まるでじぶんからもとめて、あぶないところへとびこんだようなもんじゃないか。やい、探偵小僧、へやのなかをよくしらべて見ろ！」

なんとなく意味ありげなことばに、御子柴くんは懐中電灯をつけて、へやのなかを見まわしましたが、そのとたん、

「あれ！」

とさけんで、由紀子が、すがりつきました。

むりもありません。へやのすみには一頭のライオンが、らんらんたる目を光らせてこちらをねらっているではありませんか。

御子柴くんはいっぺんに、かみの毛が白くなるような気がしました。そのときまたもや白蠟仮面が、高らかに笑いました。

「だから、いわんことじゃない。さっき出がけに、うっかり城から出ると、どこからライオンがとび出すかも知れんといったじゃないか。そのライオンは、

ひもじさにうえているのだ。ゆっくりえじきになるがいい。あっはっは」

そういいながら白蠟仮面は、外から、ガチャリとドアにかぎをかけました。

獅子のえじきに

「あっ、おじいさん、たすけてください。ここをあけてください」

いかに勇敢な探偵小僧も、うえたライオンにはかなわない。あまりの恐ろしさにまっさおになり、ひっしとなってドアをたたきます。白蠟仮面はせせらわらって、

「やい、探偵小僧。そんなにライオンがこわいかい。よしよし、それじゃたすけてやろう。そのかわり正直に白状《はくじょう》しろ」

「な、なにを白状するんですか」

「いつかきさまが、おれのあとをつけてきたとき、どこかでダイアを拾《ひろ》やあしなかったか」

御子柴くんは、それを聞くとはっとしました。

諸君もおぼえているでしょう。いつか石膏像《せっこう》にばけた白蠟仮面が、トラックにのって逃げるとちゅう、郵便車としょうとつしたのを――。

そのとき、白蠟仮面のかくれていた箱のなかから、とびだしてきたダイアモンドを、御子柴くんが拾ったことがありましたね。

御子柴くんが白蠟仮面の事件にかんけいするようになったのは、みんなあのダイアを拾ったからでした。

「あっはっは、だまっているところをみると、やっぱりきさまが拾ったんだな。さあ、いえ、そのダイアはいまどこにあるんだ」

「いいます、いいます。あっライオンが……」

いままで、むこうのすみにうずくまっていたライオンが、むっくり起きると、のそりと一歩、ふたりのほうに近づきます。

それを見ると御子柴くんは、ドアにしがみついたまま、ひしと由紀子を抱きしめました。由紀子はもう気をうしないかけているのです。

だが、そのとたん、白蠟仮面が、がらりとひらいたのはドアの上部にあるのぞき穴です。そこからぴたりとピストルでライオンにねらいをさだめると、

「さあ、はやく白状しろ。ライオンが近づいてきたら、このピストルで、うちころしてやる」

ライオンはピストルをみると、怒りにみちたさけびをあげ、ばりばりと爪《つめ》でゆかをひっかきます。御子柴くんは、全身の毛が、さっとさかだつのをかんじました。

「はい、あの……そのダイアなら……」

と、御子柴くんはちょっとかんがえて、

「こ、ここにあります」

と、ポケットから抜きとったのは万年筆。それをのぞき穴から白蠟仮面にわたすと、

「さあ、おじさん、はやくここをあけてください。はやく、はやく……」

「まあ、待て。あっはっは、万年筆とはうまいところへかくしたな。おい川北。この万年筆をしらべてみろ」

せむし男は万年筆をしらべていましたが、

「ああ、首領《かしら》、ありました、ありました。万年筆のなかに、ダイアがありました」

「そうか、よし！」

「さあ、おじさん。ダイアがあったら、はやくここをあけてください。はやく、はやく」

「あっはっは、ばかめ。ダイアさえとりかえせば、もうきさまには用はない。ライオンのえじきになって死んでしまえ」

「え、えっ！」

「あっはっは、探偵小僧、もういちどよくへやの中をしらべてみろ。おもしろいものが見つかるからな。さあ、せむし、いこう」

ああ、なんという悪人でしょう。ダイアをまきあげた白蠟仮面は、せむしをつれて、ゆうゆうとドアのまえから立ちさりました。

それにしても、もういちどへやの中をしらべてみろ、おもしろいものが見つかる、と白蠟仮面がいったのは、いったいなんのことだろうと、御子柴くんはおそるおそる、懐中電灯で、へやのなかを見まわしたが、そのとたん、

「きゃっ！」

とさけんで、由紀子はとうとう、気をうしなってしまいました。

それもむりではありません。へやのすみにころがっているのは、ばらばらになった、人間の骨としゃ

れこうべ。しかも、そのしゃれこうべのそばに、ずたずたにひきさかれているのは、まぎれもなく、鶴平翁《おう》の洋服ではありませんか。

ああ、それでは鶴平翁もこのへやで、ライオンのえじきにされたのか……。

あまりのおそろしさに御子柴くんは、全身の力がぬけていくのをかんじましたが、そのとき、ライオンが、ううう——、とひくいうなりをあげて、ふたりのほうへ近づいてきました。

俊助きたる

かわいそうな御子柴くんや由紀子さんは、そのご、どうなったでしょうか。

それはしばらくおあずかりとしておいて、さて、その翌日の夕方のことでした。

金獅子城《きんじしじょう》へ思いがけないお客さまがやってきました。新日報社の三津木俊助です。

「やあ——一柳さん。二、三日お休みがとれたので、ごやっかいになりに来ましたが、みんな元気でいますか」

「おお、これはこれは、三津木俊助さん」

と、ホールであいさつをかわしたにせ鶴平翁は、ギロリと目をひからせましたが、すぐわざと顔をくもらせて、

「これはよいところへ……じつは、電報をうとうと思っていたところです」

「電報を？……な、なにかかわったことでもあったのですか。そういえば、探偵小僧や由紀子さんのすがたが見えないが、まさか、あの連中にまちがいがあったのじゃ……」

「いや、じつはそのことなんで……」

「えっ、そ、それじゃ、探偵小僧や由紀子さんが、ど、どうかしたんですか」

俊助は、はっと顔色をかえました。

「そ、それがな。この金獅子城にはだれも知らぬ、秘密の抜穴《ぬけあな》がありますのじゃ」

「ああ、そのことなら、いつか探偵小僧が手紙でいってきたので知っていますが……」

「ああ、そう。ところがその抜穴というのに御子柴くんと由紀子が、ひじょうに好奇心をいだきましてな。なんとかして、抜穴のありかをはっけんしたい

とむちゅうになっていたんです」

「はあ、はあ、それで？……」

「ところが、ゆうべわしが町へいっているるす中に、ふたりのすがたが見えなくなった。しかも、門から出ていったけいせきはない。ごしょうちのとおり、あの吊橋《つりばし》をあげておくと、だれも出入りはできんわけで……」

「はあ、はあ、なるほど……」

俊助の顔色には、いよいよ不安のいろがひろがってきます。

「門から出たのでないとすると、この城の中にいなければならんはずじゃが、それがどこにもすがたが見えん。そこで、わしの考えるのに、ふたりはゆうべ、抜穴の入口をはっけんしたのじゃないか。そしてなかへ入ったきり、出られなくなったんじゃないか……」

「そ、そして、その抜穴の入口というのはどこにあるんですか」

「それがわかるくらいなら、わしもこんなに心配しやせん。御子柴くんも由紀子も、だまっていってしまったもんじゃから、どうしてもその入口というのがわからん」

俊助はしかし、いくらか安心したように、

「しかし、ご老人。それならば、なにもそれほどご心配なさることもありますまい。抜穴のなかで迷っているとしても、まだ一昼夜《いっちゅうや》もたたないのですから、まさかうえ死《じに》もしますまい。大いそぎで抜穴の入口をさがし出して……」

「いや、ところが……」

と、鶴平翁はいよいよ顔色をくもらせて、

「あんたはごしょうちかどうか知らんが、このあいだ、町へきているサーカスから、ライオンが一頭逃げだしたきり、いまだにつかまらんのじゃ」

「ああ、そのことなら聞いています」

「ところが、そのライオンがひょっとすると、抜穴のなかへまぎれこんだのじゃないか……。というのは、ゆうべ抜穴のありかをさがしていると、地《ち》の底からライオンのうなり声と、子供の泣きさけぶ声がきこえたのじゃ。だから、ひょっとすると、ふたりは抜穴のなかで、ライオンのえじきになったのじゃないか。そう思うと、わしはこの胸がはりさけそうで……」

ああ、なんとお芝居《しばい》のじょうずなやつでしょう。

白蠟仮面のにせ鶴平翁は両手で顔をおさえて、おいおい泣いてみせるのです。俊助もそれを聞くと、さっと顔色をかえましたが、そこへかけこんできたのはせむしの召使《めしつか》いです。

「あっ、かしら……いえ、あの、だんなさま。抜穴の入口が見つかりました」

「な、なに、抜穴の入口が見つかったと？」

「そうです、そうです。物見台《ものみだい》の獅子《しし》の台座がひらくのです。はやく来てください」

「よし、三津木さん、あんたも来てください」

白蠟仮面のにせ鶴平翁と、せむしの部下は、なにやらすばやく目くばせすると、あたふたと物見台へあがっていきます。三津木俊助もふたりのあとからついていきました。

あぶない、あぶない。俊助もこうして、悪者のわなに落ちるのではありますまいか。

魔か人か

物見台まであがってくると、獅子の台座の銅板がぱっくりとひらいています。

俊助はなかをのぞいてみて、

「なるほど、これこそ抜穴の入口にちがいない。しかし、どうしてきみはこれをはっけんしたんですか」

「いえ、あの、獅子のまき毛をいじっていると、きゅうにそこがひらきましたので……」

「あっはっは、それはまあしあわせでしたね。ご老人、とにかくなかへ入ってみましょう」

「し、しかし、この抜穴のなかには、ひょっとするとライオンが……」

「ご老人、あなたはなにをおっしゃるのです。あなたはお孫さんがかわいくはないのですか。お孫さんがかわいければ、ライオンがいようがトラがいようが……」

「ああ、いや、そ、そうでした。川北や。懐中電灯とピストルを持ってきておくれ」

白蠟仮面が目くばせすると、すぐにせむしの川北が、いわれたものを持ってきました。そこで三人は、めいめい懐中電灯を照らしながら、抜穴のなかへ入っていきます。

この抜穴のことは、まえにも書いておきましたから、ここでは、あまりくどくどしく、くりかえすのはひかえましょう。

ながい、ながい、てつばしごをおりると、あのまっくらなトンネルです。

せむし男はいちばんせんとうに立っていましたが、だしぬけに立ちどまると、

「おや、——こんなところにドアがある！」

と、懐中電灯の光をむけたのは、きのう、御子柴くんと由紀子が、ライオンのえじきになったへやのまえです。

「おお、なるほど、川北、ちょっと開《ひら》いてみい」

しかし、かぎがかかっているのか、ドアはびくともしないのです。白蠟仮面の鶴平翁《おう》は、懐中電灯であたりを見まわし、

「おい、川北、ドアのしたからなにかのぞいているが、それはなんじゃな」

白蠟仮面のことばに、もっともらしく、床にかがみこんだせむし男が、ドアのしたからひきずりだしたのは一枚のハンカチーフ。

「あっ、だんなさま。こ、これはお嬢さまのハンカチではございませんか」

「おお、そうじゃ、そうじゃ。たしかに由紀子のハンカチじゃ。それじゃ、由紀子はこのへやのなかに……」

と、白蠟仮面はドアにすがりつき、

「由紀子や、由紀子や、おまえ、このへやのなかにいるのか。いるならいると返事をしておくれ。おじいさまは心配で、心配で、もう気がくるいそうじゃわい」

と、れいによって芝居《しばい》げたっぷり、でもせぬ涙をふきながら、気ちがいのようにドアをたたいていましたが、そのとき、そばからせむし男が、

「だんなさま、ちょっとお待ちください」

「待てとはなんじゃ」

「ここにひとつかぎがあります。このかぎはお城のどのドアにもあわないので、いったいどこのかぎかと思っていましたが、ひょっとすると、これはこのドアのかぎでは……」

「おお、川北、はやくためしてみてくれ。はやく、はやく……」

せきたてられて川北が、とり出したのは大きなか

ぎです。それをかぎ穴にさしこむと、

「あっ、だんなさま。あいました、あいました。ドアがひらくようすです」

「よし、はやく、ひらいておくれ」

白蠟仮面はせむしの部下に、なにやら、すばやく目くばせすると、そっと俊助のうしろにまわります。

そして、せむし男が用心ぶかく、ドアをひらいたせつな、いきなりどんとうしろから、俊助をつきとばしたからたまらない。

「あっ、な、なにをするんです！」

ふいをくらってよろよろと、ドアのなかへのめりこもうとした俊助は、くらやみのなかでだしぬけに、だれかの胸にぶつかりました。

「あっ、だれだ。そこに立っているのは！」

「えっ！」

俊助の声におどろいた、白蠟仮面とせむし男は、ドアのなかへさっと、懐中電灯の光をむけましたが、そのとたん、

「わっ、ゆ、ゆうれいだ！」

と、思わず、二、三メートルとびのきました。

ふたりが、おどろいたのもむりはない。

ドアのなかにしょんぼりと、うらめしそうに立っているのは、ライオンのえじきになったはずの一柳鶴平翁ではありませんか。

怪しのかげ

「だ、だれだ！　き、き、さまは？……」

さすがの怪盗、白蠟仮面も、これにはどぎもを抜かれたらしく、肩でいきをしています。

せむし男の川北は、頭をかかえてろうかにしゃがみ、わなわなふるえているのです。

「わしがだれだって？……」

と、怪しのかげはうらめしそうな、しゃがれ声でいいました。

「そんなことは聞くまでもない。おまえたちのほうがよく知っているはずじゃ。わしはこの金獅《きんじ》子城《しじょう》のあるじ、一柳鶴平じゃ」

「そ、そんなはずはない。一柳鶴平は、ライオンのえじきになったはずだ。おれは、ばらばらになった骨、しゃれこうべを見た……」

「そうじゃ。わしはライオンにくわれて死んだ。わ

しはゆうれいになって、うらみをはらしにやってきたのじゃ」

と、ふらふらとドアの中から出てくるようすに、たまりかねたか、

「おのれ！」

とばかりに、白蠟仮面は腰のピストルをとり出すと、二、三発、たてつづけにぶっぱなしましたが、怪しのかげはあいかわらず、うらめしそうに立っています。

「あっはっは、いくらでもうて。いちど死んだら二どとは死なぬ。ゆうれいにたまがあたってたまるもんか。白蠟仮面、うらめしいぞ」

怪しのかげは両手をのばして、白蠟仮面ののどをしめようとするのです。

ああ、なんというふしぎな光景でしょう。まっくらな地下道のなかに、ふたりの鶴平翁《おう》がいるのです。そして、ひとりの鶴平翁が、もうひとりの鶴平翁の、のどをめがけてつめよってくるのです。

「きゃっ！」

さすがの白蠟仮面も、悲鳴をあげてとびのくと、

「川北、逃げろ！」

と、いちもくさんに逃げていくふたりのうしろから、怪しのかげのうらめしそうな声が、追っかけて来ます。

「これ、待て、白蠟仮面。よくもわしをライオンのえじきにしたな。そのしかえしに、こんどはおまえをライオンのえじきにしてやる。それ、ライオン。はやくあいつを追っかけろ！」

そういう声に白蠟仮面が、うしろをふりかえってみると、おお、なんということでしょう。怪しのかげのうしろから、ライオンがたてがみさかだて、追っかけてくるではありませんか。

「わっ、た、たすけてくれ！」

白蠟仮面とせむし男が、こけつ、まろびつ、やっとたどりついたのは、あのてつばしごのふもとです。

「しめた。ここまでくればだいじょうぶ」

と、白蠟仮面はそのてつばしごのそばの、壁をさぐっていましたが、やがてかくしボタンを見つけると、強くそれを押しました。

と、そのとたん、ががらと上から落ちてきたのは、あついてつのとびらです。それがぴたりと、トンネルの入口をとざしてしまいました。

ちょうどそのとき、とびらのむこうへかけつけてきたのは、怪しのかげと、ライオンです。

「おのれ、ここをあけろ。ここをあけぬか」

どんどんと、とびらをたたく音にまじって、ライオンのうなり声がきこえます。

「あっはっは、そのとびらを開《ひら》いてたまるもんか。ゆうれいならけむりのように、とびらのすきから抜けてこい。川北、はやくうえへあがろう」

ライオンと怪しのかげをあとにのこして、物見台《ものみだい》からはいだした白蠟仮面とせむし男は、汗びっしょりの顔を見あわせ、

「かしら、いまのはいったいなんでしょう。ほんとにあれはゆうれいでしょうか」

「ばかなことをいうな。この世にゆうれいなんかいてたまるもんか。だれかが鶴平に化《ば》けているんだ。しかし、ふしぎだな。どこからあのへやへしのびこんだろう」

「どっちにしても、このままじゃすみませんぜ」

「わかってる。それくらいのことに気がつかぬおれではない。川北、耳をかせ」

白蠟仮面がなにやら耳うちをすると、

「あっ、それじゃ堀の水をとおして、地下道を水びたしにするんで……」

「そうだ。トンネルの入口を両方ともしめておいて、どんどん堀の水をつぎこめば、あのゆうれいもライオンも、それから三津木俊助も、みんな地下道のなかで水におぼれて、ネズミのように死んでしまうさ。あっはっは、とにかくいそごう」

と、大いそぎで物見台をかけおりたふたりは、もとの大広間へかえってきましたが、そのとたん、ふたりとも髪の毛も白くなるようなおそろしさに、ギヨッと、そこに立ちすくんでしまいました。

ああ、なんということでしょう。

大広間の中央には、いま地下道へのこしてきた、鶴平翁のゆうれいが、うらめしそうに立っているではありませんか。しかも、その足もとには、ライオンがらんらんたる目をひからせて、うずくまっているのです。

俊助の勝利

ああ、それにしても鶴平翁やライオンは、いった

いどこから出てきたのでしょう。

地下道の入口を、鉄のとびらでしめてしまえば、どこにも抜けだすすきはないはず。もし、トンネルのむこうの口から抜けだしたとしても、こんなにはやくはこれないはずです。

それでは、そこにいるのは、ほんとうにゆうれいで、けむりのようにとびらのすきから、抜けだして来たのでしょうか。

さすがの白蠟仮面も、頭からつめたい水をぶっかけられたようなおそろしさを感じました。せむしの川北は、歯の根もあわぬくらいがたがたふるえているのです。

鶴平翁のゆうれいは、ふらふらこちらへ近づいてくる。その足もとには、ライオンがらんらんたる目をひからせているのです。

「おのれ、化《ば》けもの！」

白蠟仮面はやっきとなって、ピストルのひきがねをひきましたが、鶴平翁もライオンもへいきのへいざで近よってくる。

白蠟仮面は気ちがいのように、また二、三発ぶっぱなしました。が、そのときでした。とつぜん、あざけるような笑い声。

「あっはっは、よしたまえ、白蠟仮面。いくらうってもだめさ。さっき地下道で、こっそりたまを抜きとっておいたのだから」

そういう声は三津木俊助。

「な、な、なんだと！」

白蠟仮面は、あわててあたりを見まわしましたが、どこにも俊助のすがたは見えません。

「おのれ、出てこい。三津木俊助！」

「あっはっは、おどろいたか白蠟仮面。それじゃすがたを見せてやろう」

と、へやのすみからのこのこ歩きだしたのは、なんと西洋のよろいではないか。

「さあ、もうよい。御子柴くんも由紀子さんも出てきたまえ」

すると、二つのよろいが歩きだしました。そして、あっけにとられている白蠟仮面の面前で、三人のよろい武者がよろいをぬぐと、その下からあらわれたのは、三津木俊助に御子柴くん、それから由紀子もぶじでした。

「そ、それじゃ探偵小僧も由紀子のやつも、ライオ

ンに食われたのじゃなかったのか」

「どうやらそうらしいね。白蠟仮面」

「そ、そして、この鶴平もほんものか」

「あっはっは、抜かったね。白蠟仮面。ぼくはずっとまえから抜穴《ぬけあな》のありかを知っていたんだ。そこでときどき抜穴をとおって、この城へしのびこんでいたんだ。見たまえ。ここに抜穴の入口があるんだよ」

俊助が指さしたのは、ひときわ大きな西洋のよろい。そのよろいの胸にあるボタンを押すと、ぱっとよろいが左右にわれて、その足もとにポッカリ穴があいているのです。

「これがほんとの抜穴の入口なんだ。ぼくは、まえからここをとおって、この大広間へしのびこみ金獅子城《きんじしじょう》を見はっていたんだ。そのうち君がやってきて、鶴平翁《おう》を地下道へつれこみ、ライオンのえじきにしようとしたんだ」

「あっ、そうだ。しかし、そのライオンはなんだって、鶴平翁を食ってしまわなかったんだ。いや鶴平翁ばかりじゃない。探偵小僧や由紀子のやつも、どうしてライオンのえさにならずにすんだんだ」

それを聞くと俊助は、腹をかかえてわらいころげました。

「あっはっは、白蠟仮面、サーカスから逃げだしたライオンは、とっくの昔に山のなかで、警官たちにうち殺されたんだ。そして、そこにいるライオンはな……警部さん、もういいでしょう。ひとつ白蠟仮面に顔を見せてやってください」

と、いうやいなや、ライオンがすっくとばかり立ちあがりました。そして首をうしろへはねのけたところを見ると、なんと、それは等々力警部ではありませんか。

黄色い煙《けむ》り

「ああ、そうか。そうだったのか。それじゃあの地下道にちらばっていたがいこつや、しゃれこうべは?……」

「あっはっは、あれか。あれはね、町の病院から、人体模型を借りてきたのさ。そして、いかにもライオンにくわれたように、ばらばらにして、散らかしておいたのだ」

「ふうむ、まいったよ、三津木俊助。こんどはかんぜんにおれのまけだっ」

さすがは怪盗、白蠟仮面。こうなってはもうだめだと、すでにかくごをきめたのか、がっかりしたように首をうなだれました。

「警部さん、手錠《てじょう》を……」

俊助があいずをすると、等々力警部はライオンの毛皮のしたから、手錠を取り出しましたが、それを見ると白蠟仮面、あわてて手をふりながら、

「ああ、ちょ、ちょっと待ってくれ」

「なに、待てとは?……」

「手錠をはめられたらもうおしまいだ。そのまえに、タバコを一本すわせてくれ」

「警部さん、どうしましょう」

「ふむ、いいだろう。おい、白蠟仮面、一本だけだぞ。さっさとすってしまえ」

「いや、ありがとう。おい、川北、おまえも一本すえ」

白蠟仮面はポケットから、タバコを二本とりだすと、せむしの川北と一本ずつ、さもうまそうにすいはじめました。

三津木俊助と等々力警部は、ゆだんなくピストルを身がまえています。御子柴くんと由紀子さんは、鶴平翁とともに、心配そうにこの場のようすを見ているのです。

白蠟仮面はふかぶかとタバコをすうと、

「ああ、これで当分、タバコのすいおさめか。おい、川北」

「は、はい」

せむしの川北はどういうわけか、タバコをすいながら、がたがたふるえているのです。

俊助ははっと怪しい胸さわぎをかんじましたが、そのときでした。ふたりのすっているタバコのさきからぱちぱちと青白い火花が散りはじめたから、おどろいたのは三津木俊助。

「しまった! すてろ! タバコをすてろ!」

と、あわててさけびましたが、そのときはもうおそかったのです。

「これでもくらえ!」

と、白蠟仮面とせむしの男が、タバコを投げすてたとたん、
ドカン! ドカン!

と、ものすごい音をたてて、タバコがばくはつしたかと思うと、あたりいちめん、もうもうと黄色い煙《けむ》りがたちこめました。

「あっ、しまった！」

一同は思わずゆかに身をふせましたが、そのすきに身をひるがえした白蠟仮面、

「川北、こい！」

と、さけぶとともに、さっと俊助がひらいたよろいのなかへかけこみました。

「しまった！　待て！」

と、さけんだものの、あたり一面たちこめた黄色い煙りに顔をあげることもできません。煙りは目にしみ、のどにしみ、一同はポロポロ涙をこぼしながら、ゴホンゴホンとせきをするばかり。七転八倒《しちてんばっとう》の苦しみです。

それでも、やっと煙りがおさまって、一同が顔をあげたときには、白蠟仮面もせむし男も、かげもかたちも見えませんでした。

「ちくしょう。こんなことなら、すぐに手錠をはめればよかった」

「なあに、警部さん、だいじょうぶですよ。抜穴《ぬけあな》の出口はちゃんと警官がみはりをしているんですからね」

「あ、そうだ。それじゃすぐにいってみよう」

と、ふたりはすぐに抜穴へもぐりこみます。

その抜穴は堀の下をくぐって、附近《ふきん》の崖下《がけした》までつづいているのですが、その崖下からはい出した警部と俊助のすがたをみて、

「あっ！　あなたは三津木俊助さん！」

と、見張りの警部がまっさおになりました。

「おい、どうしたんだ。いまここへ、白蠟仮面とせむし男がきやしなかったか」

と、等々力警部がたずねると、

「いえ、あの、白蠟仮面はきませんが、そこにいる三津木俊助さんが……」

「えっ、ぼ、ぼくがどうしたというんです」

「は、はい、三津木さんが白蠟仮面の部下を捕えたから、警察へつれていくといって、せむし男をひったてていったんです。そして、あとから警部さんが、白蠟仮面をつれてくるから、ここでまっていろといったんです」

「し、しまった！」

警部と三津木俊助は、じだんだふんでくやしがりましたが、いくらくやしがってもあとのまつりです。白蠟仮面は、ひともあろうに、三津木俊助に変装して、まんまと逃げてしまったのです。

青色ダイア

こうして、白蠟仮面が金獅子城から逃げだしてからはや一月《ひとつき》あまりたちました。

探偵小僧の御子柴くんは、いつまで伊豆にかくれていてもしかたがないので、まもなく東京へかえってくると、元気に新日報社へかよっていましたが、そのうちに、またしても大事件がおこって、ここにふたたび白蠟仮面と三津木俊助の、はなばなしい一《いっ》騎《き》討《う》ちの幕がきっておとされたのです。

その事件というのはこうでした。

ちょうどそのころ、東京には、めずらしい外国の客がたいざいしていたのです。そのひとは、アラビアかどこかあのへんの、小さな王国の王族のひとりで、アクメッド・アリ・ハッサン・アブタラアという、たいへん、ながたらしい名まえのひとでしたが、ふつうアリ殿下《でんか》とよばれていました。

アリ殿下のお国は、いまもいったとおり、あまり大きな国ではありませんが、殿下ごじしんはたいへんなお金持《かねもち》で、なんでも世界で何ばんめとかに指を折られるほどだとかいうことです。

そういうめずらしい国の、大金持の貴族が、世界漫遊のとちゅう、日本へ立ちよられたのですから、その評判といったらありません。新聞という新聞は、アリ殿下のおうわさでもちきりでした。

きょうは殿下がどこへ出かけられたの、あすはどこそこをご見物のご予定だの、さてはまた、朝おきてから夜寝るまでの、殿下のご日常などがまい日《にち》まい日《にち》写真いりで、どこかの新聞にでない日とてはありませんでした。

それですから、ちかごろではもう、アリ殿下のことといえば、だれひとりとしてしらぬものはありませんでしたが、そういう新聞記事のなかでも、とりわけ人々をうらやましがらせたのは、殿下がもっていられる、おびただしい宝石のことです。

この旅行さきでさえ、殿下は何十となく宝石を身につけていられるのです。

それらの宝石はどのひとつをとってみても、ゆうにひと財産もふた財産もあるということですが、そのなかでもとくに有名なのは、殿下がいつもターバンにちりばめていらっしゃる、青色ダイアです。

諸君はアラビアン・ナイトをお読みになったことがあるでしょう。殿下もあのへんのお国のひとですから、いつもアラビアン・ナイトのさしえにあるような身なりをなさって、頭にはぐるぐると布をまいていらっしゃいます。

その布をターバンとよぶことは、諸君もたぶんごぞんじでしょうが、貴族になると、そのターバンの正面にじまんの宝石をちりばめているのです。

アリ殿下のターバンにちりばめられた青色ダイアは、世界中にその名がしられていて、殿下が日本へ到着されると、さっそく、その写真が新聞にのったくらいです。

さて、前おきがたいへん長たらしくなりましたが、事件というのは、この青色ダイアを中心として起《おこ》ったのです。

アリ殿下の青色ダイアの写真が、新聞にのってからというもの、御子柴くんはみょうに考えこんでしまいました。

そして、毎日どこかの新聞にのるアリ殿下の記事を、目を皿のようにして読みあさりました。そればかりではなく、ときどきうなされたように、ひとりごとをいうことがありました。

「そんなはずはない。そんなはずはない。しかし……」

と、そんなことをつぶやいては、ひとりでぞっとみぶるいをしているのです。

そのようすを見て、ふしぎに思ったのは三津木俊助。

「おい、おい、探偵小僧、君はいったいなにを考えているんだい。アリ殿下の記事ばかり読んでいるが、君は殿下としりあいかい」

と、からかいがおにそんなことをいうと、そばから樽井《たるい》という記者が、

「三津木さん、アリ殿下は探偵小僧のおじさんなんですとさ。だから、いまにたんまり宝石を、おみやげにもってきてくれるはずだと楽しみにして待っているんです。あっはっは！」

と、じょうだんをとばします。俊助はそれを聞い

て思い出したように、

「アリ殿下が探偵小僧に、おみやげをもってきてくれるかどうかしらんが、殿下がちかく社へいらっしゃることはほんとうだよ」

それを聞いて、おどろいたのは探偵小僧。

「えっ、三津木さん、それはほんとうですか」

「ほんとうとも。アリ殿下はたいへん進歩的なかたで、新聞という事業にも、ふかい興味をもっていらっしゃるんだ。それで、日本の代表的新聞である新日報社を、したしく見たいとおっしゃるんだよ」

それを聞いて御子柴くんは、はっと怪しい胸《むな》さわぎをかんじました。

アリ殿下

さて、いよいよアリ殿下が新日報社へいらっしゃる日がやってきました。

新日報社では朝からそうじに大《おお》わらわ。どこもかしこもぴかぴかと、かがやくばかりにみがきあげられると、正面にはアリ殿下のお国の国旗と、日の丸の旗が立てられます。

やがて、午後三時。

アリ殿下が、いまホテルをお出《で》になったという電話があったので、社長をはじめ、社内のおもだったひとびとが、威儀《いぎ》をただして、正面のげんかんでお待ちしていると、やがて到着したのは金《きん》ぴかの自動車。

編集局長の山崎さんが立ちよって、うやうやしく自動車のドアをひらいてあげると、まずなかからとび出したのは、身のたけ四尺《しゃく》にもみたぬ、黒んぼの小《こ》びとでした。

この黒んぼの小びとは、モハメットといって、アリ殿下のいちばんのお気にいりで、殿下はどこへいくにも、この小びとをつれてあるかれるのです。

さて、モハメットのあとから、やおら自動車をおり立ったのは、身のたけ六尺もあろうかというりっぱな人物。色こそけしずみをぬったような黒さですが、けいけいたる目つきといい、わしのくちばしのように高い鼻といい、いかにも王族にふさわしい人《じん》品《ぴん》、これこそ評判のアリ殿下でした。

そのアリ殿下のあとからおりてきた日本人は、おそらく通訳のひとでしょう。

さて、アリ殿下はひとまず社長室におちつくと、そこで新日報社の事業について、かんたんに話を聞かれたのち、山崎編集局長のあんないで、社内をみてまわることになりました。

その殿下が、編集室の、御子柴くんのデスクのまえまできたときでした。

さっきから一心《いっしん》ふらんに、アリ殿下のターバンにちりばめられた青色ダイアを見ていた探偵小僧の御子柴くんが、思わず、あっ、とひくいさけび声をあげました。

しかし、アリ殿下はもとより、山崎編集局長も、そんなことにはきがつきません。そのまま編集室を出ていきました。

御子柴くんはぼうぜんとして、殿下のうしろすがたを見送っていましたが、その肩をポンとたたいたのは樽井記者。

「おい、探偵小僧、どうしたんだい。なぜ殿下におみやげをねだらなかったんだい」

「ぼく、ぼく、そんなことしりません」

「しらないことがあるもんか。おまえ、アリ殿下の顔をみて、ひどくびっくりしてたじゃないか。たしかに、あっ、とさけんだぜ」

「ぼく、殿下のお顔を見てさけんだのじゃありません」

「じゃ、なにを見てさけんだんだい」

「ぼく……あのターバンにちりばめてある青色ダイアをみてさけんだんです」

「はてな。それはどういうわけだ。あのダイアがどうかしたのか」

「いえ、あの、なんでもありません。きっとぼくの思いちがいなんです」

だが、そういう御子柴くんの顔色は、まっさおになっていました。

ところが、ちょうどそこへ社長室から電話がかかってきて、御子柴くんにお茶をもってくるようにとのことでした。

「ほら、ほら、いよいよ殿下におちかづきになれるときがきたぜ。はやくいって、おじさんにおみやげをねだってこい」

樽井記者はおもしろそうにわらっていましたが、御子柴くんはそれどころではありません。

食堂から、用意のお茶をもらってきて、社長室の

まえにたったとき、御子柴くんの胸は早鐘《はやがね》のようにおどっていました。それをこらえて、やっとのことでドアをたたくと、

「お入り」

と、なかから返事をしたのは三津木俊助。

ドアをひらくと、アリ殿下をはさんで、社長や山崎編集局長、それから三津木俊助が、通訳のひとをなかにはさんで、うちくつろいで話をしていました。

御子柴くんはふるえながら、一同のまえにお茶をくばっていましたが、そのときです。どうしたはずみか、アリ殿下のターバンから青色ダイアが抜けおちて、ころころと御子柴くんの足もとにころがってきたのです。

御子柴くんははっとして、いそいでそれをひろいあげましたが、どうしたことか、すぐに殿下にかえそうとはせず、穴のあくほどそのダイアをみつめているのです。

おどろいたのは社長をはじめ一同です。

「おい、御子柴くん、どうしたんだ。はやくダイアを、殿下におかえししないか」

みるにみかねて俊助が、叱《しか》るように注意をしましたが、そのときでした。とつぜん、御子柴くんがかなきり声をあげてさけんだのです。

「いいえ、いいえ、このひとはアリ殿下ではない。このひとは、きっと白蠟仮面《びゃくろうかめん》です」

電話の声

それを聞いておどろいたのは、社長をはじめ、山崎編集局長と三津木俊助。

「これ探偵小僧、なにをいう。殿下にむかって、失礼なことをいうのじゃないぞ」

山崎さんがたしなめましたが、探偵小僧はやっきとなって、

「いいえ、いいえ、ぼくはこのダイアに見おぼえがあるのです。いつか白蠟仮面を追跡して、このダイアをひろったのです。そして、このあいだ金獅子城《きんじしじょう》で、白蠟仮面にとりあげられたのです。このダイアを持っているからには、このひとは白蠟仮面にちがいない！」

殿下のほうを指さしながら、やっきとなってさけぶ探偵小僧の顔を、殿下はさもふしぎそうに見てい

らっしゃいましたが、やがてかたわらにひかえている、通訳のひとにむかってなにかおたずねになりました。

それにたいして通訳が、おそるおそる、探偵小僧のいまのことばをもうしあげると、殿下はびっくりしたように目を見張り、なにやら早口におっしゃいました。

あわてたのは山崎編集局長です。

「これ、探偵小僧、つまらないことをいうものじゃない。通訳さん、どうぞ殿下におあやまりください。こいつは気でもくるっているのでしょう。探偵小僧、おまえは、はやくむこうへいけ」

山崎さんがむりやりに、探偵小僧をへやから押し出そうとするのを、アリ殿下はそっと手をあげておとめになると、なにやらまた、通訳にむかっておっしゃいました。

すると、通訳のひともびっくりしたように、

「あっ、編集局長さん。ちょっとお待ちください。殿下がその少年に、おたずねになりたいことがあるとおっしゃいます」

と、御子柴くんをひきとめると、

「君の名は?……ああ、御子柴くんというの。ここにいらっしゃるのは、けっして怪しいひとじゃない。正真正銘《しょうしんしょうめい》のアリ殿下だが、殿下はしかし、けっして、君のことをおこってはいらっしゃらない。それよりも君におたずねになりたいことがあるとおっしゃるのだから、正直にもうしあげるように」

と、そこで通訳のひとは、殿下となにかお話をしていましたが、やがてまた、御子柴くんのほうへむきなおり、

「君はこのダイアと、おなじようなダイアを、どこかで見たことがあるというのだね。そのことについて、くわしく話をしてごらん」

御子柴くんは、だんだんじぶんの思いちがいであったことに気がつきました。すると、きゅうにはずかしくなって、穴があったら入りたいような気がしましたが、それでも、ダイアについてのいきさつを、くわしくお話しいたしました。

通訳のひとが、その話を殿下にもうしあげると、殿下がまたなにやら、べらべらと通訳のひとにおっしゃいました。

通訳のひとが、それを日本語になおして、みんな

に語ってきかせたところによると、それはだいたい、つぎのようなお話なのです。

殿下の持っていられる青色ダイアは、もと一対《いっつい》になっていたのです。つまり、それとそっくりおなじダイアが、もうひとつあったのです。そして、そのふたつのダイアは、殿下のお国の守り神、アラーの像の両眼《りょうがん》に、ちりばめられていたのです。ところが、二、三年まえ、日本からきた旅行者が、もったいなくも、神像《しんぞう》の片目をくりぬいて、ダイアを持って逃げたのです。それからのち殿下のお国では、なにかとよくないことがつづくので、これはきっとアラーの神のいかりにちがいない。いっこくもはやく、青色ダイアを取りかえし、アラーの神のいかりをしずめねばならぬと、そこで殿下がはるばると、日本へやってこられたのです。

「いまこの少年の話を聞くと、白蠟仮面の持っているダイアこそ、アラーの神の片目にちがいない。みなさん、なんとかしてそのダイアを取りかえしてください。お礼はいくらでもすると、殿下はそういっていられるのです」

と、通訳のひとの話を聞いて、一同は思わず顔を見あわせましたが、そのときでした。卓上電話のベルが鳴りだしたので、なにげなく俊助が受話器をとりあげると、なんと、電話のぬしは白蠟仮面ではありませんか。

「モシモシ、そちら新日報社？　三津木俊助はいますか。

なに？　君が三津木俊助か。あっはっは、こちらは白蠟仮面だ。いま、そこにアリ殿下がいるだろう。そして、アリ殿下から、おれの持っている青色ダイアを取りかえしてくれとたのまれたろう。

しかし、そうは問屋《とんや》がおろさんよ。あべこべにこっちから、殿下の持っている青色ダイアをちょうだいに参上《さんじょう》するから、そのことをよく殿下にもうしあげておいてくれ。あっはっは」

と、あざけるような高笑い。白蠟仮面はそのまま電話をきってしまいました。

三人のアリ殿下

さあ、たいへん、怪盗白蠟仮面が、アリ殿下の宝石をねらっているというのです。

警視庁でもそれを聞くとすててはおけません。

等々力警部をはじめとして、おおぜいの刑事や警官が、アリ殿下の車のまわりを、げんじゅうに警戒することになりました。

三津木俊助や御子柴くんも、毎日のようにホテルへでむいて、なにくれとなく、殿下にご注意をもうしあげました。アリ殿下もふたりの親切に感謝されて、まもなく三人は、たいへん仲よしになりましたが、ただ困ったことには、根《ね》がいたってご快活なアリ殿下は、白蠟仮面のおどかしを、すこしもおそれるふうもなく、お心のままにふるまわれるので、三津木俊助や御子柴くんは、ただもう、はらはらするばかりでした。

そして、あの恐ろしい夜がやってきたのです。

それは、白蠟仮面が、おどかしの電話をかけてきてから、一週間ほどのちのことでした。アリ殿下はホテルの大広間をかりて、盛大な仮装舞踏会をひらかれたのです。

そのことについても、三津木俊助や御子柴くんは、なんどもおいさめしたのです。

「こんなばあいですから、あまりはでなことは、お見あわせになられたほうがよろしいのではないでしょうか」

と、もうしあげたのです。

しかし、いったん思いたったら、あとへひかれるアリ殿下ではありません。

「三津木さん、御子柴くん、ご心配、ありがとう。でも、わたし、みなさんに、たいへん親切な、おもてなし、うけました。おかえししなければ、礼儀、そむきます。どろぼう、おそれて、礼儀、そむいては、わたしの国、はじになります。わたしよく、気をつけます。ご心配、いりません」

かたことまじりにそういわれると、アリ殿下は着々として、仮装舞踏会のじゅんびをすすめられたのです。三津木俊助と御子柴くんは、しかたがないので、なんとかしてアリ殿下をおまもりしようと、ひそかに相談していました。

さて、いよいよその晩ともなれば、ホテルの周囲はたいへんな警戒ぶりです。刑事や警官がうの目たかの目、怪しいものと見れば、かたっぱしから、ひっとらえようと、手ぐすねひいて待ちかまえているのです。

やがて、定めの時刻の八時ともなれば、お客さまがぞくぞくとつめかけてまいりました。それらのお客さまは、みんな一流の紳士淑女《しんししゅくじょ》ですが、仮装舞踏会のこととて、おもいおもいの仮装をしているので、ホテルの大広間は、またたくまに、おもちゃ箱をひっくりかえしたようなにぎやかさになりました。

さて、今夜の主人公のアリ殿下はと見れば、べつになんの仮装もしていらっしゃいません。お国における、いちばん上等の礼服をめされて、小《こ》びとのモハメットをつれていらっしゃるだけのことですが、それがかえって、どんな仮装よりもおみごとにみえました。

「いや、恐れいりました。殿下のそのお姿にくらべれば、われわれの仮装は、おはずかしいようなものです」

と、よろい武者《むしゃ》に仮装した客のひとりがほめそやせば、そばからお姫さますがたの婦人が、

「ほんとにすばらしゅうございますこと。あの、そして殿下、そのターバンにちりばめてございますのが、あの有名な青色ダイアで……」

と、たずねます。

「ええ、そう。白蠟仮面というどろぼう、ねらっている、ダイアです」

と、殿下はニコニコ笑っていられましたが、そのときホールの入口で、きゅうにざわめきが起《おこ》ったので、なにごとであろうとふりかえったとたん、殿下はあっと目をお見張りになりました。

そのとき、ホールの入口から、しずしずと入ってきた二組の客がありましたが、なんと、ふたりの客がふたりとも、黒んぼの小びとをつれたアリ殿下。……いや、アリ殿下とそっくりおなじ仮装をしているではありませんか。

これにはさすがのアリ殿下も、びっくりして目をまるくしていられましたが、そこはさすがに社交なれたかたのこと、やがて、ニコニコとふたりのほうへ近づいていくと、

「これはこれは、ようこそ」

と、うやうやしくおじぎをされて、

「なるほど、これ、おもしろいです。あなたがわたし？　わたしがあなた？　あっはっは」

と、腹をかかえて笑われます。

しかし、ほかのひとたちは、笑うどころではあり

ません。なんともいえぬきみわるさに、思わずぞっと顔を見あわせました。

それもむりはないのです。あとから入ってきたふたりの殿下というのが、なりかたちはいうにおよばず、顔つきまでが殿下にそっくり。三人ならんでたっているところを見ると、どれがほんものの殿下だかわからなくなるくらいです。

ああ、ひょっとすると、この三人の殿下のなかに、変装の名人、白蠟仮面がいるのではありますまいか。

そうです、そうです。きっとそうです。しかし、そうすると、もうひとりのアリ殿下は、いったいだれなのでしょう?

しかし、殿下はそんなことには気もとめず、愉快そうにお笑いになりながら、

「ときに、あなた、お名まえは? 失礼、……わたしアリです」

と、おたずねになると、すぐにひとりのアリ殿下が、

「わたし、アクメッド・アリ・ハッサン・アブダラアです」

と、かたことまじりにこたえました。すると、それにつづいてもうひとりのアリ殿下も、

「わたしもそう。わたし、アラビアの王子、アクメッド・アリ・ハッサン・アブダラア」

と、こたえました。アリ殿下はそれを聞くと、腹をかかえて笑いながら、

「おもしろいです。おもしろいです。すると、わたし、三人いる。だれがほんとのアリ殿下?」

しかし、笑いごとでないのは、客のなかにまじっていた、等々力警部をはじめとして、おまわりさんや刑事たちです。

すわとばかりに、三人のアリ殿下をとりまきましたが、するとひとりが手をあげて、

「いけません、いけません。このひとたち、わたしのお客さま。失礼なことしては困ります」

と、おしとめました。すると、それにつづいてもうひとりが、

「そう、そのとおり。お客さまに失礼しては、わたしの国、はじです。用があったら、会がすんでからに、してください」

それにつづいてさいごのひとりも、

「さあ、それではみなさん、そろそろ、ダンスしま

しょう。これ、モハメット。音楽のひと、そういいなさい」

さあ、こうなると、どれがほんもののアリ殿下か、いよいよわからなくなってしまいます。等々力警部をはじめ警官たちは、歯ぎしりしながらも手をつかねているよりほかに、しかたがありません。

そのうちに、ホールのすみからうつくしい音楽の音《ね》がながれてきて、ここにいよいよ盛大な、仮装舞踏会の幕が切っておとされたのです。

それはまったく、世にもきらびやかでうつくしい舞踏会でした。仮装舞踏会のことですから、お客さまはみなそれぞれ、うつくしい仮装をしています。西洋の騎士もいれば道化師《どうけし》もいる。お姫さまもいれば田植娘《たうえむすめ》もいる。

それらのひとびとの、手をとりあってダンスをしているところを見ると、いかにも楽しそうでしたが、ほんとをいうと、その楽しそうな舞踏会の底には、なんともいえぬ、きみのわるい空気が流れているのです。

等々力警部をはじめとして、おおぜいの警官たちは、目をひからせて、三人の殿下を見張っています。そして、ちょっとでも怪しいふるまいがみえたなら、ひっとらえてやろうと、手ぐすね引いて待っているのです。

こうして、いく番かのダンスがすみ、ホールの正面にある大時計が、九時をしめしたときでした。

とつぜん、ホテルじゅうの電気という電気が、いっせいに、ふっと消えてしまったから、さあたいへん。ホールにみちあふれていたひとびとは、かなえのわくような大さわぎ。

「きゃっ、たすけてぇ!」

「わたし、こわい!」

と、悲鳴をあげる婦人たちの声にまじって、

「電気をつけろ! はやく電気をつけろ!」

と、どなっているのは等々力警部。

ところがこのとき、くらやみのなかから、とつぜん、またちがったざわめきが起りました。

「ああ、あれ、あれ、アリ殿下が……」

と、くちぐちにさけぶ声に気がつき、警部がふっと、ホールの隅《すみ》に目をやると、ああ、なんということでしょう。うるしのようなくらがりのなかに、アリ殿下のすがただけが、まるで、夜光虫《やこうちゅう》のように、

ぼうっと光って、うかびあがっているではありませんか。

しかも、そのアリ殿下は、きっと、ピストルを身がまえている……。

アラーの神

おどろいたのは等々力警部、ひとびとをかきわけて、アリ殿下のそばにちかづくと、

「あなたはだれです。ほんとのアリ殿下ですか」

「そう。わたし、アリです」

「しかし、そのおすがたはどうしたのですか」

「わたし、悪者が、電気消すのではないかと、思いました。そして、くらがりのなかで、わたしに害、くわえるのではないかと思ったのです。それで、からだに、くらがりのなかでも光る薬、ぬっておきました。こうしておけば、電気消えても、悪者、わたしに近づくこと、できません。あっはっは!」

ああ、なんというすまい考えでしょう。そしてまた、なんという、かしこさでしょう。

アリ殿下は、悪人が電気を消すかもしれないということを、あらかじめしっていたのです。そして、そのときの用意として、全身に夜光塗料をぬっておいたのです。

「わかりました。われわれがきっと殿下をおまもりします。だれにだって、指一本さささせることではありません。おい、みんな、殿下のそばにあつまれ。だれも殿下のそばへ近づけるな。それからだれかホテルの支配人のところへいって、はやく電気をつけるようにいってこい」

警部のことばにざわざわと、くらがりのなかでざわめきが起ったかと思うと、アリ殿下のまわりには、たちまち警官があつまりました。それから、ホールを抜け出す足音がきこえたのは、きっと支配人のところへ走ったのでしょう。

ひとびとは、いきをころして、電気のつくのを待っています。しかし、よほどひどい故障らしく電気はなかなかつきません。

五分——十分——十五分……。

一同が、しだいにじりじりしはじめたとき、やっと電気がつきましたが、そのとたん、いそいであたりを見まわした等々力警部は、思わずギョッと目を

みはりました。

いないのです。さっきまでいた、もうふたりのアリ殿下が……。

「しまった！　おい、みんな手わけして、さっきのふたりをさがしてみろ！」

警部はやっきとなってさけびましたが、それにしてもあの怪しいふたりのアリ殿下と、それからふたりのモハメットは、いったいどこへいったのでしょう。

それをお話しするためには、もういちど物語を、電気が消えたしゅんかんまで、もどさなければなりません。

ホテルじゅうの電気という電気が消えて、ひとびとが大さわぎをしているときでした。

するすると、ホールを抜けだしたふたつの影があります。

ふたつの影は、ヘビのように足音もなく、ろうかをすべり、階段をのぼっていくと、やってきたのは二階の一室。ああ、そのへやこそは、アリ殿下がおとまりになっているへやなのです。

怪しい影は、ポケットから合鍵《あいかぎ》をだして、ドアをひらくと、すばやくなかへすべりこみました。

「おい、川北、おまえもはやく入ってこい」

「はい」

とこたえて、つづいてへやへ入ってきたのは、小びとのようなせむしの影。怪しい影はすぐにドアをしめると、鍵をかけてしまいました。

「さあ、こうしておけばだいじょうぶ」

と、怪しい影はつぶやきながら、懐中電灯を取りだして、へやのなかをしらべましたが、すると、その光のなかにうきあがったのは、なんともいえぬきみのわるい像です。

それは人間の大きさほどもある、銅でできた大きな像ですが、左右の手が三本ずつ、つごう六本もあるのです。

それだけでもきみがわるいのが、その像には片目しかないのです。それというのもまえには両眼《りょうがん》あったのですが、左の目だけが青く光っているのです。

怪しい影はくすくす笑って、

「アリのやつめ、もったいらしくターバンに、ダイアをちりばめているけれど、あれはにせもののガラス玉よ。ほんものの青色ダイアは、こうしてアラーの神の目におさまっているんだ。おい、川北、はやくあのダイアをくりぬいてこい」

ああ、もうまちがいはない。いま、そこにいるアリ殿下と、従者《じゅうしゃ》のモハメットこそ、白蠟仮面《びゃくろうかめん》と、せむしの部下にちがいないのです。

白蠟仮面の命令で、せむしの川北は、するすると、アラーの神像にちかよりましたが、まえまでくると、思わずギョッと立ちすくみます。白蠟仮面は、気をいらだてて、

「おい、川北、なにをぐずぐずしているんだ。はやくダイアをぬかないか」

「首領《かしら》、だって、この神さま、あんまりこわい顔をしているもんで……」

せむしの川北が、しりごみするのもむりはない。アラーの神は、なんともいえぬおそろしい形相《ぎょうそう》をしているのです。

かっとひらいた大きい口、さかだつ眉《まゆ》、いかりにみちたその眼差《まなざ》し――しかも、片目がないだけに、いっそうきみが悪いのです。

「あっはっは、いかにこわい顔をしていたところで、たかが、銅でできた人形じゃないか。さあぐずぐずしてると、ひとがくるぞ。はやくそのダイアをくり抜いてしまえ」

せきたてられて、しかたなく、せむしの川北は青色ダイアに手をかけました。

「どうだ、川北。抜けそうか」

「首領《かしら》、なにか道具はありませんか。とても素手《すで》では抜けません」

「よし、それじゃこれを使ってみろ」

と、白蠟仮面がとり出したのは、七つ道具のついたナイフです。

「へえ」

せむしの川北は、それを使って、いろいろ苦心していましたが、やがて、

「しめた!」

というさけび声。

「どうした、どうした。抜けそうか」

「へえ、どうやら動きだしました。もうすこしです」

「はやくしろよ。ひとがくると一大事だ」

せむしの川北は、いっしょうけんめい、指でダイアをいじっています。ダイアはぐるぐるまわりまし

たが、それでもなかなか抜けません。

気をいらだてた川北が、指さきに力をこめて、うんとそれをひっぱったときでした。

三本ずつあるアラーの神の手のうちの、一対《いっつい》の手が、だしぬけに、はっしとふりおろされたかと思うと、がっきと川北の首《くび》っ玉《たま》をつかまえたから、当《とう》の本人の川北はいうにおよばず、白蠟仮面もはっと顔色をかえました。

「わッ！　か、首領《かしら》、た、たすけて……」

「ちくしょう。さてはおれがダイアをぬすみにくるとしって、こんなしかけをしておいたのだな。川北、ダイアはどうした」

「ダ、ダイアはまだあの目のなかに……」

なるほど、みれば青色ダイアは、まだアラーの神の片目のなかに光っています。

白蠟仮面はそのほうへ、手をのばしかけましたが、まだほかに、どんなしかけがあるかと思うと、きみが悪くて手が出ません。

せむしの川北は、虫のなくような声で、

「か、首領《かしら》、は、はやくこの手をはなしてください。ああいきがつまる……く、くるしい……」

あわれ、せむしの川北はとりもちにひっかかったハエのように、手足をバタバタさせましたが、首をつかんだアラーの神の両手には、いよいよ力がこもってきて、川北はいまにも気がとおくなりそうです。

「ああ……か、か、首領《かしら》……く、くるしい……死ぬ……死んでしまう……」

「ちくしょう、ちくしょう。しっかりしろ。いまにきっと、助けてやる。気をたしかにもっていろ！」

白蠟仮面は、気ちがいのようになって、アラーの神のまわりを、ぐるぐるあるきまわっていましたが、どういうしかけになっているのか、川北の首をしめた両腕を、もとへもどす方法はわからないのです。

そのうちに、とうとう川北は、首っ玉をつかまれたまま、ぐったりと気をうしなってしまいました。

「川北、しっかりしろ！　ちくしょう、ちくしょう。アラーのやつめ！」

白蠟仮面がこぶしをかためて、くやしそうにアラーの神を、ぶんなぐっているときでした。

「あっはっは、さすがの白蠟仮面も、とうとうわなにひっかかったな」

勝《かち》か負《まけ》か

そういう声とともに、ぱっと室内の電気がついたから、おどろいたのは白蠟仮面。

「なにを！」

と、声のしたほうへ目をやれば、いましもおくのカーテンを、左右にわって出てきたのは、アリ殿下《でんか》と従者《じゅうしゃ》のモハメット。アリ殿下はきっとピストルをかまえています。

「やっ！　き、きさまはアリ殿下、いつのまにここへ……」

と、白蠟仮面が目をしろくろさせていると、アリ殿下はからからと笑って、

「あっはっは、ぼくがアリ殿下に見えるかい。そうすると、ぼくの変装もまんざらではないと見えるな」

そういう声をきいて白蠟仮面は、ギョッと大きく目を見はりました。

「ああ、そういう声は俊助だな。それじゃ、きさまは、三津木俊助だったのか」

「あっはっは、やっといまわかったのかい。君にしちゃ、さとりがおそいじゃないか」

「そして、そのモハメットは何者だ」

「おや、まだ、わからないのかい。いつか金獅子城《きんじしじょう》で、君のためにあやうくライオンの餌《えさ》になろうとした、探偵小僧さ。探偵小僧、白蠟仮面さんにあいさつしな」

探偵小僧のモハメットは、ひたいに手をあて、いかにもアラビア人らしく、もったいぶったあいさつをしました。

ああ、なんと、三人めのアリ殿下とモハメットは、三津木俊助と探偵小僧の御子柴くんだったのです。

「ちくしょう」

白蠟仮面は、くやしそうに、歯をぎりぎりとかみならしながら、

「それじゃ、アラーの神にこんなしかけをしておいたのもきさまだな」

「そうさ。アリ殿下がこんや、ターバンにつけていらっしゃる、にせダイアにだまされるような君じゃない。きっと、ほんもののダイアをとりにくるにちがいないと思ったから、アラーの神にしかけをして

おき、さきまわりをして、君のくるのを待っていたのだ」

白蠟仮面は、しばらくだまっていましたが、

「まいったよ、三津木俊助。こんやはおれの負けらしいな。ところで、すまないが、アラーの神の両腕を、なんとかしてやってくれないか。このままじゃ、こいつ、死んでしまう」

「よしよし、君のような男でも、部下はやっぱりかわいいんだな。おい、探偵小僧、あの腕をもとどおりにしてやりなさい」

「はい」

と答えて、探偵小僧がアラーの神のうしろへまわり、どこやらいじくっていましたが、すると、いままで川北の首をしめていた腕が、ぎりぎりと上へあがっていったかと思うと、気をうしなった川北は、泥人形《どろにんぎょう》のようにくたくたと、ゆかのうえにたおれました。

「さあ、これでいいだろう。気をうしなっているだけだ。命にはべつじょうあるまい」

「ありがとう、三津木俊助」

と、白蠟仮面はひたいの汗をぬぐいながら、

「さて、これからどういうことになるかな」

「あっはっは、どうもこうもあるもんか。お気の毒ながら、君をつかまえるだけのことさ」

「なに、おれをつかまえる？」

白蠟仮面は目をまるくして、

「あっはっは、三津木俊助、そうはいかないよ。こんやはおれの負けだといったが、あれはダイアのことをいっただけで、そうかんたんにつかまってたまるもんか」

「へへえ」

俊助も目をまるくして、

「それじゃ、君はまだ逃げられると思っているのか」

「そうだ。そう思っているよ」

「しかし、ホテルのまわりには、十重二十重《とえはたえ》と警官がとりまいているんだぜ。いや、ホテルのまわりばかりじゃない。ホテルのなかにも、等々力警部をはじめとして、おおぜいの警官がつめかけていることを、君もしらぬはずはあるまい」

「しってるよ」

「それでも、君は逃げるつもりかい」

「ああ、逃げるつもりだ」

「どうして逃げる？」

「こうして逃げるんだ」

いったかと思うと白蠟仮面は、まるで野球のすべりこみのように、さっと身をうかして、かたわらの窓にとびつきました。

ガチャンと窓ガラスがこわれて、白蠟仮面は、はや、バルコニーへとび出しています。そのうしろから俊助が、あざけるような笑い声をあびせかけました。

「あっはっは、だめだよ、だめだよ。白蠟仮面、下にはいっぱい警官がいるんだぜ」

だがそのとたん、俊助の顔色がさっとかわったのです。

決死の逃走

バルコニーから下へとびおりるかと思いのほか、なんと、白蠟仮面はするすると、上へあがっていくではありませんか。

「しまった！」

と、さけんだ俊助が、こっぱみじんとくだけたガラスをふみながら、バルコニーへとび出してみると、白蠟仮面は三階の屋上からたれている、つなをつたってするすると、上へあがっていくのです。

白蠟仮面はあらかじめ、こんなこともあろうかと、三階から綱をたらしておいたらしいのです。

「しまった！　御子柴くん、よびこを……よびこを……」

俊助にいわれて御子柴くんは、はっと気がついたように、ポケットから、笛をとりだすと、ぴりぴりとそれを吹きました。

それを聞いて、階下の大広間から、どやどやとあがってきたのは、等々力警部をはじめとして、おおぜいの警官や刑事たち。その中にはアリ殿下《でんか》と従者《じゅうしゃ》のモハメットもまじっていました。

「おお、三津木くん。どうした、どうした」

「警部さん、白蠟仮面がいま屋上へ逃げていったんです。すぐきてください」

「なに、白蠟仮面が屋上へ逃げたと？　そして、ここに倒れているのはだれだ」

「そいつは白蠟仮面の部下で、川北というせむしです。気をうしなっていますから、すぐ警視庁へつれていってください」

俊助はへやからかけ出しながら、

「殿下、あなたはモハメットとここにいてください。どこへもおいでにならないように」

「三津木さん、ありがと。わたし、ここにいます。どこへもいきません」

殿下のことばをあとにききながら、三津木俊助と等々力警部、探偵小僧の三人が、おおぜいの刑事や警官をひきつれて、ホテルの屋上へきてみましたが、白蠟仮面のすがたはどこにも見えません。

「おや、三津木くん、白蠟仮面はいないじゃないか」

「そんなはずはありません。どこかに、かくれているにちがいない。みなさん、さがしてください」

しかし、その屋上にはあかあかと電気がついているので、どこにもかくれるようなところはありません。

「それじゃ、われわれがぐずぐずしているあいだに、また下へおりていったかな」

「下へおりたらこっちのもんだ。このホテルはアリのはいだすすきまもないほど、げんじゅうに警官が張番《はりばん》をしているのだから」

警部がそんなことをいっているときでした。

とつぜん、けたたましいさけび声をあげたのは探偵小僧の御子柴くん。

「あ、み、三津木さん、あんなところに白蠟仮面が……」

「な、なに、白蠟仮面が……どこに……どこに？……」

「あそこです。あの空のうえです」

「なに、空のうえ？」

ギョッとした一同が空をあおげば、ああ、なんということでしょう。いましもホテルの上空を、ふわりふわりととんでいくひとつのアドバルン。そのアドバルンからたれている、綱のさきにぶらさがっているのは、まぎれもなく、アリ殿下のすがたをした白蠟仮面！

「ああ、わかった、わかった」

このホテルの屋上には、アドバルン——すなわち広告気球がひとつ、つなぎとめてあったのです。白蠟仮面はその綱を切りはなち、それにぶらさがって、

空へとんでいくのです。

「しまった。ちくしょう！」

警部をはじめ、警官たちが、いっせいにピストルをぶっぱなしましたが、ときすでにおそく白蠟仮面はピストルの射程距離より、はるかにとおく飛んでいました。

さて、それからあとの大《おお》さわぎは、いまさらここにくりかえすまでもありますまい。

等々力警部はすぐに警視庁へ電話をかけ、全都に手《て》はいをさせました。

今夜は、西風なので、アドバルンは江東《こうとう》から海上へ流れていくにちがいないと、その方面にはことにげんじゅうな監視の網《あみ》がはられました。

また三津木俊助は新日報社へ電話をかけ、ヘリコプターでアドバルンを、追跡するように命じました。

こうして、おりからの星空を、ふわりふわりととんでいく、アドバルンを追っかけて、新日報社の屋上から、ヘリコプターが飛び出しましたから、さあ、このニュースをラジオで聞いた東京じゅうは大さわぎ。

人質

さて、こういう手配にてまどった俊助が、半時間ほどたって、探偵小僧とともに、アリ殿下《でんか》のへやへかえっていくと、殿下はひとりぽつねんと、酒をのんでいらっしゃいました。

「あっ、殿下、モハメットはどうしました？」

「モハメット、支配人のところ、やりました。三津木さん、モハメット、かえってくるまで、ここにいてください」

アリ殿下はかたことまじりの日本語でいいました。

「しょうちしました。御子柴くん、君もそこへかけさせていただきなさい」

ふたりが腰をおろすと、アリ殿下は、俊助には西洋の酒、御子柴くんにはあまい飲物を、ついでまえへさしだすと、

「おあがりなさい。これ、飲むと、たいへん、元気つきます」

「ありがとうございます。御子柴くん、君もいただきなさい」

俊助は酒を飲みながら、ふと、アラーの神に目をやって、

「おや、殿下、あの青色ダイアはどうなさいました」

「ああ、あれ、あれはずして、べつのところ、かくしておきました。白蠟仮面、また、かえってくる、こまります」

さすがのアリ殿下も、こんやの白蠟仮面のやりくちには、いささかおそれをなしたのでしょうか、顔をしかめてそういいました。

「あっはっは、だいじょうぶですよ。殿下、白蠟仮面はもう二どと、かえってくるようなことはありません」

「それ、どういうわけ？」

「だって、殿下、アドバルンは風のまにまに流れていくだけです。方向をさだめることや、着陸することもできません。いずれ、気球からガスが抜けて、墜落《ついらく》するにきまっています。それが海の上ならばまだしも、陸上だったら、白蠟仮面の命はありません。あいつもばかなまねをしたものです」

「そう、そうですか、三津木さん。白蠟仮面、ばかなまね、したでしょうか」

「そうですとも、あいつににあわぬことをやったもんです。あっ……」

「おや、三津木さん、どうしましたか」

「いや、なんでも……おい、探偵小僧、どうしたんだ。いくらつかれたからって、殿下のまえで、いねむりをするやつがあるもんか。起きろ、起きろ……」

そういいながらも俊助、目をぱちくりさせながら、しきりに首をふっています。俊助もなんだかきゅうに、ねむくて、ねむくて、たまらなくなったのです。

「三津木さん、どうしましたか」

アリ殿下がまたたずねました。

「いえ、あの、なんでもありませんが……おや、あの声はなんだ。あのうめき声は……」

「あっはっは、三津木さん、気になりますか。あのうめき声が……」

「えっ？」

「気になるなら、そのカーテンをめくって、なかをのぞいてごらんなさい」

「な、な、なんですって？」

俊助はぼんやりと、アリ殿下の顔をみていました

が、やがて、ふらふらとカーテンのまえまであるいていくと、さっとそれをまくりあげましたがそのとたん、つめたい水でもぶっかけられたような気がしました。

　なんとそこには、アリ殿下とモハメットが、がんじがらめにしばられたうえ、さるぐつわまではめられて、ゆかのうえにころがっているではありませんか。

「あっ殿下、モハメット！」

　三津木俊助はびっくりぎょうてん、あわててうしろをふりかえりましたが、そのとたん、きゅうに全身から骨を抜きとられたように、くたくたとゆかにひざをつきました。そのようすを、部屋のなかのアリ殿下が、ニヤニヤしながら見ているのです。

「き、き、きさまはだれだ？」

「あっはっは、俊助、いまさらだれときくまでもあるまい。おれさ、白蠟仮面だ」

「な、な、なに！……」

　俊助はあわてて腰のピストルに手をやろうとしましたが、全身がしびれて、思うように、手足がききません。

「そ、そ、それじゃ、さっき、アドバルンで逃げていったのは？……」

「あっはっは、ありゃ人形よ。殿下とおなじすがたをした人形を、屋上にかくしておいて、それをアドバルンにつけてとばしたのさ」

「ち、ち、ちくしょう」

　三津木俊助は、ばりばりと歯ぎしりをしました。いや、歯ぎしりをしようとしたのですが、今はその力さえないのです。

「あっはっは、三津木俊助、どうしたい。なにかいわないか。もう口もきく元気がないのかい。そうだろう、そうだろう。いま、きさまの飲んだ酒には、つよい薬がまぜてあったんだからな。あっはっは――」

　にせアリ殿下の白蠟仮面は、床にたおれた俊助を、小《こ》きみよげにけりながら、

「どうだ、俊助さっきはおれの負けだったが、こんどというこんどは、おれが勝ったぞ。あっはっは」

　と、白蠟仮面はゆかいそうにわらって、

「アリ殿下はおれを俊助だと思っていたんだ。それはそうだろう。白蠟仮面はアドバルンでどこかへと

んでいったと思っていたんだからな。そこでおれは、きさまになりすまして、殿下のおあいてをしているうちに、殿下とモハメットにねむり薬をのませ、これ、このように青色ダイアを手にいれたんだ。あっはっは、俊助、おれの手なみがわかったか」

俊助はなんといわれても、かえすことばがありません。いや、ことばをかえそうにも、からだじゅうがしびれて口がきけないのです。白蠟仮面はせせらわらって、

「さあてと、これからいよいよホテルを脱走するんだが、やい、俊助、おまえは、ホテルのまわりは十《と》重《え》二十重《はたえ》と警官にとりまかれているから、とてもにげだすことはできまい、と思っていようが、なあに、細工はりゅうりゅう、おれはどうどうと正面からでてみせるぞ」

そういいながら、白蠟仮面のだきあげたのは、探偵小僧の御子柴くん。

「おい、俊助。探偵小僧は人質として、もらっていく。こいつをかえしてほしいと思ったら、おれの部下の川北をかえせ。あいつはせむしだが、おれにとっては忠実な部下だ。いずれおれからたよりをするが、そのときには川北をかえしてよこせ。そうすれば、探偵小僧をかえしてやる」

そういいすてると、白蠟仮面は、御子柴くんをだいたまま、ゆうゆうとへやからでていきました。

あとには三津木俊助が、はらわたもにえくりかえるようなくやしさをいだいて、もがいていましたが、そのうちに薬がまわったのか、こんこんと眠りこけてしまいました。

さて、こちらはアリ殿下にばけた白蠟仮面です。御子柴くんをだいたまま、ホテルの正面玄関まできましたが、そこでばったりであったのが、警視庁の等々力警部。

「おや、三津木くん。探偵小僧がどうかしたのかね」

なにしろ御子柴くんをだいているものですから、警部もそれを三津木俊助と信じてうたがわないのです。

「ああ、警部さん、いまアリ殿下のおへやで、ごちそうになったんですが、探偵小僧め、のみつけぬ酒をのんだもんだから、すっかりよっぱらってしまっ

たんです。ぼく、これから医者へつれていきます」

「それは、それは……そして、アリ殿下は？」

「殿下は、おへやにいらっしゃいます。警部さん、なおこのうえにも、殿下に気をつけてあげてください」

「うん、それはよくこころえている」

「ときに、警部さん。白蠟仮面ののって逃げたアドバルンは見つかりましたか」

「ふむ、東京湾のほうへ、流れていったらしい、というところまではわかっているが、そのあとはさっぱり消息がわからない」

「あっはっは、白蠟仮面もばかなやつです。いまに海上についらくして、フカかなにかの餌食《えじき》になるにきまっています。あっはっは」

白蠟仮面はひとごとのように笑っています。

「ふむ、あいつをつかまえることができなかったのはざんねんだが、そうなると、厄病神《やくびょうがみ》を追っぱらったのも同じだ。枕《まくら》をたかくしてねられるよ」

「ほんとにそのとおりです。では警部さん、ぼくはこれで失礼します。くれぐれもアリ殿下をよろしく」

と、通りかかった自動車をよびとめると、御子柴くんをだいたまま、白蠟仮面はそれにのって赤い舌をペロリ。

そのままいずくともなく走りさりましたが、それからまもなく、アリ殿下の部屋へやってきた等々力警部が、そこになにを発見して、どのようにおどろいたか……それは、いまさらここにいうまでもありますまい。

歌と踊りの双児《ふたご》

ああ、なんという奸智《かんち》にたけたやつでしょう。こうして白蠟仮面はまんまとアリ殿下の青色ダイアをうばいとったばかりか、探偵小僧の御子柴くんを人質としてつれさってしまったのです。

その翌日、東京湾の沖合《おきあい》で、アリ殿下とそっくり同じ扮装《ふんそう》をした人形とともに、アドバルンの浮いているのが発見されましたが、さあ、こうなると世間はだまっていません。

あんなにたくさんの刑事や警官を動員しながら、たったひとりの白蠟仮面に、してやられたのですから、警視庁はごうごうたる非難の矢おもてに立たされましたが、ことに責任者等々力警部の肩身のせまさといったらありません。

しかし、白蠟仮面の部下のせむしの川北をとらえているだけ、警部はまだよいほうです。

ここに面目《めんぼく》まるつぶれとなったのは、新日報社の三津木俊助。アリ殿下からあれほど保護をたのまれていた青色ダイアはぬすまれる。探偵小僧は人質にとられる。おまけにさんざん白蠟仮面に愚弄《ぐろう》されたのですから、そのくやしさといったらありません。なんとかして、このしかえしをしてやらねば、腹の虫がおさまりませんでしたが、それについて俊助が、たのみとしているのは、白蠟仮面がさいごにいったことばです。

白蠟仮面はせむしの川北と探偵小僧をとりかえっこしようというのです。いずれそのうちに、むこうから、たよりをよこすというのですが、そのときこそは、目に物見せてやろうとばかり俊助は一日千秋《いちじつせんしゅう》の思いで、その日のくるのを待ちうけていました。

ところが、白蠟仮面から、なんのたよりもこないうちに、ここにちょっと、みょうなことがおこったのですが、あとから思えばそのできごとこそ白蠟仮面の事件に、たいへん大きな関係があったのです。

そのころ、丸の内の東都《とうと》劇場に『歌と踊りのふたご』という人気者が出演していました。

そのふたごの名は、夏彦《なつひこ》と冬彦《ふゆひこ》といって、十五になったばかりのふたごの少年です。だいたい、ふたごというものは、にているものと相場がきまっていますが、夏彦と冬彦ほど、よくにたふたごはほかにありますまい。瓜《うり》ふたつというもおろか、げんざいの両親が見てもどちらがどちらとも見わけがつかぬくらいなのです。そういうふたごの少年が、揃《そろ》いのタキシードで歌いながら踊るのですが、その声のよいこと、踊りのじょうずなことといったらありません。

さて、『歌と踊りのふたご』といえば、東京中でも、しらぬものはないくらいの人気者でしたが、アリ殿下のホテルで、ああいうさわぎがあってから、三日目のこと、東都劇場の楽屋へひいきの客からだといって、そのふたごをむかえにきた自動車がありました。

なにしろ、いま東京にかくれもない人気者のことですから、ひいきの客にまねかれることはめずらしくないので、その晩の招待も、あらかじめ承知していたので、ふたりはなんのうたがいもなく、むかえの自動車にのりました。

さて、ふたりを乗せた自動車が、やってきたのは麻布のさびしいお屋敷でした。

諸君はおぼえているでしょう。この物語のいちばんはじめに、探偵小僧が石膏《せっこう》人形にばけた白蠟仮面を追跡して、しのびこんだ空《あき》屋敷。ふたりがつれこまれたのは、なんとその空屋敷だったのです。

しかし、夏彦も冬彦も、そんなことは夢にもしりません。自動車がつくと、運転手がみずから門をひらいてふたりを家のなかへ案内しました。

なにしろ、夜《よ》ふけのことですから、あたりの荒れているのはわかりませんでしたが、それにしても、これだけ広いお屋敷に運転手よりほかに召使《めしつか》いはいないのかと、ふたりはなんとなくふしぎに思いました。

運転手はふたりを応接室へ案内すると、

「ちょっとお待ちください。すぐご主人がお見えになりますから……」

そういって出ていきかけましたが、なにを思ったのか、ドアのところで立ちどまると、

「念のためにいっておきますが、おとなしくここで待っているのですよ。けっしてそこらをほっつき歩いたり、へんなところをのぞいたりするのではありませんよ」

と、ギロリとにらんだその目のすごさ。ふたりは思わずちぢみあがりました。

「へんだねえ、夏ちゃん。どういうんだろ」

「へんだねえ、冬ちゃん。どういうんだろ」

運転手がでていくと、ふたりは同じようなことをいって、きみわるそうに顔見あわせていましたが、いつまで待っても主人というひとはでてきません。

腕時計をみると、もう十時。

あたりはしーんとしずまりかえっていましたが、そのときふと、どこからかきこえてきたのは、いかにもくるしそうなうめき声……。

大時計の中

「あっ、ありゃなんだ？　夏ちゃん」

「あっ、ありゃなんだ？　冬ちゃん」

ふたりはまた同じようなことをいいながら、びっくりして、へやのなかを見まわします。

うめき声はたしかにへやのなかからきこえるのですが、どこにも人影はみえません。ふたごはそっと、テーブルの下や、長《なが》いすのむこうをのぞきましたが、どこにも人はいないのです。それでいてうめき声はつづいています。

ふいに、夏彦が冬彦の袖《そで》をひっぱりました。

「冬ちゃん、あ、あの時計のなかじゃない？」

「夏ちゃん、ぼ、ぼくもそう思う」

ふたりが目をつけたのは、へやの隅《すみ》に立っている大きな時計です。外国ではそれをグランド・ファーザー・クロック――すなわち『祖父の時計』というのですが、高さ二メートル以上もあろうという大きな箱がたの時計で、うえに文字盤がついており、その下に振子《ふりこ》がぶらさがっているのです。

ふつうは振子の部分もガラスのドアになっていて、外から振子が見えるのですが、その大時計は振子の部分に、唐草《からくさ》模様をほった木製のドアがしまっています。そして、あのうめき声は、ドアのなかから聞こえるのです。

ふたりはそっと、ドアのそばへよると、

「もしもし、そこにだれかいるのですか？」

夏彦が声をかけると、うめき声は、まえより高くなりましたが、はっきりした返事はありません。

「夏ちゃん、いいからあけてみよう」

「うん、でもだれもきやしないかしら」

「よし、ぼく、ちょっと、ようすをみてくる」

冬彦はそっとろうかへ出てみましたが、あいかわらず、家のなかはしーんとして、人のけはいはありません。

「夏ちゃん、だいじょうぶ。いまのうちだ」

「よし」

夏彦がドアをひらいたとたん、時計のなかからころげでたのは、さるぐつわをはめられ、がんじがらめにしばられた少年ではありませんか。

「あ、き、君はだれです。どうしてこんなところにいれられているの？」

「夏ちゃん、そんなこと聞いたってむりだよ。さるぐつわをはめられているんだもの」

「ああ、そうか。よし」

夏彦がさるぐつわをはずしてやると、少年は早口にこんなことをしゃべりました。

「ぼく、新日報社の御子柴というんです。君たちここを出たら、新日報社の三津木俊助というひとに、このことをしらせてください。さ、はやくぼくにさるぐつわをかませて、もう一《いち》ど、時計のなかへ入れてください。そして、ぼくをみたなんて、けっしていうんじゃありませんよ。あ、だれかきた。早くはやく」

ああ、その少年こそは白蠟仮面につれさられた探偵小僧の御子柴くんだったのです。

ふたごの夏彦と冬彦も、新聞で御子柴くんのことは知っていました。そこで、大《おお》いそぎで御子柴くんをもう一ど、大時計のなかへ押しこんだところへ、足音がきこえて、入ってきたのはお医者さんのように、白い手術着をきたひとでした。

そのひとはじろじろ、へやのなかを見まわしながら、

「君たち、いまここでなにをしていたの」

と、するどい目でふたりを見ます。頭のはげあがった、目つきのするどい男です。

「ぼ、ぼくたち、なにもしません。さっきからここにすわっていました」

夏彦がふるえ声でこたえると、あいてはあざ笑うようにくちびるをねじまげて、

「あっはっは、うそをついてはいけない。おまえたち、あの時計のなかを見たろう」

「い、いいえ。そ、そんな……」

「だめだ！」

手術着をきた男は、とつぜん大声でどなると、

「さっき運転手はなんといった。へんなところをのぞいちゃいけないといったろう。それにもかかわらず、おまえたちは時計のなかを見た。さあ、その罰《ばっ》にこれをあげよう」

ああ、その声、その顔、うまく変装しているけれど、それはたしかにさっきの運転手ではありませんか。

奇怪な男はそういうと、手術着のポケットから両手を出しましたが、みるとその両手にはピストルが一《いっ》ちょうずつにぎられているのです。

「あ、な、なにをするんです」

ふたごの夏彦と冬彦が、さけんだときはおそかっ

た。カチッとピストルのひきがねがひかれると、なかからとび出したのは、鉛《なまり》の弾丸《たま》と思いきや、なにやら甘ずっぱいにおいのする液体が、霧のように、さっとふたりの眼前に散って、ふたごの夏彦と冬彦は、その霧を吸うとともに、くらくらと目がくらんで、そのままゆかにたおれてしまったのでした。

救いを呼ぶ声

「ほほう、それで君たち、目がさめたとき、べつになんの異状《いじょう》もなかったというんだね」

その翌朝、十時ごろ、新日報社へかけつけてきたふたごの夏彦と冬彦の話をきいて、三津木俊助は目をまるくしています。

「そうなんです。ぼくたちピストルをうたれたとき、てっきりうち殺されるものとばかり思っていたんです」

「ところが、ほんとはそうではなく、ピストルからとび出したのは、麻酔薬《ますいやく》だったのです。ぼくたちそのまま眠りこけてしまって、目がさめたらけさだったんです」

「それでぼくたち、すぐ大時計のなかをしらべてみたんですけれど、御子柴くんの姿は見えませんでした。それで、御子柴くんとの約束を思い出して、その家から逃げだすと、すぐここへかけつけてきたんです」

ふたごの夏彦と冬彦は、キツネにつままれたような顔をしています。

「よし、それじゃとにかく、君たちのつれこまれた家というのへいってみよう」

警視庁へ連絡すると、すぐ等々力警部がやってきました。そこで一同は、自動車にのって出かけることになりましたが、みちみちふたりの話をきいた警部は、ふしぎでならぬおももちです。

「それで、君たち、目がさめたとき、なにもとられているものはなかったの?」

「ありません。ぼくたち、とられるようなものは持っていなかったんです」

「三津木君、これはいったいどうしたというんだ。その手術着の男というのは、白蠟仮面《びゃくろうかめん》にちがいないが、なんだってあいつは、この少年たちを、空屋敷《あき》へ呼びよせたんだ」

「それがぼくにもふしぎなんです。君たち、なにか、心あたりはないの。なにか白蠟仮面に目をつけられるような……」

「いいえ、ぼくたち、ぜんぜん、心あたりはありません。なあ、冬ちゃん」

「うん、そうだよ。ぼくたちなんのために呼ばれたのか、さっぱりわからないんです」

「ほんとにぼくたち、キツネにつままれたようなかんじなんです」

　キツネにつままれたようなかんじは、夏彦と冬彦ばかりではありません。聞いている警部も俊助もなにがなんだかわかりません。

　ふたりの話をきいてみると、白蠟仮面は、まるで探偵小僧のありかをしらせるために、ふたりを呼んだような結果になっていますが、まさかそんなはずはありません。

　それでは白蠟仮面はなんのために、ふたりを空屋敷へよんだのか……。

　俊助はあやしく胸の乱れるのをおぼえましたが、ああ、白蠟仮面が夏彦と、冬彦をあの空屋敷へ呼びよせたのには、ふかい意味があったのです。

　それはさておき、自動車はまもなくあの空屋敷へつきました。警部はその家を見ると目をまるくして、

「なんだ、これはいつか探偵小僧が、白蠟仮面につかまって、あやしいラジオの放送をさせられたうちじゃないか。ところで、その応接室というのはどこだ」

「はい、こちらです」

　ふたりの案内した応接室には、あの大時計が立っていますが、むろん、もうそのなかはもぬけのから。探偵小僧のすがたはどこにも見えません。

　俊助は時計のなかをしらべていましたが、

「あっ、警部さん。ここに落ちているのは、探偵小僧の服のボタンです。これでみると、探偵小僧がここに押しこめられていたことはたしかですが、しかし、それからどこへつれていかれたのか……」

　俊助が心配そうに眉《まゆ》をくもらせているときでした。とつぜん、へやの一隅《いちぐう》から聞こえてきたのは、

「三津木さん、三津木さん」

　と呼ぶ、探偵小僧の声。一同ははっとしてあたりを見まわしましたが、どこにも探偵小僧のすがたはなく、しかも声だけはつづくのです。

「三津木さん、ぼく、いま、白蠟仮面のとりこになっているんです。ぼくのうしろから、白蠟仮面がピストルを押しつけています。白蠟仮面はあしたの晩、八時にせむしの川北を、上野《うえの》動物園まえまでつれてきたら、ぼくをかえすというんです。ああ、それから、白蠟仮面がまえから持っていた青色ダイアも、このあいだ、アリ殿下《でんか》からぬすんだダイアもだれにもわからぬところにかくしたから、さがしてもむだだといっています。三津木さん、ぼ、ぼくを助けて……」

「あっ、ここだ！」

俊助が気がついて、壁にかかった額《がく》をはずすと、そのうしろからあらわれたのは、ラジオの拡声器。しかしそのとたん、探偵小僧の声は、ぶっつり切れてしまいました。

動物園騒動

さて、つぎの晩八時まぢかになると、上野の動物園のまわりにはたいへんな警戒ぶりです。あちらの木《こ》影《かげ》こちらの森影、およそものの影という影には、刑事や警官が身をひそませて、「怪しいもの来《きた》らば来《きた》れ」と目を光らせているのです。

なにしろ、このあいだアリ殿下のホテルからまんまと白蠟仮面をとり逃がして、世間のひなんをあびているので、こんやのきんちょうはひじょうなものです。

やがて、八時ちょっとまえ、動物園の正門まえへ三つの影が近づいてきました。いうまでもなく、せむしの川北の手をとった三津木俊助と等々力警部。

俊助は正門まえまでくるとしんぱいそうに、腕時計に目をやります。時計の針《はり》は八時五分まえ。約束の時間まではあと五分です。

あたりを見ると人影もなく、しーんとしずまりかえった公園のなかには、高い塔がくろぐろと空にそびえています。その塔というのは、ちょうどそのころ公園のなかに開《ひら》かれていた、万国《ばんこく》博覧会の呼物《よびもの》として、人気をよんでいた展望台、すなわち東京のめぬきの場所を、ひとめで見られるという塔なのです。

もちろん、博覧会はひるまだけですから、いまは塔上にいるひともなく、灯《あかり》の色もない高い建物が、暗い夜空にもののけのようにそびえているのがぶきみです。

俊助はなんとなく気になるように、ときどき、その塔をあおいでいましたが、やがて、約束の正八時《しょう》。俊助と等々力警部がせむしの川北の両手をとり、きっと身がまえたときでした。

とつぜん、動物園のなかから、ものすごい猛獣のうなり声がきこえてきました。と、同時に、いままで静まりかえっていた動物園の構内から、ばたばたとあわただしくいきかう足音がきこえてきたかと思うと、

「わっ、たいへんだ、たいへんだ。ライオンがおりからとびだしたぞ」

「錦《にしき》ヘビもおりにいないぞ」

「トラも逃げた。トラも逃げたぞ」

「だれかおりを開いたやつがあるぞ」

「全員ひじょう警戒につけ」

口々にさけぶ、そんな声がきこえてきたかと思うと、やがて、ズドン、ズドンと鉄砲の音がきこえてきたから、すわこそと、等々力警部と三津木俊助、思わず顔色をかえました。

「あっ、警部さん、気をつけてください。きっと白蠟仮面のやつがやったことにちがいありません」

「そうだ。このどさくさまぎれに川北をとりかえそうというのにちがいない。しかし、三津木くん、これはどうしたものだろう」

さすがの警部も俊助も、とっさのこととてよい思案《しあん》もうかびません。川北をつれて逃げるのはやすいことだが、それでは御子柴くんを取りかえす機会をうしなうわけです。

左右から川北の手をとった三津木俊助と等々力警部がとほうにくれてまごまごしているころ、動物園のさわぎは、ますます大きくなってきました。

「それ、ライオンがへいをのりこえたぞ」

「あっ、錦ヘビが楡《にれ》の木へのぼっていく」

「おお、おお、あれはどうしたことだ。楡の木のてっぺんにだれかいるぞ」

口々にさけぶ声にまじって、足音はしだいにこちらへ近づいてくるのです。

「警部さん、これはいけない。ここはいったんひきあげたほうがよいかもしれません」

「よし」

川北の手をひっぱって、警部と三津木俊助が、動

物園のへいぞいにばらばらと走っていくと、その前方の暗がりへ、へいのうえからヒラリととびおりたものがある。

「あっ、ライオンだ！」

木にのぼる錦蛇

さすがの三津木俊助も、からだじゅうの毛というが、さかだつような恐ろしさをかんじました。

等々力警部はさっと腰のピストルに手をやりましたが、そのとたん、

「打っちゃいけない！」

と、さけびながら、すっくとライオンがうしろ足で立ちあがったから、警部と俊助は二どびっくり。

「だれだ！」

「おれだよ。白蠟仮面《びゃくろうかめん》だ。約束どおりせむしの川北をもらいにきた」

白蠟仮面はライオンの頭をぐらりとうしろにはねのけると、じぶんもピストルを身がまえながら、暗がりのなかにふみだしました。

「しかし、それじゃ約束がちがうじゃないか。探偵小僧はどこにいるんだ」

「探偵小僧は動物園のなかにいる。川北をこちらへよこせば、そのありかを教えてやる」

「しかし、そんなことをいって……」

「なにをぐずぐずいってるんだ。君たちには動物園のあのさわぎがわからないのか。ぐずぐずしてると探偵小僧は猛獣にかみころされるぞ」

俊助と等々力警部は、思わずはっと顔をあわせました。

動物園のさわぎはいよいよひろがり、ズドン、ズドンという鉄砲の音にまじって、ものすごい猛獣のうなり声がきこえます。

「警部さん、こうなったらしかたがない。川北をこいつにわたしましょう。おい、そのかわり、探偵小僧のありかをいうな？」

「いう。おれも男だ」

「よし」

と、川北のからだをおしやると、白蠟仮面はその手をとって、なにか耳もとにささやきました。せむしの川北はうなずきながら、そのまま闇《やみ》のなかへきえていきます。白蠟仮面はそのうしろすがたを見送

って、

「探偵小僧はな、楡《にれ》の木のてっぺんにぶらさがっているんだ。君たち、さっきのさけびを聞いたか。その楡の木へ錦《にしき》ヘビがのぼっているらしい。はやくいかぬと探偵小僧はヘビにのまれて死んでしまうぞ」

それだけいうと白蠟仮面は、身をひるがえして、まっしぐらに闇のなかを逃げていきます。三津木俊助と等々力警部は、あまりのことにぼうぜんとして立ちすくんでいましたが、そのときまたもや聞こえてきたのは、動物園の看守《かんしゅ》たちのさけび声です。

「あれあれ、錦ヘビが楡の木にのぼっていくぞ」

「楡の木のてっぺんに、だれやらひとがぶらさがっている……」

それを聞くと俊助は、はっと身ぶるいをしながら、

「警部さん、きてください！」

とさけぶと、いちもくさんに正門まえへ駆けつけました。もちろん、動物園の正門には、ぴったりと鉄の門がしまっていて、なかには看守が、ものものしげに鉄砲を身がまえています。猛獣がきたらたったひと射ち、というかまえです。

俊助と等々力警部はてみじかにわけを話すと、看守のゆるしをえて鉄の門を乗りこえました。

動物園のなかはたいへんなさわぎです。こういうときの用意にそなえて、園内に取りつけてある電気という電気がついて、なお、そのうえにサーチライトが、さっと空を照らしているのです。

「あっ、警部さん、むこうです！」

俊助が指さすところを見ると、なるほど動物園の中心に、くっきりとそびえ立つ楡の木のてっぺんに、少年がひとりたかてこてにしばられて、ぶらさげられているのです。

そして、その少年から二メートルほど下を、いましも大きな錦ヘビが、きみのわるいうねりをしながら、ぬるぬるとのぼっていきます。サーチライトの光をあびて、錦ヘビのからだがぬれたように光っています。

三津木俊助も等々力警部もきけんをわすれて、その楡の木の下へかけつけました。楡の木の下には五、六人の看守がかたまって、あれよあれよとさわいでいますが、だれも鉄砲を射とうとするものはありません。

あやまって、少年に命中してはたいへんだからで

す。

錦ヘビは御子柴くんの足もとから、一メートルほどのところまでのぼりました。そこまでくると錦ヘビは、きっと鎌首《かまくび》をもちあげて、いまにも足からのもうという体勢にうつりました。

「あっ！」

一同は思わずいきをのみ、目をおおいます。たまりかねた俊助は、

「鉄砲をかしてください」

と、ひったくるように、看守の手から鉄砲をうばいとると、錦ヘビの鎌首めがけてきっとねらいさだめました。

白蠟仮面の逃走

やがて、ねらいがさだまったところで、ズドン、と一発。

しかし、不幸にもさいしょの弾丸《たま》はねらいをはずれて、楡《にれ》の梢《こずえ》をさわがせただけでどこかへ飛んでしまいました。

錦ヘビはちょっと鎌首をちぢめましたが、すぐまた怒ったようにニョッキリもたげて、ペロペロ舌を吐きながら、御子柴くんの足をめがけてうねっていきます。

「おのれ！」

とさけんだ三津木俊助、こんどこそは、と一生《いっしょう》けんめいねらいをさだめて、ズドンと一発うって放《はな》てば、みごと脳天に命中したらしく、錦ヘビは楡の梢で、ものすごく身をくねらせていましたが、やがて、全身から力が抜けていくと、ドサリと梢から落ちてきました。

「しめた！」

とさけんだ看守たちは、地上に落ちてまだ身をくねらせている錦ヘビのそばへかけよると、ズドン、ズドン、といっせいに鉄砲の弾丸《たま》をあびせました。

「これでよし！　ところでほかの猛獣たちは？」

「おかげさまでみんなかたづきました。トラがいっぴき死にましたが、ライオンはおりのなかへおいこみました」

「それはけっこう。それではひとつあの少年を、梢からおろす手つだいをしてください」

「しょうちいたしました」

こうして、それからまもなく、御子柴くんはぶじにたすけおろされましたが、こちらは白蠟仮面とせむしの川北です。

白蠟仮面はいつのまにかライオンの皮をぬぎすてて身軽になり、公園の闇《やみ》のなかを走っていましたが、とつぜん、いく手《て》をさえぎった二、三人のひとの影。

「だれか！」

と、さけんだのはいうまでもなく刑事です。白蠟仮面はそれを見ると、

「しまった！」

とさけんで、あともどりをしようとしましたが、うしろからも警官が二、三人、呼子《よびこ》を吹きながら走ってきます。その呼子の音《ね》を聞いて、あちらの木影《こかげ》、こちらの森影から、クモの子のように刑事や警官が、ばらばらとあつまってきます。

「どこだ、白蠟仮面は！」

「おお、白蠟仮面は、あそこにいるぞ！」

警官がぱっとあびせた懐中電灯の光にうかびあがったのは、万国《ばんこく》博覧会のへいにぴったり背中をつけて、血走った目を光らせながら、ピストルを身がまえている白蠟仮面のすがたです。

「白蠟仮面！　神妙《しんみょう》にしろ！」

「そのピストルをなげすてろ！」

しかし、白蠟仮面はそのことばにしたがおうともせず、博覧会のへいに背中をくっつけたまま、じりじりと左のほうへよっていきます。そして、およそ三メートルほども左へにじりよったかと思うと、

「ばかめ！」

とさけんで、ズドンと一発、おどかしのピストルを打ちはなったかと思うと、あっというまもない、白蠟仮面のすがたは、へいのなかへのみこまれてしまいました。

「あっ！　しまった！」

「あんなところにしかけがあったんだ！」

警部や刑事がばらばらと、へいのそとへかけよると、博覧会のなかをいそぎ足で逃げていく、白蠟仮面の足音が聞こえます。

「ちくしょう、ちくしょう！」

警官たちはやっきとなってへいをたたきましたが、どういうしかけになっているのかびくともしません。

「ええい、めんどうだ。乗りこえろ！」

刑事のひとりがへいのうえへかけのぼりましたが、

そのときでした。西の空からきこえてきたのは、ヘリコプターの爆音です。

警官たちは、なにかしらはっとしましたが、しかし、いまはそんなことにかまっていられません。つぎつぎとへいをのりこえる警官たちの目にうつったのは、いましも展望塔へのぼっていく白蠟仮面のすがたです。

しかも展望塔のうえから、

「首領《かしら》！　はやくはやく」

とさけんでいるのは、どうやらせむしの川北らしい。

「おお、展望塔へのぼっていくぞ！」

「しかし、塔へのぼってどうする気だろう」

「ひょっとすると、あのヘリコプターが……」

一同がはっと顔を見あわせているころ、ヘリコプターは展望塔の上空へさしかかりましたが、そこでスピードをおとしてゆるく旋回《せんかい》しはじめました。しかも、そのヘリコプターからは、一本のつながたれているではありませんか。

「しまった、しまった。ちくしょう、ヘリコプターで逃げるぞ」

警官が気がついたときはおそかったのです。そのとき、すでに塔のてっぺんにたどりついていた白蠟仮面とせむしの川北は、ヘリコプターからさがったつなにぶらさがって……。

人間金庫

その晩の東京じゅうのさわぎといったらありませんでした。

白蠟仮面がヘリコプターで逃げたというので、新聞社のヘリコプターがいっせいに飛び立ちました。警官たちは自動車やオートバイでおっかけます。

白蠟仮面のヘリコプターは、まもなく東京湾の上空にさしかかりましたが、それから数分ののち、たいへんなことがおこりました。とつぜん、白蠟仮面のヘリコプターが、へんな音響を発したかと思うと、空中分解をしたからたまりません。

ひとも機体もまっさかさまに海のなかへついらくしました……。

さて、そのつぎの晩のことです。三津木俊助のことばによって、アリ殿下《でんか》のへやにあつまったのは、等々力警部に御子柴くん、ほかにふたごの夏彦と冬彦もきています。

アリ殿下はうれしげな顔色で、

「白蠟仮面、海へ落ちたそう、死体あがりましたか」

「それが、目下《もっか》捜索中なんですが、白蠟仮面もせむしの川北も、どうしても死体がわからないのです」

等々力警部がこたえると、アリ殿下はいよいようれわしげなお顔色で、

「きっと、フカのえじきになったのでしょう。アラーの神のふたつの目は、とうとう海中に没してしまいました」

と、がっかりしたようにおっしゃいましたが、そのとき、そばから口をだしたのは三津木俊助。

「殿下、そんなに落胆《らくたん》なさることはありません。ひょっとするとふたつのダイアを、とりかえすことができるかもしれないと思うのです」

「えっ、ダイアをとりかえすって?」

「ええ、そうです」

と、三津木俊助は夏彦と冬彦のほうへむきなおると、

「みょうなことをたずねるがね、君たちの目、かたっぽう入れ目じゃないの」

「えっ!」

夏彦と冬彦は、びっくりしたように顔を見あわせています。

「あっはっは、やっぱりそうだったね。夏彦君の左の目、冬彦君の右の目は入れ目だね。たいへんじょうずにできているので、だれも気がつかないようだけれど、ぼくははじめからそうだと思っていたよ。君たち、いつから入れ目をしているの」

「はい、ぼくたち、うまれたときから、片目がつぶれていたんですって。夏ちゃんは左の目、ぼくは右の目が……それですこし大きくなると入れ目をしたんです」

「三津木先生、このことはないしょにしていてください。入れ目だなんてわかると、ぼくたち、人気にさわりますから……」

「はっはっは、そんなこと、だれもしゃべりゃしないよ。そのかわり、ちょっと、その入れ目をはずして、ぼくに見せておくれ」

夏彦と冬彦はまた顔を見あわせていましたが、三

津木俊助にうながされると、しかたなく、かたっぽずつ、入れ目をはずして俊助にわたしました。ほかのひとたちは目をまるくして、俊助のてのひらのガラスの目玉を見つめています。

俊助はしばらくそれをいじくっていましたが、にわかにうれしそうな声を立てて笑うと、

「あっはっは、やっぱりそうでしたよ。白蠟仮面のやつ、夏彦君と冬彦君を空家《あきや》へつれこみ、麻酔薬《ますいやく》をかがせて眠らせると、そのあいだに入れ目をぬきとり、かわりに、青色ダイアをひとつずつかくした入れ目を入れておいたんです。つまりこのふたりを人間金庫にしたてたんですね。夏彦君、冬彦君、すぐかわりの入れ目をとりよせてあげるから、これをこわさせてくれたまえ」

三津木俊助がはっしとその入れ目をたたきこわすと、なかからあらわれたのは、ああ、なんと光輝《こうき》さんぜんたる、ふたつの青色ダイアではありませんか。

そのときのアリ殿下のおよろこびは、いまさらここにのべるまでもありますまい。

それからまもなくアリ殿下は、ふたつの青色ダイアをたずさえて、よろこび勇んでご帰国なさいましたが、そのまえに三津木俊助や御子柴くん、等々力警部やふたごの夏彦と冬彦にまで、たくさんのお礼をしていかれたということです。

それにしても、東京湾の海中へ落ちた、白蠟仮面とせむしの川北はどうしたでしょうか。殿下のいわれるようにフカのえじきになったのでしょうか。それとも死体があがらないところを見ると、まだどこかに生きていて、また悪事をたくらんでいるのではないでしょうか。

蠟面博士
ろう　めん　はか　せ

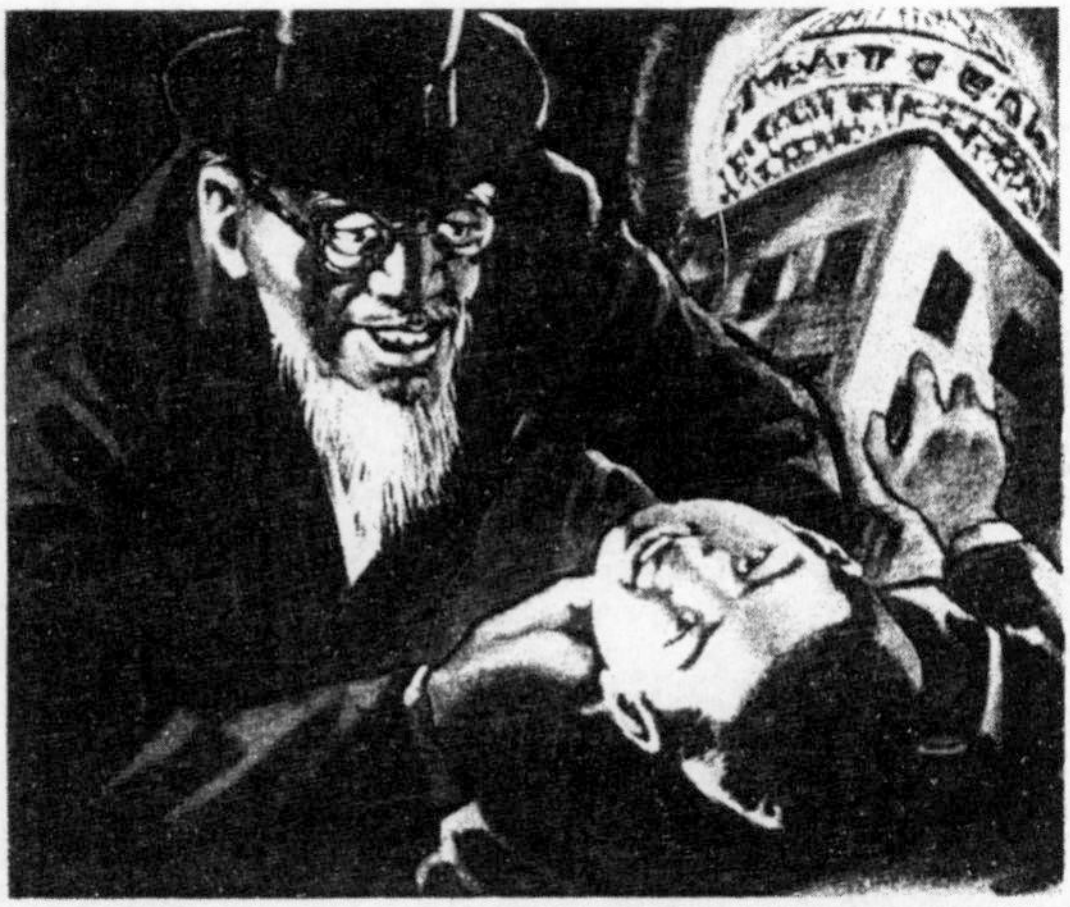

ぶきみな老人

きょうは一月の十五日。一年じゅうでいちばんさむい季節だけれど、きょうのさむさはまたかくべつで、おひるすぎになっても、寒暖計《かんだんけい》のおんどは、零《れい》度《ど》からいくらもあがりません。空はどんよりナマリ色にくもって、東京じゅうが、はい色《いろ》にこおりつき、街路樹には氷の花が、キラキラとひかっていた。

　午後四時ごろ、新日報社《しんにっぽうしゃ》の御子柴進《みこしばすすむ》くんは、社のようじで、数寄屋橋《すきやばし》から日比谷《ひびや》の方角へ、自転車をはしらせていた。

　御子柴くんは、新日報社の給仕《きゅうじ》だが、探偵小僧というあだ名があるくらい、探偵小説がすきなうえに、いままでに、たびたび探偵事件で手柄《てがら》をあらわしたこともある。

　御子柴くんは、ほっぺたをまっ赤《か》にふくらまし、かじかんだ手でハンドルをにぎりしめ、それでもげんきに口笛をふきながら、自転車のペダルをふんでいる。

　うっかりすると、こおった街路に自転車のタイヤがスリップしそうで、あぶなっかしくてしかたがない。

　そろそろ、ラッシュアワーなので、町はそうとう混雑していたが、どの人もさむそうに、オーバーのえりに首をすくめている。

　御子柴くんも、手がちぎれるようだった。

　とつぜん、ゆくてにあたって、ものすごい物音と、人のさけび声がきこえたので、御子柴くんがひょいとくびをもちあげると、いましも日比谷公園の北がわの道で一台のトラックが、道ばたの街灯にぶつかったところであった。おそらくこおった道にトラックのタイヤがスリップしたのだろう。

ところが、さわぎは、まだそれだけではおわらなかった。むこうから走ってきた、もう一台のトラックが、いきおいあまって、まえのトラックのよこっぱらへ、もうれつないきおいで、ぶつかったからたまらない。

街灯にのりあげて、まごまごしていたトラックが、ものすごい音をたてて、はんぶん横にかしいだとおもうと、上につんであった大きな木箱が、はじきとばされたように、トラックからおちてきた。

「こら！　きをつけろ！」

「なにを！　てめえこそまごまごしているからだ！」

さいわい、のっている人にけがはなかったらしく、運転手と運転手が、はげしくのしりあいはじめたので、たちまち、アリのようにやじうまがむらがり、おまわりさんが警棒をにぎってかけつけてきた。

御子柴くんも、新聞社の給仕だから、こんな事件はみのがしません。自転車をはやめてその場へかけつけると、ちょうどそのとき、横にかしいだトラックの運転台から、きみょうな人が、ノコノコおりてきた。

その人のかおは、まるでろうざいくのお面のようだった。ひたいもほっぺたもまっ白《しろ》でつるつる光り、それでいて、あごには山羊《やぎ》ひげを、鼻のしたには口ひげをはやしている。口ひげもあごひげも、ごましおまじりの灰色です。

目には度《ど》のつよそうな鼻めがねをかけ、シルクハットにえんび服というい でたちが、まるきり奇術師かなにかのようだった。

おまけに、その人は、ひどく腰がまがっているのでした。そのために銀製のにぎりのついた、ふといステッキをついているのだけれど、そういう人が、ノロノロと運転台からおりてきて、そわそわとあたりをみまわしながら、道にころがっている大きな木箱のほうへ、あゆみよっていくのをみたとき、御子柴くんはなにかしら、ゾーッとつめたい水でもあびせられたような、おそろしい気がしたが、それこそ虫のしらせというのだろう。このぶきみな老人こそ、のちに世間をさわがせた、蠟面博士《ろうめんはかせ》そのひとだったのだ。

蠟人形の怪

さて、ぶきみな蠟面博士《ろうめんはかせ》は、大きくさけた木箱をみると、ちょっとなかをのぞいていたが、そのまま、こそこそとやじうまのあいだをかきわけて、いずこともなく立ちさっていく。

それを見て、

「おや?」

と、首をかしげたのは御子柴くん。ふしぎに思って、木箱のそばへかけよると、これまたなかをのぞいていたが、なにを見たのか、ギョッとばかりに息をのむと、あわててやじうまのあいだへかけぬけた。

と、見れば、いまぶきみな蠟面博士がタクシーをよびとめ、のりこむところだ。

「ちくしょう。逃げるんだな」

御子柴くんは、警官に注意しようと、二、三歩あともどりをしかけたが、そのとき、自動車が走りだしたので、

「しまった! ぐずぐずしていたら逃げてしまう。こうなったらしかたがない。ひとつじぶんがつけてやろう」

と、そこは新日報社の探偵小僧と人にしられた御子柴くん。とっさのあいだに心をひきしめると、いそいで自転車にとびのって、蠟面博士の自動車をつけだした。

さて、いっぽうこちらは警官だ。そんなこととは夢にもしらず、しょうとつした二台のトラックの運転手をとりしらべている。

「それじゃ、その老人にたのまれて、あそこにおちている木箱を、はこんでいくとちゅうだったんだね」

「そうです、そうです。なんでも芝《しば》までいってくれ。むこうへいったら、あらためてゆくさきをしらせると、お金をさきにはらってくれましたので……」

「ところで、その老人はどうしたんだね?」

「へえ」

運転手はふしぎそうに、あたりを見まわしながら、

「わたしよりひと足さきに、運転台からおりましたが、あの木箱をしらべているんじゃありませんか」

「しかし、どこにもすがたが見えないじゃないか」

「へんですねえ。どこへいったんでしょう」

運転手と警官が、キョロキョロとあたりを見まわしているときだった。

「あっ、こ、この蠟人形のなかには、ほんものの人間がはいっている!」

と、さっきから、木箱のさけめからなかをのぞいていた会社員らしい男がさけんだので、おどろいたのは警官と運転手。

「な、な、なんだって!」

あわてて木箱のそばへかけよったが、見ると、大きくさけた木箱のさけめからのぞいているのは、洋装をした婦人の蠟人形だったが、さっき木箱がはじきとばされたひょうしに、蠟人形の手くびのうしろがはげおちて、その下からあらわれたのは、なんと、人間の……むらさき色をした女の手くびではないか。

「あ、こ、これは……」

警官は、おもわずうしろへとびのくと、あわてて運転手のうでをつかんだ。

「いったい、これはどうしたんだ。あの蠟人形のなかに入っているのはだれだ!」

警官にきめつけられて、運転手はまっさおになってふるえている。

「いいえ、わたしはなにもしりません。きょうきみのわるいじいさんが、うちの会社へやってきて、トラックを一台よこしてくれというので、わたしがいっしょにいったんです。へえ、月島《つきしま》のほうのさびしい家でした。そこからこの木箱をつんで、さっきもいうとおり、芝までやってくれというので、ここまでやってきたんです。芝のどこへはこぶつもりだったのか、またあのじいさんが、どこのなんという男か、わたしはなにもしらないんで……」

運転手は、ガタガタふるえていたが、あとでわかったところによると、この運転手のいうことには、すこしもうそはなかった。

このトラックは月島のきんじょにある、トラック会社のものだったが、そこへ蠟面博士のようなかおをした、ぶきみな老人がやってきて、あの木箱をはこぶようにたのんだのだが、さて、その老人というのが、どこの何者だということは、だれひとりとしてしるものはなかった。

そして、この事件こそは、のちに世間をおどろかせた、蠟面博士の奇怪な蠟人形事件のはじまりだったが、それにしても、蠟面博士のあとをつけていった御子柴くんは、あれからどうなったであろうか。

さびしいアトリエ

みじかい冬の日もくれやすく、あたりはもう黒いビロードのような闇《やみ》につつまれて、空には星が、いてついたようにひかっている。おりおり身をきるような木《こ》がらしが、すっかりはだかになった雑木林《ぞうきばやし》を、ザワザワとさわがせてすぎてゆく。

そこは都心からかなりはなれた高井戸《たかいど》のかたほとり、武蔵野《むさしの》のおもかげをのこした雑木林をせにおうて、一《いっ》けんのアトリエがたっている。

アトリエのまえは、どこかの会社のグラウンドになっているから、ふきん五百メートルほどのあいだには、家らしい家はひとつもない。

蠟面博士《ろうめんはかせ》をのせた自動車が、そのアトリエのまえについたのは、もうかれこれ六時ごろのこと。博士はここへくるまでに、三度も自動車をのりかえている。いうまでもなく尾行をまくためだ。

蠟面博士をおろした自動車の運転手が、きみわるそうに身ぶるいしながら、いそいで立ちさるのを見おくったのち、博士はこつこつと門のなかへはいっていった。門といってもかたちばかりの、石の柱が二本たっているきりだ。

門のなかは、ひどいあれよう。冬のことだから、雑草は生《は》えていなかったが、手いれのゆきとどかぬ雑木がさむざむと立ちならび、アトリエのかべもぼろぼろだ。

蠟面博士は弓のようにまがった腰で、でこぼこの敷石《しきいし》をふみながら、アトリエの入口にちかづくと、ポケットから、カギ束《たば》をとりだして、ドアをひらいた。

それから、もう一《いち》ど用心ぶかく、あたりを見まわしたのち、するりとアトリエのなかへすべりこむと、なかからぴたりとドアをしめた。やがて電気のスイッチをひねったのだろう。アトリエの屋根のあかりとりから、ボーッとほのかな光が空にむかってなげだされた。

と、このときである。犬のように地《ち》をはいながら、するするとこのアトリエのまえへちかづいてきたかげがある。いうまでもなく探偵小僧の御子柴くんだ。

御子柴くんは日比谷から、しゅびよくここまでつけてきたのだ。二時間ちかくも東京じゅうをひっぱりまわされたので、ペダルをふみつかれた足が、ぼうのようになっている。

御子柴くんは、門柱のかげに身をひそめて、しばらくなかのようすをうかがっていたが、やがて、ものかげをたよりながら、門のなかへしのびこむと、音もなくアトリエの外へちかよった。

と、このとき、アトリエのなかからきこえてきたのは、ささやくようなひくい声。どうやら蠟面博士の声らしい。

「ウッフッフ。どうだな、田代《たしろ》くん。だいぶきゅうくつな目をさせたな。それに腹もへっているだろう。どれ、そのまえにさるぐつわをとってあげようか」

御子柴くんは、どこかにのぞくところはないかと、いそいであたりを見まわしたが、窓という窓には、げんじゅうによろい戸《ど》がしまっていて、どこにものぞくすきまはない。

「ウーム」

と、いううめき声がきこえてきたので、思わずハッと耳をすませる。どうやらさるぐつわをはずされたらしいのだ。

「おい、蠟面博士。このぼくを、いったいどうしようというのだ」

そういう声は、まだわかい男のようだ。すこしふるえをおびている。それにつづいて蠟面博士の、ひくいぶきみなわらい声がきこえたかと思うと、

「どうするものか。わしの秘密をしった田代信三《しんぞう》、生かしておいてはじゃまになるから、ころして蠟人形にしてしまうのだ」

田代信三……ときいて、御子柴くんは、またギョッといきをのんだ。

蠟人形日記

御子柴くんのつとめている新日報社にたいこうする大新聞社、東都《とうと》日日《にちにち》新聞社に田代信三といううできき記者のいることを、御子柴くんはよくしっている。いや、しっているばかりではなく、たびたびあったこともある。

ひょっとすると、いま蠟面博士にとらえられている田代信三というのは、東都日日新聞の、あのうできき記者ではあるまいか。

御子柴くんが胸をドキドキさせながら、なおも耳をすましていると、はたしてかれの想像のとおりであった。

「ああ、ざんねんだ。せっかくきさまの秘密をさぐりだし、東都日日の特ダネにしようと思っていたのに、こうしてとらわれの身となって、いまにきさまにころされるのか」

ギリギリと歯ぎしりするような声である。

「そうとも、そうとも。わしの秘密をしるやつは、かたっぱしからころして、こうして蠟人形をつくるのじゃ。それがわしのなによりのたのしみでな。ウッフッフ」

ゾーッとするようなぶきみなわらい声だ。

「おのれ、わあっ、だれか……助けてくれえ……」

どたばたとあばれるような音がきこえていたが、やがて、どさりと音がした。

「ウッフッフ、もろいものだ。どれ、じゃまがはいらぬうちにろうを煮よう」

ああ、もう一刻もゆうよはできない。

このとき、ふと目にうつったのは、かたわらの松の大木《たいぼく》。その枝のひとつがうでをさしのべたようにアトリエの屋根のうえにはりだしている。

やっと目をつけておいた枝にたどりつき、下を見ると、あかりとりの天井《てんじょう》のガラスをとおしてアトリエのなかが手にとるようにみえる。

御子柴くんの目にうつったのは、さるまたひとつのはだかで、うつむけにたおされている男のすがただ。そのそばに西洋のふろのような大きなタンクがすえてあり、そのなかに、なにやらフツフツたぎりたっている。

ああ、あのたぎりたつタンクのなかへなげこまれたら、田代記者の命はない。

御子柴くんは、あまりのおそろしさに、

「あっ、だれかきてえ。人ごろしだッ……」

と、むちゅうになってさけんだが、そのひょうしに、松の枝がポッキリおれたからたまらない。御子柴くんのからだは屋根のガラスをつきやぶって、まっさかさまにアトリエのなかへおちていった。

それからいったい、どれくらい時間がたったのか。床へおちたしゅんかん、気をうしなった御子柴くんが、ふと目をひらくと、あたりはまっくら。うえをみるとガラスのこわれた天《てん》じょうから、星がひかっ

ているのがみえた。そのうちにふと、ろうの煮えるにおいに気がついて、ハッとさっきのことを思いだした。

ああ、田代記者はどうしたのか。蠟面博士はどこにいるのか。

御子柴くんはゾッとするようなおそろしさに、あわてて床のうえにおきなおる。

さいわい、腰がすこし痛いくらいで、たいしたけがはしていないらしい。

御子柴くんは、むねのポケットから、万年筆がたのちいさな懐中電灯をとりだすと、そっと、ボタンをおしてみる。

さいわい、こしょうはなく、ほのじろい円光があたりをてらした。

そのうちに、ふと目にうつったのは、床にたおれている田代記者だ。

ああ、それでは田代記者は、まだ蠟人形にされなかったのか。それにしても蠟面博士はどこにいるのか……

御子柴くんは、こわごわあたりをみまわしたが、蠟面博士のすがたはどこにもみえない。そっとはだかの男のそばへよってみた。懐中電灯でかおをてらすと、まぎれもなくそれは、東都日日新聞の田代記者だ。

「田代さん、田代さん」

ちいさい声でよびながら、御子柴くんは田代記者をゆすぶったが、田代記者はへんじもしない。

しかし、死んでいるのではない。かすかながらもいびきがきこえる。

田代記者は、蠟面博士に、ねむり薬をかがされてしまって、こんこんとねむっているのだ。

御子柴くんは、いよいよ気がつよくなってきたので、なおも、あたりをみまわしているうちに、目についたのは、壁のスイッチ。

さっそく御子柴くんがそれをひねると、すぐぱっと、あかるい電気がついたが、そのとたん、またギヨッといきをのんだ。アトリエのすみに、ギリシアの彫刻のようなはだかの男の蠟人形がたおれていた。

たぶん、いま御子柴くんがおちてきた地《じ》ひびきでたおれたのだろうが、たおれたひょうしに、肩から腹へかけてはがれたろうの下から、ぶきみな色をしてのぞいているのは、なんと人間のうでではないか。

「キャーッ！」

御子柴くんは、ひめいをあげてとびのいたが、そのひょうしに、なにやら足にさわったものがある。ひろいあげてみると、それはポケットがたのちいさな日記だ。

表紙をひらくと、第一ページに書いてあるのは、

「蠟人形日記」——

ああ、それでは、これは蠟面博士がおとしていったものにちがいない。御子柴くんは、しめたとばかりポケットにねじこむと、アトリエから外へとびだして、声をかぎりによばわった。

「人ごろしだッ。だれかきてえ……」

探偵小僧対田代記者

そのよく朝《あさ》、新日報をよんだ人々は、アッとばかりにきもをつぶした。

御子柴くんのさけびをきいて、かけつけてきた警官がしらべてみると、アトリエのすみにたっている蠟人形のなかには、男の死体がふうじこめられていたのだ。

こうして一日のうちに、蠟人形にされた三つの死体が発見されたのだから、人々がふるえあがったのもむりはない。

東都日日新聞の田代記者は、かけつけてきた医者のかいほうによって、あけがた正気にかえったが、その話によるとこうである。

いまから一年ほどまえに、蠟人形にされた女の変死体が発見されたが、そのときはとうとう犯人がわからなかった。

田代記者はそれいらい、蠟人形事件の調査をつづけてきたが、ちかごろ目をつけたのが、丸《まる》ビル五階に事務所をもつふしぎな老人だ。

その老人はみずから蠟面博士としょうして、蠟人形をあつかうのを商売にしている。田代記者はこの老人のあとをつけまわしているうちに、つきとめたのがあのアトリエだ。そこで老人のるすをねらって、アトリエへしのびこみ、蠟人形をしらべているところへ、かえってきた蠟面博士のために、ぎゃくにとらわれの身となったのである。

警視庁では等々力《とどろき》警部が主任となり、それっとばかり丸ビル五階をおそったが、むろん、蠟面博士が

かえってくるはずはなかった。

そのうちに、三つの死体の身もとがわかったが、なんと、それはころされたものではなく、病院からぬすみだされた死体だったのだ。

それにしても蠟面博士は、なんだってそんなきみのわるいいたずらをするのだろう。

なにかしら、これがもっとおそろしい事件の前兆になるのではないか。

それはさておき、他の新聞にさきがけて、この大事件をすっぱぬいた御子柴くんは、山崎《やまざき》編集局長からたいへんほめられたが、それにつけても思いだすのは三津木俊助《みつぎしゅんすけ》のこと。

三津木俊助というのは、新日報社の宝とまでいわれているうできき記者だが、あいにく、いま洋行中で、あと半年しなければかえってこない。

いままで俊助とともにはたらいて、多くの手柄《てがら》をたててきた御子柴くんは、

「こんなとき、三津木さんがいてくれたらなあ」

と、ためいきをつかずにはいられない。

そういう御子柴くんのところへ、ある日、たずねてきたのは東都日日新聞の田代記者だ。

新日報社と東都日日新聞は、いつもしのぎをけずっているのだが、その競争紙の花形記者が、御子柴くんをたずねてきたのは、このあいだの礼をいうためだ。

「やあ、探偵小僧、ありがとう。おかげで命がたすかったよ」

「いやあ、そんな礼にはおよびませんよ。でも田代さんはすごいなあ。まえから、蠟面博士に目をつけてたんだもの」

「ところで、探偵小僧、おまえ、あのアトリエで手がかりのようなものをつかんで、かくしているんじゃないのか」

田代記者にずぼしをさされて、探偵小僧はギクッとした。御子柴くんはアトリエでひろった日記を、警官にもわたさずかくしているのだ。

「ねえ、山崎さん、さすが三津木くんのおしこみだけあって、ぬけめがないんですよ。せっかくぼくが特ダネにしようと思ってねらっていた蠟面博士の事件を、あとからでてきて、すっぱぬいちゃったんですからね」

「アッハッハ、しかし田代くん、そのおかげで命を

たすかったのだからいいじゃないか」

「でも、こんどはもうまけませんぞ。アッハッハ」

長身やせがたの田代記者は、わだかまりのないわらい声をのこしてたちさったが、それいらい田代記者と探偵小僧のはげしい競争がはじまったのだ。

三階売場の怪人

警視庁では、等々力警部が中心となり、やっきとなって蠟面博士のゆくえをさがしているが、かいもく手がかりもつかめぬうちに、半月《はんつき》とたち、ひと月とたち、二月十八日の夜のこと、銀座《ぎんざ》にある松葉屋《まつばや》百貨店の三階で、またもやみょうなことがおこったのである。

店員がみんなひきあげて、ひとつひとつ電気がきえていったあとの百貨店の内部ほどさびしいものはない。

階段のうえにほのぐらい電気がついているだけで、あとはまっくらななかに、婦人服や子供服をきた蠟人形が、ニョキニョキたっているきみわるさ。

夜、十時ちょっとまえ、いましも夜警《やけい》の靴音のとおざかりゆくのをききすまして、三階の便所からしのびでたかげがある。

あやしのかげは、やがてそっと子供服売場《うりば》にしのびこむ。階段のそばをよこぎるとき、ちらとそのすがたがあかりのなかにうきだしたが、なんとそれは探偵小僧の御子柴くんではないか。

あらかじめ、目をつけていたとみえて、子供服売場にしのびこんだが、そのとき、いったん下へおりていった靴音が、あわただしく階段をかけのぼってくるのがきこえた。

御子柴くんは、子供服の陳列台《ちんれつだい》にとびあがり、そこにならんでいる子供服をきた蠟人形のなかにまじって、人形のように身をかたくする。と、そのとたん懐中電灯をかた手にもった夜警のすがたが、三階の入口にあらわれた。夜警は入口にたったまま、あやしむように売場のなかをのぞいていたが、

「たしかに、なにか物音がきこえたようだが……」

とつぶやきながら、売場のなかへはいってくる。

それをみると、御子柴くんの心臓は、早《はや》がねをうつようになりだした。

いまここで、夜警にみつかってしまったら、どろ

ぼうとまちがえられてもしかたがない……

夜警は、とうとう子供服のれつのまえまでやってきた。そして、御子柴くんのすぐ目の下にたって、陳列台のまわりをしらべている。

懐中電灯の光で、その足もとをなでられたとき、御子柴くんは、命がちぢまるような気もちだった。

しかし、さいわい夜警は気がつかず、

「はてな、おれの気のせいかな」

と、つぶやきながら、こつこつと三階売場からでていった。

それにしても御子柴くんは、なんだって危険をおかして、いまじぶんこんなところにしのんでいるのか……それはこういうわけである。

このあいだ、御子柴くんがアトリエでひろった日記には、べつにたいしたことは書いてなかったが、ただ気になるのは、

「二月十八日、夜十時、銀座・松葉屋百貨店三階売場」

という文章。ひょっとすると、その夜、松葉屋百貨店の三階へ、蠟面博士があらわれるのではあるまいか……

そこで御子柴くんは、いま危険をおかして三階売場にしのんでいるのだ。

さて、夜警がたちさってからまもなくのこと、時計売場でいっせいに時計がボンボンなりだしたから、御子柴くんはギョッとして、そのほうをふりかえった。

目がしだいに闇《やみ》になれてきたのと、まどのすきからさしこむネオンの光で、うすぼんやりと時計売場の光景がみえる。

その時計売場には、ひときわ大きな箱がたの時計がおいてある。それは、高さ二メートルをこえ、文字盤の直径だけでも、五十センチもあろうという大時計だ。

時計売場のたくさんの時計が、いっせいに十時を報じてなりやむと、きゅうにさびしさが身にしみる。

と、このとき、とつぜんギーッと音がして、あの大時計のドアがひらいたから御子柴くんはギョッとして、おもわず両手をにぎりしめる。やがて、大時計のドアがすっかりひらくと、なかからのろのろとぬけだしてきたのは、ああ、あの蠟面博士ではないか。

ろうざいくのようにぶきみなかお、シルクハットに燕尾服《えんびふく》といういきみょうないでたち、弓のようにまがった腰、これこそ蠟面博士いがいのなに者でもない。蠟面博士はやっぱり、こんやこの三階売場にあらわれたのだ。

蠟面博士はステッキをついて、のろのろと、床をはうようなかっこうをして、時計売場からこっちのほうへやってくる。

御子柴くんは、いきをつめ、からだを石のようにかたくして、陳列台のうえにたっている。

御子柴くんの全身から、つめたいあせがながれだし、心臓がガンガンなって、いまにもむねからとびだしそうだ。

しかし、蠟面博士は、御子柴くんに気がついていないらしく、すぐ目の下をとおりすぎると、婦人服売場へはいっていく。

そこには婦人服をきた蠟人形が、五つ六つたっているが、蠟面博士はうすくらがりのなかで、ひとつひとつその蠟人形をなでまわしている。やがて、ニヤリとうすきみわるい微笑が蠟面博士のかおにうかんだかと思うと、博士はうんと腰をのばして、やおらその蠟人形をだきおこした。

蠟面博士はその蠟人形をかたにかつぐと、弓のようにまがった腰にステッキをつき、のろのろと足音もなく三階売場からでていった。

それをみると、探偵小僧はすばやく陳列台からすべりおり、蠟面博士のあとをつけていく。蠟面博士は、三階売場から、正面の階段へでると、のろのろと二階のほうへおりていく。階段へうつるかげが魔物のようだ。

御子柴くんは、三階の手すりに身をひそませ、いきをのんで、蠟面博士のうしろすがたを見おくっていたが、そのときだ。とつぜん階段の下に人かげがあらわれた。

「あっ！　そこへくるのはだれだ！」

さけんだのは三十五、六の目つきのするどい男だが、ほのぐらい電気の光でそのかおをみた御子柴くんは、おもわず「しまった」と心のなかでさけんだ。

御子柴くんはその男をしっているのだ。それは古屋《ふるや》三造《さんぞう》といって、御子柴くんのきょうそうあいての、田代記者の助手をつとめている男なのだ。

古屋記者がこのデパートにいるからには、田代記

者も、どこかにかくれているにちがいない。だが、蠟面博士のおどろきとろうばいは、御子柴くんよりひどかった。一《いっ》しゅん、階段のとちゅうでたちすくんで、古屋記者とにらみあっていたが、やがて、

「ち、ちくしょう！」

とさけぶとともに、かたにした蠟人形を、はっしとばかり、古屋記者になげつけた。蠟人形はガラガラとすごい音をたてて、古屋記者の足もとまでころがっていったが、そのはずみに、蠟のはがれた部分からのぞいているのは、うすきみわるい死人の肌。

古屋記者が、立ちすくんでいるすきに、蠟面博士はだっとのごとく、御子柴くんのほうへかけのぼってきた。

蠟面博士が、じぶんのほうへにげてくるのを見ると、御子柴くんは、あわててかくれようとしたが、どこにもかくれる場所はない。まごまごしているうちに蠟面博士が見つけて、

「この小僧！　おれといっしょにこい！」

と、御子柴くんにおどりかかると、むりやりに四階のほうへひっぱっていく。階段の下では、古屋記者がやっきとなってさけんでいる。

「蠟面博士だ。蠟面博士が、しのびこんだぞ！」

さっき、人形がなげおとされたもの音《おと》に、宿直室からとびだした人々も、蠟面博士ときくと、ギョッとしたように立ちすくむ。

見れば、階段の下には、めちゃめちゃにくずれた蠟人形のなかから、きみのわるい死人の肌がのぞいているのだ。

一同はいきをのんで立ちすくんでいたが、そのとき上からきこえてきたのは、御子柴くんのさけび声。

「だれかきてえ！　蠟面博士だ！」

そのさけび声をきくと一同は、ハッとわれにかえって、

「それ、夜警を非常召集しろ」

「はやく警察へ電話をかけないか！」

と、松葉屋百貨店のなかは、上を下への大《おお》そうどう。

こちらは、蠟面博士と御子柴くんである。見たところよぼよぼの老人であるのに、蠟面博士の力のつよいことといったら！

御子柴くんは、ひっしとなって、博士の手からのがれようとするが、それを、ものともせず、ひきずる

ってきたのは八階の屋上だ。

この屋上にはちかごろとりつけたばかりの松葉屋じまんの大ネオンサインがついている。

直径二十メートルもあろうという球状で、地球儀《ちきゅうぎ》をかたどってあり、青や赤のネオンがついたりきえたりするぐあいで、地球儀がまわっているように見えるのだ。

蠟面博士は、その地球儀の下まで御子柴くんをひっぱってくると、両手で首をひっつかみ、

「やい、小僧、おまえは今夜おれがここへくることを、どうしてしっていたんだ」

と、そういう博士のかおのおそろしさ。

ネオンが青くなったり赤くなったりするたびに、蠟面博士のかおが、赤鬼になったり青鬼になったりするのだ。はがねのようなつよい指で、グイグイのどをしめるのだから、いまにもいきがきれそうだ。

「ああ、すこし手をゆるめてください。それでないと、話ができません」

「よし、それじゃすこしゆるめてやろう。ああ、おまえは、いつかアトリエの天《てん》じょうからふってきた小僧だな」

「ぼく、新日報社の給仕《きゅうじ》です。あの日記をひろったんです。いまに一人前の記者になろうと思って、事件をさがしているんです」

「なんだ、それじゃおまえも田代という男とおなじ仲間か。ウッフッフッフ」

と、蠟面博士はきみのわるいわらいをもらすと、

「よし、それじゃ、おまえによいことをおしえてやろう。きょうは二月十八日だが、三月の十日になると、また事件がおきるんだ」

「じ、事件ってなんですか」

「三月の十日にかわいいおじょうさんが死ぬんだ。ところがその死体がお葬式のまえになくなるんだ。つまり、おれがそれをぬすむんだな。さて、ぬすんでから、それはおまえもしってるだろう……蠟人形にしてしまうんだ」

「そのおじょうさんは、どうして死ぬんですか。あなたがころすんですか」

「ウッフッフ、それはいえない」

「じゃ、ひとつだけいってください。そのおじょうさんの名まえというのは……？」

「それをきいてどうするんだ。それをしられちゃ、

生かしておくわけにはいかんぞ」

「ころされてもかまいません。いってください。そのの気のどくなおじょうさんの名を……」

「よし、それじゃいってやろう。そのおじょうさんの名は、高杉《たかすぎ》アケミというんだ。さあそれをいったからには、おまえを生かしておくわけにはいかんぞ」

そうさけんだかと思うと、蠟面博士は、御子柴くんのからだを頭上にたかくさしあげて、いまにも屋上からなげおろさん身がまえだ。

ネオンの蜘蛛《くも》

ああ、この八階の屋上からなげおとされたら御子柴くんの命はない。

「たすけてえ! 人ごろしだア!」

御子柴くんは、声をかぎりにさけんだが、その声は、むなしく夜空にきえるばかり。

あわや御子柴くんのからだを、なげおろそうとしたときだ。

「やめろ! その子を下におろせ。おろさぬとうつぞ!」

と、うしろからするどいさけび声。

蠟面博士がギョッとしてふりかえると、階段のうえに男が立って、ピストルをこちらへむけている。古屋記者だ。

「しまった! ちくしょう!」

蠟面博士は、あわてて御子柴くんを下におろすと、そのからだをたてにとりながら、

「ウッフッフ、うつならうってみろ。この小僧が死ぬだけだよ!」

と、じりじりとネオンの下へ近づいていく。と、御子柴くんをつきはなし、ぱっと地球儀《ちきゅうぎ》へとびついて、するすると球の側面をのぼっていく。それを見ると古屋記者は、ズドンと一《いっ》ぱつぶっぱなしたが、そのときはやく蠟面博士は、地球儀のむこうへまわっていた。だが、そのときだ。

「ワッ、だ、だれだ!」

と、地球儀のむこうから蠟面博士のさけび声。それにつづいてきこえてきたのは、

「アッハッハ、蠟面博士、みょうなところでであったな。このあいだおまえのために、蠟人形にされか

けた東都日日の田代だよ」

それをきくと、御子柴くんもハッと気をとりなおした。ああ、やっぱり田代記者も、松葉屋百貨店の内部にかくれていたのか。

御子柴くんと古屋記者は、いそいでそばへかけよったが、ちょうどそれは、屋上の胸壁《きょうへき》とすれすれにそびえている地球儀のむこうがわで演じられているので、屋上からは見えないが、銀座の通りからはまる見えだ。

「アッ、あんなところに人が……」

と、ひとりが見つけてさけんだから、さあたいへん。道ゆく人という人が足をとめて松葉屋の屋上を見つめながら、あれよあれよと手にあせをにぎっている。

そのうちに、「ワッ！」と、世にもおそろしいひめいが、銀座の夜空にとどろいたかと思うと、かげが地球儀をはなれて、つぶてのようにおちていった。

「あっ！」

御子柴くんがいそいで胸壁からのりだすと、おちていくのは蠟面博士だ。ああ、それでは蠟面博士は、銀座の歩道にたたきつけられて、木っ葉《こ　ぱ》みじんとなって死んだのであろうか。

いやいや、そうではない。悪運つよい蠟面博士がおちていったのは、松葉屋の横にでている夜店のテントの上だった。

そのとき、松葉屋百貨店の横にとまっていた自動車から、運転手がおりてくると、すばやくテントのうえの蠟面博士をだきおろして、車のほうへかかえていく。

「あっ、しまった！　その自動車をとめろ！　蠟面博士がにげていく！」

御子柴くんは屋上から、やっきとなってさけんだが、とても下まではとどかない。運転手はこれさいわいと、蠟面博士を自動車のなかにかかえこむと、いずこともなく立ちさっていく。

「ああ、田代さん、蠟面博士が……」

地球儀のむこうがわからおりてきた田代記者をみると、御子柴くんはやっきとなってさけぶ。

「ふむ。ぼくもあいつをつきおとすつもりじゃなかったが、こっちがつきおとされるのでね」

田代記者は、ふうふういきをはずませている。見ると、髪はみだれ、ネクタイはゆがみ、ほっぺたには血がにじんでいる。

「いえ、田代さん、そのことじゃないんです。だれかが蠟面博士をつれてにげたんです」

「しまった!」

と、さけんで田代記者も、胸壁から身をのりだしたが、さっきの自動車はもうどこにも見えない。

電話によって、おおぜい警官がかけつけてきたが、もうあとのまつりである。そこで探偵小僧の御子柴くんと、田代記者と古屋記者の三人がとりしらべられたが、もうこうなってはしかたがない。御子柴くんはこのあいだ、蠟面博士のアトリエでひろった日記をだしてわたした。

「なるほどね」

と、この事件をうけもっている等々力警部はうなずくと、こんどは田代記者をふりかえって、

「しかし、きみたちはどうしてここへきたんだ。きみたちもなにかひろったのかね」

等々力警部がひにくをいうと、田代記者は頭をかきながら、

「いや、そういうわけじゃありませんが、こいつなかなかすばしっこいやつですから、きっとなにかしっているにちがいないと思って、古屋くんとふたりで見はっていたところが、きょうここの三階の便所のなかへかくれたので、さてはこん夜《や》、ここでなにかおきるにちがいないと、われわれもここにかくれていたんです」

そういいながら田代記者は、御子柴くんのほうをみて、

「ねえ、警部さん、この探偵小僧というやつは、じつにすばしっこいやつですからね。蠟面博士の秘密を、まだほかにしっているかもしれませんぜ。アッハッハ」

ああ、ひょっとすると田代記者は、さっきの蠟面博士のことばを聞いたのではないだろうか。三月十日におきるという事件のことを……

しかし、御子柴くんも田代記者も、それについてはなにごともいわなかった。

奇怪な少女の死

御子柴くんの耳からは、蠟面博士のささやいたことばがはなれない。

三月十日にかわいい少女がひとり死ぬ。そして、その少女の死体はお葬式のまえにぬすまれて、またあのきみのわるい蠟人形にされるというのだ。その少女の名まえも、高杉アケミとわかっているのだが、しかし、どこにすんでいるのかわからない。

たとえ少女のいどころがわかったとしても、おまえは来月の十日に死ぬんだなんてことがいえるだろうか……御子柴くんはさんざん頭をなやましたあげく、とうとうある日、山崎編集局長にうちあけた。

おどろいたのは、山崎さんだ。

「三月十日といえばあすじゃないか。それじゃとにかく、いっこくもはやく、高杉アケミという少女をさがしださねばならぬ」

と、そこでよく日《じつ》の新聞のたずね人のところに、つぎのような広告をだした。

「高杉アケミという少女の居所《いどころ》をしっている人があったら、本社までしらせてください。また高杉アケミさん自身がこの広告を見たら、すぐ本社まできてください。お礼をします」

するとその日の昼すぎになって、新聞社のまえへ、おずおずとやってきた少女がある。たいへんかわいい顔だちをしているが、身なりはとてもおそまつで、顔色もすぐれない。

少女は手にした新聞の、たずね人のところへ目をやると、おどおどとあたりを見まわす。ああこの少女こそ高杉アケミにちがいない。

と、そのようすを見て、つかつかと、アケミのそばへちかづいてきた男がある。どこかけがでもしているのか、その男は顔じゅうほうたいにつつまれて、見えるところといっては目と口だけ。きみのわるいほうたいの男は、アケミのそばへちかよると、

「ああ、きみ、高杉アケミくんじゃない?」

「はい、あの、そうですけど……」

「ああ、そう、それじゃこっちへきたまえ」

と、ほうたいの男は指輪をはめた右手をだして、アケミの左の手くびをにぎったが、そのとたん、アケミはアッとさけんでとびのいた。アケミが左の手くびをみると、ぽっちりと血がふきだしている。

「ああ、ごめん、ごめん。この指輪がひっかいたんだね。なに、たいしたことじゃないよ」

ほうたいの男はこそこそと、新日報社のまえをはなれて、群集のなかへまぎれこんだ。アケミはちょ

っとふしぎに思ったが、たいして痛みもしなかったので、そのまま新日報社へはいっていった。

山崎編集局長は、受付から報告をきくと、探偵小僧の御子柴くんをつれて、応接室へはいっていったが、見るとアケミはソファーに頭をもたせて、ぐったりと目をつむっている。その顔をみると、御子柴くんは、

「あっ、局長さん、この子はまい晩《ばん》、銀座で花を売っている花売娘《はなうりむすめ》なんです」

「もしもし、おきたまえ。こんなところでねてるとかぜをひくよ」

と、二、三度つよくゆすぶったが、アケミは目をとじたまま動かない。御子柴くんはふしぎにおもって手をとったが、きゅうにギョッととびのいた。

「あっ、局長さん、この子は死んでいる！」

三月十日に高杉アケミという少女が死ぬという、蠟面博士の予言は、みごとにあたった。

しかも、アケミはところもあろうに、新日報社の応接室でいきをひきとったのだから、新日報社としては、これほどばかにされた話はない。山崎編集局長はじめ社員一同、かんかんになってふんがいしたが、ここにふしぎなのは、アケミの死んだ原因である。

左の手くびに針《はり》でついたようなきずがついているところを見ると、毒を注射されたらしいのだが、どんなえらい先生に見てもらっても、それがどういう毒なのか、わからなかった。

おそらく、いままで世界にしられていない毒だろうということになり、いまさらのように、蠟面博士のおそろしさに、人々はふるえあがっておそれおののいた。

しかし、蠟面博士の予言には、まだつづきがあったはずだ。アケミの死体は葬式のまえにぬすまれる。そして、蠟面博士の手によって蠟人形にされるというのだ。

三月十日に高杉アケミを、みごとに死にいたらしめたうでまえからみると、そのあとの予言もきっと実行するにちがいないと思われた。

だから、警視庁では等々力警部をはじめとして、うできの刑事たちをよりすぐって、アケミの死体をぬすまれぬよう、たいへんな警戒ぶりだった。新日報社でも、うできの新聞記者をよりすぐって、

アケミの死体を警戒させる。

いいわすれたが、アケミの家は四谷《よつや》にあって、母ひとり、子ひとりのくらしだった。そのひとり子がとつぜんみょうな死にかたをしたのだから、いよいよお葬式の時間がちかづき、アケミの死体を寝棺《ねかん》におさめるとき、おかあさんは気がくるったように、死体にとりすがってないた。それを見て、だれひとりとして同情しないものはなかったが、いつまでも死体をうちにおくわけにもいかぬ。

そこでお葬式に参列していた等々力警部や山崎編集局長が、いろいろとなだめすかしてアケミの死体を寝棺におさめると、そのうえから色とりどりの花がばらまかれ、そしてかなしみのうちに、ふたにくぎがうたれた。

こうして金《きん》ぴかの葬式自動車が、アケミのうちを出発したのは、三月十二日の午後二時ごろのことだった。むろんそのうしろからは、おかあさんや親類のひとたちをのせた自動車のほかに、警察の自動車や新聞社の自動車が、蠟面博士きたらばきたれと、うの目たかの目でついていく。

ところが、この葬式の行列が新宿ちかくまできたときだ。

とつぜん、せんとうをいく金ぴかの自動車と、あとにつづく自動車のあいだへ、大きな一台のトラックがわりこんできたかと思うと、こしょうでもおこしたのか、道のまんなかに、ぴったりとまってしまった。

「おい、こら、どかんか！」

金ぴかの自動車のすぐあとには、等々力警部の自動車がつづいていた。警部はまどから首をだして、やっきとなってどなっているが、道のまんなかにえんこしたトラックは、なかなかうごかない。

そのうちに金ぴかの自動車は、道をまがってみえなくなってしまった。

「しまった！　やられたか！」

警部がギョッといきをのんだころ、やっと、トラックがうごきだした。

「なんでもいいから、はやくさっきの葬式自動車をおっかけろ！」

と、等々力警部が、やっとなだめて、全速力で道をまがると、いいあんばいに百メートルほどむこうをはしっていく、金ぴかの葬式自動車が目にうつったので、等々力警部をはじめ一同は、やっと胸をなでおろした。

しかし、一同が胸をなでおろすのは、まだはやかったのだ。まもなく火葬場へついて、金ぴか自動車から寝棺をおろすだんになって、

「こ、これはちがう！」

と、さけんだのは等々力警部。山崎編集局長とアケミのおかあさんも、まっさおになった。

なんと、アケミの寝棺は子ども用の小さなものだったはずだのに、いまおろされたのは、おとなの棺《かん》桶《おけ》ではないか。

運転手はめんくらったように、目をしろくろさせている。そこへ金ぴか自動車のなかからおりてきたのは、白髪《はくはつ》の老紳士。

「警察のかたですね。なにかごふしんの点でも……？」

と、おちつきはらったことばである。こんどは、等々力警部がめんくらった。

「わたしは、こういうものですが……」

と、とりだした名刺をみると、馬場《ばば》三郎《さぶろう》という名がすってある。

「じつは一昨日、妻が死亡しましたので、きょうお葬式をだしたのです。

わたしには親類も知人もありませんので、こうしてわたしがただひとり、妻のなきがらにつきそってまいりましたので……」

と、そういう老紳士の目は涙にぬれている。それをきいて等々力警部と山崎編集局長はおもわずギョッと、かおをみあわせた。

ああ、それではじぶんたちは、いつのまにやら、金ぴか自動車をとりちがえて、まちがった葬式のおともをしてきたのか……。

「もしや、あなたはほかの葬式自動車をとちゅうで、ごらんになりはしませんでしたか」

等々力警部がいきをはずませてたずねると、

「ああ、そうそう。そういえば新宿《しんじゅく》のふきんで、一台の葬式自動車が、全速力でうしろからかけぬけると、横町《よこちょう》へまがっていきました。ねえ、運転手くん、そんなことがあったね」

「へえ、へえ、あのときわたしもへんに思ったんです。あんな方角に火葬場があるはずがないのに、どうしたんだろうかと……」

「しまった！　しまった！　それじゃ、やっぱりさっきのトラックで、蠟面博士がアケミさんの死体とともに、にげてしまったんだ」

　等々力警部は、じだんだふんでくやしがる。

「それじゃ娘のなきがらは、どこへいったのかわからないのでしょうか」

　アケミのおかあさんは、ワッとばかりに泣きだした。

「いや、どうも失礼しました。こちらのほうにちょっと手ちがいがあったものですから」

　山崎編集局長があやまると、

「いや、ごふしんがはれればけっこうです。それでは運転手くん、この棺桶をむこうへはこんでくれたまえ。では、これでしつれい……」

　火葬場の人夫《にんぷ》にてつだわせて、棺桶のあとからついていく馬場老紳士のうしろすがたをみおくって、等々力警部はしばらくぼうぜんとしていたが、ハッと気をとりなおすと、

「すぐに全都に手くばりをして、あやしい葬式自動車をつかまえなきゃ……」

　と、まごまごしている刑事や新聞記者をしかりつけながら、自動車にのってあたふたとたちさっていった。が、それからまもなく火葬場のなかからでてきたのは、馬場老紳士とさっきの運転手。

　ふたりはあたりをみまわし、ニッコリかおをみあわせると、

「ウッフッフ、うまくいったな。ばかめが……」

　とはきだすようにつぶやいて、金ぴか自動車にとびのると、いずこともなく立ちさった。

　それから三時間ほどのちのこと、どこをどうはしっていたのか、馬場老紳士をのせた怪自動車がやってきたのは、都内からとおくはなれた国立《くにたち》のおく、武蔵野特有の雑木林《ぞうきばやし》にとりかこまれたふるめかしいレンガづくりの洋館のまえ。運転手がさきにおりて鉄の門をひらくと、金ぴか自動車は、そのまま門のなかへすいこまれていく。

　この洋館の中央には、高い塔がたっていて、その塔の正面には大きな時計がはめこんである。時計のはりのしめす時間は五時三十分。やがて金ぴか自動車がふるぼけた玄関につくと、なかからのろのろおりてきたのは、馬場老紳士と思いきや、なんと蠟面博士ではないか。わかった、わかった。馬場老紳士

とは蠟面博士の変装したすがただったのだ。

運転手が門をしめてやってくると、

「とにかく棺桶をおろそう」

「しょうちしました。しかし先生、この自動車のなかにあらかじめ、あっちの棺桶がかくしてあったとは、さすがの等々力警部も気がつかなかったようですね」

「あの棺桶を火葬にしてみて、あしたびっくりすることじゃろうて。ウッフッフ」

「おや、先生、この棺桶、いやにおもいじゃありませんか」

蠟面博士と怪運転手がかつぎだしたのは、金ぴかの自動車の座席のしたにたくみにかくしてあった、ちいさな寝棺。それこそはまぎれもなく、アケミのなきがらをおさめた棺桶ではないか。

ああ、そうしてみると等々力警部や山崎編集局長は、まちがった葬式のおともをしたわけではなかったのだ。

「ふむ、なるほど、これはおもい。おおかた母親がふびんがって、くだらないものを、いっぱい棺桶につめこんだんだろうよ」

蠟面博士と怪運転手は、棺桶をかかえて、やっこらさと、うすぐらい玄関のなかへはいっていく。

それから十分ほどたって、ふたたび玄関のそとへでてきた蠟面博士と怪運転手は、しばらくひそひそ話をしていたが、

「それじゃ、おまえはこの自動車にのって、いったん町へかえってくれ」

「はい」

「八時にはこっちへひきかえしてきてくれよ。こん夜《や》じゅうにしごとをしてしまうからな」

「先生は……?」

「おれも、八時までには、ここへかえっている」

「それじゃ、先生、また……」

「八時におちあおう」

怪運転手は、自動車にのってたちさっていく、そのうしろすがたをみおくって、蠟面博士ものろのろと、このあやしげな洋館からでていった。

それにしても、いま蠟面博士のささやいた、八時からはじめるしごとというのはなんだろう。ひょっとすると、アケミの死体を、蠟人形にすることではあるまいか。

棺桶の怪

それはさておき、こちらは洋館のなかである。しだいにせまるたそがれの色に、すっかりつつまれたうすぐらいへやのなかに、寝棺がひとつおいてある。

それこそ、いま蠟面博士と怪運転手がはこびこんだ、かわいそうなアケミの棺桶なのだ。

怪運転手の運転する自動車の音が、とおくかすかにきえていってから、よほどしばらくたってこの棺桶のなかから、とつぜんかすかなもの音がきこえはじめた。ガサガサと内部をひっかきまわすような音である。と思うと、棺桶のそこのほうの側面が、十五センチほどのはばでぱっくり外へひらいて、なかからニューッとつきだしたのはズボンをはいた男の一本足だ。靴も男の靴である。

しばらく足はモソモソと床をひっかいていたが、やがて棺桶のなかから横すべりにでてきたのは、なんと探偵小僧御子柴くんではないか。

わかった。この棺桶は二重底になっていたのだ。

そしてその下のほうのそこには、御子柴くんがかくれていたのだ。おおかた、こんなこともあろうかと、わざわざ二重底の棺桶をあつらえて、御子柴くんがこのきみのわるいやくめを買ってでたのだ。

それにしても、なんというだいたんさ……

さすがに、御子柴くんもまっさおになっている。

それに三時間いじょうもきゅうくつなところにはいっていたので、しばらくは手や足がこわばってうごかない。やっとヨロヨロ床のうえにおきなおると、しばらく手足の屈伸《くっしん》運動をしていたが、きゅうに思いだしたように、二重底のなかから、外套《がいとう》をひきずりだして洋服のうえにきる。

蠟面博士は、いったいどこにいるのか。さっきの自動車にのっていったのか。それともまだこの家のどこかにいるのだろうか。御子柴くんが、ガランとしたうすぐらいへやのなかをみまわしているときである。

とつぜん、へやのすみからちょろちょろと、はいだしてきた一《いっ》ぴきのちいさな動物が、御子柴くんの足もとへかけよってきた。

ネズミだ！

御子柴くんは、おくびょう者ではないが、うまれつきネズミが大きらいだ。

「わっ！」

とさけんで、とびのくひょうしに、はげしく棺桶へつきあたった御子柴くんは、けたたましい音をたてて、棺桶のむこうへひっくりかえった。

さいわい、ネズミはそのもの音にびっくりして、かべのあなへかけこんだが、棺桶のかどにいやというほどむこうずねをぶっつけた御子柴くんは、なかなかおきあがれない。しばらくむこうずねをなでていたが、とつぜん、また御子柴くんは、ギョッとばかりに、いきをのんだ。

棺桶のなかで、もの音がするではないか！　ガサガサと身うごきをするような音がする！

御子柴くんは、全身につめたい水をぶっかけられたようにぶるっとふるえ、からだじゅうの毛という毛が、さかだつおもいだったが、そのとき、とつぜん棺桶のなかから、

「おかあさん、おかあさん」

とよぶ、かわいい少女のさけび声。

「おかあさん、ここはどこなの？　あけてちょうだい」

御子柴くんのかみの毛は、また針《はり》のようにさかだった。

蠟面博士きたる

「おかあさん、おかあさん、ここあけて。あたし、とてもくるしいのよ」

棺桶を、トントンとたたいて、アケミがもがいているようすに、御子柴くんはいよいよびっくりした。

「アケミちゃん、アケミちゃん、きみ生きかえったの？」

と、いきをはずませてたずねると、

「だれ？　そこにいるのは？」

と、アケミがなかからききかえした。

「ぼく、御子柴進ってもんだけど……」

「だれでもいいわ。はやくここをあけてちょうだい。あたし、いやだわ。こんなくらいとこ。それに、息がつまりそうなんだもの」

「うん、よし、いまあけてあげる」

御子柴くんは、いつも大きなナイフをもっている。そのナイフには、いろんな役にたつように七つ道具

がついている。さいわい、棺桶のクギは、それほどがんじょうではなかったので、まもなくふたがとれて、なかからおきあがったのは、アケミである。

「ああ、アケミちゃん、アケミちゃん、きみ、ほんとうに生きかえったんだね」

「あら、生きかえったって、どういうの？」

アケミはふしぎそうに目玉をくりくりさせている。御子柴くんは、アケミをおそれさせてはならないと思って、

「いや、なに、きみは病気だったんだよ。それで、みんな心配してたんだけど、よくなってよかったねえ。気分はどう？」

「べつになんともないわ。でもここはどこ？　そして、あなたはだれ？」

「うん、ここか、ここはねえ」

といったものの、御子柴くんもここがどこだか知らないのだ。

「ここは病院なんだ。きみは病気で入院してたんだけど、よくなったんだから、これからすぐにおうちへかえろう」

「ええ」

アケミは、よろよろ棺桶からでてくる。さいわい、おかあさんが一《いち》ばん上等の服をきせておいてくれたうえに、靴までいれてあったので、アケミはすぐにそれをはいた。

「あら、いやだわ。この箱、棺桶みたいだわ。あたし、こんなものにはいっていたの？」

「そんなことはどうでもいい。それよりはやくここを出よう」

「ええ」

ふたりが、ドアのほうへいったときだ。下のほうからコツコツとだれかがこちらへあがってくる足音……御子柴くんがギョッとして、カギ穴からそとをのぞいてみると、ドアの外はたかい階段になっていて、いまその階段をのぼってくるのは、なんと蠟面《ろうめん》博士《はかせ》ではないか。

「あっ、アケミちゃん、いけない！」

御子柴くんは、あわててあたりを見まわしたが、どこにもにげだすところはない。窓はあっても、とても高くてとどかないのだ。

「アケミちゃん、たいへんだ。いま悪者がやってくる。そいつにとっつかまると、ふたりともころされ

てしまう」

「おにいさん、悪者ってだれ？」

「蠟面博士のことだよ」

蠟面博士のことは、アケミもきいていたとみえ、あおくなってふるえあがった。

「おにいさん、おにいさん、どうしたらいいの？」

「しかたがないから、きみ、もう一《いち》ど箱のなかへはいって、死んだふりをしておいで。いいかい、どんなことがあっても口をきいちゃいけないよ」

「ええ、いいわ。おにいさんのいうとおりにするわ」

アケミは、靴をぬいで棺桶のなかにもぐりこむと、あおむけによこたわる。御子柴くんはそのうえから、いそいでふたをすると、ゆるんだクギ穴に、いっぽん、いっぽんクギをさしこんだ。やっとクギをさしおわったところへ、ドアのそとへ足音がきてとまる。

ジャラジャラとカギ束《たば》をならす音をききながら、御子柴くんは身をひるがえして、へやのすみにある戸棚《とだな》のなかへもぐりこんだが、そのとたんドアがひらいて、ヌーッとはいってきたのは、あのきみのわるい蠟面博士。

蠟面博士は手に懐中電灯をにぎっている。日はもうすっかりくれて、へやのなかはものの見わけもつかぬほど暗かった。

博士は懐中電灯で棺桶をしらべていたが、やがてポケットからクギぬきをとりだし、クギをぬいて棺桶のふたをとる。棺桶のなかにはアケミがいきをころして目をつむっている。

「ウッフッフ、かわいい少女だ。いまにきっとよい蠟人形ができるだろう」

と、きみのわるい声でつぶやくと、腕時計に目をやって、

「いま六時だな。竹内三造《たけうちさんぞう》は八時にやってくるはずだから、どれ、したくをしておこう」

蠟面博士は、アケミが生きかえったとはゆめにもしらず、また探偵小僧の御子柴くんがかくれているとは、気がつかないから、棺桶のふたもせずに出ていった。

その足音が階段のはるか下へきえていくのをききすました御子柴くんは、そっと戸棚からはいだした。

「アケミちゃん、もうだいじょうぶだよ」

「おにいさん、蠟人形ってなんのこと？　あたしの

顔を見て、いい蠟人形ができるだろうと、きみのわるい声でわらっていたわ」

「ううん、なんでもない。それより、いっこくもはやくここからにげだそう」

アケミをおそれさせてはならぬと、御子柴くんは、わざとはっきりいわなかった。

さいわい、蠟面博士がドアをあけっぱなしにしていったので、ふたりはなんなくへやからぬけだすことができた。

ふたりがでてみると、へやのまえにはろうかが横にはしっており、ろうかのはしには、上へあがる階段がついている。

しかし、ふたりはそれに見むきもせず、足音をしのばせて、いま蠟面博士のおりていった階段をおりていく。

階段のしたにはおどろくほどひろいホールがあり、そのひろいホールには、あかあかと電気がついているのだ。御子柴くんと、アケミが、階段のとちゅうに立ちどまり、そっと下をのぞいてみると、ホールの中央には大きなタンクがおいてあり、蠟面博士がそばに立って、長い棒でタンクのなかをかきまわしている。

蠟面博士がかきまわすたびに、タンクのなかから、いやなにおいが立ちのぼる。

「おにいさん、あれ、なんのにおい？」

アケミにきかれて、御子柴くんは、全身の毛がさかだつのをかんじた。

御子柴くんは、いつか蠟面博士のアトリエでこれとおなじにおいをかいだことがある。それはろうのにえるにおいなのだ。蠟面博士はそのなかへアケミをつけて、蠟人形をつくろうとしているのだ。

しかし、どうしてそんなことがアケミにいえよう。それよりも、いっこくもはやく、ここからにげださなければならないのだ。

しかし、こまったことに、階段の下には蠟面博士ががんばっており、そこを廻《まわ》らなければどこへもいくことができないのだ。

「おにいさん、どうしましょう。どこかほかににげだすところはないの？」

「しっ、しずかにしておいで。そのうちに、あいつのすきを見て、にげだそう」

そうはいうものの、御子柴くんは気が気でない。

さっきの蠟面博士のひとりごとによると、八時になると、竹内三造という男がかえってくるのだ。そいつがかえってくると、アケミを蠟人形にする仕事を、はじめるのだろう。

なんとかして、それまでににげださなければ……

御子柴くんはじりじりと、胸ももえるようないらだちを感じていたが、ああ、なんということだ。ちょうどそこへかえってきたのは、大きな灰色のちりよけメガネをかけたさっきの怪運転手ではないか。

「おお、竹内三造か。はやかったな」

「蠟面博士、アケミの死体はどこにありますか。いっこくもはやく、あの子をろうにつけて、蠟人形をつくりましょう」

大声でわめく怪運転手のことばが、耳にはいったからたまらない。

アケミははじめてなにもかもさとって、キャッとひとこえさけんだから、蠟面博士と怪運転手は、ギヨッとこちらをふりかえった。

命の長針

「あっ、あんなところにだれかいる！」

怪運転手がさけぶと同時に、蠟面博士がスイッチをひねったとみえ、階段のうえに電気がついて、御子柴くんとアケミのすがたがさっとあかるみにさらけだされた。

「わっ、ゆ、ゆうれいだ！」

まさかアケミが生きかえったとはしらないから、怪運転手の竹内三造は、ゆうれいとまちがえて、まっさおになる。

「なに、ゆうれい？」

蠟面博士も、階段のうえを見て、

「あっ、きさまは探偵小僧だな。おい、高杉アケミは生きかえったのにちがいない。はやくつかまえて、探偵小僧といっしょに蠟人形にしてしまえ！」

博士のことばに怪運転手も気をとりなおしたのか、まっしぐらに階段をのぼってくる。

「あっ、アケミちゃん、いけない！」

あまりのおそろしさに、気がとおくなったように立ちすくんでいるアケミの手をとり、探偵小僧の御子柴くんは、いちもくさんに階段をのぼっていく。

階段の上は、さっきのへやだが、そこへははいらず、ろうかを右へまがると、つきあたりに階段がある。それをのぼると、ドアが半分ひらいている。ふたりはむちゅうでなかへとびこむと、大《おお》いそぎでなかからドアをしめ、ガチャンとかけ金《がね》をおろしたが、そのとたんかけつけてきたのはさっきの怪運転手だ。

「小僧、あけろ、あけろ。うぬ！」

力まかせにドアをたたくそのいきおいのおそろしさ。なにしろ古ぼけた洋館だから、ドアもそれほどじょうぶではない。いまにもちょうつがいがはずれそう。そしてこのドアがやぶれたがさいご、ふたりの命はないのだ。

「おにいさん、あたしこわい！」

アケミはまっさおになってふるえている。

御子柴くんは、いそいであたりを見まわしたが、そこは一辺が六メートルほどある直方体のがんじょうなへやで、正面にむかった壁の上方に、人ひとりくぐりぬけられるくらいの窓があり、そこから月の光がさしこんでいる。

いったい、これはなにをするへやだろうか？　御子柴くんは、もう一《いち》ど月の光であたりを見まわしたが、そのとき目にうつったのは窓の下のかべぎわにかみあっている大小さまざまの歯車だ。それがギリギリガリガリと、正確な廻転《かいてん》をつづけているのだ。

ああ、わかった、わかった。ここはこの洋館の正面にそびえる時計塔のなかなのだ。

しかし、御子柴くんはそんなことを知らない。とにかく、あの窓からのぞいてみようと歯車づたいに壁をのぼっていくと、窓から首をつきだした。

おりからの月の光に見わたせば、見えるものといっては林と畑ばかり、どこにも人家《じんか》らしいものはない。しかも下を見ると地面まで十数メートルもあり、とてもとびおりることなどできそうもない。

しかし、ふと見ると、窓から五、六メートル下に小さなバルコニーがあり、そこから洋館の外がわをとおって、稲妻《いなずま》がたの階段が下までつづいている。

「ああ、あのバルコニーまでおりられたら！」

御子柴くんは注意ぶかく、窓のすぐ下へ目をそそいだが、なんとそこは、直径五メートルもあろうという、大時計の文字盤になっているではないか。

しかも、時刻はいま七時。

したがって、二メートルいじょうもあろうという長針《ちょうしん》が、ちょうど御子柴くんの目の下に、すいちょくにたっている。

御子柴くんは手をのばして、その針《はり》をつかんでゆすぶってみたが、とてもがんじょうにできているから、子どもの力ではびくともしない。

御子柴くんは、ハッと名案を思いついた。

「アケミちゃん、はやくここへおいで。はやく、はやく!」

「ええ、おにいさん」

ドアの外ではあいかわらず、怪運転手のわめき声。アケミはそれに追われるように、大いそぎで歯車をのぼっていく。

「アケミちゃん、きみ、ここからはいだして、あの長針におつかまり。そうすれば、ぼくがうちがわから針をまわして、半《はん》のところへもっていってあげる。そこからバルコニーまではすぐだから、とびおりてもけがはない。ね、わかった?」

「でも、おにいさん、針をまわすしかけ、わかってる?」

「うん、ぼく下へおりてしらべてみる」

御子柴くんは、さっそく下へおりてさがしてみたが、すぐそれらしいハンドルを見つけた。

「アケミちゃん、ぼく、ハンドルをまわしてみるから、針を見ていてくれたまえ」

「まあ、おにいさん、動くわ、動くわ」

「よし、それじゃもう一度、針を十二時のところへもっていくからね」

「ああ、おにいさん、十二時のとこへきてよ」

「よし、それじゃはやく針につかまりなさい。そしてアケミちゃんのからだが半のところへきたら、大声でそういうんだよ」

「でも、あたし、なんだかこわいわ」

「そんなことをいってるばあいじゃないよ。ほらあの声をおきき」

ドアの外ではあいかわらず、怪運転手が口ぎたなくわめいている。

メリメリといまにもちょうつがいのはずれそうな音。ああ、もうふたりは絶体絶命なのだ。

「おにいさん、すみません。おにいさんのいうとおりにするわ」

アケミは窓からはいだして、すぐ下にある時計の長針にすがりつく。

「それじゃ、針をまわすよ。半のところへきたらしらせるんだよ」

御子柴くんがハンドルをまわしているうちに、

「もういいのよ。半のところへきたわ」

と、壁の外からアケミのこえ。

「よし、じゃ、そこからとびおりてごらん」

「ええ、……あら、おにいさん、なんでもないわ。半のところからバルコニーまですぐよ」

「よし、じゃ針をもう一どまわすから、十二時のところへきたら、しらせておくれ」

御子柴くんは、長針を十二時のところへもっていくと、じぶんも窓からはいだして、そのさきにぶらさがった。

「でも、おにいさん、それじゃあ、だれがなかからハンドルをまわすの」

「ううん、ぼくは針がしぜんにまわるのをまってるんだ。なに、だいじょうぶ。半のところまでいかなくても、そのちかくまできたら、とびおりるよ」

針はしずかにまわっていく。その針のさきにぶらさがっている御子柴くんにとっても、下から手に汗にぎって見ているアケミにとっても、その一分が一年ほどの長さに思える、くるしい時間だった。

五分——十分——十五分——

御子柴くんのからだは、いまや文字盤のいちばん右はしに、ぶらさがっている。

その下には、バルコニーはなく、地面まで十数メートルの空間である。

御子柴くんは、目がくらむような気がしたが、ちょうどそのとき、メリメリとドアのやぶれる音がしたかと思うと、上の窓へあらわれたのは怪運転手の竹内三造。

「やっ、小僧、おぼえていろ。いまにそのからだを木《こ》っぱみじんにしてくれる」

怪運転手の声に、ハッとおどろいた御子柴くん。

「あっ、いけない！　アケミちゃん、ぼくにかまわず、はやく階段をおりておいき！　はやく！　はやく！」

「ええ、おにいさん、ではそのとおりに」

アケミは、まっさおになって階段をかけおりた。

そのときだ。

御子柴くんのぶらさがっている長針が、根もとからグラグラぐらついてきたかと思うと、ふいにぽっかり、文字盤からはずれたからたまらない。

「あっ！」

御子柴くんは、長針をにぎったまま、まっさかさまに十数メートル下の地面へ、つぶてとなっておちていった。

怪屋包囲

時計塔から、まっさかさまに落ちていった探偵小僧の御子柴くんは、木っ葉《こっぱ》みじんとくだけたろうか？　いやいや、神さまは、まだこのゆうかんな少年を見すてはしなかったのだ。

それよりちょっとまえのこと、洋館の正面よりはいってきたのは、おまわりさんをいっぱいつんだ無蓋《むがい》自動車。

その自動車の運転台に立っている等々力警部が、時計塔に目をとめて大声でさけんだ。

「あっ、いけない！　あの時計塔のすぐしたへ自動車をやれ！」

警部に命令されるまでもなく、運転手にも御子柴くんのきけんな立場がわかったので、自動車は、時計塔のすぐしたへ横づけになる。

と、そのしゅんかんおまわりさんの頭のうえへ、つぶてのように落ちてきたのが御子柴くん。おまわりさんの十数本の手にうけとめられて、かすりきずひとつしなかったが、落下のとちゅうで、気がとおくなったのか、ぐったりと目をつむっている。

等々力警部は、その顔を見て、

「おお、きみは新日報社の探偵小僧じゃないか。しっかりしろ、どこにもけがはないぞ」

等々力警部にはげまされて、御子柴くんはハッと気をとりなおす。

「ああ、警部さん、アケミちゃんは……？」

「えっ、アケミちゃんがどうかしたのか？」

「アケミちゃんは、生きかえったんです」

御子柴くんが、大声でさけぶと、

「おにいさん、いまそちらへおりていくわ」

と、稲妻《いなずま》がたのかいだんをころげるようにおりてきた高杉アケミのすがたを見て、等々力警部は、目をまるくした。

4
5

「おお、それじゃアケミちゃんは、ほんとうに生きかえったのか。それで、探偵小僧、蠟面博士《ろうめんはかせ》は？」

「蠟面博士は、この洋館のなかにいます。しかし、警部さんは、どうしてここがわかったんですか？」

「うん、それはね。東都日日新聞社の田代くんが、電話でしらせてくれたんだ。田代くんは葬式自動車を尾行して、この洋館をつきとめたらしい」

田代記者と探偵小僧は、好敵手だ。蠟面博士を中心として、新日報社の探偵小僧と、東都日日新聞社の田代記者は、はげしくしのぎをけずっているのだ。その競争あいての田代記者に、またもやすくわれる結果になったのか……。そこへ暗がりからでてきたのは田代記者。

「おお、田代くん、さっきは電話をありがとう。ときに蠟面博士は……？」

「二階の大広間にいます。アケミちゃんを蠟人形にしようと、タンクでろうを煮ているんです。警部さん、洋館を包囲してください」

「よし」

警部の命令で、おまわりさんは、ばらばらと洋館のまわりにちった。

田代記者は、御子柴くんのそばへくると、

「探偵小僧。あぶないところだったね。きみがここにいようとは、夢にもしらなかったよ」

「田代さん、ありがとう。あなたのおかげで、また命がたすかりました」

「なあに、そんなことはおたがいっこだ。しかし、探偵小僧、蠟面博士をつかまえるてがらだけは、おまえにゆずらんぞ。アッハッハ」

「田代さん、それはぼくだっておなじことです。きっとぼくがつかまえて、新日報社の特ダネにするんです」

「いったな。そのことばをわすれるな。いまにほえづらかかせてやるから。アッハッハ」

ちょうどそのとき、おまわりさんの準備ばんたんととのったので、いよいよ怪屋《かいおく》のなかへふみこむことになった。

田代記者をせんとうにたて、等々力警部と御子柴くん、ほかに武装警官が三人、きんちょうしたかおで、玄関のなかへはいっていく。

等々力警部の注意で、アケミはふたりのおまわりさんにまもられて、玄関のそとでまっていたが、するとまもなく、なかからでてきたのは、見しらぬ警官である。

「おや、きみはだれ……？」

見おぼえのない警官がでてきたので、玄関の外にいたおまわりさんが、びっくりしたようにたずねる。

「ぼくはこの土地の警官で山本《やまもと》というんです。さっき田代という新聞記者によばれて、この洋館を見はっていたんですが、いま等々力警部から、命令をうけてきました」

「警部さんの命令というと？」

「そこにいるアケミという少女を、はやく自宅へおくりとどけたほうがよかろうというんです。さいわい、田代記者の乗ってきた自動車が、むこうの森かげにありますし、ぼく運転ができますから、送っていきます」

「ああ、そう、それはごくろうさま」

あいてが警官の服装をしているので、ふたりのおまわりさんもあやしまなかった。

「いえ、あの、あたしはおにいさんをおまちしてるわ」

アケミは、なんとなく心細くてしりごみする。

「いや、御子柴くんもさきにかえって、まっているようにといってるんだ。あんたは病気あがりだから、気をつけなきゃいけないんだよ。さあ、いこう」

山本巡査は、アケミの手をとりぐんぐんとひっぱっていく。

洋館から百メートルほどはなれた森かげに、はたして一台の自動車がとまっている。

「さあ、はやくお乗り！」

警官のつよいことばにハッとして、アケミが顔を見なおすと、ああ、なんとそれは、怪運転手の竹内三造ではないか。

「あれえ！」

と、さけんでにげだそうとするアケミのうしろから、怪運転手がうでをのばして、いきなり首根《くびね》っこをとっておさえた。

「ええい、ごうじょうながきだ。これでもくらえ」

と、うしろからだきすくめると、ポケットからとりだしたのは、香水ふきのような小さなびんだ。それをアケミの鼻さきへもってくる。シューッととびだしてきたあまずっぱい霧が、ぱっとアケミの鼻さきでとびちった。

「ああ、だれかきて……」

アケミは、首を左右にふり、ばたばたと手足をもがく。しかし、怪運転手にがっきりだきすくめられては、ワシにつかまった小《こ》スズメもおなじことだった。

「あ、あ、あ……」

そのうちに、アケミはふっと気がとおくなっていった。

「これでよし」

怪運転手はあたりを見まわし、にんまりわらうと、ねむりこけているアケミをかついで、自動車のなかへほうりこみ、じぶんも運転台へとびのると、いずこともなく立ちさった。

ああ、こうして、せっかく蠟面博士の毒手《どくしゅ》をのがれた高杉アケミは、ふたたび博士の部下にとらえられたのだ。

月下の海坊主

そんなことは夢にもしらぬ、こちらは等々力警部の一行である。てんでに、ピストルや懐中電灯を身がまえながら、足音をしのばせ二階へあがってくると、大広間にはあかあかと電気がついている。そして、ぐつぐつものの煮える音とともに、なんともいえぬ異様なにおいが、へやのなかにただよっている。

「警部さん、あのタンクでろうを煮ているんです」

御子柴くんの声はふるえていた。

等々力警部と三人の武装警官は、キッとピストルを身がまえながら、へやのなかを見まわした。が、蠟面博士のすがたはどこにも見えない。

「警部さん、蠟面博士が下へおりてきたけはいがない以上、きっとあの階段をのぼっていったにちがいありませんぜ」

田代記者が、ささやいた。

「あの階段をのぼっていくと……?」

と、等々力警部は、御子柴くんをふりかえる。

「時計塔へいくんです」

「よし」

一同は、また足音をしのばせて、せまい階段をのぼっていく。

階段の上には、御子柴くんとアケミがとじこめられていたへやがあるが、のぞいてみるとアケミの棺《かん》桶《おけ》がほうりだしてあるだけで、なかはもぬけのから、、、、だった。

一同は、御子柴くんをせんとうにたて、時計塔への階段をのぼっていく。

時計室のまえまでくると、さっき怪運転手にやぶられたドアが、がっくりとななめにかたむいて、へやのなかはまる見えだ。

だが、これはどうしたことだろう。

この時計室には、さっき御子柴くんとアケミがぬけだした、小さな窓があるだけなのに、いま見ると、天《てん》じょうのほうからさっとひとはばの月光がさしこんでいる。しかも、その光のはばはしだいに広くなっていくのだ。ああ、なにかまた、この時計塔のなかに、異変がおこったにちがいない。

等々力警部は用心ぶかく、キッとピストルを身がまえながら、

「蠟面博士は、どこにいるか」

と、ひくいながらも、するどい声をかけたが、返事はなくて、そのかわり、ギリギリギリギリと、異様な音がきこえてくる。

そして、その音とともに、へやのなかのあかるさは、しだいにましていくのである。

「蠟面博士、いるならでてこい。この洋館のまわりはアリのはいだすすきまもないほど、げんじゅうに包囲されているんだ。おまえはもう、袋のなかのネズミもおなじだ。おとなしく手錠《てじょう》にかかれ」

等々力警部は、きびしい声でさけんだ。やがてバタンという音がきこえたかと思うと、とつぜん、

「ワッハッハ、ワッハッ！」

と、へやをゆすぶるようなわらい声。

「等々力警部、田代記者、探偵小僧もごくろうさまだな」

と、どくどくしいわらい声は、たしかに蠟面博士である。一同がハッと顔を見あわせたとき、わらい声はふたたび、時計室をゆすぶって、

「おまえたち、やしきのまわりさえとりまけばだいじょうぶと思っているのだろうが、それこそおろかものの考えだ。ほかにひとつ、大空《おおぞら》というにげ道があるのをしらないのか。ワッハッハ、等々力警部、田代記者、探偵小僧もさようなら。あばよ！」

一同はハッとして、へやのなかへとびこんだが、そのとたん、おもわずギョッといきをのんだ。

このとき、怪屋《かいおく》をとりまいていた警官たちは、世にも異様なものを目《ま》のあたりに見て、アッとばかりにきもをつぶした。

この怪屋の正面にある時計塔には、王冠のようなかたちをした、球状の屋根がついているが、いまその王冠が花びらのように、八方にひらいたかと思うと、なかから、ゆらゆらあらわれたのは、海坊主《うみぼうず》のように奇怪なしろものだ。

「あっ、あれはなんだ」

と、一同があれよあれよと立ちさわいでいるうちに、海坊主はしだいしだいに屋根のなかからせりだしてくる。

それは大きな、ふわふわしたまっくろな球だった。その球には、いちめんに網《あみ》がかぶさっており、網の下部はふとい数本の綱となり、その綱のさきには、畳《たたみ》二まいしけるくらいのかごがぶらさがっている。

「あっ、あれは軽気球だ。蠟面博士が軽気球にのってにげていくのだ」

怪屋をとりまいている警官たちは、右往左往《うおうさおう》して大《おお》さわぎ。軽気球はいましも、時計塔の屋根をはなれて、ふわりとちゅうにとびだした。

ああ、時計塔のまるい屋根にはあらかじめ、ガスをつめた軽気球がかくしてあったのだ。そして、いま蠟面博士はそれに乗ってにげていくのだ。

それはさておき、こちらは時計室のなかだ。ぼうぜんとして天じょうを見あげていた探偵小僧の御子柴くんは、ハッと気をとりなおすと、そばに立っている警官のひとりから、いきなりピストルをひったくって、するすると時計の歯車をのぼっていく。

そして、ヌーッと身をのりだしたのは、さっきぬけだした小さな窓だ。

と見れば、いましも時計の文字盤のやや上方を、ふわりふわりと軽気球がとんでいく。そしてその軽気球のかごから顔をだしているのは、まぎれもなく蠟面博士。

月の光にてらされて、蠟のような顔が、がいこつのように白くひかっている。

「おのれ、蠟面博士、にがすものか！」

御子柴くんは、ズドンとピストルをぶっぱなしたが、蠟面博士はびくともせず、ニヤニヤと不敵な笑みをうかべている。

田代記者と等々力警部は、いったん時計室からと

びだしたが、やがて、すがたをあらわしたのは、文字盤のしたにあるバルコニーだ。

ふたりとも、軽気球めがけてズドン、ズドンとピストルをぶっぱなしたが、かなしいかな、軽気球はすでに、ピストルの射程距離からはずれている。

軽気球はおりからの月光を満身にあびて、しだいに、時計塔からはなれていったが、そのときだ。軽気球からわれがねのような、蠟面博士のわらい声がふってきた。

「ワッハッハ、ワッハッハ！　そのあわてようはなんだ。おい、等々力警部、田代記者、探偵小僧、おまえたちは高杉アケミがどうなったか、しってるかい！」

「えっ！」

探偵小僧の御子柴くんをはじめとして、等々力警部も田代記者も、ハッとばかりにいきをのむ。

「高杉アケミはな、おれの部下の竹内三造がさらっていったわ。今夜はしっぱいしたけれど、このつぎは、しゅびよく蠟人形にしてみせる。やい、探偵小僧、今夜はよくもじゃまだてしたな。いずれ、このお礼はきっとする。ウッフッフ、ウッフッフ」

ぶきみなわらい声をあとにのこして、蠟面博士をのせた軽気球は、しだいに空たかくのぼっていく。

ヘリコプターの追跡

御子柴くんは知らなかったけれど、蠟面博士の怪《かい》屋《おく》は、中央線の三鷹《みたか》のちかくにあったのだ。その怪屋からとびだした軽気球は、おりからのそよ風にのって、しだいしだいに東京都の空へながれていく。

三鷹からの報告によって、このことはただちに全都の警察に通報され、またいっぽう、ラジオの臨時ニュースによって放送されたから、さあ、たいへん、東京じゅうはかなえのわくような大騒《おお》動だ。

蠟面博士が、軽気球にのってにげていく！……

その軽気球はいま、東京都の上空を、西から東へながれていく！……

というので、道路もビルディングの屋上も、さては人家《じんか》の屋根という屋根も、黒山《くろやま》のような人だかりだ。みんな軽気球のあらわれるのを、いまかいまかとかたずをのんで、おりからの月明《げつめい》の空を見つめている。

なにしろ、その夜は、西のそよ風といっても、ほとんど無風状態にちかかったから、軽気球の進行も、牛のあゆみのようにのろのろしている。

まるで考えごとでもしているように、ながいあいだ、空の一点にじっととまっているかと思うと、やがてまた、思いだしたようにふわりふわりと風にのって流れていく。

だから、蠟面博士をのせた軽気球が三鷹から、新宿の上空までさしかかるのに、たっぷり一時間いじょうもかかった。

「あっ、やってきたぞ。あれだ。あれだ、あのゴム風船みたいなやつが軽気球だ」

「あの軽気球に、蠟面博士がのっているのだ」

と、地上にむらがった人々は大さわぎ。

軽気球はあいかわらず、のらりくらりとんでいたが、やがてそれが代々木《よよぎ》から、神宮外苑《じんぐうがいえん》の上空へさしかかったころ、東の空からむかえうつようにとんできたのは、一台のヘリコプター。新日報社じまんの新日報号だ。機上には三鷹から大いそぎで、本社へかえった探偵小僧の御子柴くんと、等々力警部がのっている。

「あっ、警部さん、あそこです。あそこに、軽気球がうかんでいます」

見れば、なるほど月明の空たかく、ソフトボールの大きさぐらいに、軽気球がうかんでいる。

「よし、操縦士《そうじゅうし》くん、うんと高度をあげてくれたまえ」

等々力警部の命令に、ヘリコプターは大きく空中をせんかいしながら、ぐんぐん高度をあげていく。それにつれて、軽気球もしだいに大きさをましてきて、やがて気球にぶらさがったかごの内部も、手にとるように見えてくる。と、見れば、かごのなかには蠟面博士が、さっきとおなじ姿勢でもたれている。

青白い月の光にくまどられて、どくろのように白い顔が、きみのわるいかげをつくっている。黒い外套《がいとう》が、はたはたと風にはためくのもぶきみである。

御子柴くんは、ヘリコプターの機上から、蠟面博士のすがたに目をそそぎながら、

「警部さん、警部さん、へんですねえ」

と、しんぱいそうにつぶやいた。

「探偵小僧、へんだって、なにがへんなんだ」

「だって、蠟面博士はさっきから、身うごきひとつ

しませんよ。まるで、人形のように立っているじゃありませんか」

「ふむ。そういえばそうだな。ひょっとすると、気がとおくなっているのかもしれない」

空中もあまり高くのぼっていくと、ねむけをもよおし、気がとおくなるばあいもあるのだ。

「そうでしょうか。でも……」

と、御子柴くんは、なおも気づかわしそうに、

「蠟面博士は軽気球にのって、いったいどこへいくつもりでしょう。軽気球はただ風にのって、流れていくだけのことでしょう。じぶんで方向をさだめることもできない危険なものにのって、いったい、どうするつもりでしょう?」

「いや、たぶん安全地帯へさしかかったら、落下傘《らっかさん》でとびおりるつもりなんだろう。ともかく見うしなわないように、つけてみるんだ」

こうして、風のまにまに流れていく軽気球の上空を、ヘリコプターがゆるゆるとせんかいしながら、どこまでもつけていく。

これを見てよろこんだのは、地上のやじうまだ。

「あれ見ろ。軽気球のうえをヘリコプターがとんでいくぞ」

「警官が、蠟面博士をついせきしているんだ」

「それ、われわれもおっかけろ」

と、自転車にのったやじうまが、われもわれもと東京の町を、西から東へと走っていく。

そのやじうまをかきわけて、警察の自動車やオートバイが走っていくから、軽気球のとおりすぎる地点にあたって東京の道路は、どこもかしこも、自動車や自転車の大洪水《だいこうずい》だ。

こういう地上のさわぎをあざけるように、軽気球はあいかわらず、のらりくらりと、とんでいたが、やがて、隅田川《すみだがわ》の上空にさしかかると、そこで気流がかわったのか、きゅうに南下しはじめると、やがて、東京湾の上空へでていった。

「それっ、軽気球は海上へでていくぞ……」

「モーター・ボートでおっかけろ……」

と、東京湾の沿岸各地からは、やじうまがぞくぞくとモーター・ボートや小舟をこぎだし、海上はときならぬ大さわぎだ。

さて、こちらは、ヘリコプターの機上である。

「あっ、警部さん、どうしたんでしょう。軽気球の

高度が、しだいにさがっていきますよ」

見ればなるほど、さきほどまで東京湾のはるか上空をとんでいた軽気球が、しだいに下へさがっていく。おまけに、にわかに安定をうしなって、風もないのに、はげしく左右にゆれだした。

「あっ、ガスがぬけていくんだ。軽気球はいまに海上へおちていくぞ。操縦士くん、こちらも高度をさげてくれたまえ」

等々力警部の命令で、ヘリコプターもしだいに高度をさげていく。

一度ガスがぬけはじめると、その速度はしだいにまして、さっきまでゴムまりのようにふくらんでいた気球が、みるみるうちにしぼんでいく。そして、その下にぶらさがっているかごが、時計のふりこのようにゆれながら、ざんぶとばかり海上へおちていった。

「あっ、おちた！」

ヘリコプターの機上から、探偵小僧の御子柴くんが手にあせにぎって見ているとき、ダ、ダ、ダ、ダとエンジンの音をひびかせて、軽気球のそばへ、ちかよってきた一《いっ》そうのモーター・ボートがある。

モーター・ボートには、ふたりの男がのっていた。

ふたりの男は、用心ぶかく、海上にうかんだ軽気球のかごのそばへちかよると、ひとりの男が立ちあがり、キッとピストルを身がまえながら、おそるおそるかごのなかをのぞきこんだが、なにを思ったのか、

「ウワーッ！　こ、これは……」

と、さけんだかと思うと、かごのなかから蠟面博士をひきずりだし、頭上にたかくさしあげると、それを、おがらのように、かるがるとふりまわしたから、探偵小僧の御子柴くんと、等々力警部は、あっとばかりにきもをつぶした。

「やられた、やられた。古屋くん、蠟面博士に、まんまといっぱいくわされたぞ」

と、そうさけんでいるのは、東都日日新聞の田代記者だ。

「えっ、田代さん、蠟面博士にやられたとは……」

「これは、人形なんだ。蠟面博士は人形を身がわりにつかって、われわれがそれをおっかけているあいだに、あの怪屋からにげだしたんだ」

「しかし、田代さん、蠟面博士は気球の上から、口をきいたというではありませんか」

ハンドルをにぎった助手の古屋記者にたずねられ、田代記者はかごのなかをさぐっていたが、

「あっ、これだ！　古屋くん、きいていたまえ」

田代記者のことばもおわらぬうちに、かごのなかからきこえてきたのは、蠟面博士のぶきみな声。

「ワッハッハ、ワッハッハ！　そのあわてようはなんだ。おい、等々力警部、田代記者、探偵小僧、おまえたちは高杉アケミがどうなったか、知ってるかい！……」

ああ、なんと、それはテープレコーダーだったのだ。蠟面博士は、テープレコーダーにじぶんの声をふきこんで、時計じかけで、それが廻転《かいてん》するように、しかけておいたのだった。

深夜の帰朝者

東京じゅうをさわがせた、軽気球の蠟面博士は、そのじつ、博士のこしらえた蠟人形だったのだ。それをしらずに警視庁でも新聞社でも、血まなこになって、軽気球をおっかけていたのだ。そして、そのあいだに蠟面博士は、まんまと怪屋《かいおく》からにげだしたのだ。

おそらくいまごろは、どこかで、赤いしたをペロリとだして、みんなのことをあざわらっているだろう……

そういう事実がわかったために、警視庁も新聞社も、せけんのものわらいのたねになり、すっかり面目《めんぼく》をうしなった。

探偵小僧の御子柴くんも、あまりみごとに蠟面博士の計略《けいりゃく》にのせられたので、くやしくてならない。

御子柴くんはこどものことだから、面目はどうでもよいが、せっかく生きかえった高杉アケミを、またしても、蠟面博士にうばわれたのが、くやしくてくやしくてたまらないのだ。

それにしても高杉アケミは、もう蠟人形にされてしまったろうか。いやいや、蠟面博士はいつも蠟人形をこしらえると、せけんに見せびらかすようにするのだが、まだ、アケミの蠟人形が、どこからも発見されないところをみると、アケミはいまでもどこかで生きているのではあるまいか。ああ、それにしてもこんなときに、三津木さんがいてくれたら……と、探偵小僧の御子柴くんは、またしても、ためい

きをつかずにはいられなかった。

まえにもいったように、三津木俊助というのは、新日報社の宝とまでいわれる腕ききの記者で、いままでになんども怪事件をかいけつしている。

探偵小僧の御子柴くんは、その俊助にかわいがられて、いつも助手をつとめてきたのだ。あの三津木さんがいてくれたら、蠟面博士など、すぐつかまえてしまうのに……と、御子柴くんはくやしくてたまらないのだが、その俊助は去年から洋行している。

ところが、ああ、なんというしあわせなことだろうか。神さまが探偵小僧のねがいをきいてくださったのか、三津木俊助はにわかに予定をくりあげて、五月八日、アメリカから飛行機で、羽田《はねだ》空港へかえってくることになったのだ。それをきいた探偵小僧のよろこびは、どんなだったろうか。

三津木さんさえかえってくれれば、蠟面博士などへいちゃらだと、首をながくしてまっているうちに、いよいよ、五月八日がやってきた。

飛行機が羽田空港へつくのは、八日の午後八時の予定だが、新日報社では山崎編集局長をはじめとして、ふたりの幹部に探偵小僧もくわえて、自動車で羽田までむかえにいった。

ところが、羽田へきてみると、とちゅうちょっとした事故があったので、飛行機が羽田へつくのは、十二時すぎになるということだった。そこで一同は待合室へはいって、飛行機のつくのをまつことになったが、そこへ黒メガネをかけた給仕《きゅうじ》があらわれて、一同に茶をくばってまわった。

山崎編集局長をはじめとして、ふたりの幹部と探偵小僧も、なにげなくその茶をのんだが、ああ、すると、これはいったいどうしたことだろう。一同はにわかにねむけをもよおして、まもなく四人が四人とも、白川夜舟《しらかわよふね》とねむりこけてしまったのである。

待合室の窓からそれをのぞいて、ニタリとわらう黒メガネの男の、きみのわるいわらい顔。

× ×

太平洋をひとっとびにとんできた、巨大な旅客機は、いまやゴーゴーたる爆音をとどろかせながら、羽田空港の上空にあらわれた。

そして、空港の空をゆるくせんかいしながら、着陸のじゅんびをはじめている。飛行場ではでむかえの人々が、手に手にハンカチをふって、歓迎の意をあらわしている。しかし、そのでむかえの人のなかには、新日報社の人々のすがたは、見られなかった。

見られないはずである。かれらはみんな、待合室でこんこんとねむりこけて、飛行機のついたのも、しらないのだ。

やがて、みごとな滑走《かっそう》ののち、旅客機が飛行場へ着陸すると、ドヤドヤと、なかから旅客がおりてくる。それらのお客は、みんな、でむかえの人々にとりかこまれて、うれしそうにお祝いのことばをうけている。なかにはでむかえの人とだきあって、よろこんでいるアメリカ人もあった。

こうして、旅客がほとんどおりてしまったあとから、ただひとり、スーツケースを片手に、おりてきた日本人があった。

年のころは三十五、六、スマートな洋服を身だしなみよくきこんだ、いかにもきびきびしたたいどの青年紳士。これこそは探偵小僧がまちにまった三津木俊助である。

俊助は飛行機からおりたつと、キョロキョロあたりを見まわしていたが、そこへつかつかとちかよってきたのは、大きなちりよけメガネに、鳥打帽子《とりうちぼうし》をまぶかにかぶり、レイン・コートのえりをふかぶかとたてた男である。

「三津木俊助さんですね。社の自動車がまっております」

三津木俊助はいかにもなつかしそうに、故国の土をふみながら、ちりよけメガネの男のあとについていく。

「ときに、山崎編集局長さんなんかは……？」

「はあ、一《いち》どむかえにおいでになったのですが、飛行機が四時間以上もおくれるというので、本社のほうでまっていられるはずです」

「それはお気のどくなことをしたね。とちゅう悪気流にぶつかったんでね」

「でも、ごぶじでなによりでした」

「なんでも、いま東京では蠟面博士という怪物が、だいぶんあばれてるというじゃないか。こんどはひとつ、蠟面博士とやらをあいてに、おおいにたたかわにゃ……」

「三津木さんがかえっておいでになったら、蠟面博士ももうだめですね。アッハッハ」

ちりよけメガネの男は、大声でわらうと、

「さあ、どうぞ、おのりください」

自動車には新日報社の社旗がかかげてあるので、さすがの三津木俊助も、なんのうたがいもいだかずに、なかへのりこんだ。

運転台には黒メガネの男がのっていたが、助手席にちりよけメガネの男がのりこむと、すぐ自動車を走らせる。

そして、それからやく五分のちのこと。

ちりよけメガネの男がだしぬけに、運転台からうしろをふりかえると、

「三津木さん、おつかれでしょう。これをあげましょう」

と、俊助の鼻さきにつきつけたのは、麻酔《ますい》ピストル。

「あっ、なにをする!」

と、俊助は座席から腰をうかしかけたが、ピストルのつつぐちから、やつぎばやに発射される麻酔薬のきりにつつまれて、さすがの三津木俊助も、どうと座席に腰をおとすと、そのままこんこんとねむりにおちていったのである。

とらわれ人《びと》

それから、どれくらい時間がたったのか。

ふと目をさました三津木俊助は、なんだか、からだが宙《ちゅう》にういたり、しずんだりするような気もちだった。

しばらくあおむけにねこんだまま、俊助はただぼんやりと、あたりを見まわしていたが、とつぜん、さっきのおそろしい思い出が、あたまのなかに、よみがえってきた。

大きなちりよけメガネをかけた怪運転手。はなさきにつきつけられた麻酔ピストル。そのピストルから発射されるあやしい霧につつまれて、気をうしなったさっきの思い出……

俊助は、ギョッとして起きなおりかけたが、そのとたん、

「あ、た、た、た!」

とさけんで、どうとばかりに、また、あおむけにひっくりかえった。

気がつくと、からだじゅう、がんじがらめに、ふ

といくさりでしばられて、身うごきすると、肉も骨もくだけるようないたさである。

「しまった！　やられた！」

と、さすがの三津木俊助も、おもわず、さっとまっさおになる。

しかし、そこは、ごうたんな三津木俊助、いたずらに、じたばたもがくようなことはしない。いったい、ここはどこだろうと、ねころんだまま俊助は、しずかにあたりを見まわした。

そこは箱のようにせまいへやで、ひくい天《てん》じょうには、すすけたランプがぶらさがっている。ペンキをぬった板壁には、まるい窓があいており、窓のしたには壁にそって木製の長いベンチがおいてある。床にはなんにもしいてなくて、俊助はそこに、くさりにまかれて、ころがされているのである。

とつぜん、天じょうのランプが、大きくゆれたかと思うと、へやぜんたいが、ぐんと左にかたむいた。

地震……？

俊助は、ドキリとしたが、まもなくへやはもとの位置にかえった。しかし、天じょうのつりランプは、時計のふりこのようにゆれている。

俊助は、そのときはじめて、単調なエンジンのひびきと、ザ、ザ、ザと、水をきるような音に気がついた。ときどき、まる窓のそとから、つめたいしぶきがとびこんでくる。口へとびこんだしぶきをなめると、しおからかった。ああ、俊助はいま海上にいるのだ。海上を走っていくランチのなかに、とらえられているのだ。

俊助は、おもわずゾーッとするようなおそろしさをかんじた。

見ると、俊助のからだにまきついたくさりのはしは、ゆかにぶちこまれた鉄の環《わ》にしっかりとつなぎとめられているのである。これでは、身うごきができないのもあたりまえだ。

あの大きなちりよけメガネをかけた男は、いったい何者であろうか。東京にはいま、蠟面博士《ろうめんはかせ》という正体不明の怪物が、あばれまわっているということだ。

そして、じぶんはその怪物とたたかうために、アメリカからおおいそぎでよびもどされたのだけれど、ひょっとすると、それをしった蠟面博士が、さきまわりをして、じぶんをとらえてしまったのではなかろうか。はたしてそうだとすると、さっきの大きなちりよけメガネをかけた男は蠟面博士の部下か、それとも、蠟面博士その人ではなかったろうか。

俊助が、とつおいつ、そんなことをかんがえているときである。まるで、俊助のかんがえを見ぬいたように、

「そうだ、そのとおりだよ。三津木俊助」

と、そういう声に、俊助がハッとそのほうをふりかえると、ドアのすきまからぬっと顔をだしたのは、あのきみのわるい蠟面博士。

「だれだーッ、きさまはいったい何者だ」

「ウッフッフ、おれかな。おれは蠟面博士だ」

ああ、やっぱりそうだったのかと、俊助はいまさらのようにゾーッとする。

「その蠟面博士が、いったいなんだって、おれをこんなところへつれてきたのだ」

「うん。おまえにちょっと、話があるんだ。おい三津木俊助、ここで、はっきりやくそくしろ。おれのすることに、いっさい手だしをしないということを」

「きさまのすること？」

「そうだ。ほんとうの人間にろうをぬって、きれいな蠟人形をつくるのが、おれのたのしみなんだ。その仕事のじゃまをしないでもらいたい」

「もし、ぼくがいやだといったら……」

「そのときはしかたがない。きさまをここでころしてしまうまでよ」

「どういうふうにしてころすつもりだ」

「なあに、わけないさ。そのくさりでしばったまま、海のなかへほうりこんでしまうんだ。ほら見ろ。くさりのさきには、おもい分銅《ふんどう》がついている」

俊助はだまって、蠟面博士のかおを見ている。

まるで、ろうでつくったようなぶきみなかお……

しかし三津木俊助は、そのかおのおくから、もっとべつなかおをさぐりだそうとしているのだ。

蠟面博士のそのかおは、ほんとうのかおではない。だれかがかおにろうをぬって、あのぶきみなかおをつくりあげているのだ。

そのしょうこには、博士の声だ。博士はわざと年よりじみた、しわがれ声をだしているが、ときどきまじるわかいひびき……

蠟面博士は、かおやかたちで見るような老人では

ない。

　三津木俊助は、はやくもこれだけのことをさとった。蠟面博士は、俊助のするどい視線にいすくめられて、目をパチパチさせながら、

「おい俊助、へんじをしろ。いやかおうか」

「いやだ」

「な、なに。それじゃ、きさま、このまま海へほうりこまれてもよいというのか」

「おお、ほうりこむならほうりこんでくれ。きさまのような悪者の命令にしたがうくらいなら、いっそ死んだほうがましだ」

　ああ、ここはいったん、蠟面博士のことばにしたがい、たすかるくふうをしたほうが、よさそうに思えるのに……

　俊助のそのことばをきくと、蠟面博士はバリバリと歯をかみならし、

「おのれよくもいったな。おい、竹内三造、ここへこい。こいつを海へほうりこむのだ」

　博士によばれて運転台からやってきたのは怪運転手の竹内三造。

「先生、それじゃやっぱり、こいつを海へ……」

「うん、ほうりこんで息の根をとめてしまうんだ」

「わかりました。おっとこしょ」

　床の鉄の環からくさりをとくと、蠟面博士と竹内三造は、俊助のからだをかかえて、デッキへでた。

　外はすみをながしたようなくらやみで、風の音、波のうねりがものすごい。遠くのほうに、灯台の灯《ひ》がちらほらと……

「おい、俊助、もういちどかんがえては……」

「くどい。ころすなら、はやくころしてくれ」

「なまいきな。おのれー、おい竹内、それじゃ一、二、三のあいずで、こいつを海へほうりこんじまえ。そら一イ……二イ……三ッ」

　蠟面博士のあいずとともに、ふたりの手をはなれた三津木俊助は、もんどりうってざんぶとばかり、あれくるう海のなかへ……

　あとはうるしのやみのなかに、たけりくるう波の音ばかり。

　新日報社の花形記者三津木俊助が、アメリカからの帰朝そうそう、羽田空港からゆくえ不明になったといううわさほど、世間をおどろかせたニュースはなかった。

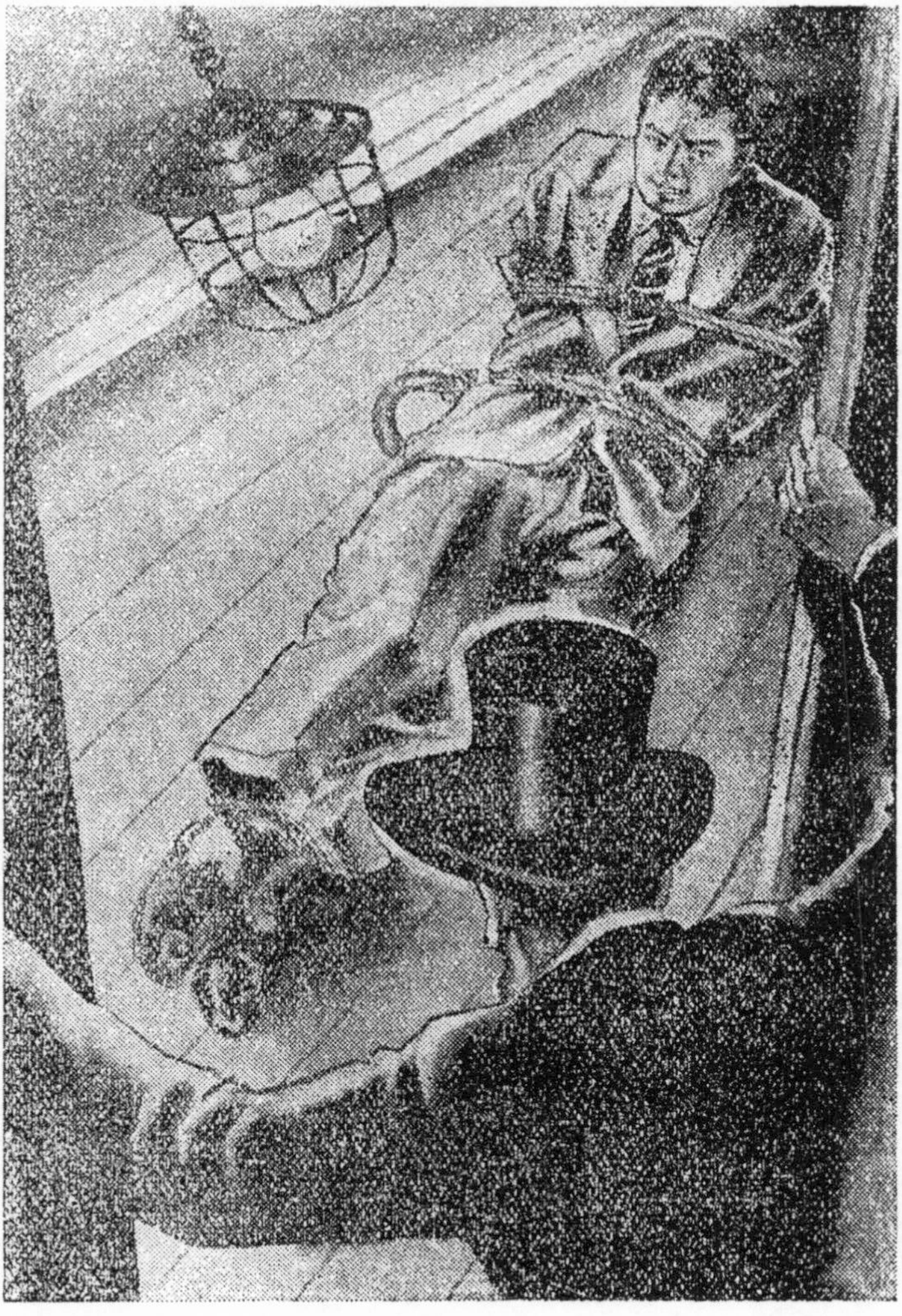

新日報社からは、山崎編集局長とふたりの幹部、それから探偵小僧の御子柴くんが、羽田空港まで俊助をむかえにいったのだ。

　ところが、待合室で飛行機の到着をまっているあいだに、あやしい男にねむり薬をのまされて四人とも前後もしらずにねむってしまった。まもなく旅客機が到着し、その旅客機から三津木俊助らしい人物がおりたったことは、多くの人がみとめていた。いや、それのみならず、新日報社の社旗をかかげた自動車にのって立ちさったことまでおぼえている人物があった。

　問題は、その自動車なのだ。

　山崎編集局長たちの乗っていった自動車の運転手は、これまたあやしい男のはこんできた紅茶をのんで、いつとはしらずねこんでしまった。

　そして気がついたときには、羽田空港のすみにある倉庫のなかで、さるぐつわをはめられ、がんじがらめにしばられていたのである。

　何者ともしれぬ悪者、ああ、ひょっとすると、それは蠟面博士ではあるまいか……

　そういうことがわかったので、新日報社はいうにおよばず、警視庁でも、やっきとなって自動車のゆくえを捜索したが、そのよく日《じつ》のひるすぎになって、新日報社の自動車が、品川《しながわ》の海岸にのりすててあるのが、発見された。

　そういうところから、俊助は海へつれだされたのではないか、といううたがいがつよくなったが、はたしてそれから二、三日のうち、こんどは大森《おおもり》の海岸にスーツケースがうちあげられた。

　しらべてみると、三津木俊助のものだったから、ああ、もうまちがいはない。俊助は悪者のために海へつれだされたのだ。

　そして……それからどうなったか。そこまではもう考えるまでもあるまい。

　帰朝いらいすでに一週間にもなるのに、いまだにどこからも、俊助の消息がないところからみると、てっきりあの晩、俊助は蠟面博士の手にかかって、海のうえでころされたのにちがいない。

　このいたましい俊助のさいごを思って、新日報社ぜんたいは、ちかごろとかくしめりがちだったが、そのなかでも、もっともなげきかなしんだのは、いうまでもなく、三津木俊助をだれよりも尊敬していた探偵小僧の御子柴くん。

羽田空港までむかえにいきながら、不覚にもねむってしまったばかりに、俊助を悪者にさらわれ、そのえじきにしたかと思うと、御子柴くんは、はらわたもちぎれんばかりのかなしさ、くやしさだった。

きょうもきょうとて御子柴くんは、社の用事で外出していたが、そのかえり、有楽町《ゆうらくちょう》のかどまでくると、そこに大きなはりぼての広告人形がたっている。広告人形はゴリラの形をしていた。

そして通りがかりの人々に、一枚ずつ宣伝ビラをわたしている。御子柴くんも一枚のビラをわたされて、なにげなく目をとおすと、そこには、「キングコングの再生」とすってある。

「なんだ、映画の広告か」

と御子柴くんは、そのままビラをポケットのなかにつっこんだ。

尾行のふたり

ところが、それからまもなく、有楽町のかどをまがった御子柴くんが、新日報社のまえまでかえってきたときである。

むこうからきた自動車が、御子柴くんのそばを走っていったが、ちょうど雨あがりのあとだったので、御子柴くんは、ズボンにいっぱいどろをはねかけられた。

「ちくしょう、どうしたんだ。気をつけろよ」

御子柴くんは、いまいましそうに自動車のあとを見おくり、ポケットへ手をつっこんだが、そのゆびさきにさわったのは、さっきの宣伝ビラである。

それをとりだし、ズボンのどろをふこうとして、とつぜん、御子柴くんは、目を見はった。

探偵小僧よ
こんや九時ジャスト。日比谷公園の噴水のそばへきたれ。

もし、このことばにしたがわねば、高杉アケミはこんどこそ、蠟人形にされるであろう。

ただし、だれにもぜったいにこのことをしゃべってはならぬ。

蠟面博士のてき

宣伝ビラのうらがわに、こんなことがかいてあるではないか。御子柴くんは、しばらく茫然《ぼうぜん》とその宣伝ビラに見いっていた。そのときうしろから、ポンとかたをたたいたものがある。

ギョッとしてふりかえると、そこに立っているのは、東都日日新聞の田代記者だ。

「あっ、田代さん、あなたはどうしてここへ？」

「いや、ちょっとね。三津木くんのしょうそくをききにきたのだ。だけど、探偵小僧、どうしたんだい？　ひどくあわてているじゃないか。いまの紙になにか書いてあったのかい」

田代記者は、さぐるように、御子柴くんのかおを見ている。

「いえ、なに、べつに……それより、田代さん、あなた、どう思います。三津木さんは、ほんとうにころされたんでしょうか」

「さあね。三津木くんくらいの男だから、そうむざむざと蠟面博士のためにころされるとは思わないが……だいいち、あの男に死なれちまっちゃ、ぼくも、どうもはりあいがなくてこまるよ」

「どうしてですか？」

「だって、あいつとおれとは、よいきょうそうあいてだったんだからな。三津木くんがかえってきたら、蠟面博士の一《いっ》けんで、おおいに、ふたりで腕くらべをしようと思って、手ぐすねひいてまっていたのに……」

田代記者は、ちょっとかお色をくもらせたが、すぐ思いなおしたように、にっこりわらうと、

「ごめん、ごめん。三津木くんがいなくても、新日報社にゃ、探偵小僧という、ゆだんのならぬ名探偵がいることを、ついわすれていたよ。アッハッハ……だけど、探偵小僧」

と、田代記者は、またじっと御子柴くんのかおを見て、

「いまの紙、いったいなんだったのさ。あやしいぞ。ちょっとおれに見せろよ。な、いいだろう」

田代記者は手をのばして、御子柴くんのポケットへつっこもうとする。

そうはさせじと、ひらりととびのいた探偵小僧、

「いけませんよ、いけませんよ。田代さんそんなことをして、ひきょうですよ。さよなら……」

御子柴くんは、そのまま新日報社へとびこんだが、

そのうしろすがたを見おくった田代記者はふしぎそうに小首《こくび》をかしげ、

「あいつ、すこしくさいぞ。なにかまたかぎつけたんじゃあるまいか。こいつはちょっと、ゆだんがならない」

と、そんなことをぶつぶつと口のなかでつぶやきながら、いそぎ足で新日報社のまえを立ちさっていった。

ところが、田代記者の立ちさるのをまって、そっと新日報社からでてきたのは探偵小僧の御子柴くんだ。

田代記者の立ちさったのをみすまして、やってきたのは、有楽町のかど。見るとそこには、キングコングの形をした、広告人形がたっている。

キングコングはごったがえすような人ごみのなかを、ぶらり、ぶらりとあるきながら、道ゆくひとに一枚ずつ宣伝ビラをわたしている。

探偵小僧の御子柴くんは、こっそりそのあとをつけはじめたが、そのうしろから、もうひとりこっそりつけてくるもののあることを、さすがの探偵小僧もゆめにもしらなかった。それは、田代記者である。


銀座のおもてどおりは、ごったがえすような人のゆきかいである。

そのなかを、ぶらり、ぶらりと歩きながら、キングコングは一枚ずつ宣伝ビラをわたしている。

人は異様な広告人形のあるいてくるのを見ると、目を見はって見おくった。なかには、ギョッとしたように、いきをのむ人もある。

探偵小僧は、その人形の十メートルほどうしろから、ぶらり、ぶらりとつけていく。

なにしろキングコングの人形は人々のあたまから、はるかにぬきんでているので、見うしなうような心配はなかった。それに、歩きかたも牛のあゆみのように、ゆっくりしているので、つけていくのにはらくだった。

キングコングの人形は、尾張町《おわりちょう》から新橋《しんばし》のほうへむいていったが、新橋ぎわまでやってくるとこんどは、歩道のはんたいがわを、ぶらり、ぶらりとひきかえしてくる。

探偵小僧の御子柴くんは、あいかわらず、そのあとをつけながら、しだいに胸がいらだってくる。この男、じぶんがつけてくるのをしって、わざとじらしているのではないか……と、思ったりした。

　御子柴くんは、よっぽどそばへよって、宣伝ビラのうらに書いてある文句について、きいてみようかと思った。しかし、すぐまたそれを思いなおした。

あのもんくのなかには、

「ただし、だれにも、ぜったいに、このことをしゃべってはならぬ」

　と、書いてあったではないか。

　こんな人ごみのなかで、うっかりそんなことをたずねて、人に気づかれてはならないのだ。御子柴くんは、そう考えて、はやりたつ心をおさえていた。

　それにしても、この異様な人形のなかには、いったいどんな人がはいっているのだろうか。

　あのもんくのはじめに、探偵小僧よ、と、よびかけているところをみると、じぶんをしっている人にちがいないが、それはいったいだれだろう。みずから蠟面博士の敵を名のるところをみると、ひょっとすると、三津木さんではあるまいか。

　そう考えると、御子柴くんは、うれしさに胸がワクワクした。しかし、それだけに御子柴くんは、あせって、早まってはならぬと考えた。

　三津木さんは、生きているのだ。しかし、なにかわけがあってすがたをかくしているのだ。そして、ひそかに、じぶんと連絡しようとしているのだ。そうだ、きっとそれにちがいない……

　そう考えた御子柴くんは、じれったいのをがまんして、しんぼうづよく、キングコングのあとをつけていく。

　ところが、ある四ツ角《かど》にさしかかったときである。キングコングは、しばらくそこに立ちどまって、宣伝ビラをくばっていたが、きゅうに横町《よこちょう》へはいっていった。御子柴くんもそのあとをつけていったことは、いうまでもない。

　表《おもて》どおりにくらべると、横町は、それほど人どおりもない、キングコングは、その横町を、すたすたと、大《おお》またに歩いていく。

　探偵小僧の御子柴くんは、いよいよ胸をおどらせた。

　三津木さんは、じぶんのつけてくるのをしっていて、どこか人目につかぬところへつれていこうとしているのではあるまいか。そうだ、そうだ。それにちがいない。

キングコングは、また道をまがってせまいうら通りへはいっていった。そのうら通りには、喫茶店がずらりとならんでいる。

キングコングは、リリーという看板のあがった喫茶店のまえまでくると、ドアのそとに立ちどまって、キングコングの人形をぬぎはじめた。

御子柴くんは、ポストのかげに身をかくして、胸をワクワクさせながら、人形のなかから人が出てくるのをまっていた。やがて、スッポリ人形をぬいで、なかから人がでてきたが、そのひとの顔を見ると、御子柴くんは、

「あっ!」

と、思わず声をもらした。

ちがっていたのだ。それは、三津木俊助とはにてもにつかぬ男だった。それでは、これは、ただのサンドイッチマンだったのか……?

御子柴くんはがっかりした。失望のために泣きたくなった。

サンドイッチマンは、そんなことを知るはずもなく、キングコングの人形を、店のまえにたてかけたまま、喫茶店へはいっていく。

御子柴くんは、ポストのそばにたたずんで、しばらく思案《しあん》をしていたが、とにかく、あの人がビラをくれたのだ。なにかしっているにちがいない……

そう思ったものだから、御子柴くんもあとから喫茶店へはいっていった。

喫茶店には、その男のほかに、だれも客はいなかった。その男は、紅茶をのみながら、ケーキをたべていた。

御子柴くんも、紅茶とケーキを注文した。そして、その男に話しかける機会をねらっていたが、ちょうどさいわい、店の人がおくへはいっていったので、御子柴くんは、そっとその男のそばへよっていった。

「おじさん、おじさん、このビラはおじさんがくれたんだね」

と、キングコングのビラを見せると、

「ああ、そうだよ。それがどうした」

と、あいては、ふしぎそうに御子柴くんの顔を見ている。

「だって、うらにかいてあるこの文句はどうしたの」

御子柴くんが宣伝ビラのうらを見せると、その男

はびっくりしたように、目をまるくした。

「おれは、そんなことはしらんよ。だれが、そんな文句を書いたんだ」

「だって、このビラ、おじさんがくれたんじゃないか」

「フーム、みょうだな。おれは、いっこうおぼえがないが……」

「しかし、おじさん。おじさんは、ぼくをしっているんじゃない？　ここに書いてある探偵小僧というのは、ぼくのことだよ。おじさんは、ちゃんとそれをぼくにわたしてくれたんだもの」

サンドイッチマンは、きゅうに、

「あっ！」

と、さけぶと、身をのりだして、

「おまえ、そのビラ、どこでうけとったのだ」

と、たずねた。

「有楽町の角《かど》のところだよ。おじさん、あそこに立っていたじゃないか」

「ああ、そうか」

と、サンドイッチマンは、やっとそれでわかったというようにうなずくと、

「小僧、それじゃ、それはおれじゃないんだ」

「おじさんじゃないって？」

こんどは、探偵小僧が目をまるくする。

「ああ、そうだ。まあ、お聞き、さっきみょうなことがあったんだ。おれが、あそこに立っていると、へんな人がやってきて、一時間ばかり身がわりをさせてくれというんだ。そうすれば、千円やろうというんだよ」

「身がわりをやって、千円……？」

御子柴くんは、また目をまるくする。

「ああ、そうだ。あの人形のなかにはいっているのも、あんまりらくじゃないからね。その身がわりをして、しかも千円くれるというんだから、こんなうまい話はないじゃないか。そこで、おじさんは千円もらって、あの人形を一時間だけ、その人にあずけたんだ。おまえにこのビラわたしたの、きっと、その人にちがいないよ」

「そして、おじさん、それどんな人だったの？」

探偵小僧は、いきをはずませる。

「そうだな。黒メガネをかけて、顔じゅうに黒いひげをはやした人だった」

ああ、ひょっとすると、それこそ、三津木さんではあるまいか。三津木さんが変装しているのではあるまいか……

「おじさん、ありがとう！」

御子柴くんはうれしさに、胸をワクワクさせながら、紅茶ものまずに、金をはらって、喫茶店をとびだしたが、そのうしろすがたを見おくって、ポストのかげから出てきたのは、東都日日新聞社の田代記者。

「フフン。すると、あのサンドイッチマンがなにかしってるんだな。よし」

と、うなずきながら、田代記者も、喫茶店のなかへはいっていく。

悪魔のワナ

さて、その夜、八時半ごろのこと。

探偵小僧の御子柴くんは、宣伝ビラのうらに書いてあった文句のとおり、日比谷公園の噴水のそばへやってきた。

ひるまは、かなり人のあつまる日比谷公園も、夜ともなれば、いたってさびしい。さんぽする人もごくまれで、ところどころに立っている街灯の光も、わびしげである。

御子柴くんは、噴水のそばに立って、そわそわ、あたりを見まわしている。御子柴くんの胸は早鐘《はやがね》のようにおどっているのだ。

九時になれば、三津木さんにあえるのだ。はやく九時になればよい……

そう思うと、腕時計の針《はり》のすすむのが、まどろこしくてたまらない。御子柴くんは、じだんだをふみたいような気もちだった。

すると、九時十分まえである。噴水のむこうがわから、池をまわってひとつの影が、御子柴くんのほうへやってきた。

池のそばに立っている街灯の光でみると、黒メガネをかけ、顔じゅうに黒いひげをはやした男……さっき、サンドイッチマンからきいた人相と、そっくりおなじ男である。御子柴くんは、思わずそのほうへかけよった。

「三津木さん……ですか」

と、声をかけると。

「しっ！」

と、その男は、おさえるような手つきをして、

「わたしは、三津木俊助さんではない。三津木さんの使いできたのだ」

あいてが、三津木俊助でないとわかって、御子柴くんは、ちょっと失望したが、すぐ気をとりなおして、

「それじゃ、三津木さんは生きているんですね。いったいどこにいるんですか」

「それはいえない。しかし、きみをこれから、そこへつれていこうというんだ」

「つれてってください。ぼくは、三津木さんにあいたいんです」

「ふむ。しかし、きみはビラの文句を、だれにもしゃべりゃしまいな」

「ええ、ぜったいに……」

「よし、それじゃいこう。三津木さんもまっているから、いそいでいこう」

黒メガネの男は、そっとあたりを見まわすと、探偵小僧の手をとって、公園のなかをかけぬけていく。

公園をでると、くらいところに自動車がまっていた。御子柴くんがそれにのると、黒メガネの男は、またそっとあたりを見まわし、それから御子柴くんのそばにのりこんだ。自動車はすぐ走りだす。

「三津木さんは、どうしてすがたをかくしているんですか。なぜ、社にでてこないんですか」

「三津木さんはな、死んだようにみせかけて、蠟面《ろうめん》博士《はかせ》にゆだんさせ、そのまに博士のしっぽをつかもうとしているんだ」

「あッ、そうですか、そうですか。それで、もうしっぽをつかんだんですか」

「フッフッフ、そうは問屋《とんや》がおろさない」

「えっ！」

あいての声が、きゅうにかわったので、御子柴くんは、ギョッとふりかえる。

「ウッフッフ、探偵小僧、きさま、まんまとわなにひっかかったなあ！」

と、いったかと思うと、えんびをのばして、黒メガネの男は、探偵小僧の首をだき、なにやらしめったハンカチを、しっかと鼻のうえにおしつけた。

「あっ！」

御子柴くんは、もがいた。あばれた。抵抗した。

しかし、ハンカチにしみこんだあまいにおいが、鼻から脳へつきぬけると、御子柴くんは、ぐったりねむりこけてしまったのである。

それからどれくらいたったか。

御子柴くんが、ふと目をさますと、あたりは、うるしのようなくらやみである。

御子柴くんは、ねころんだまま、しばらくぼんやりくらやみのなかを見つめていたが、ふいにさっきのことを思いだした。

「しまった!」

と、心のなかでさけんだ御子柴くんは、ガバととびおきると、いそいでポケットから懐中電灯をとりだした。御子柴くんは、いつでも、万年筆がたの懐中電灯を、胸のポケットにさしているのだ。

御子柴くんは、その光で、身のまわりをてらしてみたが、それで、はじめて床の上に、じかにねかされていたのだということに気がついた。それにしても、しばられていなかったのが、さいわいである。

御子柴くんは、四ツんばいになって、しだいに光の輪をひろげていく。しかし、いくら光の輪をひろげても、壁につきあたらないところを見ると、よほどひろいへやらしい。

御子柴くんの心臓は、早鐘のようになっている。

さっきじぶんにねむり薬をかがせた男……あれは、やっぱり、蠟面博士の部下にちがいない。じぶんは、まんまと、蠟面博士のわなにひっかかったのだ。

早くにげなければ……早くにげなければ、じぶんも蠟人形にされてしまうかもしれぬ。

御子柴くんは、四ツんばいになったまま、そこらをはいまわっていたが、そのうちに、へやの一部にぱっと灯《ひ》がついた。

御子柴くんは、ギョッとして、あわてて懐中電灯の光をけすと、床の上に腹ばいになる。

見るとそこは、ウナギのねどこのように細長いへやで、電気がついたのは、ずーっとむこうのほうだ。御子柴くんのところまで光はとどかない。

それでも、御子柴くんは、すこしでもくらいほうへとにじりよりながら、あかるいほうへ目をやったが、とたんに、アッといきをのんだ。

あかるい電灯のしたに、見おぼえのある釜《かま》がおいてある。ろうを煮る釜なのだ。そして、その釜のそばのアームチェアに死んでいるのか、ねむっているのか、ぐったりとよりかかっているのは、まぎれもなく高杉アケミではないか。

ああ、それでは今夜、蠟面博士が、いよいよアケミさんを蠟人形にしてしまうのか……

御子柴くんは、身の毛のよだつようなおそろしさをかんじながら、いそいであたりを見まわしたが、さいわい、へやのなかにはだれもいない。しかも、アケミのむこうに、ドアがあけっぱなしになっている。

「いまのうちだ!」

御子柴くんは、床のうえにとびおきると、アケミのほうへとっしんしたが、とつぜん、

「あっ」

とさけぶと、うしろのほうへひっくりかえった。なにかしら、目に見えぬ壁につきあたったのだ。

御子柴くんは、しりもちをついたまま、あっけにとられたような顔色で、じぶんの目のまえを見まわしている。

それからやっと気がついて、両手をのばして、目のまえをなでてみたが、そのとたん、思わずアッといきをのんだ。

なんと、アケミと御子柴くんのあいだには、ガラスの壁がはってあるのだ。だからアケミのすがたはすぐ目のまえに見えながら、そばへ近づくことができないのだ。

「ちくしょう、ちくしょう、この壁め!」

御子柴くんは、げんこをかためて、壁をうったが、よほどあついガラスとみえて、びくともしない。

そのとき、むこうのドアから、のろのろとはいってきたのは、あのきみのわるい蠟面博士。

あわや蠟人形

ガラスの壁のむこうがわから、こっちへむかってくる蠟面博士のすがたを見たとたん、探偵小僧の御子柴くんは、ああ、もうとてもだめだ。どうにもならなくなったと、かんねんした。

わかった、わかった。

あのざんこくな蠟面博士は、こんなあやしげなところへつれてきて、わざとじぶんの目のまえでこれ見よがしに、アケミを蠟人形にしてみせようとしているのだ。

そうして、さんざんじぶんをこわがらせたうえ、さてそのあとで、ゆうゆうと、このじぶんもあのタンクにつけて、いよいよおそろしい蠟人形にしてしまうのだろう。

そう考えると、御子柴くんは、からだじゅうの血という血が、一《いち》どにこおりつくすような、おそろしさを感じた。

しかし、そのおそろしさのなかから、また蠟面博士にたいする、なんともいえぬいかりとにくしみが、胸いっぱいにこみあげてくるのだ。

そうだ。じぶんは、ここでいたずらに恐怖にとらわれて、おそれおののいているだけではいけないのだ。

かなわぬまでも、蠟面博士とたたかおう。そして、すきがあったら、アケミをつれてにげだすのだ……。

そうと、決心した御子柴くんは、げんこつをかためて、むちゃくちゃにあついガラスの壁をたたいた。そうして、口をきわめて、蠟面博士をののしった。

その声がきこえたのか、きこえないのか、蠟面博士は、よちよちとアームチェアのそばにあゆみよると、うなだれているアケミのあごに手をあてて、ぐいとかおをあげさせた。

ねむり薬でものまされたのか、アケミはよくねている。

それがかえってアケミにとってしあわせなのだ。もし目がさめていたら、あまりのおそろしさきみのわるさに、アケミはきっと気がくるって、へんになってしまったろう。

蠟面博士は、アケミのあごから手をはなすと、なにか考えるようなかおつきで、しきりにキョロキョロと、あたりを見まわしていた。が、そのときまた、探偵小僧の御子柴くんが、ひときわ声をはりあげて、どなったり、ガラスのかべをたたいたりしたので、ギョッとしたようなようすでふりかえった。

それから、ふしぎそうなかおをして、しばらくこちらを見ていたが、きゅうになにやらさけびながら、両手をひろげると、いきなり御子柴くんのほうへ走ってきた。御子柴くんは、ギョッとして、本能的に一歩うしろへしりぞいたが、そのとたん、蠟面博士はいやというほど、ガラスのかべにつきあたって、ヨロヨロうしろへたじろいだ。

蠟面博士はあっけにとられたようなかおつきで、

ガラスごしに御子柴くんのかおを見ている。御子柴くんはふしぎでならない。

蠟面博士のようすを見ていると、博士は、そこにガラスの壁があることを、知らなかったとしかおもえないのだ。蠟面博士は、やっとガラスの壁をたしかめると、べったりと、それにすいついて、ガラスごしに、なにかいっている。

しかし、あついガラスにへだてられて、声はすこしもきこえない。

金魚鉢《きんぎょばち》のなかの金魚のように、口がパクパクするばかりだ。ガラスにべったりとおしつけられたそのかおが、拡大鏡で見るようで、ゾッとするほどきみわるい。

探偵小僧の御子柴くんは、あっけにとられて、博士のかおを見ていたが、そのとき、きゅうに博士がガラスの壁をはなれたと思うと、むこうのドアからはいってきたのは、怪運転手の竹内三造。

竹内三造はあいかわらず、おおきなちりよけメガネをかけ、飛行服に飛行帽のようなものをかぶっている。

蠟面博士と竹内三造は、ろうを煮る釜《かま》のそばにたって、なにやら話をしている。

話声《はなしごえ》はきこえないが、釜のなかをきみわるいかおつきでのぞいたり、アケミをゆびさしたりしているところをみると、いよいよ、アケミを蠟人形にするおそろしい相談をしているのだろう。

やがて、竹内三造が、アケミをかるがるとだきあげた。

そしてねむっているアケミを手に、おもむろに釜のそばへちかよっていった。

釜のなかからは、白い湯気《ゆげ》がたちのぼる。そこには、ろうが煮えくりかえってふっとうしているのだ。

ああ、そのなかへなげこまれたら……

御子柴くんは、やっきとなって、ガラスの壁のこちらから、どなり、さけび、じだんだをふんでいたが、そのとき、みょうなことがおこったのだ。

ふたりの蠟面博士

怪運転手の竹内三造が、いままさに、アケミのからだを、たぎりたっている釜のなかへなげこもうとしたときだ。

うしろに立っていた蠟面博士が、ステッキをさかさにもちなおすと、大上段《だいじょうだん》にふりかぶり、はっしとばかり、竹内三造ののうてんめがけて、ふりおろしたではないか。そのステッキの頭には鉛《なまり》でもつめてあるにちがいない。一撃のもとに、怪運転手竹内三造は、アケミをだいたまま、骨をぬかれたようにくたくたと、床のうえにくずおれた。

蠟面博士は床にひざまずき、竹内三造をしらべていたが、やがて、御子柴くんのほうをふりかえってニヤリとわらった。だが、すぐまたそわそわしはじめると、アケミをだきおこし、アームチェアにすわらせると、気絶している三造の足をひっぱって、ずるずるとへやのすみまでひっぱっていった。

へやのすみには、大きなトランクがおいてある。蠟面博士はそのトランクのなかへ竹内三造をおしこむと、ていねいにふたをして、ピンとかけがねをおろした。それからまた、御子柴くんのほうをふりかえると、口に指を一本あてて、だまっているようにあいずをすると、ドアのそばへはしっていき、ぴったり壁にせなかをおしあてた。

と、そのとたん、ドアのそとからはいってきたのは、ああなんと、これまた蠟面博士ではないか。

御子柴くんは、あまりのふしぎなできごとに、ひっくりかえるほどおどろいたが、あたらしくはいってきた蠟面博士は、つかつかとガラスの壁のそばへよってきて、ニヤニヤときみのわるいわらいをうかべながら、なにやらいっている。意地わるそうなその目つきからして、これこそほんものの蠟面博士にちがいない。しかし、そうだとすると、いまむこうの壁ぎわに立って、これまたニヤニヤわらっている蠟面博士は何者だろうか。

御子柴くんは手にあせをにぎって、ふたりの蠟面博士を見くらべていたが、あたらしくはいってきた蠟面博士は、そんなこととは気がつかない。ひとしきり、御子柴くんをからかっていたがやがて身をひるがえして、アームチェアのほうへちかよった。

そして、身をかがめてアケミのかおをのぞきこんでいたが、そのうしろへまわったのが、もうひとりの蠟面博士だ。

ポンとうしろから肩をたたくと、おどろいたのは、あとからはいってきた蠟面博士。はじかれたようにうしろをふりかえったが、そこに立っているじぶんふたりの目には、はげしいにくしみと敵意のいろがもえている。

やがて、蠟面博士はニヤリとわらって、

「アッハッハ、三津木俊助、しばらくだったな。このあいだはしっけいしたが、よくあのくさりがとけたな」

俊助は、ゆだんなくピストルを身がまえながら、

「そんなことはどうでもいい。それより蠟面博士、はやくその変装をときたまえ。ぼくは、きみの素顔が見たいのだ」

「まあ、そうあせるな。三津木俊助」

蠟面博士は、あたりを見まわしながら、

「その前に、きさまにひとつ、ききたいことがある」

「ききたいというのはどういうことだ」

「そこにおちているのは、竹内三造の帽子のようだが、きさま、三造をどうしたんだ」

「竹内三造というのはきみの部下のことだね。その男なら、いまあのトランクのなかにねむっているよ」

蠟面博士は、すみにあるトランクのほうをふりかとおなじかおとおなじすがたをしたにんげんを見つけると、ばけものにでもあったように、うしろへととびのいた。

「だ、だ、だれだ……お、おまえは……」

あとからはいってきた蠟面博士は肩でぜいぜいいきをしながら、のどをしめつけられるような声をあげた。

「アッハッハ、だれでもない、蠟面博士さ」

「な、な、なにを……」

「おい蠟面博士、おたがいに、こんな子どもだましみたいな変装はよそうじゃないか。おれも変装をとくから、おまえも素顔を見せたまえ」

そういいながら、はじめにはいってきた蠟面博士が、両手で変装をむしりとると、ああ、なんとそれは三津木俊助ではないか。

「ああ、三津木さんだ、三津木さんだ。三津木さんはやっぱり生きていたんですね」

ガラスの壁のこちらがわから、探偵小僧の御子柴くんは、こおどりせんばかりによろこんだ。いまや怪人物蠟面博士と、巨人三津木俊助が、三尺《じゃく》とへだたぬところにむかいあったのだ。

えると、ギロリと目をひからせて、

「アッハッハ、そうか。きさまはその変装で、三造をだましたんだな」

「そうだ。きみのほうがきみのほうなら、ぼくのほうもぼくのほうだ。だが、そんなことはどうでもいい。蠟面博士、はやくその変装をときたまえ」

「まあそうあせるな。おい三津木俊助、おれがもし、素顔を見せるのをいやだといったら、きさまはどうする気だ」

「なに、いやだと?」

俊助はキッと、ピストルを身がまえながら、

「いやだといえばうでずくでも、ぼくはその変装をもぎとってみせる。それに蠟面博士、きみにはあの足音がきこえないのか」

「なに、足音……」

蠟面博士はギョッといきをのんだが、そのとき、いりみだれた足音がちかづいてきたかと思うと、ドアの外にあらわれたのは、おなじみの等々力警部をはじめとして、げんじゅうに武装した警官が数名。

蠟面博士はそれを見ると、いかりにからだをふるわせて、

「おのれ、俊助。それではきさまは、警官にこのかくれ家《が》をしらせたのだな」

「まさにそのとおり、きみのような悪者は、一日もほうっておけないから、警部さんにたのんで牢屋《ろうや》へぶちこんでもらうつもりだ。警部さん、しばらく」

等々力警部は、あっけにとられたようなかおをして、しばらくふたりを見くらべていたが、

「おお、そういうきみは、新日報社の三津木くんではないか。それじゃ、きみは生きていたのか」

「アッハッハ、生きていましたよ」

「そして、さっきここへくるように電話をかけてくれたのは、きみだったのか」

「そうです。そうです。ぼくは死んだものになって蠟面博士をゆだんさせ、とうとうこのかくれ家をつきとめたのです。警部さん、はやく蠟面博士に手錠《てじょう》をかけてください」

「よし、蠟面博士、おとなしくしろ」

警部は、手錠をガチャガチャいわせながら、へやのなかへはいってくる。そのうしろには武装警官が、キッとピストルを身がまえている。

ああ、蠟面博士はいまや袋のなかのネズミも、ど

うぜんであろうか。

動くへや

「ち、ちくしょう！」

蠟面博士はくやしそうに歯ぎしりしながら、ジリジリジリジリとあとずさりする。しかし、そのあとずさりにも、げん度《ど》がある。

やがて、蠟面博士はぴったりと、ガラスの壁に背をつけて、それから一歩も、うごけなくなった。

そのとき、等々力警部は、はじめて探偵小僧に気がついて、

「おお、そこにいるのは探偵小僧じゃないか。きさま、どうしてこっちへこないのだ」

「警部さん、探偵小僧はこっちへくるにもこれないんですよ。あそこには目に見えぬガラスの壁があるんです」

「なに、ガラスの壁……？」

等々力警部はあゆみよって、ガラスの壁をなでまわすと、

「なるほど、わかった。それでこの蠟面博士もうごけなくなったんだな。アッハッハ、いいきみだ。おい蠟面博士、手錠をうけろ」

蠟面博士はガラスの壁にぴったりせなかをくっつけたまま、追いつめられたけだもののような目つきをしていたが、いましも、等々力警部が手錠をさしだしたしゅんかんである。とつぜん、博士のこぶしがとんだかと思うと、ふいをつかれた等々力警部、ものすごいアッパーカットの一撃をくらって、五、六歩うしろへすっとんだ。

「おのれ、てむかいするか」

三津木俊助をはじめとして、武装警官の一行が、あわててピストルを身がまえたときは、おそかったのだ。

目に見えぬガラスの壁の一部分が、くるりと廻転《かいてん》したかと思うと、蠟面博士は御子柴くんの面前に立っていた。

「あっ、おのれ」

俊助はじめ一同は、蠟面博士めがけてズドン、ズドンとぶっぱなす。しかし、ガラスの壁はもとどおりぴったりしまって、たまはいたずらに、それにあたってはねかえるばかり。

蠟面博士はガラスの壁のこちらがわから、一同にむかって、人をこばかにしたようなおじぎをすると、やにわに腕をのばして御子柴くんの首ったまをとらえた。

「あっ、助けてえ！」

「しずかにしろ！　おまえがここにいてはじゃまになるんだ！」

さけんだかと思うと、蠟面博士は御子柴くんをガラスの壁におしつけて、つよく床をふんだかと思うと、またしても、ガラスの壁の一部分が、ものすごいいきおいで廻転して、御子柴くんは警官たちの足もとにはねとばされた。

こうして、蠟面博士はガラスの壁のむこうがわに、ただひとりのこっていたが、それにしてもいったいどうしてにげようというのだろう。そこは三方をあつい鉄板でかこまれた、四《よ》じょう半《はん》ぐらいのせまいへやで、どこにも窓も入口もない。そんなところへにげこんで、いったいどうするつもりだろう。

すごいアッパーカットをくらった等々力警部は、いまいましそうにあごをなでながら、

「ちくしょう。じぶんからあんなところへとびこみやがって、これがほんとの袋のネズミか、かごの鳥だ。とびだしてくるまで、ここにがんばってやろう」

三津木俊助は注意ぶかくガラスの壁をしらべたが、どんなしかけになっているのか、どうしても廻転するところがわからない。

だいいちガラスのつぎ目さえわからないのだ。と、そのとき、またガラスの壁のむこうがわで蠟面博士が帽子をとって、人をこばかにするようなおじぎをした。

と思うと、どこからか、ギリギリギリギリと歯車のかみあうような音……それをきくと俊助はなにかしらハッとして、

「あっ、みんなゆだんするな。なにかへんなことがおこるらしいぞ」

俊助のそのことばもおわらぬうちに、世にもへんてこなことが、一同の面前でおこったのだ。

ギリギリ……ギリギリ……

歯車のかみあうような音につれて、ガラスの壁のむこうのへやが、すこしずつ、すこしずつ、上へあがっていくではないか。

「あっ、へやが上へあがっていく！　へやが上へあがっていく！」

御子柴くんはおどろいて、気ちがいのようにさけび、どなった。

「あっ！　しまった！　しまった！　あのへやはエレベーターみたいに、上下に移動するようになっているのだ！」

「ち、ちくしょう！」

警官たちは、いっせいに、ガラスの壁にむかってピストルをぶっぱなした。しかし、あつい防弾ガラスは、たまをとおすどころか、カチッ、カチッとはねかえす。

蠟面博士はじだんだふんでくやしがる一同を、ニヤニヤとあざわらいながら、へやごとしだいしだいに上のほうへあがっていく。と、それにつれて下のほうから、ひとつのへやがせりあがってきた。そして、蠟面博士のいるへやが、すっかり上にかくれると同時に、そのかわりとして、一同の面前にあらわれたのは、さっきと寸分《すんぶん》ちがわぬへやだが、見ると、そのへやのなかには、大きなソファーがおいてあり。ソファーには、三人のかわいい少女がねむっている。

三人ともフランス人形のようなうつくしい洋服をきて、ひとりの少女が中央に、あとのふたりは左右から、その少女にだかれるようにして、やすらかにねむりこけているのである。

「あっ、あれはオリオンの三姉妹《きょうだい》だ！」

ガラスの壁にむしゃぶりついていた御子柴くんが、三人の少女を見て、おもわず大声でさけんだ。

「なに、オリオンの三姉妹《きょうだい》というのは、いったいなんだ」

「オリオンの三姉妹《きょうだい》というのは、いま日比谷の東都《とうと》劇場へでている、とてもかわいい人気者なんです。歌もじょうずだし、おどりもじょうずだというので、子どものあいだにとても人気があるんです」

ああ、そのオリオンの三姉妹《きょうだい》が、いまガラスの壁のむこうがわに、ねむっているところをみると、きっと、蠟面博士にとらえられたにちがいない。

蠟面博士はその三人を、蠟人形にしようとしているのだ。

「ち、ちくしょう。しまった。その壁をたたきこわせ！　ガラスの壁をはやくたたきこわすんだ！　いそげ！」

警部の声に、一同はやっきとなって、ガラスの壁を一生《いっしょう》けんめいたたいたが、そんなことで、こわれるような壁ではない。

そのうちに、またそのへやが、ギリギリと、上のほうへしだいにのぼっていったかとおもうと下から
また、べつのへやがせりあがってくる。

あまりのことに一同は、目を皿のようにして、ガラスの壁のむこうを見ていた。

わかった、わかった！

みなが、いっせいにふりあおぐと、ガラスの壁のむこうには、三階つづきのエレベーターがしかけてあるのだ。

そして、いま目のまえに、せりあがってきたへやのなかには、男がひとりがんじがらめにしばられて、床の上にころがっている。

そして、その男の上に、のしかかるようにしてのぞいているのは、おどろいたことに、なんとさっき、俊助がへやのすみのトランクへおしこめておいたはずの、怪運転手の竹内三造ではないか。

さすがの俊助も、おどろいた。

「しまった！」

と、いろをうしなってさけんだ俊助が、へやのすみへとんでいって、トランクのふたをいそいでひらいてみると、底にパックリとあながあいて、なかはむろん、だれもはいっていないもぬけのからである。

「ウフフフ」

怪運転手の竹内三造は、大きなちりよけメガネのおくから、ニヤリとわらうと、床にたおれている男をだきおこして、一同のほうへかおをむけたが、そのかおをみると、おどろいたことに、なんとそれは、東都日日新聞社の田代記者ではないか。

怪運転手の竹内三造は、田代記者をつきたおすと、一同にていねいなおじぎをして、それからゆうゆうとドアをひらいて、へやをでていった。

三つめのそのへやだけには、外へでるドアがついているのだ。

「ちくしょう、ちくしょう、ちくしょう」

三津木俊助は、毛をかきむしり、じだんだふんでくやしがっている。

ふくろのネズミとなった蠟面博士をとらえる日はついにきたと思ったのに、またしても、いまひといきというところでにげられた。

オリオンの三姉妹《きょうだい》

「ちくしょう、ちくしょう。蠟面博士に、またもやられてしまったか！」

ガラスごしの目のまえに、みすみす蠟面博士や、竹内三造のすがたを見ながら、とりにがしたざんねんさ。

三津木俊助は、毛をかきむしってくやしがっていたが、そのうちに御子柴くんが大声に、

「アッ、三津木さん。これです、これです。このいぼです。きっとこのいぼが、なにかのしかけになっているにちがいありません」

と、さけびながら指さしたのは、床からとびだしている、梅の実ほどのちいさないぼだ。

御子柴くんは、こころみに、そのいぼのうえにかた足をかけて、つよくふんでみたけれど、ガラスの壁はビクともしない。

しかし、そのいぼになにかしかけがあるらしいことは、ふめばゴムのような手ごたえがあり、床のなかへ引っこむことでもわかるのだ。

「こんちくしょう。これでもか、これでもか」

と、御子柴くんはガラスの壁に背をもたらせて、二ど、三どつよくふんだが、三どめにつよくふんだそのとたん、ガラスの壁の一部分が、ものすごいいきおいで廻転《かいてん》したかと思うと、はずみをくらって、御子柴くんは壁のむこうにはねとばされた。

「あっ、やっぱりこのいぼだ！」

こうしてしかけがわかればなんでもない。三津木俊助をはじめとして、等々力警部や部下の刑事も、つぎからつぎへと、いぼをふんでガラスの壁のむこうがわへとびこんだ。

そこには東都日日新聞の田代記者が、がんじがらめにしばられて、床のうえにころがされている。ねむり薬でもかがされたのか、田代記者は、こんこんとねむっているのだ。

三津木俊助は、それを警部や刑事にまかせておいて、探偵小僧の御子柴くんとともに、さっき怪運転手の竹内三造がにげだしたドアから、外へとびだした。

そこには、せまいろうかがついており、ろうかのはしには、上へのぼるかいだんと、下へおりるかい

だんがついている。

三津木俊助と探偵小僧の御子柴くんは、そのかいだんのところまでかけつけると、下をのぞいてみたが、むろん、もうどこにも竹内三造のすがたは見えない。

それよりも気になるのは、さっきエレベーターじかけで、上へのぼっていった、オリオンの三姉妹《きょうだい》のことである。

「探偵小僧、さあ三階へのぼってみよう」

「はい三津木さん」

三階へのぼるかいだんは、まっくらだが、探偵小僧は、いつも万年筆がたの懐中電灯をもっている。

それは俊助とてもおなじこと、いついかなるばあいでも、懐中電灯は手ばなさない。

その光をたよりにして三階へのぼっていくと、ろうかが直角についている。

そのろうかをつたって、角《かど》をまがると、むこうのろうかのまがり角から、ほのかな光がさしている。

「み、三津木さん……」

「しっ、しずかに」

ふたりは足音をしのばせて、ろうかのまがり角までやってきたが、と、みると、ひとつのドアがひらいて、そこからほのかな光がもれているのだ。

三津木俊助と御子柴くんは、そのドアのそばまでやってきて、そっとなかをのぞいたが、そのとたん、おもわず、アッといきをのんだ。

そこにはいままで俊助や、御子柴くんがいた階下のへやとそっくりおなじつくりかたで、むこうのほうに大きなソファーがおいてあり、そこにはオリオンの三姉妹《きょうだい》が、さっきガラスごしに見たとおなじしせいで、スヤスヤとねむっているのだ。

「アッ、三津木さん、あそこにオリオンの三姉妹《きょうだい》がねむっている!」

「よし! しかし、このへやにもガラスの壁があるかもしれない。気をつけろ!」

しかし、さいわいそのへやには、目に見えぬガラスの壁もなく、ふたりはやすやすと、オリオンの三姉妹《きょうだい》のそばへちかよった。そして、

「きみ、きみたち、おきたまえ。しっかりしたまえ」

と、俊助と御子柴くんは、それぞれ三姉妹《きょうだい》のひとりに手をかけたが、そのとたん、ふたりは思わず、

アッとさけんでとびのいた。

なんと、オリオンの三姉妹《きょうだい》と思ったのは、三姉妹《きょうだい》のかおにそっくりの三つの蠟人形《ろうにんぎょう》ではないか。

「み、み、三津木さん！」

探偵小僧の御子柴くんは、まっさおになって、俊助のほうをふりかえった。

「ひょ、ひょっとするとこのなかに、三姉妹《きょうだい》の死体が……」

「よし！」

と、三津木俊助もかお色をかえて、キッとくちびるをかみしめると、ポケットからとりだしたのは、一《いっ》ちょうのナイフだ。

俊助はそのナイフで、ひとつひとつ蠟人形の蠟をおとしてみたが、べつに死体がなかにはいっているようでもなかった。

「探偵小僧、これはふつうの蠟人形だぜ。べつになんにも、あやしいところもないようだ」

「へんだなあ、三津木さん、蠟面博士はなんだって、三姉妹《きょうだい》の蠟人形をつくったんでしょう」

「ひょっとすると、いつかこうして三姉妹《きょうだい》を蠟人形にするというなぞじゃないか」

「ああそうだ、そうだ。きっとそれにちがいない。ああ、三津木さん、ここになにやら、書いてありますよ」

探偵小僧の御子柴くんがゆびさしたのは、ひとつの蠟人形のせなかである。

ふたりが見ると、そこには、たんざくがたの、まっかな紙がピンでとめてあり、紙のうえにはスミくろぐろと、「十月十日」と、書いてある。

「十月十日……？　十月十日といえば、あさってだね」

「そうです、そうです。三津木さん、蠟面博士は、いつでもじぶんが悪事をはたらく日を予告するんです。だから、あさって蠟面博士が三姉妹《きょうだい》を……」

三津木俊助と探偵小僧の御子柴くんが、おもわず顔を見あわせたとき、だしぬけに、下からきこえてきたのは、ピストルの音。

「あっ、あの音はなんだ！」

ふたりはギョッとふりかえったが、そのとたん、おもわずアッといきをのんだ。

なんと、ウナギのねどこのようにほそながいへやが、またもやふたつにちょんぎれて、三津木俊助と探偵小僧のいる部分が、いまやまた、しずかに下へしずんでいくのだ。

「あっ、へやがしずんでいく。へやがしずんでいく……」

探偵小僧の御子柴くんは、気ちがいのようにさけんで、へやのむこうの部分にとびつこうとしたが、気がついたときには、もうすでにかなり床がくいちがっている。

「あぶない！　御子柴くん、よしたまえ！」

三津木俊助は、あわてて探偵小僧をだきとめると、ぼうぜんとして、床につったっている。

下からはひとしきり、ズドンズドンと、ピストルの音がきこえてきたが、それもつかのま、まもなくピストルの音がやんだかとおもうと、俊助たちのいるへやは、一階したへずりおちて、ガラスの壁のこちらがわへぴたりととまった。

と、そのとたん、三津木俊助と探偵小僧の御子柴くんは、またもギョッといきをのんだ。ガラスの壁のむこうがわには、まだ高杉アケミがこんこんと、アームチェアのなかでねむっているのだが、そのそばに立っているのは、なんとちりよけメガネをかけた怪運転手の竹内三造ではないか。

わかった、わかった！　怪運転手の竹内三造は、警官たちがぜんぶ、ガラスの壁のこちらがわへとびこんだのをさいわいに、エレベーターじかけのへやをすべりおろして、そのまにアケミをうばっていこうとしているのだ。

「おのれ！」

俊助はやっきとなって、しかけのボタンを足でふんだが、輪がくいちがっていると見えて、廻転ドアはひらかない。

そのまに竹内三造は、ねむっているアケミをだきあげると、ニヤリとこちらにあざけるようなわらいをのこして、ゆうゆうとしてあのトランクのなかへはいっていく。

「おのれ、おのれ！　その子をやっては……」

三津木俊助はじだんだふんでくやしがったが、あついガラスの壁にへだてられて、どうすることもできないのだ。

「御子柴くん、御子柴くん。どこかそこらにエレベーターを運転するボタンはないか」

俊助のことばに御子柴くんは、大《おお》いそぎで壁をしらべてみたが、そのうちにやっと見つけたのは、ふたつのボタンだ。

　こころみに、そのうちのひとつをおすと、へやがすこしうきあがる。

　あわててもうひとつのボタンをおすと、こんどは下へずりおちる。二、三度、そんなことをしているうちに、やっと床と床とがぴったりあった。

「しめた!」

　と、さけんだ俊助が、床のいぼを三どふむと、こんどはしゅびよく廻転ドアが廻転して、三津木俊助と探偵小僧の御子柴くんは、同時にガラスの壁のむこうがわへはじきとばされた。

　三津木俊助と探偵小僧は、ただちにトランクのほうへはしりよったが、そのとき、へやの外からドヤドヤといりみだれた足音がきこえてきて、ピストルかた手に、血相《けっそう》かえておどりこんできたのは、等々力警部をはじめとして、刑事や警官、それに田代記者も目がさめたらしく、きんちょうしたかおでまじっていた。

「おお、三津木くん。ここにいたのか。ちりよけメガネの男はどこにいる?　高杉アケミはどうしたんだ」

「ああ、警部さん、高杉アケミはちりよけメガネの男がだいて、このトランクのぬけあなから、にげだしたんです」

　トランクのふたをひらくと、ポッカリ底がひらいて、まっくらなたてあなのなかに、鉄ばしごがついている。俊助をはじめ、一同はそのあなへもぐりこんだが、そのぬけあなは、地下室までつづいた。

　しかし、もうそのころには、怪運転手の竹内三造も、高杉アケミのすがたも、どこにも見あたらなかった。

「しまった!　しまった!　アケミのそばに、だれかのこしておくんだった」

　と、等々力警部はじだんだふんでくやしがったが、すでにあとのまつりである。

「しかし、警部さん、怪運転手のすがたを見たとき、なぜ、廻転ドアからとびださなかったんです」

　俊助は、いくらか不平そうな顔色だ。

「いや、それがね、三津木くん。気がついたときは、すでにへやが、ぐんぐんさがりかけていて床がくいちがっていたもんだから、廻転ドアのしかけがきかなかったんだ」

なるほど、そういわれてみると、どうにもしかたがない。

三津木俊助は、田代記者のほうをふりかえってきいた。

「田代くん、きみはどうしてここへきたんだ」

「ああ、三津木くん、しばらくだったね。ぼくはね、きょうのひるま、この探偵小僧を尾行してキングコングの広告人形の男から、探偵小僧が、こんや日比谷公園の池のほとりへいくことをしったんだ。それで、日比谷公園から、探偵小僧を尾行して、この洋館へしのびこんだところが、また蠟面博士につかまって……」

田代記者は頭がいたむのか、かおをしかめてひたいをもんでいる。

「三津木さん、広告人形の男がわたしてくれた通信は、三津木さんからじゃなかったんですか」

「いや、あれはぼくだ。だからぼくはこんや、やくそくの時間に日比谷公園へいって、きみのくるのをまっていたが、やってこないので、単独でこっちへやってきたんだ。だが、そうすると、田代くんのほかにも、あの通信文をぬすみ読みしたやつがあるんだな」

三津木俊助はまじまじと、田代記者の顔を見ながらつぶやいた。

「悪魔と少女」

こうして、せっかく蠟面博士をおいつめながら、ほんのわずかなゆだんから、博士をとりにがしたばかりか、またしても、高杉アケミをうばいさられたざんねんさ。

三津木俊助はじだんだふんでくやしがったが、しかし、いっぽう、新日報社や探偵小僧の御子柴くんにとっては、死んだと思った俊助が、ぶじに生きていたのだから、これほど大きなよろこびはない。山崎編集局長は、俊助をなぐさめ、はげまし、あらためて、蠟面博士とたたかうことをちかわせた。

あの羽田空港から、じぶんをつれさったうでまえといい、こんどのあのきばつなエレベーターのしかけといい、俊助はいまさらのように、蠟面博士がひとかたならぬ大悪党であることを思いしらされ、それだけにまたいっそう、ファイト（たたかう力）も燃えるのだ。

さて、その大悪党の蠟面博士は、高杉アケミをうばいさったばかりか、いまや、オリオンの三姉妹《きょうだい》をねらっているのだ。

では、そのオリオンの三姉妹《きょうだい》とはどういう少女たちか。それをちょっとここでのべておこう。

そのころ、日比谷の東都劇場で、東京じゅうの少年少女の人気をあつめている三人の姉妹《きょうだい》があった。うえからじゅんに、月子《つきこ》、雪子《ゆきこ》、花子《はなこ》といって、としは十四、十三、十二とひとつずつちがっている。

この三少女のかわいさは、それこそフランス人形のようであった。しかも、歌もじょうずだしおどりもたっしゃ、お芝居《しばい》もうまいときているので、またたくまに有名になって、東京じゅうの少年少女たちばかりでなく、おとなのあいだでも、人気のまととなった。

しょくんは、空にかがやく星座のなかに、オリオン星座というのがあるのをしっているだろう。

そのオリオン星座のなかに、とくにうつくしくかがやいている、三つの星があることも、しょくんはしっているはずだ。

その三つ星をオリオンの姉妹《きょうだい》といっているが、月子、雪子、花子のうつくしさ、かわいさは、その三つ星ににているというところから、だれいうとなくオリオンの三姉妹《きょうだい》とよばれていた。

×　　×

さて、蠟面博士の予告した十月十日のことである。

東都劇場は、こんやも満員の盛況だが、その楽屋の一室では、オリオンの三姉妹《きょうだい》、月子、雪子、花子の三人が、むつまじくおけしょうによねんがない。

「ねえ、月子おねえさま、あたし、なんだかこんやはへんな気がしてならないの」

そういったのは、一《いち》ばん下の妹の花子さん。

「あら、どうしたの、花子さん？」

姉の月子は、かがみのなかをのぞきながら、ふしぎそうなかおで、そういっている花子を見る。

「だってねえ、おねえさま、楽屋の外に五、六人もおまわりさんがうろうろしているのよ。それに、さっき舞台から見物席のほうを見たら、そこにもおまわりさんが大《おお》ぜいいるの。こんや、なにかあるのかしら」

「そうそう、そういえば、あたしもへんに思ってるのよ」

と、口をはさんだのは、まんなかの雪子さん。

「ひょっとすると、こんやわたしたちのところへ、悪者でもしのびこんでいるんじゃないかしら」

警察では、むやみに三少女をおびえさせてはならぬと、まだ、蠟面博士のことはいってないのだ。

したがって、世にもおそろしい大悪党にねらわれているのがじぶんたちであるということは、神ならぬ身のしるよしもなく、三姉妹《きょうだい》はむじゃきにそんな話をしている。

雪子の話をきいて、

「まあ、いやあねえ」

と、姉の月子はほそいまゆをひそめたが、

「でも、そんなこと、気にしてもしかたがないわ。あたしたちには、かんけいのないことなんだもの。それより、あたしたちはそんなことはかんがえないで、一生《いっしょう》けんめいにやりましょう。こんやから番組がかわったんだから、しくじっちゃだめよ」

といって、月子がふたりの妹をはげましていると
ころへ、

「こんばんは……」

と、ぶきみな声ではいってきたのは、ああ、なんと蠟面博士ではないか。

「あら、いやだ。いまからそんなきみのわるい声をだして……あんまりおどかさないでよ」

なんとふしぎ、月子は蠟面博士をしっているのか、べつにこわがりもせず、かえってぎゃくにたしなめている。

すると、蠟面博士もアッハッハと笑って、

「どうです、月子さん。これで新聞にのっていた、蠟面博士のモンタージュ写真ににているでしょう」

と、のろのろ床をあるいてみせる。

「ええ。そっくりよ。あたし、なんだかきみがわるくなってきたわ。あなた杉浦《すぎうら》さんでしょうね。ほんとの蠟面博士じゃないわね」

と、雪子がきみわるそうに念をおす。

「とんでもない。ぼくは杉浦三郎《さぶろう》ですよ。ほらね」

と、蠟面博士のふんそうをした男が、ぼうしをとって、ちょっとカツラのはしをあげると、いちばん下の花子も安心したように、

「ああ、やっぱり杉浦さんだわ。でも、おじょうずねえ。蠟面博士にそっくりよ。杉浦さんだとわかっていても、なんだかきみが悪いわ」

「杉浦さん、ごしょうだから、舞台であんまりおどかさないでね。あたしこわがりだから、舞台で気絶するかもしれないわ」

ああ、なんということだ。

いま、ここへあらわれた蠟面博士というのは、東都劇場の人気役者、杉浦三郎なのだ。

では、なぜ杉浦三郎が蠟面博士のふんそうをしているのかといえば、東都劇場ではきょうから番組がかわり、「悪魔と少女」というレビューをだすことになっているのだが、その悪魔とはいまひょうばんの蠟面博士をさしているのだ。

つまり、蠟面博士が少女たちをゆうかいして、かたっぱしから蠟人形にしようとするが、けっきょくみんなしっぱいしたあげく、オリオンの三少女によってとらえられるという筋《すじ》を、歌やおどりをおりまぜてレビューにしたて、人気役者の杉浦が蠟面博士に扮《ふん》することになっているのだ。

まんなかの雪子があんまりこわがるので、杉浦三郎はおもしろがって、

「あんまりこわがらさないで、といったところで、こわがらせるのがぼくの役だもの。……雪子さん、あんたはきれいだねえ。ウッフッフ！」

と、杉浦の蠟面博士が、指さきにはめたながい爪《つめ》で、雪子のあごをくすぐると、

「あれえー、きみのわるい……」

と、雪子はいまからもうこわがっている。

「杉浦さん、およしなさいよ。そんなことは舞台ですることよ。雪子さんもなんですよ。そんなことじゃお芝居できないじゃないの」

いちばん姉の月子がたしなめているところへ、開幕のベルがきこえてきた。

「アッハッハ、雪子さん、ごめん、ごめん。それじゃ、ぼくはおやくそくのところから、舞台へあらわれるからね」

杉浦三郎の蠟面博士は、オリオンの三姉妹《きょうだい》のへやを出ると、うすぐらい舞台裏へやってきた。すると、

「ああ、杉浦くん、ちょっと、ちょっと」

と、呼ぶ声がきこえた。

「えっ、だれ？」

杉浦はあたりを見まわしたが、ごたごたと大道具《おおどうぐ》のおいてある舞台裏には、人影もない。

「杉浦くん、ここだよ、ここだよ。ちょっときてくれたまえ」

そういう声は、レビューにつかう大きな、はりこの木のむこうからきこえるのだ。

「ああ、松崎《まつざき》先生ですか」

杉浦三郎はその声を、レビューの作者松崎先生とまちがえて、なにげなくはりこの木のむこうへまわったが、そのとたん、全身の毛という毛が、さかだつほどのこわさを感じた。

なんとそこには、じぶんとそっくりおなじ顔かたちをした蠟面博士が、ピストルかたてに立っているではないか。

杉浦三郎はなにかいおうとしたが、あまりのこわさにのどがふさがって、声がでないのだ。

「ウッフッフ、おまえがいちゃじゃまになるから、しばらくここに眠っておいで」

杉浦の鼻さきにピストルをつきつけた蠟面博士が、ひきがねをひいたかとおもうと、なかからとびだしたのは、あまずっぱいにおいのする霧だ。それをかぐと杉浦は、雪だるまがとけるように、くたくたとその場へたおれていった。いつか三津木俊助がやられた、麻酔《ますい》ピストルにやられたのだ。

筋書どおり

そんなこととは夢にもしらない、こちらは見物席である。

舞台にいちばんちかい二階のボックスに、さっきからかたずをのんでひかえているのは、三津木俊助と探偵小僧の御子柴くん。

「ねえ、三津木さん、ぼく、なんだかしんぱいでたまりません。この「悪魔と少女」の悪魔というのは、蠟面博士のことだそうですが、そんなことをして、蠟面博士をおこらせたら、いよいよしゅうねんぶかく、オリオンの三姉妹《きょうだい》をねらうのじゃないでしょうか」

「フム、ぼくもそれを気にしているのだが、あそこに警部さんもいることだし、劇場のまわりには、刑事さんが大《おお》ぜい見張っていることだから、まさか、ここでまちがいがおこるようなことはあるまいよ」

「それならいいのですけれど……」

探偵小僧の御子柴くんにはわからなかったけれど、等々力警部をはじめとして、大ぜいの刑事が変装して、劇場のあちこちに張りこんでいるのだ。

そのうちに開幕のベルがなり、オーケストラの音とともに、するすると幕がひらくと、まず第一景は、「蠟人形のおどり」である。

蠟人形に扮《ふん》した少女たちの、夢のようなおどりがおわると、いったん舞台がくらくなり、ふたたびそれがあかるくなったとき、舞台は夜の銀座の町角《まちかど》で、しょうめんに大きな広告塔が立っている。

そこへオリオンの三姉妹《きょうだい》の扮した、三人の花売娘《はなうりむすめ》があらわれて、ひとくさりおどりがあったのち、ちかごろは蠟面博士という悪者があらわれて、かわいい少女をゆうかいしては、蠟人形にするそうですから、おたがいに気をつけましょうと、そんな会話をしているところへ、

「ウッフッフッフ」

と、きみのわるい声が広告塔のなかからきこえてきた。

「あれ、あの声はなんでしょう」

「なんだかあたし、きみがわるいわ」

「そこにだれかいるの」

三人の少女が口をそろえて声をかけると、

「ウッフッフ、これ、かわいい娘たちや。わしはな、いまおまえたちがうわさをしていた蠟面博士じゃ。ウッフッフ!」

「あれーッ!」

三人の少女がひとかたまりにだきあって、ふるえているところへ、広告塔がぱっとまんなかからわれて、なかからのろのろはいだしてきたのは、これこそほんものの蠟面博士。

二階のボックスから見ている探偵小僧の御子柴くんは、それを見るとギョッといきをのみ、

「三津木さん、三津木さん、あれはほんものの蠟面博士じゃないでしょうか」

「ばかなことをいっちゃいかん。ほんものの蠟面博士なら、オリオンの三姉妹《きょうだい》がこわがるはずじゃないか。これはお芝居《しばい》だよ。しかし、さすがは役者だねえ。ほんものそっくりの顔をしてるじゃないか」

これをほんものとはしらず、俊助はしきりに感心している。

オリオンの三姉妹《きょうだい》も、いつのまにやら杉浦と、ほんものの蠟面博士といれかわったとはしらないから、オーケストラの音にあわせ、「悪魔と少女」の鬼ごっこおどりをしていたが、そのうちにとうとう三人ともつかまって、ねむりぐすりでねむらされた。

「三津木さん、あれ、ほんとに眠りぐすりをかがされたんじゃないでしょうか」

探偵小僧の御子柴くんは、手に汗にぎって舞台を見ている。

「アッハッハ、そんなばかなことをいうもんじゃないよ。みんな芝居さ」

俊助は、どこまでも芝居だと信じている。

やがて三少女をねむらせた蠟面博士が、空にむかってあいずをすると、舞台のうえからおりてきたのは、いちめんに花でかざりたてた色うつくしい軽気球。

蠟面博士はねむっている三人の少女を、軽気球のかごにだきこむと、

「ウッフッフ、ウッフッフ！」

と、きみのわるい笑い声をあげながら、見物席にむかって、ばかていねいなおじぎをして、じぶんもかごにのりこんだ。と、四人をのせた軽気球は、ゆらゆらと舞台の上空へあがっていく。

この軽気球がすっかり見えなくなってしまうと、舞台はまたくらくなり、こんどあかるくなったときは、蠟面博士のへやの場面だ。

あれはてたお城の内部のように、きみのわるい舞台の中央に、ろうを煮る大きなかまがおいてある。蠟面博士が三少女を、蠟人形にしようとして、しっぱいする場面なのだ。

ほんとをいうと、この場面へ、さっきの軽気球がおりてくるはずなのである。オーケストラはそのつもりで、うすきみわるい音楽を演奏していたが、どうしたことかいつまでたっても、うえから軽気球がおりてこない。

舞台裏ではかかりのものがうろたえはじめ、見物席でもお客さんが、不安そうにヒソヒソ話をはじめたが、そのときだ。とつぜん舞台しょうめんのドアをひらいて、ヨロヨロところげるようにあらわれたのは蠟面博士。いや、蠟面博士にふんそうした人気役者の杉浦なのだ。

杉浦はうつろな目をみはり、キョロキョロあたり

を見まわしながら、

「蠟面博士……ああ……蠟面博士はどこへいったか……」

うめくようにつぶやきながら、杉浦はバリバリと髪の毛をかきむしる。そのとたん、お尻《しり》を針《はり》でつかれたように、三津木俊助と御子柴くんは、ギクッと椅子《いす》からとびあがった。

「蠟面博士が、ど、どうしたんだ!」

百雷《ひゃくらい》のとどろくような俊助の声である。

「やられた……蠟面博士が舞台裏にしのんでいて……麻酔《ますい》ピストルで……」

見物はそれをきくと、キャーッとさけんでそう立《だ》ちになり、われがちに逃げだそうとするから東都劇場のなかは、うえをしたへの大混乱におちいった。

「探偵小僧、いっしょにきたまえ」

三津木俊助はそうさけぶと、いきなり舞台のはしにぶらさがっている、細長いカーテンにとびついた。そして、それをつたってスルスルと、サルのように舞台へおりていく。

探偵小僧の御子柴くんも、あとにつづいたことはいうまでもない。等々力警部や刑事たちもこうふんした顔で舞台へあがってきた。

「きみ、きみ、それじゃいま舞台へでてきた蠟面博士は、役者のきみじゃなかったのか」

「ぼくじゃありません。ぼくはなにもしりません。ぼくは、いままで舞台裏でねむっていたんです。ぼくは……ぼくは……」

杉浦三郎はにごった目をして、フラフラと足もともおぼつかなく、髪の毛をバリバリとかきむしっている。

「ちくしょう!」

等々力警部は歯ぎしりすると、すぐによぶこを吹きならし、あつまった刑事たちに、劇場のまわりをげんじゅうに、見張っているように命令した。

「三津木くん、三津木くん、これはかえってさいわいだ。こうなったらふくろのなかのネズミもおなじこと。こんどこそきっとつかまえてみせるぞ」

等々力警部はいきごんだが、しかし、あのわるがしこい蠟面博士が、はたして、そうやすやすとつかまるだろうか。あんなに堂々と三少女をつれさったところをみると、なにかにげみちを用意しているのではないか……

探偵小僧はドキドキしながら、三津木俊助や等々力警部と、楽屋の二階をさがしていたが、そのときだ。とつぜん劇場の上空から、すさまじい爆音がきこえてきたかとおもうと、

「あッ、警部さん、いけない、ヘリコプターです」

刑事のひとりが血相《けっそう》かえてとんできた。

「なに、ヘリコプターだと?」

三人がいっせいに二階の窓へかけよって、空をあおぐと、おりしも日比谷の上空をかすめてとんでいくヘリコプター。そのヘリコプターからぶらさがった綱のさきに、さっきの軽気球のかごがぶらさがっているではないか。

ああ、なんと、蠟面博士はレビューの筋書《すじがき》どおり、三少女をうばって空へにげたのだ。

蠟面博士の置手紙

その夜の東京は大さわぎであった。

みょうなものをぶらさげたヘリコプターがとんでいくので、なんであろうと見あげていた人々は、そのうちに、ラジオの臨時ニュースによって、蠟面博士がオリオンの三姉妹《きょうだい》をつれてにげたのだとしって、きもをつぶしておどろいた。

だが、そのなかでも、もっともおどろいたのは三津木俊助だ。

蠟面博士がヘリコプターでにげたとしると、すぐに新日報社へ電話をかけて、社のヘリコプター新日報号で追跡するようにたのんだのだが、その返事というのがこうである。

「三津木さん、三津木さん、それがいけないんです」

「なに? いけないとは?」

「だれかがうちのヘリコプターにのってにげたんです。ひょっとすると、それが蠟面博士のなかまではないでしょうか」

「な、な、なんだと!」

三津木俊助はそのとたん、足もとの大地がくずれるような大きなおどろきにうたれた。

蠟面博士はじぶんの眼前から、オリオンの三少女をうばっていったばかりではなく、じぶんの社のヘリコプターを利用して、まんまと逃走してしまったのだ。

おそらく蠟面博士は舞台から、二階のボックスにいるじぶんを見て、さぞや腹のなかでわらっていたことだろう……と、そうかんがえると俊助は、くやしさで、腹の底がにえくりかえりそうであった。

さて、警視庁でもすててはおけなかった。等々力警部の報告をきくと、すぐにヘリコプターをとばして、新日報号をついせきさせたが、もうそのころには蠟面博士と三少女をのせたヘリコプターは、とおく西の空へとんでいて、月夜とはいえ、ゆくえを見さだめることもできなかった。

だが、そのうちに小田急《おだきゅう》沿線の稲田登戸《いなだのぼりと》というところから、あやしいヘリコプターが山のなかに着陸したという報告があったので、等々力警部をはじめとして、三津木俊助に探偵小僧の御子柴くんらが自動車でかけつけると、はたして、山のなかに新日報号がのりすててあったが、むろん、もうそのときには蠟面博士や三少女は、かげもかたちも見えなかった。

その附近《ふきん》の人々にきいてみると、ヘリコプターが着陸してまもなく、一台の自動車が矢のように、川崎《かわさき》のほうへむかって走っていったが、夜のことゆえ、のっているのがどういう人間だかわからなかったという。

これでみると蠟面博士はあらかじめ、その山中に自動車をかくしておいて、それにのって逃走したのだ。

川崎のほうへむかって走ったというが、それからはもうよほど時間がたっている。いまごろは東京へまいもどって、警視庁や新日報社がうろたえているのを、どこかでわらっているのではあるまいか。

「ちくしょう！　ちくしょう！　蠟面博士め！」

三津木俊助は髪の毛をかきむしってくやしがったが、そのときだ。御子柴くんが運転台のこしかけから、一枚の紙をひろいあげた。

「あッ、三津木さん、こんなものがありましたよ」

「なんだ、なんだ。探偵小僧」

「蠟面博士の手紙です」

「なに、蠟面博士の手紙……？」

三津木俊助はひったくるようにして、蠟面博士の手紙というのを、懐中電灯の光で読んだが、そのとたん、

「ちくしょう！　ちくしょう！」

と、あまりのくやしさにじだんだふんだ。むりもない。そこにはこんなことが書いてあるのだ。

本日はたいせつなヘリコプターをおかしくだされ、なんともお礼のもうしあげようもございません。おかげでしゅびよく逃走ができましたから、ヘリコプターはおかえしもうしあげます。

三津木俊助どの

蠟面博士

ああ、なんというひとをくったやつだろう。これでは俊助がくやしがるのもむりはない。

テープレコーダー

こうしてまたもや、蠟面博士にだしぬかれた三津木俊助は、じだんだふんでくやしがっていたが、心中ふかく期するところがあるらしく、その翌日、ちいさなスーツケースのようなものをぶらさげて社へやってきた。

そして山崎編集局長のへやへ、探偵小僧の御子柴くんをよびよせると、

「山崎さん、ぼくに二、三日ひまをいただきたいのですが……」

「ふむ、それはいいが、なにかあったの？」

「いや、こんどこそ思いきって蠟面博士と、勝負をつけようと思うんです」

「勝負をつけようって、きみは蠟面博士がだれだかしってるの」

「はい、しってます」

山崎編集局長も探偵小僧の御子柴くんも、ハッとして俊助の顔を見なおした。

「きみ、それはほんとうか」

「ほんとうです。ぼくは死んだものになって身をかくしているあいだに、蠟面博士の秘密をすっかりしらべたんです」

「しかし、三津木くん、それならばなぜ、警部にいってとらえないんだ」

「いえ、それにはわけがあるんです。いや、そのわけはまだいえませんが……それに、蠟面博士はいろいろと、きみのわるいことをやっていますが、いま

までいちども人殺しをしたことはないでしょう。蠟人形にしたてた人間だって、みんな病院からぬすんできた死体だったというじゃありませんか」

「フム、フム、そういえばそうだ」

「だから、なるべくおんびんにすましてやりたかったんですが、こうなってはいけません。いきおいのおもむくところ、いつ人殺しをやらないものでもない。それで二、三日ひまをもらって、きっぱりケリをつけようと思うんです」

「フム、そうか。それならいいが、しかし、気をつけたまえ。あいてはひととおりの悪党ではないんだから」

「それはよく心得ています。ところで探偵小僧、きみにひとつたのみがあるんだ」

「はい」

「きょうぼくに電話がかかってきたら、たとえあいてがだれにしろ、いかにもぼくが社にいるようにいって、これを電話口でかけてもらいたいんだ。いいか、たとえあいてがどんな人物であっても……等々力警部でもだよ」

と、俊助は手にぶらさげていた、スーツケースのようなものをさしだした。

「三津木さん、これ、なんですか」

「テープレコーダーだ。ぼくの声がふきこんである。あいてにぼくが社にいるように思わせたいんだ。それから、これがしゅびよくいったら、きみに電話をかけてくるかもしれない。ぼくからね。だからきみはきょう一日、どこにもいかずに社にいてくれたまえ。それでは山崎さん、いってきます」

それだけいうと俊助は、風のように新日報社をとびだしていった。

探偵小僧の御子柴くんは、なんだかしんぱいでたまらなかったが、いわれたとおり俊助に電話がかかってくるたびに、電話口でテープレコーダーをかけた。そのテープレコーダーには、こんなことがふきこんであった。

「もしもし、こちらは三津木俊助……ああ、そう、それはそれは……いえね、ぼくはきょういそがしくって社をでられないんだ。どういう用件か、それはいえないが、こんやひと晩、社にかんづめさ。つらいよ。アッハッハ、ではまた、いずれ……」

テープレコーダーのその声は、ほとんどあいてにしゃべるすきもあたえず、ひとりでべらべらしゃべっている。そして、いずれ……という声がおわるかおわらぬうちに、御子柴くんはすかさず受話器をガチャンとかけた。

その日、俊助に電話をかけてきたのは、等々力警部と東都日日新聞社の田代記者、それから田代記者の助手古屋記者の三人だけで、ほかにあやしい電話もかからなかった。

御子柴くんはなんだか、ひょうしぬけがしたようなかんじだったが、すると夜の十時ごろになって、俊助から電話がかかってきた。

「ああ、探偵小僧だね。ごくろう、ごくろう。テープレコーダー、うまくいったようだね。おかげで蠟面博士を追いつめたよ。きみはこれからすぐに、日比谷の交叉点《こうさてん》までいってくれたまえ。そこに警部さんが自動車にのって待っているはずだからね。ではのちほど」

電話がきれると探偵小僧の御子柴くんは、からだじゅうが、ふるえて、ふるえて、とまらぬほどこうふんしていた。

蠟面博士の最後

そこはどこだかしらないが、天《てん》じょうのひくい、せまくてうすぐらいへやのなかに、大きなかまがおいてあって、かまのなかにろうがグツグツ煮えている。

そのかまのなかをのぞきこんで、ながいガラスの棒でろうをかきまわしているのは、まぎれもなく、怪運転手の竹内三造。れいによって大きなちりよけメガネをかけているので、顔はよくわからない。

竹内三造はろうの煮えたのをたしかめると、へやのすみにたれているカーテンのなかをのぞきこんだ。

「ウッフッフ、オリオンの三姉妹《きょうだい》も高杉アケミも、よくねむっているわい。いまに蠟人形にされるのもしらずに……ウッフッフ」

うすきみわるい声でそんなことをつぶやくと、またカーテンをもとどおりにおろして、かまのなかをかきまわしはじめた。

「それにしても、蠟面先生はおそいなあ。いったいどうしたんだろう」

そのつぶやきもおわらぬうちに、エンジンの音と水をきる音がちかづいてきたかと思うと、やがて蠟面博士がヌーッと顔をだした。

わかった、わかった。ここはいつか俊助を水葬礼《すいそうれい》にしたあのランチのなかなのだ。そして、蠟面博士はいまモーター・ボートでかけつけてきたのだ。

「おお、竹内、ごくろう、ごくろう。ろうはよく煮えているかね」

「はい、先生」

竹内三造はことばすくなにこたえる。

「ところで娘たちは……?」

「そのカーテンのなかでねむっています」

「どれどれ、顔を見てやろう。竹内、こんやというこんやは、四人とも蠟人形に……」

と、そんなことをいいながら、カーテンをまくってなかをのぞきこんだ蠟面博士。なにおもったのか、とつぜん、

「ワッ、こ、こ、これは……」

と、さけんでうしろにとびのいた。それもそのはず、カーテンのなかにねむっているのは、四人の少女ではなく、怪運転手の竹内三造ではないか。

「おのれ!」

と、さけんでふりかえった蠟面博士、そこに立っているちりよけメガネの男をみると、それこそろうのようにまっさおになった。ちりよけメガネの男は、キッとピストルを身がまえているのだ。

「おのれ、おのれ。きさまは何者だ!」

「アッハッハ、蠟面博士、ぼくがだれだかわかりませんか。ほら」

帽子とちりよけメガネをとった顔を見て、

「ワッ、おのれは三津木俊助、それではさっき電話口へでた声は……?」

「アッハッハ、あれはテープレコーダーさ。探偵小僧がうまくやってくれたので、さすがのきみも、きみの部下も、まんまといっぱいひっかかったな。ぼくはきみの部下を尾行して、ここをつきとめると、部下をねむらせ、四人の少女はすでに安全なところへうつしておいた。そして、きみのくるのを待っていたのだ」

「おのれ、おのれ、きさまはそれじゃ、おれの正体をしっていたのか」

「おお、しっていた。しかし、新聞記者の名誉のた

めに、いままでだまって、きみの反省するのを待っていたのだ。しかし、もうこうなってはいけない。蠟面博士、きみはここで自決《じけつ》したまえ。そうすればぼくは、すべての罪をきみの部下におわせ、きみは蠟面博士に殺されたのだということにしてあげよう」

三津木俊助はじゅんじゅんとして、説《と》ききかせるようにいったが、そんなことで反省するような蠟面博士ではない。

すきを見てヒョウのようにおどりかかると、いきなり俊助をおしたおし、船室からそとへとびだしたが、そのとき、目のまえにせまってきたのは、等々力警部や探偵小僧、それから大《おお》ぜいの刑事や警官をのせたランチやモーター・ボート……蠟面博士のすがたを見ると、

「蠟面博士、もうこれまでと、おとなしくとらえられよ」

と、警部がおごそかにさけんだが、それをきくと蠟面博士は、もうこれまでと、ピストルをとりだし、それをこめかみにあてると、ズドンと一発。そして、骨をぬかれたようにくたくたと、甲板《かんぱん》のうえにくずおれた。

それからまもなくドヤドヤと、ランチにあがってきた等々力警部は、とる手おそしと蠟面博士の顔から、ひげやろうをはぎおとしたが、そのとたん、探偵小僧の御子柴くんは、それこそ天地がひっくりかえるほどおどろいた。

「あッ、こ、これは東都日日の田代さん!」

いかにも、そこに死んでいるのは田代記者。

「そうだよ。探偵小僧、蠟面博士は田代くんだったんだ。いや、あるばあいには、むこうにねむっている田代くんの部下古屋記者が蠟面博士をつとめたこともあるんだ」

「しかし、三津木くん。田代くんはなんだって……」

等々力警部もあきれかえった顔色だ。

「それはね、田代くんは記事がほしかったんです。すばらしい記事を書いて、てがらにしたかったんです。そこへいつか女をころして、蠟人形にした事件がおこったでしょう。おそらくあの古屋というのがその事件の犯人でしょう。田代くんはそれをしって、古屋をなかまにいれ、世間をさわがせ、それをいちはやく記事に書いては手柄《てがら》にしていたんです。ああ、

これで新聞記者の名誉はうしなわれました」

三津木俊助はざんねんそうにうなだれた。

田代記者はじぶんがどんなにはたらいても、いつも俊助にだしぬかれるので、俊助が洋行しているあいだに、じぶんから事件をおこして、それを記事にして手柄にしていたのだ。

三津木俊助がかなしそうにうなだれているところへ、ちかづいてきてその腕をとったのは、探偵小僧の御子柴くん。

「いいえ、三津木さん、新聞記者の名誉がうしなわれたわけではありません。田代さんのような悪い記者もいたけれど、あなたのようなりっぱな人もいるんですもの。ぼくは、あなたのようなりっぱな記者がいることをほこりとします」

そういって探偵小僧は、いかにもはればれとしたように笑ったのであった。

風船魔人

空いく天馬

世のなかにはときどき、みょうなことが、おこるものである。これからお話しする、へんな事件も、のちになってそれが風船魔人《ふうせんまじん》のさいしょのじっけんだったとわかるまでは、だれが、なんのためにやったいたずらなのか、さっぱりわからなかった。

それは桜の花も満開の四月のなかばのことである。上野《うえの》公園ではちょうどそのころ、産業博覧会がひらかれていた。そして、その博覧会の呼物《よびもの》として、天《てん》馬《ま》サーカスというサーカス団が客をあつめていたが、そのサーカスの楽屋から、とつじょ、へんなものが、まいあがってあっとばかりに、ひとびとをおどろかせた。

それは一頭の馬である。天馬サーカスにぞくする馬が、とつぜん、空にまいあがったのだから、さあたいへん。

「あっどうした、どうした。プリンス号が空にまいあがったぞ」

と、それをいちばんはじめに見つけたのは、ライオンの調教師（猛獣をかいならす人）だった。その声にそばにいあわせたサーカス団のひとびとが、おもわず空を見あげると、プリンス号はすでに、七、八メートルの上空へまいあがっているではないか。

プリンス号はじぶんでもおどろいているのか、

「ヒヒン……ヒヒン……」

と、かなしげな泣きごえをあげながら、しきりに四つあしをバタつかせている。

見るとだれがつけたのか、プリンス号の腹からせなか、さては首のまわりまで、浮袋《うきぶくろ》のようなものがまきつけてあり、おまけに一つ、二つ、三つ、四つ、五つ……ぜんぶで七つの風船が、からだの要所要所にゆわえつけてあるのだ。

それにしても馬一頭、空へまいあがらせるとは、なんというすごい浮揚力だろう。

博覧会につめかけていたひとはいうにおよばず、公園でお花見をしていたひとたちも、それを見つけると、夢かとばかり目をうたがったが、そういううちにもプリンス号は、ぐんぐん高度をあげていって、サーカスのその名のとおり、まるで空いく天馬である。

バベルの塔

「あっ、馬だ、馬だ、馬が空へまいあがったぞ」

「あれ、あれ、馬が空をとんでいく」

プリンス号がかなしげに、四つあしをバタつかせているのが、まるで宙《ちゅう》をけって走っているようにみえるのだ。からだのあちこちにゆわえつけた、色とりどりの風船が、春の日ざしにかがやいて、まるで、おとぎばなしのさしえのように、きれいである。

プリンス号はじぶんで走るわけではないが、おりからの微風にながされて、しだいしだいに不忍池《しのばずのいけ》のほうへながれていく。高度はやく百メートル、それ以上の浮揚力はないらしい。

「どうしたんだ。ありゃ、なにかの広告かい」

「広告としても、馬一頭、空へまいあげるとは、たいへんな力ではないか」

と、花と人とにうずもれた上野公園は、おもいがけない空の見世物《みせもの》に、やんやとばかりわき立っていた。

と、このときだ。

サーカスのなかから顔色かえてとびだしたのは、肉にくいいるような黒いタイツを身につけて、腰と胸のまわりには金《きん》ピカのかざりをつけた美青年、としは三十前後だろう。このひとこそ天馬サーカスの人気者、ジョージ・広田《ひろた》という射撃の名手である。見るとかたわきに銃をひっさげ、まっしぐらにひとごみをかきわけて走っていく。

やがてジョージがかけつけたのは、この博覧会のかたすみにある、バベルという名のたかい塔。これは地方から見物にきたおのぼりさんに、ひとめで東京見物をさせるためにできた塔で、高さは、やく百

メートル。

ジョージ・広田はバベルの塔へかけつけると、エレベーターへとびこんで、

「はやく、はやく、展望台へ……展望台へ……」

エレベーターがかりは、めんくらったが、ジョージのけんまくにおそれをなして、すぐエレベーターにスイッチをいれる。

塔のてっぺんにある展望台は、それこそ黒山《くろやま》のひとだかり。

と、見れば天馬プリンス号は、展望台とおなじたかさに高度をたもち、百五十メートルほどよこをながれていく。

ジョージ・広田はひとをかきわけ、胸壁《きょうへき》のそばへかけよると、銃をかまえて、プリンス号めがけて、きっとばかりにねらいを定めた。

七つの風船

プリンス号こそはジョージ・広田の愛馬である。ジョージ・広田はプリンス号をかけさせながら、馬上から標的を射るのをとくいとしている。

ジョージ・広田はじぶんの愛馬を射殺《うちころ》す気なのか。

……いや、そうではなかった。

一《いっ》しゅん、二しゅん。

……呼吸をはかって、ねらいをさだめたジョージ・広田が、やがてひきがねをひいたかとおもうと、ズドンという音とともに、パッと風船のひとつがばくはつした。

これに気がついた見物は、わっとばかりに歓声《かんせい》をあげる。

ジョージ・広田はしんぱいそうに、

愛馬のようすを見ていたが、ふたたび銃をとりなおすと、二発、三発。……ねらいはあやまたず二つの風船がばくはつする。

七つのうち三つまで風船をうちやぶられたプリンス号は、からだをななめにささえながら、しだいに高度をさげていく。

「しめた！」

とばかりにジョージ・広田は、あとふたつ風船を、ばくはつさせた。

わかった、わかった！

ジョージ・広田はひとつひとつ風船をうちやぶっていくことによって、すこしずつ浮揚力をおとしていって、愛馬プリンス号をたすけようとしているのだ。

ジョージ・広田はのこるふたつの風船を、射撃したものかどうかとしあんしている。もし風船をぜんぶうちやぶって、プリンス号がつぶてのように落下したら、それこそ生命はたすからない。

ジョージ・広田はもえるような目で、塔のうえからプリンス号を見まもっている。

公園をうめつくしたひとびとも、ようすいかにと手にあせにぎっている。

プリンス号の高度はしだいしだいに下がっていって地上からやく二十メートルほどのところまでおりてきた。ちょうどその下でお花見をしていたひとびとは、わっとさけんで逃げまどう。

だが地上から、十五メートルほどまで高度がさがると、プリンス号はぴったり宙《ちゅう》にとまってしまって、

「ヒヒン……ヒヒン……」

と、かなしそうにいなながら、しきりにあしで宙をけっている。

探偵小僧

「プリンス、プリンス、しっかりしろ！」

そこへかけつけたのは、サーカス団のれんじゅうだ。口に手をあて、下からプリンスの名をよぶと、それとわかったのかプリンス号は四つのあしをバタつかせながら、かなしそうにないている。

と、このとき、ひとごみをかきわけて、つかつかとまえへ出てきたのは、三十五、六の青年と、十五、六歳の少年だ。

「いったいあれは、どうしたんですか」

と、サーカスのひとにたずねると、

「いや、なにがなにやら、さっぱりわけがわからないんです」

と、サーカスのひとも目をパチクリ。

「だけどだれがあんな風船をくっつけたんです」

「いや、それがわかるくらいなら。……まるで夢みたいな話で……」

と、調教師は目をこすっている。

「三津木《みつぎ》さん、あれだけの重量の馬を、あのていどの大きさの風船でうきあがらせるなんてガスが、はたしてこの世にあるんですか」

「だから、それがおかしい。探偵小僧、こりゃ、ただごとではないぜ」

と、目をひらかせたこの人こそ新日報社《しんにっぽうしゃ》の腕きき記者……と、いうより名探偵のほまれもたかい三津木俊助《しゅんすけ》。……と、こういえばつれの少年が、探偵小僧とあだ名のある、御子柴進《みこしばすすむ》くんであることがわかるだろう。

そこへジョージがかけつけてきた。

「ジョージ、これからどうする気だ」

「いや、もうひとつ風船をうちやぶってみよう」

と、ねらい定めたジョージ・広田が、もうひとつの風船をうちやぶると、プリンス号はぐんと高度をさげてきて、地上すれすれのところで、棒立ちになる。首に風船がまだひとつ、のこっているからである。

「プリンス、しっかりしろ！」

すばやく馬の背にまたがったジョージ・広田が、全身にしばりつけてある浮袋《うきぶくろ》のガスをぬき、さいごに首の風船をときはなすと、プリンス号はやっと地上にぴったりおりた。

だが、そのときだ。右手に風船をもったまま、左手に馬の首をだいていたジョージ・広田が、うっかりその左手をはなしたかと思うと、なんと、そのからだが四、五メートル、フワリと宙にうきあがったではないか。……

畔柳博士

「はなせ！　はなせ！　その風船をはなせ！」

と、したからやっきとなってさけんだのは、三津木俊助と探偵小僧。

そのさけび声に気がついたのか、ジョージ・広田はあわてて風船を手からはなした。と、そのとたん、風船はぱっと空にまいあがり、ジョージ・広田のからだはどさりと、馬のせにおちた。ジョージの顔はまっさおだ。

ジョージ・広田の手をはなれた風船は、まるで矢をいるようないきおいで、大空《おおぞら》たかくとんでいく。ひとびとはただ、あれよあれよと手にあせをにぎって大空を見あげていたが、そのときだ。

「きみ、きみ、このさわぎは、いったいどうしたんじゃね」

と、しゃがれた声をかけられて、三津木俊助と探偵小僧がふりかえると、そこに立っているのは、腰が弓のようにまがった老紳士。ごましおまじりのどじょうひげとやぎひげをはやし、左の目に片《かた》めがねをかけているので、顔がおそろしくひんまがってみえる。古びたようかん色のモーニングをきて、シルクハットをかぶり、銀のにぎりのついたステッキをついている。

探偵小僧は、きみわるそうにあとずさりしたが、三津木俊助ははっとしたように、

「ああ、あなたは畔柳剛三《くろやぎごうぞう》先生ではありませんか」

と、声をかけた。

「ああ、ぼくは、畔柳だが、きみは？」

「はあ、ぼくはこういうものですが……」

と、三津木俊助はめいしをわたして、

「先生、先生もいまのをごらんになったでしょうが、馬一頭、空にまいあげるような、そんなすばらしい浮揚力をもつガス体が、はたしてこの世にあるものでしょうか」

「いや、それがふしぎだから、ここへきたのだ」

と、老人はプリンス号のからだをなでながら、

「これだけの馬をねえ。三津木くん、これはただごとではないぜ。いまにきっと、なにかもちあがるにちがいない」

と、ぶつぶつ小声でつぶやいていたが、この片めがねの老紳士こそ有名な工学博士、ガス体のけんきゅうでは世界的学者といわれる畔柳剛三博士である。

第二回めの実験

上野公園のこのさわぎは、ラジオや新聞でほうどうされて、どこへいっても、このうわさでもちっきりだった。

あの七つの風船とからだにまきつけた浮袋《うきぶくろ》。ただ、それだけにつめたガス体で、馬一頭、百メートルの上空までひっぱりあげる浮揚力をもつ気体とは、いったいいかなるものかと、たくさんの学者があつまって、けんきゅうした。

しかし、だれにもそのガス体の正体はつかめなかった。

天馬サーカスの団員は、警察のひとたちにげんじゅうにしらべられたが、だれもこれという返事はできなかった。だしぬけにプリンス号がうきあがったので、びっくりしたというばかり。

思うにだれかが、プリンス号のつないであるところへしのびより、それを裏の広場へひきだして、浮袋をつけ、風船をゆわえつけたにちがいないが、それが何者だか、プリンス号がものいわぬかぎり、見《けん》当《とう》もつかなかった。

ところが、それがひと月《つき》たった五月二十日のこと、東京のある夕刊につぎのような広告が出て、あっとせけんをおどろかせた。

> **みなさん、みなさんはこのあいだ上野公園で、サーカスの馬が空たかくまいあがったのをごぞんじでしょう。あれこそは、わたしの第一回のじっけんでした。あのじっけんがみごと成功したので、きたる五月の二十五日の夜、第二回めのじっけんをおこなう予定であります。なにとぞ、その晩は、銀座《ぎんざ》、日本橋《にほんばし》方面の空に気をつけていてください**
>
> **風船魔人**

これを読んでおどろかぬひとはなかった。ああ、風船魔人とはいったい何者?

そして、第二回のじっけんとは、いったいどんなことをするのだろうと、ひとびとはひじょうな好奇心にとらわれていたが、さて、約束の五月二十五日の晩のこと。

「畔柳先生、風船魔人は、ほんとうに約束をまもるのでしょうか」

そこは新日報社の屋上である。

このあいだのさわぎ以来、ちかづきになった畔柳博士をむかえて、三津木俊助と探偵小僧ははりきっている。ふたりとも飛行服に身をかため、そばには新日報社じまんのヘリコプターが待機している。いざとなったら、いつでも出動できるかまえである。

畔柳博士はあいかわらず、弓のようにまがった腰にステッキをつき、片《かた》めがねをひからせて、あたりを見まわしている。

そのへんのビルディングというビルディングの屋上は、黒山《くろやま》のようなひとだかりで、風船魔人のじっけんを、いまやおそしと待ちかまえている。

と、夜の九時ごろのこと。

とつぜん、むこうのビルディングの屋上からつなみのようなさわぎが、どっとおこった。

空いく魔人

すわ、なにごとと探偵小僧と三津木俊助、あわてて双眼鏡をとりなおした。畔柳博士も片めがねをかけなおし、声のするほうへと目をむける。

と、このとき、北の空よりかすかに爆音のようなものがちかづいてきたかとおもうと、双眼鏡のなかにあらわれたのは、世にもへんてこなものだった。

それは人間のかたちをしていた。そして、大きさも人間とおなじくらいだった。人間が潜水服をきて、潜水かぶとをかぶったようなかっこうをしているのだった。

そして、からだのどこかに推進機のようなものが、とりつけてあるにちがいない。全身を水平にして、まっしぐらにこちらのほうへとんでくるのだ。

しかも、全身に夜光塗料をぬってあるらしく、くらい夜空のもとを、まるで夜光虫《やこうちゅう》のように、きらきらとかがやいている。

「あっ、あれが風船魔人の第二回めのじっけんなんだ!」「ああ、人間がとんでいく! とんでいく!」と、あちらのビルディングでも、こちらのビルディングでも、わっとばかりにどよめきがおこった。

それをしりめにかけて空いく魔人は、まっしぐらに新日報社の上空めがけてとんできた。そのしせいは、両手をきちんと横腹につけ、からだを一直線にたもったまま、うつむけになってとんでいるのだ。それがちょうど頭のうえにとんできたとき、魔人のかぶった潜水かぶとのようなかぶりものの、ちょうど顔のぶぶんにあたるところに、ガラスかプラスチックのようなものが、はめてあるのに気がついた。

高度は約百メートル。

この魔物のような光りものが、頭のうえをとびすぎていくのを見おくって、探偵小僧と三津木俊助、さては片めがねの畔柳博士も、しばらくは声もなく、ただぼうぜんと立ちすくんでいた。

だが、すぐ気をとりなおした三津木俊助、いそいでヘリコプターにのりこむと、

「探偵小僧、なにをぐずぐずしているんだ。畔柳博士、あなたもどうぞ」

「ふむ、よし、それじゃ、わしものせておくれ」

探偵小僧のうしろから、畔柳博士もよちよちのりこむ。こうして三人がのりこむと、新日報社ごじまんの新日報号は、爆音たかく、ふわりと屋上をはなれていく。それをみると附近《ふきん》のビルディングの屋上から、わっというさけび声がばくはつした。

空の追跡

その夜、この奇怪な空いく魔人をみたひとは、それこそ、気がくるいそうなほどのおどろきにうたれた。

魔人のからだからはなつ光は、しだいに強くなってきて、まるでネオンのようにかがやいた。

「先生、先生!」と、三津木俊助はヘリコプターの前方のまどから、くいいるように空いく魔人を見まもりながら、こうふんしたさけび声をあげた。

「あれはほんとうの人間でしょうか。それとも人間のかたちをした、機械でしょうか」

「さあ、それはどちらともわしにもわからんが、ああして正確におなじ高度をたもっていくのがふしぎじゃて」

畔柳博士はやぎひげをふるわせている。

「三津木さん、三津木さん、あの魔人は方向てんかんができないらしいですね。さっきからおなじ方向へ、一直線にとんでいます。あっ、あれはなんです」

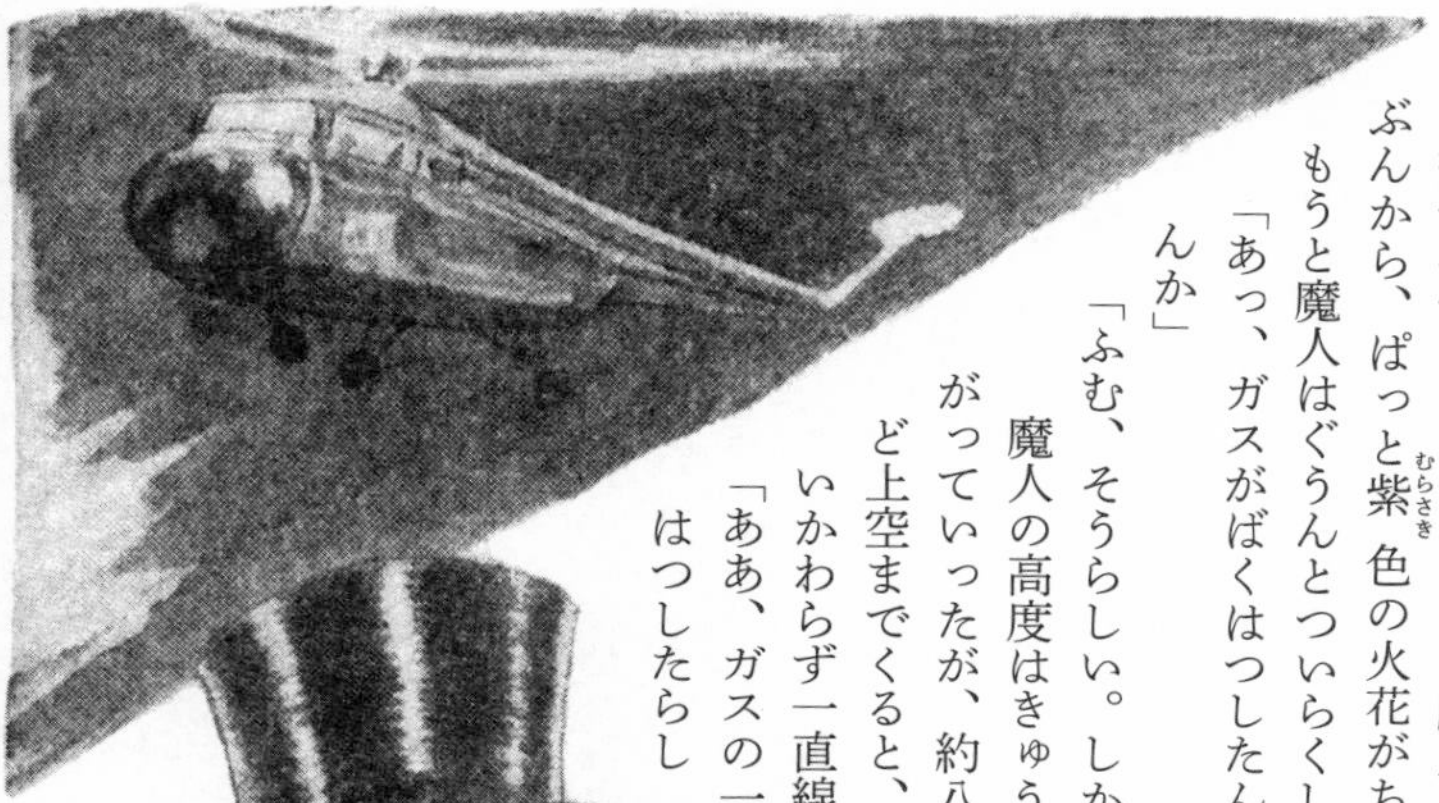

探偵小僧がさけんだとき、魔人のからだの一《いち》ぶぶんから、ぱっと紫《むらさき》色の火花がちった。と、おもうと魔人はぐうんとついらくしていく。

「あっ、ガスがばくはつしたんじゃありませんか」

「ふむ、そうらしい。しかし……」

　魔人の高度はきゅうにぐうんとさがっていったが、約八十メートルほど上空までくると、そのまま、あいかわらず一直線にとんでいく。

「ああ、ガスの一ぶぶんがばくはつしたらしい。しかし、まだまだガスがのこっているんじゃね、あっ！」

　博士のことばと同時に、またもや紫色の火花がちって、ふたたび魔人のからだはきゅうに落下しはじめた。しかし、六十メートルほどの高度になると、それきりまた、おなじ高度をたもって一直線にとんでいく。

「わかった、わかった、三津木くん！」

　と、畔柳博士はこうふんに声をふるわせた。

「あの潜水服みたいなやつは、たくさんの風船

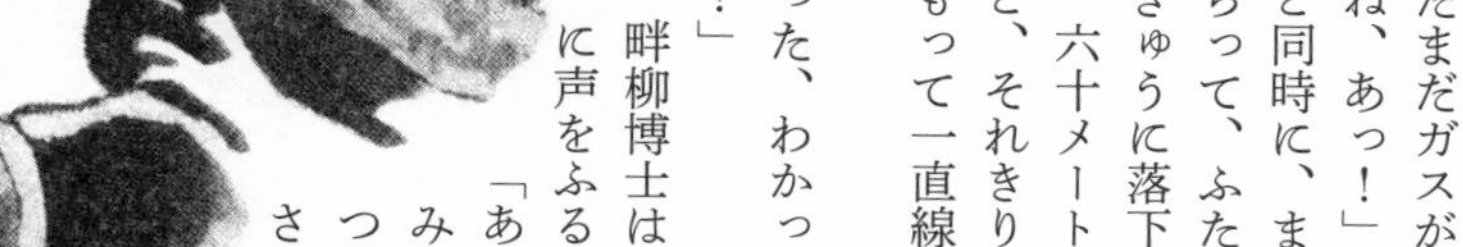

からできているんだ。それがばくはつするごとに、高度がさがっていくんじゃ！」

「操縦士《そうじゅうし》くん、もっと魔人のそばへちかよれんのかね」

　三津木俊助はもどかしそうにさけんだが、あいにく魔人とヘリコプターの最大スピードが、おなじくらいだとみえて、いつまでたってもそばへよれない。気がつくといつのまにやら、魔人と新日報号は、海の上へさしかかっていた。

風船ばくはつ

　探偵小僧の御子柴くんは、まるで夢でもみているような気もちだった。

　潜水かぶとに潜水服の風船魔人が、全身からあやしい光をはなちながら、まっくらな海の上を一直線にとんでいく。

　それはまるで、おとぎばなしにで

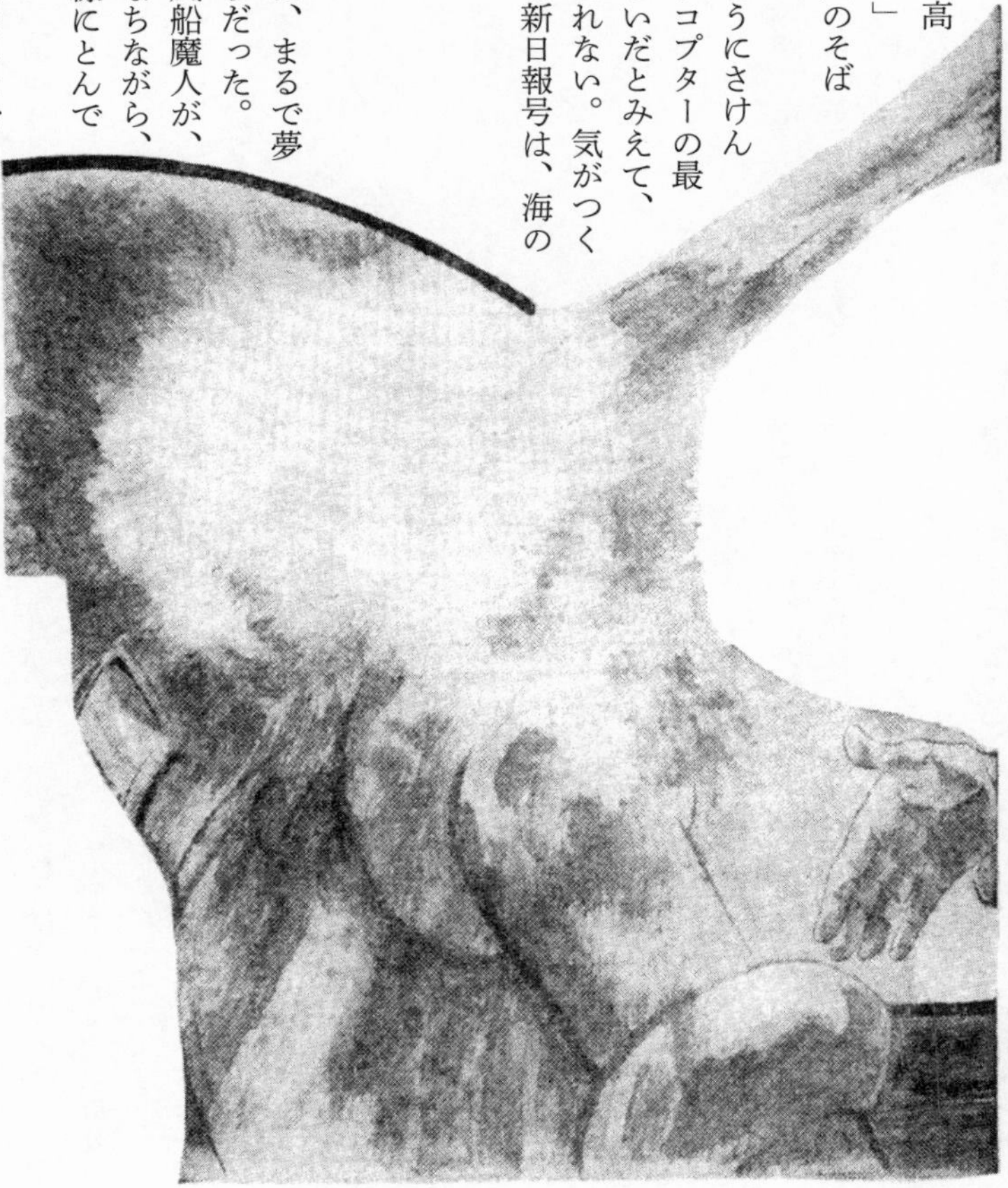

てくる魔法つかいのようである。

ヘリコプターのなかから探偵小僧と三津木俊助、畔柳博士の三人が、手にあせにぎって風船魔人をみているとやがてまた第二回めのばくはつがおこって、高度はいま四十メートル。

「先生、先生、あのばくはつは事故でおこるのでしょうか。それともあらかじめ、ばくはつするように仕《し》かけてあるのでしょうか」

と、三津木俊助はこうふんに声をふるわせている。

「いや、あれはあらかじめ計算されているらしい。時計じかけかなんかで、自動的にばくはつするようになっているんじゃないかな」

と、畔柳博士はさっきから、なにやらしきりにメモをとっている。

「先生、それはどうしてですか。どうしてそんな仕かけがしてあるんですか」

と、こんどは探偵小僧が質問した。

「いや、それはわしにもわからんが、ひょっとすると、風船ひとつに、どれくらいの浮揚力があるか、たしかめているんじゃないかな。これが第二回めの実験だというんだから」

「しかし、先生」

と、三津木俊助がそばから口をはさんで、

「実験するなら実験するで、実験者がいなければならぬはずでしょう。実験者はどこにいるんです」

「三津木さん、ひょっとすると、あの潜水かぶとと服の中に実験のぬしがいるんじゃないですか」

「まさか……この前は馬で実験したんだ。それからいきなり人間をつかうような、危険なまねをするはずがない。先生、いかがでしょうか」

「そう、わしも三津木くんの説にさんせいだね」

「しかし、先生、それでは実験のぬしはどうして、実験の結果をしるんでしょう」

「それは、三津木くん、きみが新聞に書くだろう。実験のぬしはその報告をまっているんじゃないか」

「あっ、ちきしょう！」

と、探偵小僧と三津木俊助が、おもわず口の中でさけんだとき、またもや第四回めのばくはつがおこって、高度は今や、海上二十メートル。

「ああ、三津木くん、やっぱりわしのおもったとおりだ。ばくはつは、さっきからせいかくに、三分おきにおこっている。こんどばくはつがおこったら……」

三人が時計かた手《て》にかたずをのんで、風船魔人をみつめていると、それからきっちり三分のちに、さっと紫《むらさき》色の光がはしったかと思うと、それからつづいておこった大ばくはつで、風船魔人はこっぱみじんとくだけて、海面にとんだ。

海上そうさ

風船魔人の第二回めの実験ほど、せけんをおどろかせたものはない。このことは翌日の新聞を待つまでもなく、ラジオのニュースで放送されたので、その次の日の東京湾の海上は、やじうまの船でいっぱいだった。ばくはつした風船魔人のかけらでも、拾おうというのである。

警視庁でも等々力《とどろき》警部がせんとうにたち、ランチをしたてて海にのりだした。

新日報社でも山崎《やまざき》編集局長をはじめとして、三津木俊助に探偵小僧、それから畔柳博士そのたのひとびとが、おなじランチをしたてて、海面さがしを手つだった。畔柳博士は山崎編集局長にたのまれて、風船魔人の事件について、あたらしく新日報社の客員となったのである。

やがて、ばくはつの現場へつくと、風船魔人のかけららしいものが、あたりいちめんにうかんでいる。それはゴムの切れはしやゼンマイのかけら、プラスチックの破片などだった。

警視庁のランチでは、等々力警部の命令で、それらの破片を片っぱしから、かき集めていたが、そのうちに、探偵小僧の御子柴くんが、おびえたような声をはりあげた。

「あっ、あそこに人間の足がういている！」

探偵小僧のさけび声に、一同がはっとその方を見ると、なるほど、ゆらめく海草の間から、人間の足らしいものが、にょっきりのぞいている。新日報社のランチは、すぐその方へ進んでいった。そして、三津木俊助がくまでのようなものをさしのべると、海草の間から、その片足をかきよせた。

甲板《かんぱん》の上では、探偵小僧をはじめとして、一同が手にあせにぎって、くまでの先を見つめている。片足はぷかりぷかりと海草の中を、ういたり、沈んだりしながら、しだいにこちらへよってくる。

「なあんだ、人形の片足かあ」

その片足が目の下まで流れよってきたとき、探偵小僧は思わず、はっとしたように、ためいきをもらした。

なるほど、俊助が甲板の上にすくいあげて見ると、それはろうでこさえた人形の足だ。

「畔柳博士、これで見ると、風船魔人は、ろう人形を使って実験したんですね」

「そう、そしてこの、ろう人形はおそらく日本人のおとなの標準体重にしてあったのだろう」

「しかし、先生、風船魔人はなぜ、その実験材料をばくはつさせてしまったのでしょう」

と、山崎編集局長がたずねた。

「それはもちろん、ガス体の秘密を知られたくないからでしょうな」

と、どじょうひげの畔柳博士は、片《かた》めがねをはずして、ハンカチでふきながら、

「ほんに一《ひと》かけらでも、風船が残っていたら……」

と、いかにもくやしそうだったが、海上のそうさの結果によると、風船はかんぜんにばくはつしたらしく、ガス体の秘密はとうとうわからなかった。

俊助の心配

二回にわたる風船魔人の実験ほど、せけんをおどろかせたものはない。いやそれは、日本のみならず、世界的の話題になった。あの潜水服のような服は、おそらく、ガス体をつめた、たくさんの風船のよりあつまりからできているのだろう。しかし、わずかあれだけの容積で、人間ひとり、空を走らせるというのは、いったいどのようなガス体なのであろうと、それが世界中の学者の問題となった。

そして、とつじょ東京の空にあらわれた風船魔人はいまや空とぶ円盤以上に、世界中から注目されるようになったのだ。警視庁ではやっきとなって、風船魔人がどこから、とんできたのかしらべたが、いまのところ、かいもくわからない。

風船魔人がまっすぐに、北から南へとんだことはあきらかだったが、全身から、ネオンのような光をはなちだしたのは、神田《かんだ》の空あたりかららしい。それより北に住む人びとは、空にばくおんのような音を聞いたけれど、べつに気にもとめなかった。また

飛行機がとんでいるのだろうくらいに思っていたのだ。

ただ、ひとり本郷《ほんごう》に住む少年が、夜学《やがく》からの帰りがけ、ばくおんのようなものを耳にして、ふと、空をあおいで見たところが、人間の形をした、まっ黒なものが、神田の方へとんでいくのを見たという。

少年はびっくりして、さわぎたてたが、高度があまり高くなかったので、少年の声を聞いた人びとが、家の中からとびだしてきた時には、もうすがたは見えなかった。

そこで、その少年は夢でも見たのだろうと、さんざん、みんなにひやかされたが、それから一時間もたたぬうちに、じっさいに風船魔人がとんだと聞いて、その少年は大《おお》いばりだったという。

さて、本郷から、さらに北へいくと、もうだれも風船魔人を見たものはなかったし、また、ばくおんに気がついたものもまれだった。これでみると、風船魔人がどこからとびだしたにしろ、それが東京都内であることだけはたしかだった。

「それにしても風船魔人は、なんだってこんな人さわがせをするのでしょう」

と、新日報社の会議室では、畔柳博士をまじえて、風船魔人について会議をしている。いま発言したのは、社長の池上三作《いけがみさんさく》氏だ。

「あれだけのガスを発明したのなら、それを学界に発表すれば、たいへんなめいよだし、また、お金がほしいのなら、いくらでも特許料がとれると思うのだが」

「社長さん、それなんですよ」と、三津木俊助もからだをのりだして、

「ぼくも、この風船魔人のやりくちには、なんだか犯罪のにおいがあるように思えてならない。畔柳博士、いかがです」

「わたしもそう思う」

と、畔柳博士も同意して、

「これを発明した男は、天才的な頭の持ち主にちがいないが、いっぽう気でもくるっているのではないか」

と、度《ど》のつよい片めがねをふきながら畔柳博士はためいきをついたが、のちになって、この時の俊助の心配が、じじつとなって、あらわれたことに気がつくのである。

第三回めの実験

こうして、風船魔人の正体もつかめぬうちに、ひと月《つき》ほどたったが、すると六月二十日の夕刊に、またしても風船魔人の予告があらわれて、あっとせけんをおどろかせた。

みなさん。
みなさんはわたしの第一、第二の実験をごぞんじでしょう。わたしの研究は、あれから、さらに進みました。そこで、ちかく第三回めの実験を行います。どうぞ来たる六月二十五日の夜の、東京の空に気をつけていてください。
風船魔人

さあ、これを読んで、おどろかないものはなかった。このまえ予告が出たとき、その対策をこうじていたのは、新日報社だけだった。ほかの新聞社はいうにおよばず、警視庁まで、たかをくくって、問題にしなかった。

そのため、警視庁はあとになって、せけんから、ごうごうたる非難の声をあびせられた。だから、こんどはどこでも手ぐすねひいて、準備ばんたんおこたりなく、あちこちのビルの屋上には、サーチ・ライトまで用意された。

さて、いよいよ、六月二十五日の夜のこと。東京の空にはいたるところで、飛行機やヘリコプターが待機していた。そして、あちこちのビルの屋上から、サーチ・ライトが空にむけられ、まるで、敵機の空襲にそなえるような、ものものしさである。

地上は地上で、どの空の屋根の上にも人が立っていて、ビルディングの屋上など、鈴《すず》なりの人だかりだった。新日報社の上空には、新日報号がゆるく旋《せん》回《かい》している。このまえは、風船魔人のすがたを見てからとび出したので、とうとう追いつくことができなかった。そこで、こんどは空で待機しているのだ。

機上の人は探偵小僧と三津木俊助、それから畔柳博士の三人である。

「三津木さん、風船魔人はけんきゅうが進んだといってますが、いったいこんどは、どんなことをやるんでしょう」

「さあ、それはぼくにも、わからないよ。畔柳先生、あなた、何か心あたりは……？」

「いや、わしにもわからんな。風船魔人は天才なんじゃ。とてもわしごときのおよぶところでない」

と、畔柳博士はどじょうひげをふるわせたが、その時だ、麴町《こうじまち》へんの空を旋回していた飛行機のうごきが、きゅうに活《かっ》ぱつになってきた、と、思うと、サーチ・ライトがはげしく動いた。

「あっ、来た！」新日報号の機上では、一同おもわず手にあせにぎる……。

空のダイビング

「それ、操縦士《そうじゅうし》くん、たのむぜ」

と、いさみたった三津木俊助のあいずにしたがい、新日報号はばくおんたかく、麴町のほうへむけて移動する。

風船魔人やいずこ……。

と、ヘリコプターの機上では、三津木俊助と探偵小僧の御子柴くん、畔柳博士の三人が双眼鏡をにぎりしめ、うの目たかの目で、サーチ・ライトのうごきを追っている。やがて、探偵小僧の御子柴くんが、

「あっ、あそこだ！」

と、かなきりごえをはりあげた。と、見れば、サーチ・ライトとサーチ・ライトのむすびめにかっきりとらえられて浮きあがったのは、やはり、このあいだとおなじように潜水かぶとと潜水服に身をかためた風船魔人だ。魔人はあいかわらずネオンのような光を全身からはなっている。

しかし、このまえの風船魔人は、両手をきっちり両わきにたれていたのに、今夜の風船魔人は、両手をたかくうえにさしあげている。しかも、このあいだの風船魔人は、おなじ高度を水平に走っていたのに、今夜の風船魔人は、ななめ上方にのぼっていくのだ。

「先生、先生！」

と、三津木俊助はこうふんした声で叫んだ。

「今夜の風船魔人のうごきは、このまえとすこしちがうようですね」

「ふむ、それだけ研究がすすんだというわけじゃろう」

やがて、風船魔人はある高度までたっすると、き

ゅうに全身からパチパチと、小さい火花をちらしはじめた。と思うと、くるりと頭をしたにして、ななめ下方へもぐりはじめる。それはちょうど水泳のダイビングの選手のようなかっこうだった。

「あっ、三津木くん、わかった、わかった」

と、畔柳博士もこうふんに声をふるわせて、

「あの、パチパチと火花がちるのは、小さいガスぶくろが連続的にばくはつするんだ。そして、それだけガスがへるにしたがって、風船魔人は下降していくにちがいない」

ダイビングする風船魔人は、全身からパチパチと、小さい火花をちらしながら、ある高度までさがってきた。と、きゅうに火花の散るのがぴったりやんだかと思うと、そこでまた、風船魔人はおもむろにしせいをたてなおしはじめた。

空のとあみ

「あっ、風船魔人がのぼりはじめた。風船魔人がのぼりはじめた！」

探偵小僧の御子柴くんは、気ちがいのように叫んでいる。三津木俊助も夢でも見ているのではないかと、双眼鏡をにぎりなおした。しかし、夢を見ているのではなかった。さっきまで下降していた風船魔人は、いまやまた、ななめ上方にむかってのぼりはじめたのだ。

「先生、先生、これはいったいどうしたんです。いったん降りはじめた風船魔人が、ふたたびのぼっていくなんて……」

「三津木くん、それはこうとしか考えられん。あの潜水服のなかには、ひじょうに精密にできたガスの補充機関があって、そこであたらしいガスを製造し、それが、いったんぬけたガスを自動的にうずめているのだと……。ああ、この研究がもっともっと進んだら……」

と、畔柳博士は声をふるわせた。

「先生、先生、この研究がもっともっと進んだら、いったい、どうなるとおっしゃるんですか」

探偵小僧の御子柴くんが、しんぱいそうにたずねた。

「ふむ、そのあかつきは、人間はじゆうじざいに空をとび、空を歩くことができるのじゃないか。風船

魔人はそれを目的として、こういう実験をかさねているのじゃないか」

そういえば風船魔人の実験は、回を追うごとにふくざつになっている。第一回は馬を空へつりあげるだけだった。第二回めはそれからみるとすこし進歩して、自動的に高度をさげることを行った。そして、第三回の実験では、いったんさがった高度を、ふたたびあげることに成功したのだ。

あれ、見よ。風船魔人の全身から、ふたたび火花がちりはじめて、頭を下に、またもや、ダイビングをはじめたではないか。

こうして、東京都民の恐怖の目にさらされた風船魔人は、ジグザグと、あるいは高く、あるいはひくく、いつくかの山形をえがきながら、またしても、東京湾の空にむかってとんでいく。

その前後左右には、たくさんの飛行機やヘリコプターが、気ちがいのようにばくおんをたてながらとんでいく。新日報号もそのうちにまざっていたことはいうまでもない。

あちこちのビルの屋上から照らされるサーチ・ライトが、この奇怪な行列をとらえようとして、気がくるったように入り乱れる。

「あっ！」

と、とつぜん、探偵小僧の御子柴くんが、双眼鏡にしがみついたまままさけんだ。

それもむりではないのである。

ちょうど風船魔人のまうえをとんでいた飛行機から、いましもパラリとあみのようなものが投げおろされて、それがスッポリと、魔人のからだをつつんだのである。

怪ヘリコプター

「あっ、しめた！」

三津木俊助はおもわずいすから、からだをのりだす。

「先生、先生、どうやら風船魔人はとらえられそうですぜ。そうすると、すべての秘密があかるみに出る」

「ふむ、三津木さん、それはありがたいが、それにしてもあの飛行機は……？」

「アメリカ軍の飛行機のようですね」

「ふむ、アメリカもこのガス体の秘密をしりたいのじゃな」

飛行機から投げおろされた大きなあみはまるでとあみのようにひろがって風船魔人のうえにおおいかぶさった。そして、あみのすそについている、たくさんのおもしの作用によって、スッポリと風船魔人をくるんでしまった。風船魔人はとあみにとらえられたさかなのように、ブルン、ブルンと奇妙な音をたてながら、あっちこっちとはねまわる。それは、怒りにくるった大魚のようだ。

しかし、飛行機から投げられた大きなあみはきっと鉄線でつくられているにちがいない。あばれまわる風船魔人をくるんだまま、機首をてんじて北のほうへひきかえそうとする。

と、そのときである。

さっきから風船魔人のまわりをとんでいた一台のヘリコプターのまどから、さっと青白い火花が走ったかとおもうと、しばらくして、ズドンという銃声がきこえてきた。

だれかが、ヘリコプターの機上から、風船魔人をそ撃《げき》したのだ。ねらいはあやまたず風船魔人のばくはつ点に命中したのにちがいない。

さきほどからきらきらと、ネオンのようにかがやいていた風船魔人は、とつぜん、大きな物音とともに、木《と》っぱみじんとくだけてとんで、さすがにがんじょうな鉄のとあみもズタズタにさけてやぶれた。

「あっ!」

新日報号の機上で一同が手にあせにぎったとき、奇怪なヘリコプターはあかりを消して、はや、やみのなかにのまれていた。

探偵小僧の活躍

こうしてせっかくのアメリカ軍の苦心も、まんまと水のあわとなってしまった。

風船魔人をしゅびよくとあみの中にとらえたと思ったのもつかのま、奇怪なヘリコプターの機上からそ撃されて、風船魔人は木っぱみじんとなって、くだけとんだ。そして、あとにはなんのこん跡《せき》ものこらない。ふしぎなガス体の秘密は、またしても、やみからやみとほうむりさられた。

これからみると風船魔人のなかまのものがヘリコ

プターにのって、ひそかにあとをつけてきたことがわかるのだ。そして、たいせつなしょうこの品《しな》が、あかるみへ出るのをおそれて、ばくはつさせてしまったのだろう。

そのつぎの日の新聞で、こういうニュースを読んだひとびとは、風船魔人の一味が、おもいのほか大《おお》じかけなのに気がついて、いまさらのように驚き、おそれた。

風船魔人は、こういう実験をかさねていって、いったい、なにをやらかすつもりなのだろう。

それはさておき、風船魔人の三回めの実験があってから三日めの正午すぎのこと。目黒《めぐろ》駅のプラット・ホームへいましも電車からおりてきたひとりの少年がある。いうまでもなく、それは探偵小僧の御子柴くんだ。

御子柴くんはプラット・ホームに張ってある、大きなポスターに気がつくと、おもわずきらりと目をひからせた。

それは、天馬サーカスの広告だった。

天馬サーカスといえば諸君もおぼえているだろう。風船魔人が第一回めの実験に利用した、名馬プリンス号のいるサーカスだ。

ポスターのうえには横に天馬サーカスと書いてあり、その下に名馬プリンス号のうえにつっ立っている、ジョージ・広田のさっそうたるすがたが写真で出ている。

ジョージ・広田といえば名射撃手で、プリンス号をつりあげた風船をものみごとに撃して、愛馬プリンス号をすくった青年である。

その天馬サーカスが、きょうから目黒の近くで興行しているのだ。探偵小僧の御子柴くんは、さりげないかおをして、ポスターの下に書いてある興行の場所を読みとるとそのまま駅から出ていった。

そして、それから五分の後《のち》、やってきたのは天馬サーカスのテントのまえ。

その日はちょうど日曜日だったので、サーカスのまえにはいっぱい少年少女がならんでいる。サーカスが切符を売り出すのを待っているのだ。

探偵小僧の御子柴くんも、なにくわぬかおをして、その行列のなかにくわわった。

御子柴くんのうしろにも、見ているうちに行列が長くのびていった。もちろん、おとなの人たちも大《おお》ぜいまざっていた。

「ジョージ・広田はすごいんだってな」

「すごくじょうずな射撃手だそうだよ」

「映画にでてくる人のようにね」

などと、待っているうちから、みんなはこうふんしているようだ。

そうした周囲のさわぎの中に、探偵小僧の御子柴くんは、ただひとり、にぎやかにはりめぐらされたポスターなどをながめて、ボンヤリと開場するのをまっていた。

いや、決してボンヤリしているわけではあるまい。なぜって、御子柴くんほどの少年が、なんの目的もなしに、風船魔人の事件でいそがしいさなかに、ノンビリと、サーカスなどを、見にくるはずがないではないか。

ああ、探偵小僧の御子柴くんは、いったい、なにをねらって、ワザワザ、このサーカスにやってきたのだろうか。

風船を持った男

天馬サーカスは大入り満員である。お客さんの大部分は、ぼっちゃんと、嬢ちゃんがただったが、なかにはおとなもまざっている。

探偵小僧の御子柴くんは、丸太で組みたてたさじきのいちばんうしろにじんどっている。そして、目の下の円形広場で、つぎからつぎへと演じられる、いろんな曲馬《きょくば》や曲芸を、ただぼんやりとながめていた。

探偵小僧の御子柴くんは、なんのためにここへやってきたのか、自分でもはっきりわからないのだ。ただ、はじめて風船魔人の実験の行われたのが、このサーカス団だったことが、なんとなく気にかかっているのである。

それと、このあいだの晩、ヘリコプターから、たった一発のもとに風船魔人の発火点を射撃した、あのすばらしい腕まえが、ただごとでないような気がしてならないのだ。

それはさておき、つぎからつぎへと演じられる、ハラハラするような曲芸や曲馬に、ぼっちゃん、嬢ちゃんは大喜び。また、曲芸や曲馬のあいまあいまにとび出してくる道化師《どうけし》の奇妙なそぶりに、満場ゲラゲラ大笑い。

この道化師は顔をまっしろにぬって、顔じゅうべたべたにトランプのハートやダイヤがかいてあるので、どんな男だかわからないが、そうとう、年寄りらしく思われる。プログラムを見ると、

ピエロ（道化師のこと）……**ヘンリー・松崎《まつざき》**

と、ある。

このヘンリー・松崎と、名射撃手のジョージ・広田が、天馬サーカスでの人気者なのだ。

さて、プログラムもおいおいすすんで、いよいよジョージ・広田の曲馬と曲芸が、はじまろうとする、少しまえのことである。御子柴くんのすぐそばへやってきたひとりの男がある。

御子柴くんはなにげなく、その男のようすを見たが、おもわずギョッと息をのんだ。おとなのくせにその男、子どものように風船を手にもっているのである。子どものつれでもあるのかと思って、御子柴くんはあたりを見まわしたが、それらしい姿も見あたらなかった。

その男はキョロキョロあたりを見まわしていたが、そこが気にいったのか、御子柴くんのすぐ隣へ腰をおろした。大きな黒めがねをかけ、ニヤニヤと、ばかみたいに笑っているのがうすきみわるい。

しかも、その男のもっている風船が、ときおり、ふらふら顔をなでにくるので、探偵小僧の御子柴くんは、いよいよきみがわるくてたまらない。しかし、あいにく大入り満員のさじきのうえ、どこにも逃げていく場所はない。

御子柴くんはしかたなく、そのままそこにがまんをしていたが、やがて、ワッとわきあがる叫び声は、いよいよ人気者のジョージ・広田の登場である。

怪風船

パン、パン、パン、パン！　と、にわかにきこえるピストルの音は、ジョージ・広田登場の合図だ。

愛馬プリンス号にまたがって、ジョージ・広田は二《に》ちょうピストルから、空砲を五、六発ぶっぱなすと、さっそうとして、円形広場へのりだした。

ジョージ・広田にとって、プリンス号はげたかくつのように、はきものも同様なのだ。手綱《たづな》もとらずに両手のピストルをぶっぱなしながら、ゆうゆうとして円形広場をまわっている。

金《きん》ピカの衣装が美しく、ニコニコと笑いをたたえたその顔に、こぼれるようなあいきょうがある。ぼっちゃん、嬢ちゃんをはじめとして、おとなまでがその姿を見ると、ワッと声をあげて手をたたいた。

ジョージ・広田はゆうゆうと、円形広場をひとまわりすると、腰にピ

ストルをしょいこみ、それからいよいよジョージ得意の曲乗りである。

　あるいは馬のうえにさかだちしたり、あるいはプリンス号の腹にぶらさがったり、なみ足、かけ足、自由自在に馬を走らせる。

　この曲乗りがようやく、終《おわ》りに近づいてきたころ、ヒョコヒョコと、円形広場へととびだしてきたのは、道化師のヘンリー・松崎だったが、その姿を見ると、見物はワッとばかりに笑いころげた。

　それもそのはず、ジョージ・広田のまたがるプリンスにひきかえて、ヘンリー・松崎の乗っているのは、やせっこけたろばである。せのヒョロ高い松崎は、まるで足も地にひきずらんばかりにして、ヒョコリヒョコリと出てきたのだから、これでは見物が笑いころげるのも無理はない。

　ここでジョージ・広田とヘンリー・松崎の、腹の皮もよじれるようなこっけいのあったのち、やがて、ろばに乗ったヘンリーの手から、トランプのカードが投げられる。

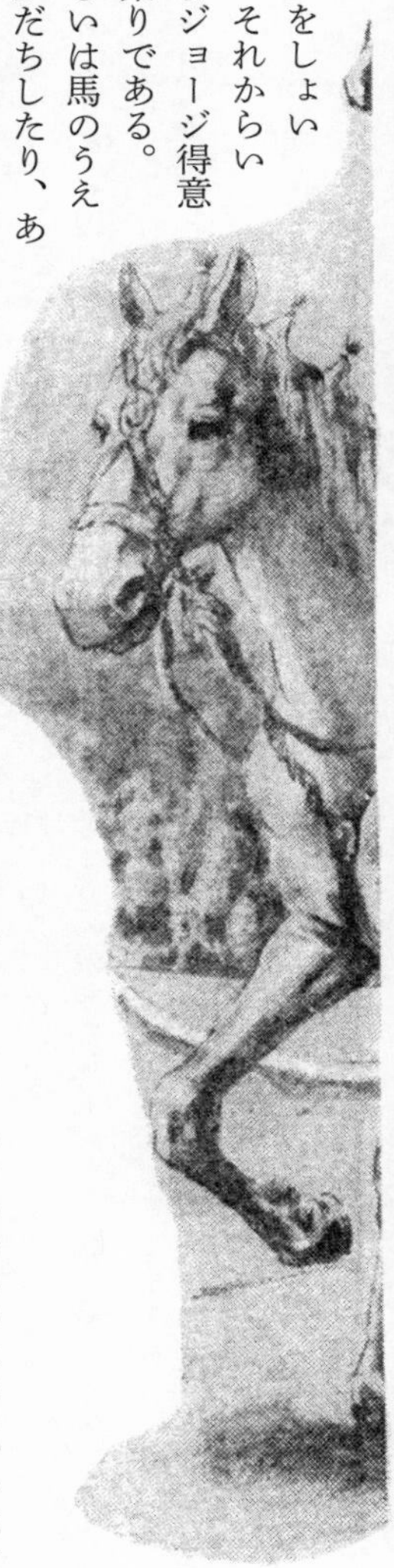

　カードはまるで生《せい》あるもののごとく、キリキリと虚空《こくう》に回転しながら飛んで行く。と、ジョージ・広田がやにわにとりだしたのは二ちょうピストル。
　ヘンリーの手から放れて、つぎからつぎへと飛んで行くカードを、ズドン、ズドンとかたっぱしから撃ち落《おと》していく、その手並みのあざやかさ。
　見物席からあらしのような拍手《はくしゅ》がわきおこったが、その時である。
　さっきから、探偵小僧の鼻さきで、ブラブラ、ブラブラゆれていたあのゴム風船が、突然、バーンと爆発した。

探偵小僧は思わずハッとしたが、そのとたん、風船の中から、なんともいえぬ甘ずっぱいガスが、探偵小僧の鼻さきへ流れてきた。

探偵小僧は思わず一息、二息、それを吸ったが、するとと、きゅうに頭がクラクラとして、いつのまにやら前へつんのめっていた。

「おや、坊や、どうかしたのかい、気分でも悪いのかい」

と、風船を持っていた黒めがねの怪しい男は、探偵小僧をだき起《おこ》すと、あたりを見まわし、ニヤリとうすきみわるい笑いをもらした。しかし、ジョージ・広田の曲芸に、夢中になっている見物たちは、だれひとりとしてこのことに気がついたものはなかったのである。

ライオンのおり

それから、いったい、どれくらいの時間がたったのか……。

探偵小僧の御子柴くんは、なんともいえぬ息苦しさと、プーンと鼻をつくへんなにおいに、ふと目をさました。

あたりを見まわすと、まっ暗なうえに、からだ全体が、妙にきゅうくつである。

探偵小僧の御子柴くんはギョッとして、からだをむずむずさせていたが、そのうちに、目のまえにあかりのさす穴があるのに気がついた。御子柴くんはその穴へ目をやって、しばらく外をのぞいていたが、突然、きもったまもひっくりかえるような、大きな驚きにうたれたのである。

なんと、御子柴くんはいつのまにやら、ライオンになって、ライオンのおりのなかにねているのだ。

いやいや、人間がライオンにはやがわりするはずはない。御子柴くんは眠っているまに、ライオンの皮をかぶせられ、ライオンのおりのなかにほうりこまれていたのだ。

あまりの驚きに御子柴くんは、思わずなにか叫んだが、そのとたん、ことばのかわりに、

「ウォーッ!」

と、ライオンの叫び声が口から出た。

探偵小僧の御子柴くんは、その時はじめて、さるぐつわをはめられて、口をきくこともできなくなっ

ているのに気がついた。そして、口をきこうとして息に力をいれると、

「ウォーッ!」

と、ライオンのうなり声のような、笛がなるしかけになっているのである。

ああ、御子柴くんはいまこそはっきり、悪者のおとしあなにおちたことに気がついたのだ。あの黒めがねの男がもっていた風船の中には、ひとを眠らせるガスがつめてあったにちがいない。そして、あの風船がやぶれたとき、風船からもれたガスを、御子柴くんは思わず吸ったのだ。

そして、眠りガスの作用によってコンコンと眠っているあいだに、悪者のとりこになってしまったにちがいない。

そして、ここはいったい、どこなのか?

それはあらためて考えるまでもない。こうして、ライオンの皮をかぶせられ、ライオンのおりに入れられているからには、てっきり、天馬サーカスのテントの中にちがいない。

ああ、それではやっぱり、探偵小僧が目をつけたとおり、風船魔人のいちみというのは、この天馬サーカスの連中だったのではあるまいか。

探偵小僧の御子柴くんは、思わず大きく息をもらしたが、そのとたん、

「ウォーッ!」

と、ふたたび笛がなる。

その声をききつけたのか、

「あっはっは、探偵小僧、目がさめたか」

と、おりの外から人の声が聞《きこ》えたので、探偵小僧がギョッと顔をあげると、そこには道化師《どうけし》のヘンリー・松崎、その左右にはジョージ・広田と、それからさっきの黒めがねの男が立って、ニヤニヤと、おりの外から笑っている。

黒めがねの男はライオン使いの、トム・高田《たかだ》という男であった。

この天馬サーカスの連中は、ジョージだのヘンリーだのトムだのと、みんな西洋人みたいな名まえをもっているのだ。

生きた実験台

「トム、探偵小僧に少しききたいことがある。ライ

オンの頭をはずしてやれ」

そう命令したのは道化師のヘンリー・松崎だ。お客さんのまえへ出ると、おどけた芸でひとを笑わすのを役目としている道化師だが、そのじつ、この天馬サーカスではいちばんのかしららしい。

「はっ」

と、答えてトム・高田がおりのなかへはいってくると、御子柴くんの顔からライオンをはずしてくれた。

その頭は外《がい》とうについているずきんのように、うしろへはねのけることができるようになっているのだ。

それから、トム・高田が、さるぐつわをはずしてくれたので、探偵小僧の御子柴くんは、やっと大きく息をすることができるようになった。

「探偵小僧、おまえはここへなにしにきた。だれの命令でここへやってきたのだ」

おりの外にたっている、ヘンリー・松崎の声は、尋問《じんもん》するような調子である。

探偵小僧はその声に、どこか聞き覚えがあるような気がして、おやっと、相手の顔を見なおした。しかし、なにしろ、顔じゅうまっしろにぬたくったうえに、トランプのハートだのダイヤだのを、べたべたといちめんにかいてあるので、どんな顔だかさっぱりわからない。

「ぼく、だれの命令できたのでもありません。とおりかかったらおもしろそうなので、ちょっとはいってみる気になったんです」

「うそつけ。きっと、三津木俊助の命令でこのサーカスをさぐりにきたのだろう」

「ちがいます。ちがいます。三津木さんはなにも知らないのです。ぼくひとりの考えで、ここへようすを見にきたんです」

「なに、三津木俊助は知らないのだと……？」

と、ピエロはにやりと笑ったが、おお、その笑い顔のうすきみわるいこと。

「団長、この子をつかまえて、いったい、どうするつもりですか」

と、ジョージ・広田がそばからたずねた。

「なあに、風船魔人の第四回の実験に、この子を使ってみようと思うのだ。いつまでも人形じゃはじまらない。こんどはひとつ、生きた人間を実験台にしようと思っていたところだ。わっはっは！」

ああ、探偵小僧の御子柴くんは、はたして、どのような、実験台にされるのだろうか。

卓上日記

探偵小僧の御子柴くんが、ゆくえ不明になってからはや三日たつ。

新日報社では、はじめのうち、日ごろ元気な探偵小僧の御子柴くんも、めずらしく、病気で休んでいるのだろうと、かるく考えていたのだが、おうちからのれんらくで、ゆくえ不明とはっきりわかったのは、水曜日の朝のことだった。

「三津木くん、それじゃ、探偵小僧は、だれかにゆうかいされたというのかい」

山崎編集局長も、心配そうな顔色である。

「そうです、そうです、そうとしか思えません。日曜日の朝、おうちを出たきり、いまもってかえってこないというのですから、何者かにさらわれたとしか思えません」

「しかし、あの子がむざむざ、人さらいにあうような子どもだとも思えないが……」

「そうですとも。それですから、ぼくはいっそう心配しているんです。ひょっとすると、なにかをさぐりだそうとして、あべこべに、悪者たちのわなに落ちたのではありますまいか」

「なにかをさぐりだそうとして……？　三津木くん、探偵小僧はちかごろ、なににいちばん興味をもっていたんだね」

「それはいうまでもなく、風船魔人の事件です」

「風船魔人の事件……？」

と、山崎編集局長は、デスクから身をのりだして、

「それでは、探偵小僧は、風船魔人の秘密について、なにか気がついたらしいというのかね」

と、思わず声を張りあげたときである。

「風船魔人がどうかしたかね」

と、ドアの外から声をかけてはいってきたのは、片《かた》めがねに、やぎひげと、どじょうひげをはやした畔柳博士。あいかわらず腰が弓のようにまがっていて、銀のにぎりのついたステッキをついている。

「あっ、畔柳先生、たいへんなことが起《おこ》ったのです」

「山崎さん、たいへんなことと言うと、風船魔人がなにかまたやらかしたのかね」

「いや、それはまだよくわからないんですが、探偵小僧がゆくえ不明になったんです。しかも、三津木くんの説によると、風船魔人の一味の者に、とらえられたんじゃないかというんです」

「探偵小僧が風船魔人の一味の者に？」

と、畔柳博士はギロリと目を光らせ、

「三津木くん、なにかそのような証拠でもあるのかね」

「いや、証拠というほどのことはありませんが、探偵小僧のデスクのうえの卓上日記に、こんな走り書きがしてあったんです」

と、三津木俊助がとりだしたのは、引きちぎられた卓上日記の一ページ。それは風船魔人が第三回めの実験を行った翌日、すなわち、六月二十一日のページで、そこには次のようなことが書いてある。

「名射撃手――ジョージ・広田――天馬サーカス――目黒――風船魔人？」

それを見ると山崎編集局長と、畔柳博士は、はっと顔を見合わせた。

サーカスの変

目黒にある天馬サーカスは、今夜も大入り満員である。その満員のお客さんのなかにひそかにまぎれこんでいるのは、三津木俊助と警視庁の等々力警部。警部は目だたない平服《へいふく》である。

「三津木くん、それじゃ、このサーカスの中に、風船魔人がひそんでいるというのかね」

警部はひそひそ声である。

「いや、ぼくにもはっきりわかりませんが、探偵小僧はそうにらんだんですね。そして、それから二日ののちに、ゆくえ不明になってるんですから、なにかそこに関係があるんじゃないかと……」

満員の客のなかには、俊助や等々力警部だけでなく、大《おお》ぜいの刑事がまぎれこんでいて、警部の命令一下《いっか》、いつでもとび出せるように待ちかまえているのである。サーカスの円形広場では、いましも猛獣使いのトム・高田が、ライオンに曲芸をさせているところである。トム・高田の振るむちに、ピシリピシリとたたかれながら、ライオンがはしご渡りやさか立ちや、玉乗りの曲芸を見せ終《おわ》ると、つぎがいよいよ呼び物の、ジョージ・広田の名射撃手。

れいによって道化師《どうけし》の、ヘンリー・松崎のこっけいがあったのち、カードの射撃がはじまったが、その百発百中の名射撃ぶりを見て、三津木俊助がささやいた。

「警部さん、探偵小僧はこの射撃ぶりに目をつけたんですよ。ほら、風船魔人の第三回めの実験のさい、ヘリコプターの機上から、もののみごとに風船魔人の実体の、発火点を射撃したその腕まえ。……それに、風船魔人の第一回めの実験は、いまジョージの乗っている、プリンス号によって行われたんですからね」

「なるほど、しかし、ただそれだけのことで、あの男を、とらえるわけにもいかんが……」

ジョージ・広田の曲芸が終ると、かわいい少女のブランコ乗り。少女の名はマリー・宮本《みやもと》といって、年はまだ十三、四だが、ジョージ・広田とともにこのサーカスの人気者だ。いましもマリー・宮本は、見上げるような大テントの空を、ブランコからブランコへと、小鳥のように飛んでいる。見物はみんな手にあせにぎって、この妙技に見とれていたが、その時、サーカスのなかでたいへんなことがおこったのだ。

「火事だ！　火事だ！」

と、どこかで叫ぶ声。それとともにきなくさい煙が、楽屋のほうから吹きこんできたから、さあ、たいへん。見物はワッとばかりに総立ちになった。

大混乱

なにしろ、大入り満員のテントの中での火事さわぎだ。そのうえ、サーカスのこととて、おとなより子どもの見物のほうが多いのだから、あちらでもこちらでも、黄色い子どもの救いを呼ぶ声があわれである。

そのうちに、メラメラメラメラとテントに火がもえうつったから、さわぎはいよいよ大きくなった。

「しまった！」

と、見物席より立ちあがった、三津木俊助と等々力警部。

「落ち着け！　落ち着け！　だいじょうぶだ！　だ

いじょうぶだ！」

声をからして叫びながら、子どもたちに逃げ道をつくってやる。

三津木俊助と等々力警部も、刑事たちにまざって大活躍、大《おお》ぜいの子どもをテントの外に逃がしてやったが、その時、聞《き》こえてきたのは、

「助けてえ！　助けてえ！」

と、世にも悲しげな少女の声だ。

その声に、ふとうえをあおぐと、マリー・宮本はまだブランコにぶらさがっている。しかも、メラメラとテントをなめるほのおの舌は、しだいに上へ燃えひろがっていくのである。

「あっ！」

と、俊助は思わず両手をにぎりしめた。

「サーカスのれんちゅうはどうしたんだ。あの子を見殺しにする気なのか！」

俊助はむちゅうになって叫んだが、サーカスのれんちゅうは、だれひとりとして飛びだしてこないのだ。

マリーはブランコからぶらさがったまま、悲しげな声を張りあげている。赤いほのおの舌は、いよいよそのまわりに近よっていく。

「警部さん、警部さん、なにかあの子を受けるようなものはありませんか」

俊助がやっきとなって叫んでいる時、楽屋のほうから刑事がふたり、大きなカンバスを持って飛び出してきた。

「警部さん、これで……」

「ようし。三津木くん、きみもこのカンバスを持ってくれたまえ」

ブランコの下に立った四人が、四方からカンバスを持ってひろげると、

「さあ、きみ、思いきってそこから飛びたまえ」

俊助が叫ぶと同時に、マリー・宮本はブランコから手をはなした。そして、つぶてのようにカンバスの上に落ちてきたのを、四方からくるむようにして、一同がテントの外へとび出したせつな、ほのおはテントのてっぺんまで燃え移って、それからまもなく、大きな火だるまとなって焼けくずれた。

人間ライオン

「それにしてもサーカスのれんちゅうはどうしたんだ」

それからまもなく、消防自動車がかけつけてきて、消火活動にはげんでいるのをながめながら、等々力警部は不思議そうにつぶやいた。

「警部さん、ひょっとすると、今の火事はあやまちではなく、われわれが張りこんでいるのを知って、わざと火をつけたのではないでしょうか」

「しかし、それじゃ、マリーという子をどうするつもりだったのだろう」

「だから、あの子をぎせいにして、火事さわぎのす

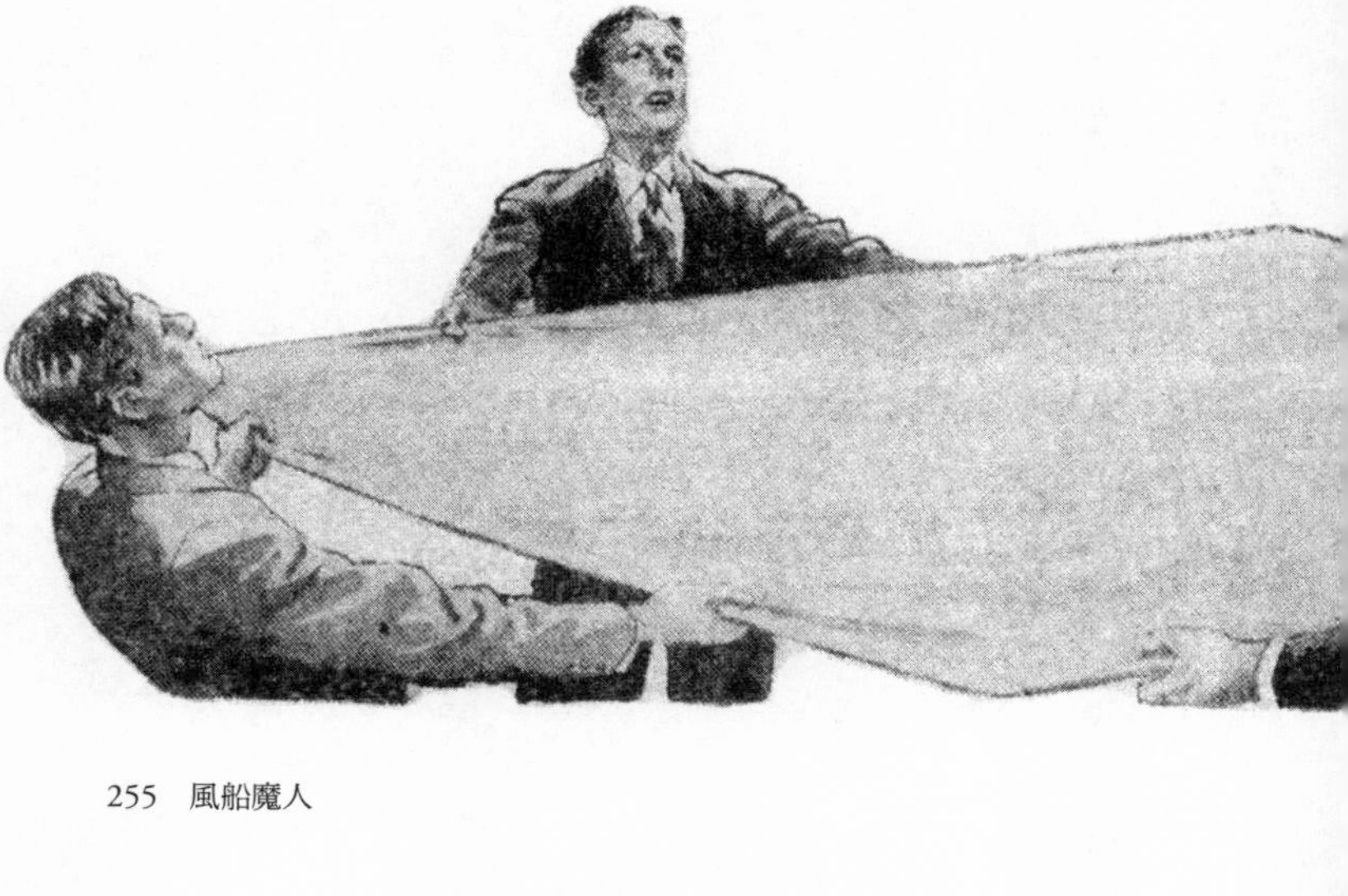

きに逃げだしたのでは……」

　それは世にも恐ろしいことである。しかし、サーカスのれんちゅうはもとより、プリンス号のすがたまで見えないところを見ると、俊助のうたがいがあたっているとしか思えない。少女のマリーはカンバスへ落ちたとたん、いったん気を失っていたが、まもなく息を吹きかえすと、シクシクと泣きだした。

「マリーちゃん、マリーちゃん、あんた、このサーカスに十五、六の少年が、とらえられていたのを知らない？」

　三津木俊助がたずねると、マリーはぎょっとしたように泣きやんだ。そして、ちょっとためらったのち、

「あの……、ライオンのなか……」

と、泣きじゃくりながら返事をした。

「え！　あのライオンって、さっき曲芸をしたライオンなの？」

　マリーは泣きじゃくりながらうなずいた。

「なんだ、それじゃあのライオンはほんものではなく、なかに人間がはいっていたのか」

「しまった！　そ、そして、そのライオンは……」


と、三津木俊助が叫んだ時、むこうの暗がりから、

「ライオンだ！　ライオンがおりからでたぞオ！」

と、だれかの叫ぶ声がした。それを聞いて、ひとりの警官が、さっと腰からピストルをとりだしたが、その時である。まだ、燃えのこりのほのおが、チロチロたたいている焼けあとのそばへ、よろよろとよろめくようにやってきたのはライオンだが、なんと、そのライオンは二本足で立っているではないか。

「あっ、うつな。そのライオンの中には人間がはいっているんだ。うっちゃいかんぞ」

　叫びながら俊助は、ライオンのそばへかけよった。

ライオンの中

　もえくずれた天馬サーカスのテントのまわりには、消防団や警官のほか、サーカスからあやうく逃げだした見物が、まだ黒山《くろやま》のようにたかっている。

　火事はもうおさまったが、それでもあちこちにまだ炎が、チロチロともえていて、そのあいだを黒い人影がかけまわっている。

　そういう騒ぎのなかへ、二本足のライオンが、よ

ろよろとよろめくように出てきたのだから、いちどうがきもをつぶしたのも無理はない。

「あっ！　ライオンだ！　ライオンだ！」

「ライオンが二本足で歩いている！」

やじうまたちの騒ぎを聞いて、気のはやいおまわりさんは、さっと、腰からピストルを抜きだしたが、その時、大声で叫んだのは三津木俊助。

「あっ、うつな、そのライオンの中には人間がはいっているんだ。うっちゃいかんぞ」

と、叫びながら俊助は、ライオンのそばへかけよると、

「探偵小僧か！」

と、ライオンの肩に手をかけた。そのとたん、人間ライオンは気がゆるんだのか、

「あ、あ、あ、あ……」

と、きみょうなうめき声をあげたまま、骨を抜かれたように、くたくたと焼け跡の中にたおれてしまった。

「探偵小僧、しっかりしろ」

と、三津木俊助は夢中になって、ライオンの肩をゆすっている。等々力警部もそばへかけよってきた。

火事のなかからすくわれた、マリー・宮本もおどおどと、俊助のうしろからライオンをのぞきこんでいる。

「探偵小僧！　気を確かにもつんだ。おまえはもうすくわれたんだぞ」

しかし、気を失っているのか、人間ライオンは返事もしない。

「三津木くん、そうからだばかりゆすっていないで、とにかく、そのライオンの皮をぬがせたらどうかね」

そばから、等々力警部が注意をする。

「いや、ぼくもそう思っているんですが、どこからぬがさせてよいかわからないものですから……」

と、そこまで言って気がついたように、

「ああ、マリちゃん、きみ、この皮のぬがせかたしっちゃいない？」

「はい。しっています」

「そう、それじゃ、ひとつ、ぬがせてくれたまえ。ぼくも手伝うから」

「はい」

マリーはライオンのそばにひざまずくと、しばらくのどのあたりをいじっていたが、やがてずきんを

ぬぐように、ライオンの頭をすっぽりうしろへはねのけた。
と、そのとたん、ライオンの皮の下からあらわれた顔を見て、三津木俊助と等々力警部、さてはマリー・宮本まで、思わず、あっと驚きの声をはりあげた。
なんと、ライオンの中にはいっていたのは、探偵小僧の御子柴くんではなかったのだ。それは、やぎひげの畔柳博士だったのだ。

畔柳博士のはなし

「あっ、こ、これは畔柳先生!」

と、三津木俊助は思わず声を張りあげたが、その声が耳にはいったのか、博士はぼんやり目をひらいた。

そして、まるで夢でも見るような目つきでぽかんとあたりを見まわしている。

「先生、畔柳先生、気をしっかりもってください。ぼくです。三津木俊助です。おわかりになりませんか」

「三……津……木……俊助……」

と、畔柳先生はやぎひげと、どじょうひげをもぐもぐさせながら、口のうちでつぶやいた。少し頭がぼんやりしているらしく、それに片《かた》めがねがないので、はっきり俊助の顔が見えないらしい。

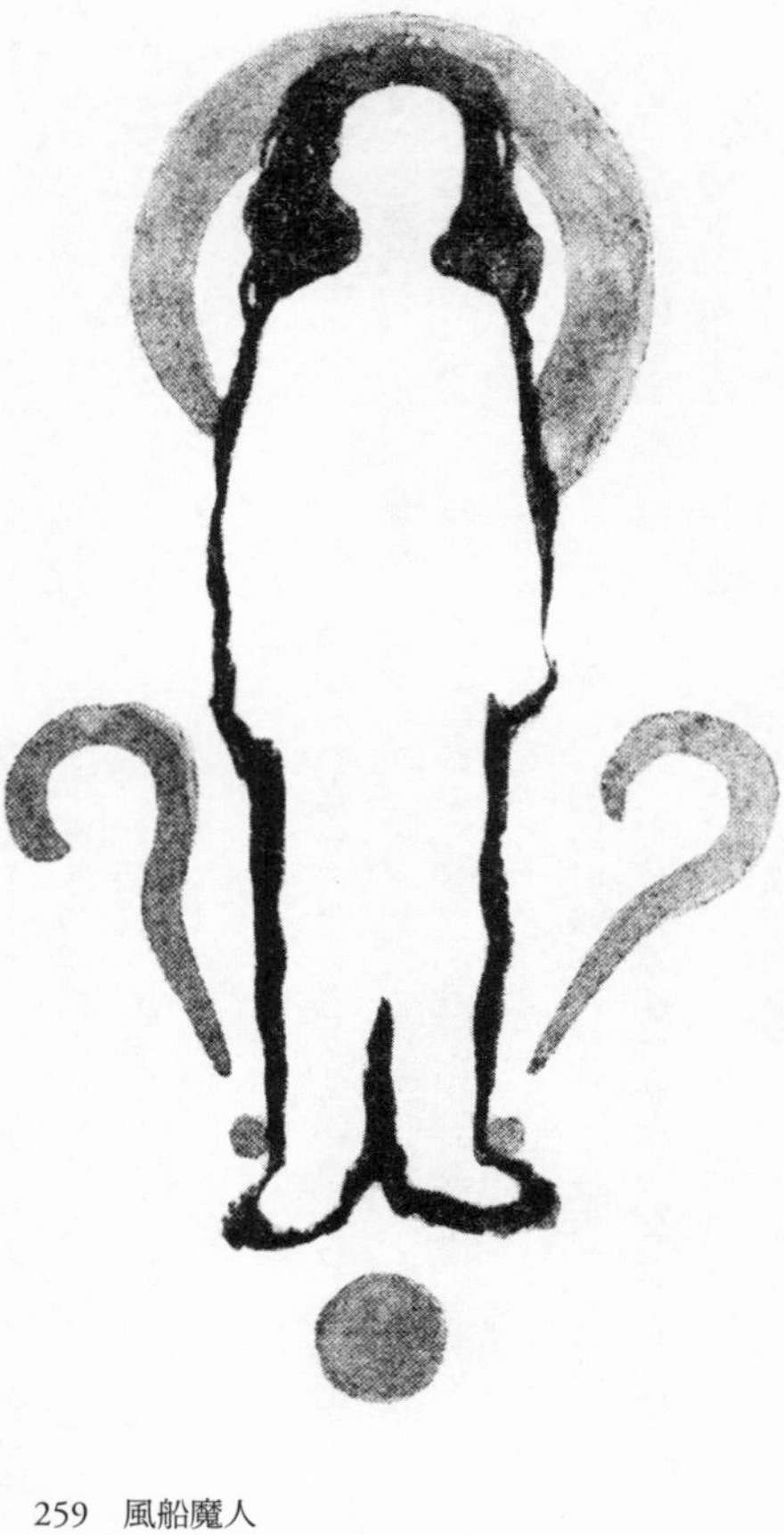

「先生、しっかりしてください。先生はどうしてここへこられたのですか。また、どうして、ライオンの皮の中へいれられたんですか」

「ライオン……の……皮……?」

畔柳博士はまたもぐもぐとつぶやくと、ぼんやり自分のからだを見まわしていたが、

「あ、こ、これはどうしたんだ！」

と、びっくりしたように起きなおった。

「いや、どうしたとは、こちらがお聞きしているんですよ。先生、ぼくです、三津木俊助です。等々力警部もここにいますよ」

「ああ、三津木くん。……等々力警部も……」

と、畔柳博士は目をしょぼしょぼさせながら、ふたりの顔を見くらべて、ひくい声でつぶやいた。

「先生、しっかりしてください。先生はどうしてここへこられたんですか」

俊助はまたおなじことをくりかえした。畔柳博士は、ぼんやり首をふっていたが、それでもだんだん頭がハッキリしてくるらしく、

「わたしも……探偵小僧のことを心配して、このサーカスの……」

と、言いながら、きょときょとあたりを見まわしたが、サーカスがすっかり焼けくずれているのに気がつくと、

「あっ！」

と、叫んで目を見はった。

「先生、サーカスは焼けてしまったんですよ。それで、このサーカスの……」

「ふむ、このサーカスの見物のなかにまじっていたんだ。ところが、すぐ隣へ風船をもった男がやってきた」

「ふむ、ふむ、風船をもった男が……？」

「その風船がわたしの鼻のさきでふらふらしていた。わたしはそれがじゃまになるので、なんどもはらいのけたんだ。ところが、そのうちに……」

「ところが、そのうちに……」

「ジョージ・広田の射撃がはじまったんだ。その射撃のさいちゅうに、ゴム風船がわたしの鼻さきで爆発した……」

「ふむ、ふむ、ゴム風船が爆発して……？」

「すると、そのとたん、みょうなにおいのするガスが、すうっとわたしの鼻をなでた。……と、おぼえているのはそこまでだ。それきりあとのことはわからない……」

と、畔柳博士はまだ頭がふらふらするらしく、しきりに首をふっている。

ああ、そうすると、畔柳博士も、探偵小僧の御子柴くんとおなじように、ねむりガスをかがされて、

天馬サーカスの一味の者に、とらわれていたのであろうか。

空いくサーカス

風船魔人の第一回の実験が行われた、天馬サーカスこそ、風船魔人の一味の者であるらしいと、わかったときの世間の驚きといったらなかった。

それにしても、あの火事のあと、天馬サーカスの一行は、いったい、どこへ消えたのだろうか。天馬サーカスには、馬が一頭、ろばが一頭、それからライオンが一頭いた。その三頭の動物のうち、ライオンはにせものだったにせよ、馬とろばはほんものだったはずである。その二頭の動物をつれ、いったい、どこへどういうふうにして逃げたのか、天馬サーカスのゆくえは、かいもくわからないのである。ただ、わかっているのは、マリー・宮本をぎせいにして、そのあいだに逃げだしたということだけだ。すなわち、警官たちがマリー・宮本に気をうばわれているうちに、まんまとテントから逃げだしたのだ。

それにしても、こうもしゅびよく逃げだしたところをみると、天馬サーカスでは、あの晩警察の手がはいるということを、知っていたのではないかと思われる。それではいったい、だれがそれを知らせたのか。

それはさておき、天馬サーカスが焼けおちた晩、馬のようなものが空たかく、とんでいたのを見たという人が、二、三あった。

あいにく、その晩はくもっていたので、はっきり正体はつかめなかったが、確かに、馬のようなかたちをしたものが、目黒のほうがくから、東京湾のほうへとんでいったと、それを見たという人は、口をそろえて主張した。

それらのうわさはつぎからつぎと言い伝えられて、はては天馬サーカスの一味の者は、みんな空をとんで逃げたのだろうとしだいに話が大げさになってきた。

ああ、空いくサーカス！

なんとそれは、ロマンチックな空想ではないか。しかし、またいっぽう、それはこのうえなくおそろしいことでもある。天馬サーカスの一味の者が、いったい、なにをたくらんでいるのか、それがわからない現在、なんともいえぬほど薄気味《うすきみ》悪いことである。

しかも、その薄気味悪い天馬サーカスの一味に、探偵小僧はとらわれの身となっているのだ。それを考えると、三津木俊助は、はらわたもちぎれんばかりに心配だった。

むろん、マリー・宮本は警察からいろいろととり調べをうけた。しかし、天馬サーカスの一味の者がぎせいとしておきざりにしていったくらいだから、マリーはなにもしっていなかった。

こうして、警視庁がやっきとなって捜したにもかかわらず、天馬サーカスのゆくえはわからず、ただいたずらに日がすぎていった。

そして、第三回めの実験が行われた日から、約一《ひと》月《つき》たった、七月二十日、またしても風船魔人の実験の予告が新聞紙上に発表されたのである。

われわれは過去三回にわたって、貴重な実験を行ってきたが、その結果は、いつもたいへん満足であった。さて、その後も研究は着々と成果をあげているが、ここに、七月二十五日の夜を期して、第四回めの実験を行うことを予告する。なおいままでの実験においては、危険をおもんぱかって模型人形を利用してきたが、今回の実験においてははじめて生ける人間を実験材料として用いることをつけくわえる。

風船魔人

第四回めの実験

風船魔人の予告は、いつも世間を驚かせたが、それでも、今度の予告ほど、深刻なショックを世間にあたえたことはなかった。

生きている人間を実験に使う？　もし、この実験に失敗したら、この人間の命はないのだ。そして、ひょっとしたら、その実験材料に使われるのは、探偵小僧の御子柴くんではないか……。そう考えてくると、風船魔人のやりくちが、いかに非人道的であるかがわかる。かれらはなかま以外の人間の命を、ちりあくたのように思っているのにちがいない。

世間は怒った。いきどおった。そして、いつまでたっても、風船魔人をとらえることのできぬ警視庁にたいして、ごうごうたる非難の声があびせかけられた。

こうして、世間が大騒ぎをしているうちに、ついに七月二十五日の夜はやってきた。東京ならびにそのまわりの地方の、その夜の緊張といったらなかった。

東京の空には、ありとあらゆる種類の飛行機やヘリコプターが舞っていた。自衛隊の飛行機もいた。アメリカ軍の飛行機もいた。民間会社のもっているヘリコプターも総動員だ。

こうして、空をうめんばかりの飛行機やヘリコプターが待機しているところは、なんと戦争のようであった。

それらのヘリコプターのなかに、新日報号がまじっていたことはいうまでもない。そして、そのヘリコプターの中に乗っているのは、三津木俊助と畔柳博士、それから、いつもは探偵小僧がいるのだが、今夜はそのかわりに、マリー・宮本が乗っている。

マリー・宮本は、緊張の目を光らせて、風船魔人の現われるのを、いまかいまかと待っている。マリーは今夜、重大使命をおびているのだ。

空から見れば、東京じゅうのビルというビルの屋上には、サーチ・ライトがすえつけられて、ゆきかう光が、狂ったように空をかけめぐる。

「マリーちゃん。いいね。だいじょうぶだね」

三津木俊助はいたわるように、マリーのかたをたたいた。

「ええ、先生。だいじょうぶです。あやうい命を助けられた、ご恩がえしはきっとします」

マリーはりりしく答えた。

マリーはマントでからだをくるんでいるが、そのマントの下は、曲芸をする時のように、タイツ一枚の身軽さである。

「命がけの仕事だが、まあ、しっかりやってもらいたい」

と、畔柳博士がもぐもぐとつぶやいた時、突然、あちこちから気が狂ったようにサイレンの音がきこえてきた。

「あっ、来た！」

新日報号の機上では、マリー・宮本がきっとくちびるをかみしめる……。

網の少女

「マリちゃん、用意だ！」

三津木俊助の合図に、

「はい！」

と、答えて立ちあがったマリー・宮本は、さすがに緊張のため、まっさおな顔をしていた。

立ちあがったマリーは、マントをぬぎすてる。かるわざをする時のような身軽さだ。

「それじゃ、この中へおはいり」

と、三津木俊助の声。

「はい」

マリーは不思議なものの中へもぐりこむ。それは目のあらい鋼鉄の網《あみ》である。いや、網というより袋なのだ。その線は太いコイルにまきつけてある。

「さあ、マリちゃん、おろすよ」

「はい、どうぞ」

マリーは鋼鉄の網の中から答えた。

「だいじょうぶかな」

畔柳博士は心配そうに、片《かた》めがねの奥で、目をショボショボさせている。

「先生、だいじょうぶです。ブランコからブランコへ飛び移ることを考えたらこれくらいのこと、平気です。ちゃんと網の中へはいっているんですもの」

と、マリーは網の中からニコニコ笑った。

「いや、マリちゃんの勇敢なのには感心した。さあ、それでは……」

「はい。三津木先生、おろしてください」

「よし」

三津木俊助は、鋼鉄の網にはいったマリーのからだを、静かに機上からおろしていく。

こうして、三津木俊助は、今度こそ、空飛ぶ風船魔人の実験材料をつかまえようというのである。それが探偵小僧であるにしろ、ないにしろ、風船魔人の実験材料を手にいれるということは、魔人の正体をつきとめるためにも、ぜひとも必要なのである。

しかし、こういう危険な方法で決行しようとは、まさか俊助も考えていなかった。それを言いだしたのはマリーなのである。

「先生、あたしをヘリコプターからぶらさげてください。そうすれば、なんとかして風船魔人の実験材料に、網をむすびつけてみせますわ」

と、マリーのほうから言いだしたのだ。むろん俊助もいったんは断った。まかりまちがえば命がけの仕事だからだ。しかし、いちど言いだしたマリーは、なかなかあとへはひかなかった。けなげなマリーは、なんとかして、命を救われたご恩がえしをしようと思っているのだ。その熱心さにほだされて、考え出されたのが、鋼鉄の網である。マリーをその中へいれてぶらさげるぶんには、それほどの危険もあるまいと思われたのだ。いまや鋼鉄の網にいれられたマリーのからだは、しだいにヘリコプターからおろされていく。

こうして機上から十メートルほど下にぶらさがってマリーが静かに待機している時、とつじょ、むこうから目をいるような光《ひか》りものがまっしぐらにこちらへ飛んでくるのが見えた。

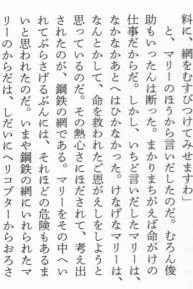

空の競輪選手

その夜、その不思議な光《ひか》りものを見た人は、みんな一瞬、気がくるったか、自分の目がどうかしたのではないかとうたがったという。それもそのはず、それは自転車にのった競輪選手であった。

競輪選手が自転車にのって、まっしぐらに空を走っていくのだ。

むろんふつうの競輪選手よりはあつ着《ぎ》をしていた。競輪選手は頭にヘルメットのようなものをかぶり、目に水中めがねのようなものをかけている。そして、ほんものの競輪選手のように、背中をまるくしてハンドルをにぎっている。しかも、ああ、なんと、両足でかわるがわるペダルをふんでいるではないか。

おまけにその両足の使いかたというのが機械的ではなかったのだ。それは確かに人間の足の運動のようであった。ああ、こんどこそ、風船魔人の実験体は、いままでのような人形ではないらしい。それは確かに人間なのだ。しかも、その全身からは、鋼鉄が燃える時のような光を放っている。

この奇怪な空いく競輪選手の姿を見て、東京じゅうはちのすをつついたような騒ぎになった。サーチ・ライトというサーチ・ライトの光が、この空いく競輪選手に集中された。飛行機という飛行機がこのほうき星のような競輪選手を追っかけた。ヘリコプター新日報号からぶらさがったマリー・宮本も、むこうから近づく、この奇怪な実験体を目にしたとき、思わずギョッと息をのんだ。マリーがいちばんおそれたのは、あの強烈な光である。ひょっとしたら、その光には高い熱がともなっていて、とてもそばへ近よれないのではないかと思われた。しかしこうなれば、もういきつくところまでいくよりほかにしかたがない。マリーは鋼鉄の線をひっぱって、こちらは用意ができているむねを機上にしらせた。

やがて、空いく競輪選手はマリーのそばまで近づいてきた。高度からいうとマリーの位置が、約二十メートルほど上である。

競輪選手はマリーの目の下を、まっしぐらにとんでいく。新日報号はそれとおなじスピードで、おなじ方向へとびながら、しだいに鋼鉄の線をコイルからほぐして、マリーの高度を下げていく。

距離がしだいに近づくにつれ、マリーは目をサラのようにして、競輪選手の姿をながめた。そして、競輪選手の着ているものがふつうのきれではなく、なにかしら、うすい金属らしいことを確かめた。また自転車のタイヤがふつうの自転車よりふとく、それがガスをつめる、袋のかわりになっているらしいこともわかった。いまや、マリーのはいった鋼鉄の網は、競輪選手の頭上すれすれまでおろされた。その時、はじめて競輪選手は、ギョッとしたようにマリーのほうをふりかえったが、つぎの瞬間、マリーは網の目から手をのばして、しっかりと競輪選手に抱きついていた。

空の格闘

マリーがあとで語ったところによるとその競輪選手は人形ではなかった。確かに血のかよった人間だったといっているが、さてどんな顔をしていたか、そこまではマリーにもつきとめられなかった。それというのが、奇怪なその競輪選手は、大きなちりよけめがねの上にプラスチックでできた、マスクのようなものをかぶっていたらしい。それはお能《のう》の面のようにツルツルとしていた。だが、顔は見えなかったとしても、その奇怪な競輪選手は、おそらく探偵小僧の御子柴くんではあるまいというのがマリーの意見である。なぜといって、しがみついた相手のからだは、とても子どもとは思えなかった。りっぱなおとなにちがいなかったとマリーは断言した。それともうひとつ、マリーがあとになって不思議がったのは、あれだけ強烈な光線を放ちながら、競輪選手のからだからは、かくべつの高温も感じられなかったということである。

それはさておき、だしぬけにマリーに抱きつかれて、相手もびっくりしたらしく、顔をうしろにねじむけてなにか叫んだ。しかし、その声は、プラスチックのマスクにへだてられて、マリーの耳にはいらなかった。マリーはむがむちゅうで相手に抱きつくと競輪選手のからだに、鋼鉄線の輪をまきつけようとする。むろん、相手はそうさせまいとからだをもがいた。しかし、両手をハンドルからはなすと、からだの重心がとれないらしく、しかも、うしろむきのままなので、思うようにマリーにさからうことができなかった。

「はなせー、ははなせ！」

　マリーの耳にきれぎれな男の声がきこえた。

「ばか！　はなさないか。あぶない！」

　競輪選手がやっきとなってもがくのもむりはない。ガスの浮揚力は、競輪選手の体重とにらみあわせて、計算されていたらしい。左右にぐらぐらかたむいて、競輪選手はいまにも、自転車からふりおとされそうになる。

「ばか！　ばか！　あぶない！　おまえはおれを殺す気か！」

　競輪選手はやっきとなって、空飛ぶ自転車にしがみついている。恐怖におびえたその声から判断すると、競輪選手のきている着物の中のガスだけでは、浮揚力がたりなかったのではないか。自転車の太いタイヤにつめられたガスの力をかりなければ、空に浮くことができなかったのではないか。だから、自転車からふりおとされると、きっとつぶてのようについらくして、競輪選手は命をおとさなければならなかったのだろう。だが、それはさておき、空いく自転車のうえでかくとうしている競輪選手と網《あみ》の中の少女の姿。それはなんともいいようのない、世にも不思議なながめだった。

袋のねずみ

　この思いがけないできごとに、競輪選手をとりまいて飛んでいる、飛行機やヘリコプターにのった人人は、ただあれよあれよと手にあせをにぎって、なりゆきいかにとながめている。

「しめた！」

　と、競輪選手の腰にしがみつき、しばらくもぞもぞしていたマリーは、やがて思わず心のなかでそう叫んだ。

　マリーはしゅびよく競輪選手の胴に、鋼鉄の輪をまきつけたのだ。その輪はちょうど手錠《てじょう》のように、ガチャンと錠がおりるようになっていて、カギがなければあけることができないのである。マリーはやっと競輪選手の腰から離れた。それから、鋼鉄の線をひいて合図をした。奇怪な風船魔人の実験体、競輪選手はいまや袋の中のねずみも同じだ。腰にまきつけられた輪には、太い鋼鉄線がついて、それが新

日報号までつづいているのだ。ヘリコプターの機上では、

「しめた。マリちゃん、でかしたぞ」

と、三津木俊助は思わず喜びの叫びをあげた。

「畔柳先生、とにかくマリちゃんを引きあげましょう。それから、あの浮揚体をひきあげるのです」

「ふむふむ、これで、風船魔人のガスの秘密も、すっかりばくろするわけだな」

畔柳博士もやぎひげをふるわせ、きりぎりすのような両手をこすりあわせながら、こうふんにぶるぶるふるえている。ヘリコプターの機上には、ふたつのコイルがそなえつけてある。そのひとつにまきついているのは、マリーのぶらさがっている鋼鉄線である。そして、いまひとつはいうまでもなく、しゅびよくマリーが競輪選手の胴にまきつけた、あの鋼鉄の輪につながっているのである。三津木俊助と畔柳博士は左右から、コイル第一号についたハンドルをまわしはじめた。こうしてマリーはぶじに新日報号までひきあげられた。

「やあ、マリちゃん、よくやった。そして、あの競輪選手はどういうやつだ。ひょっとすると探偵小僧では？」

「いいえ、先生、御子柴さんではないようでした。御子柴さんならもっとおとなしくしているはずですのに、とても抵抗しました」

「あのひと……それじゃ、マリーや。あれは人間にはちがいないのだね」

と、畔柳博士がそばから叫んだ。

「はい、確かに人間にちがいありません」

「よし、三津木くん、コイル第二号をまいてあいつをここへひっぱりあげよう」

脱走

ヘリコプター新日報号をとりまいて飛ぶ、各種各様の飛行機やヘリコプターの乗組員は、この奇怪な冒険を、なりゆきいかにと、手に汗握ってながめている。新日報号の機上では、三津木俊助と畔柳博士、それにマリーも手伝って、みんないっしょうけんめいに、コイル第二号をまいている。それにつれて、奇怪な競輪選手は自転車ごと、じわり、じわりと、新日報号のほうへひきよせられていく。三津木俊助

は、興奮のために、ひたいにぐっしょり汗をかいている。やぎひげの畔柳博士も、片《かた》めがねを光らせて、おがらのような手で、コイルをまいている。自転車にしがみついた競輪選手は、十メートル、八メートル、五メートルと、しだいしだいに新日報号の機体に近くひきよせられた。だが、その時だ。ヘリコプターから下をのぞいていたマリーが、

「あっ、あの人、針金《はりがね》を切ろうとしている。三津木先生、早く！　早く！　コイルをまいてー」

と、金切《かなき》り声《ごえ》を、はりあげた。見れば、なるほど、片手でしっかり自転車のハンドルにしがみついた競輪選手は、片手に懐中電灯のような円筒を握っているが、その円筒のとっさきから、青白い炎がほとばしっている。しかも、その炎が鋼鉄線にぶつかると、そこからものすごい火花が散って、見る見るうちに、鋼鉄線がとけていくのがわかるのだ。

「あっ！」

と、叫んで、畔柳博士は、思わずコイルのハンドルから手を放した。そのとたん、むこうがわのハンドルを握っていた三津木俊助も同じように、

「あっ！」

と、叫んで手を放した。畔柳博士が手を放したひょうしに、コイルがものすごい勢いで逆回転をはじめて、俊助の手がしびれたのだ。

コイルの逆回転にしたがって、競輪選手はまたぐんぐんと降下する。

「しまった！　先生、早く！　早く！　そちらのハンドルを……」

三津木俊助と畔柳博士は、ものすごい勢いで回転する、コイルのハンドルにとっつかまった。だが、その逆回転のためにせっかく五メートルまでちぢまっていた距離が、また十メートルとひき離された。しかも、競輪選手の握っていた円筒は、ますます激しく炎を放ち、鋼鉄線はいよいよ細くなっていく。コイルはふたたびまかれはじめて、競輪選手と機体の距離は、ふたたびぐんぐんちぢまってきた。だが、その距離、約二メートルまでちぢまったとき、とうとう鋼鉄線がぷっつり切れた。と、同時に、いままでこうこうと輝いていた競輪選手のからだから、ぬぐうように光が消えてしまったのだ。

内通者

「あっ、しまった」

鋼鉄線がぷっつり切れた時、勢いあまって、まえのめりになった三津木俊助はやっとコイルにつかまると、ヘリコプターから外をのぞいてみた。しかし、今夜はあいにくの曇《くも》り空、外はすみを流したような暗やみで、競輪選手の姿はどこにも見えない。その中をサーチ・ライトの光が、気が狂ったように右往《うおう》左往《さおう》と回転する。

「あっ、三津木先生！　あそこへいきます！」

マリー・宮本が叫んだ時、なるほど一瞬、サーチ・ライトの光の中に、空いく競輪選手の姿がちらとうかんだが、すぐまたやみの中へのみこまれた。

(それにしても)

と、その時、三津木俊助の頭にふいとかすかな疑念がうかんだ。

その時、三津木俊助の頭にうかんだ、疑惑というのはこうである。今夜の競輪選手は、針金を切る道具を用意していた。ひょっとすると相手は、こちらにこういう計画のあることを、あらかじめしっていたのではないか。では、競輪選手はどうしてそれをしっていたのか。それには、だれか内通したものがあるのではないかと考えられる。では、いったいだれが内通したのか。この計画をもちだしたのはマリーである。しかも、マリーはかつて天馬サーカスにいたものだ。ひょっとすると、このマリーが……？

いや、いや、そうではない。このまえ、天馬サーカスを、警官隊が襲撃したときも、サーカスのほうではあらかじめ、それをしっていたらしい。マリーがそれをしるはずはない。では、このまえの天馬サーカスの襲撃といい、こんやのこの計画といい、いったい、だれが相手に内通したのか。三津木俊助の心のなかには、その時、突然、恐ろしい疑いの雲がまきおこって、思わず、ぶるぶるからだをふるわせた。

さて、鋼鉄線をたちきると同時に、全身から放つ光を消して、暗やみのなかにのみこまれた競輪選手はその後どうしたか。かれは、あるいは全身からガスを抜き、あるいはまた、携帯用のガス補充器で、ガスを補充することによって、まるで、ちょうちょがとぶように、ひらりひらりと、暗やみの空をとんでいくのだ。そして、それによって、たくみにサーチ・ライトの光をさけると、しだいしだいに海のほうへ出ていった。この空いく競輪選手は、ごくかすかな音しかたてない。だから、音響によって地上の捜索隊に、かんづかれるおそれは少ないのである。

競輪選手の左腕には、夜光時計のようなものが光っている。しかし、それは時計ではなく、精巧《せいこう》なら針《しん》盤《ばん》なのである。それによって、競輪選手は、暗やみのなかでも、おのれの進むべき方角をしることができるらしい。左の手首にはめた夜光ら針盤をにらみながら、競輪選手はしだいにスピードをましていったが、やがて、東京湾のなかほどまできたとき、一瞬、全身から、またこうこうたる光を放った。そして、それがふたたび、暗やみのなかに消えたとき、むこうの海面から光の輪が三度ばかり空中にゆれた。

そして、光はそのまま、宙にとまっている。競輪選手はその方向へ進んでいく。そして、眼下にうかんでいるランチの姿をみとめると、ぴったり空中に停止した。と、全身のあちこちや、自転車のタイヤからガスが抜けていくらしく、競輪選手のからだは、しだいしだいに降下していく。

「だいじょうぶか」

競輪選手のからだがランチから三メートルほど上空まで降下したとき、デッキから声をかけたのは、天馬サーカスの猛獣使い、トム・高田である。

「ああ、だいじょうぶだとも」

競輪選手はボタンを押して、気のうからガスを抜きながら元気にこたえる。その声はいうまでもなく、天馬サーカスの人気者、射撃の名手ジョージ・広田であった。

「しかし、あぶなかったではないか。こっちはハラハラ手に汗握ったぜ」

「どうして知ってる。ああ、ラジオで聞いたんだね」

「いや、もうビッグ・ニュースだったぜ。全国のラジオ・ファン、さぞ喜んだことだろう」

「じょうだんじゃない。こっちは命がけの仕事だ。それにしても、マリーのやつの勇敢なのには、おどろいた」

「おきざりにされたのを、うらんでいるんだね。なんとか、しかえししようというんだろう」

「なにしろ、火あぶりの刑にあうところだったからな」

と、無事にランチのデッキに降下したジョージ・広田はヘルメットと、プラスチックのマスクをとると、

「やあ、なんだ、探偵小僧、おまえもいっしょにきていたのか」

と、トム・高田のうしろへ声をかけた。いかにもそこに探偵小僧の御子柴くんが目をさらのようにして、この奇怪な冒険家をながめている。

空魔団

「あっはっは、なにをきょときょとしてるんだ。これはおまえがやるはずになっていたんだぜ」

と、トム・高田が探偵小僧の肩をたたいてせせら笑った。

「そうとも、そうとも。それをマリーのやつが裏切りやがったばっかりに、おれにおはちがまわってきたんだ。おかげで寿命が三年がとこ、ちぢまった」

「あっはっは、ジョージ。おまえみたいな命しらずでも、やっぱりこわかったかい」

「そりゃ……おやじさんの頭を信用していても、そこはねえ。どういう計算ちがいがあるかもしれないからね」

「まあ、いいや、なかへはいれ。気付けぐすりに、一《いっ》ぱいやるがいい。おお、サム、ランチをやってくれ」

「オーケー」

かじをにぎっていた男が、スターターを入れると、ランチは、かすかな音をたて、まっ暗な東京湾を去っていく。

ジョージとトムはキャビンへはいった。キャビンの中のテーブルには、ブドウ酒とサンドウィッチが用意してある。

「だけど、だいじょうぶかなあ、トム」

「なにが……?」

「さっき、おれのからだから光をはなったろう。だれかに、あれを見られやしなかったかなあ」

「いいじゃないか。見られたって、いつまでもここにいるんじゃなし」

「それもそうだが、いくいくは、基地と無線連絡がとれるようにしなきゃ、いかんな」

「いずれ、おやじさんのことだ。それも考えているだろう」

「おじさん」

その時、キャビンのドアの外から、声をかけたのは探偵小僧の御子柴くんである。

「おじさんたちは、こんな偉大な発明を、どうして世間に発表しないんです。そうすれば、うんとお金になるでしょうに」

「あっはっは、ところが、これを発明したおやじというのが、いささか変わり者でね。これを、もっともっと完成させて、そのうちに空魔団《くうまだん》というのを組織しようというのだ」

「空魔団……?」

「手っとりばやくいえば、空からの強盗団だな。どうだ、探偵小僧、おまえも仲間にはいらないか。新聞社の給仕《きゅうじ》をしているよりよっぽどいいぜ」

ああ、空魔団!

この偉大な発明家は気でも狂っているのだろうか。そうだ、天才は狂人に通ずるというが、この偉大な発明家は、きっと気が狂っているにちがいない。このようなすばらしい発明を、有益に使おうとはせず、強盗団を組織しようとは、いったい、なんということだろうか。探偵小僧の御子柴くんは、心中からむらむらとこみあげる怒りを、押さえることができなかったが、次の瞬間、ざんぶとばかり身をおどらせて、海の中へとびこんだ。

「あっー、しまった、とびこみやあがった!」

ジョージ・広田とトム・高田が、キャビンの中からとび出した時には、探偵小僧の姿は暗い波間にのみこまれて……。

九死に一生

パン、パン、パン!

まっくらな東京湾の沖合いで、とつじょ、ピストルが火を吹いた。ランチのうえからトム・高田が、海中めがけてめくらめっぽう、ピストルのたまをぶちこんだのだ。驚いたのはジョージ・広田で、

「おい、よせ、トム!」

と、あわててトムの腕をおさえると、すばやくあたりを見まわした。

「なあに、こんな海の沖合いで、だれに聞かれるも

のか。あの小僧はわれわれの秘密のいったんを知っている。生かしておいちゃ、やっかいだ」

　と、またもや、二、三発めくらめっぽう海中めがけて、ピストルのたまをぶちこんだ。

「おい、よせったら、よせ！　ほら、むこうからなんだか、船がくるようじゃないか」

「あっ！」

　と、トム・高田がもピストルをうつ手をやすめて、

「おお、明《あ》かりを消してやってくる……。海上保安隊のランチかもしれねえ」

「いわねえこっちゃねえ。おい、トム、こっちもあかりを消して逃走だ」

「よしっ！」

　そのランチが遠ざかってまもなく、ポッカリと波間から首をだしたのは、探偵小僧の御子柴くんだ。フーッと大きく息をくちへ吸いこむと、ぶるるっと首をふりながら、

「あぶない！　あぶない！　九死に一生、もう少しのところでうち殺されるところだった！」

　そして、ゆらりゆらりと両手で水をかきながら、さて、あらためてあたりを見まわしたが、すると、その目に映《うつ》ったのは、向こうから明かりを消してやってくるランチの姿だ。じつをいうと、御子柴くんは、さっきそのランチの姿に気がついて、それをたよりに海の中へとびこんだのだ。しかも、そのランチは御子柴くんのほうへ進んでくる。

救助

　明かりを消して近づいてきたのは、はたして海上保安隊のランチであった。

「元橋《もとはし》、さっき、ピストルの火花らしいものが見えたのは、たしかこのへんだったと思うが……」

「ああ、そうだったな。たしかこの位置だったよ。おや、安藤《あんどう》、だれかが呼んでるようだが……」

「えっ？」

「ちょっとエンジンをとめてみろ」

「オーケー」

　と、エンジンをとめたとたん、まっくらがりの海の上から聞《き》こえてきたのは、

「助けてくれえ！　助けてくれえ！」

　と、救いを求める御子柴くんの声である。

「おや、だれかが助けを呼んでるぜ。おい、安藤、サーチ・ライトを照射しろ」

言下《げんか》にサーチ・ライトが照射されて、ランチは静かに用心ぶかく、声のするほうへ進んでいく。

「あ、あそこだ、あそこだ」

「さっきのランチから、とびこんだんだな」

「おや」

「どうした、元橋」

「ありゃあ子どもじゃないか。おとなじゃなさそうだぜ」

「おい、それじゃ、ひょっとすると、いつか風船魔人の一味にさらわれた、新日報社の探偵小僧、御子柴進という少年じゃないか」

「そうかもしれない。おうい、待ってろう。すぐいくぞう」

このランチは、さっき、ジョージ・広田が心配していたように、競輪選手が一瞬はなった光を認めて、この場へ、かけつけてきたのである。やがて、ランチが御子柴くんから三メートルほど離れたところにとまると、

「そうら、小僧、浮き輪を投げるぞ。だいじょうぶか」

「ぼく、だいじょうぶです」

元橋保安隊員が浮き輪に綱をつけて投げおろすと、探偵小僧は勇躍《ゆうやく》それに取りすがる。元橋は綱をひきよせながら、

「小僧、きさまはひょっとすると、新日報社の探偵小僧、御子柴進じゃないか」

「そうです。おじさんたちは海上保安隊のひとたちですね」

ああ、こうして、探偵小僧の御子柴くんは、海上保安隊のランチによって、無事に助けられたのだが、かれの口からもれたニュースが、ラジオに新聞に伝えられた時、日本じゅうの人々が、どんなに驚き、かつ、恐れたことだろう。

空魔団

ここに偉大な発明家がいる。

かれは何人も企《くわだ》て、およばなかった、不思議なガス体を発明した。そのガス体は、ひじょうに少ない容積で、人間を空に浮きあがらせるだけの浮揚力を

もっているのである。そのことは、風船魔人のたびたびの実験によって、すでに試験ずみである。ところが、探偵小僧の口からもれたところによると、この偉大な発明家は気が狂っているというのである。そして、この偉大な発明によって、文化の発展につくそうとしないばかりか、空魔団《くうまだん》という、空の強盗団を組織しようというのだ。これを聞いて、驚かぬものが世にあろうか。恐れぬものがあるだろうか。

こうして、風船魔人の目的はようやくわかった。しかし、わからないのはその正体である。探偵小僧やマリー・宮本の話によると、道化師《どうけし》のヘンリー・松崎が、天馬サーカスの団長だということである。しかし、不思議なことには、団員だったマリーでさえ、ヘンリー・松崎の素顔を見たことがないという。ヘンリー・松崎は、いつもサーカスにいるわけではなく、ときおり、思いだしたようにやってくるのだが、いついかなる時でも、顔をまっ白《しろ》にぬりつぶし、トランプのダイヤだのハートだのを、べたべたといちめんに書いているので、どんな顔をしているのかさっぱりわからないという。それにしても、そのヘンリー・松崎というのが、偉大なる発明家なのだろうか。その団長は、たまにしか、サーカスへやってこないというが、それでは、ふだんどこにいるのか。

さて、警視庁では御子柴くんの話によって関東地方の海岸地帯をくまなく調べた。御子柴くんの話によると、天馬サーカスの一味のものは、岩のわれ目を利用した、奇怪な地下工場に住んでいるというのである。しかし、御子柴くんはそこへつれていかれる時も、そこからつれだされる時も、いつも眠り薬をかがされていたので、そこがどこやらさっぱりわからないというのである。いずれにしてもジョージ・広田がやトム・高田が、ランチによって海上はるかに逃走したところをみると、きっと、海岸地帯にちがいないと、しらみつぶしに捜索したが、いっこう、手がかりもつかめぬうちに、とうとう恐ろしい事件がもちあがったのだ。そして、人々は、いよいよ空魔団が活躍をはじめたことを知って、それこそ日本じゅう、きょうふのどん底《ぞこ》にたたきこまれることになったのである。

空の誘《ゆう》かい

それは空いく競輪選手の騒ぎがあってから、三月《みつき》ほどたった十月下旬のことである。新日報社の社長、池上三作氏のお嬢さん、由紀子《ゆきこ》さんは日比谷《ひびや》の音楽堂へ、外国の有名なピアニストの演奏をききにいった。こんな時いつもお供《とも》をするのが、探偵小僧の御子柴くんだ。御子柴くんは、近ごろ、社長のうちから社へかよっているのである。その演奏会が終《お》わったのが夜の九時ごろ。由紀子さんと御子柴くんは、つれだって外へ出たが、そこに待っているはずの自動車が見えない。あたりを見まわしていた御子柴くんは、

「お嬢さん、ぼく、ちょっとさがしてきます。お嬢さんはここに待っていてください」

と、由紀子をひとりそこに残して、きょときょと、あたりをみまわしながら、人ごみの中へまぎれこんだ。すると、それといれちがいにやってきたのは、三十前後の紳士である。洋服のうえにインバネスをはおっている。帽子をとって、ていねいにおじぎをすると、

「池上さんのお嬢さんですね」

と、にこにこ笑った。これこそジョージ・広田なのだが、由紀子はもとよりそんなことは知らなかった。

「はい」

「お嬢さんのお車は、むこうに待っています。ご案内しましょう。ぼく、新日報社の記者で山本五郎《やまもとごろう》というものです」

「あら。そう、それでは……」

と、由紀子はなにげなくジョージ・広田のあとについていったが、突然、広田がなにかにつまづいたように、よろよろとよろめいて、由紀子のからだにもたれかかった。

「あれえ！」

と、由紀子が叫んだとたん、広田の片腕ががっきりとその腰をだきしめた。と、思うと、なんと、由紀子のからだをだいたまま、広田のからだが、ふわりふわりと宙《ちゅう》に浮いていくではないか……。

宙に浮く

「あら！」

と、由紀子は叫んだが、はじめのうちは、なにがなにやら、わけがわからなかった。

ただ、妙にからだが軽くなったような気がして、思わず、きょろきょろあたりを見まわしたが、ふと気がつくと足が地面から離れている。

からだが宙に浮いている！

そう気がついたとたん、由紀子はなんともいえぬ恐ろしさを感じて、思わずきゃっと悲鳴をあげた。

「だれか来てえ！」

由紀子の足は地上から、すでに五十センチくらい浮きあがっていた。その両足をじたばたともがきながら、

「あれえっ。だれか助けてえ！」

と、もう一度、絹《きぬ》をさくような悲鳴をあげた時もうひとりの男が、ばたばたと由紀子のそばへ駆けよってきた。そして、

「お嬢さん、どうかしましたか」

と、言いながら、その男もまたジョージ・広田の反対側から、がっちりと由紀子のからだをだきしめた。

そのとたん、由紀子はからだがまえより、いっそう軽くなるのが感じられた。

「あれ、おじさん、放して……放して……」

と、左右からがっちり両腕をとられた由紀子が、両足をバタバタさせながら叫んだ時には、三人のからだは、もう地上数メートルの上空に浮かんでいた。

あとから来たのはいうまでもなく、天馬サーカスのトム・高田である。トム・高田も洋服のうえにインバネスをはおっていて、ジョージ・広田とそっくりおなじ姿をしている。

その時、由紀子のまわりには、ひとりも人がいなかったわけではない。いやいや、音楽堂を出た人が、まだそうとうたくさん歩いていたのだ。しかし、だれもとっさのうちにおこったそのできごとの意味を、はっきり知ることができなかったのだ。

人のからだが、宙に浮く……。

いったい、そんなことが信じられるだろうか。しかし、いま眼前にその不思議なできごとが、じっさ

いにおこっているのだと気がついた時、あたりにいあわせた人々は、

「わっ！」

と、叫んで、あわてふためき、くもの子をちらすように、四方八方へ逃げまどった。

「あれ、あれ、ひとのからだが宙に浮いていく。三人のからだが宙をとんでいく……」

だれかが気違いのように叫んだ時には、左右から由紀子のからだをかかえた、ジョージ・広田とトム・高田は、すでに音楽堂の屋根より高く浮きあがっていた。

×　　　×

「空魔団《くうまだん》だ！　空魔団だ！　空魔団がとうとう活躍を開始したぞ！」

「そうだ、そうだ。風船魔人がとうとう空の強盗団を組織したのだ！」

「そうだ、それにちがいない。そして、空から人をさらっていくのだ」

「あれ、あれ、人間が空をとんでいくう！」

日比谷公園の中は上を下への大騒ぎである。気が狂ったように、口々にわめき、叫び、逃げまどう声を聞きつけて、はっと足をとめたのは、自動車をさがしにいった探偵小僧の御子柴くんである。ぎょっとして空をあおぐと、おりからの星空のもと、こうもりのようなふたりの男にはさまれて、空に浮かんでいるのは、どうやら女の子のようだ。御子柴くんは、はっとあやしい予感に胸をふるわせた。

「おじさん、おじさん、あれ、ど、どうしたんですか」

と、ふるえる声で、そばを走っていく人にたずねると、

「ど、どうしたも、こうしたもあるかい。ふたりの空魔団が、十三、四のかわいい女の子をひっさらって、空へまいあがっていったんだ。小僧、まごまごしてると、おまえも空へひっさらわれるぞ」
十三、四の女の子……？
探偵小僧の御子柴くんは、突然、頭から冷たい水でもぶっかけられたような恐怖をおぼえた。

もしや、由紀子さんでは……？

と、さっき由紀子を待たせていた場所までひきかえしてきたが、むろん、そこに由紀子のいようはず

がない。

「おじさん、おじさん、さっきここにいた、十三、四のかわいいお嬢さんをしりませんか。まっかなオーバーを着た……」

「ああ、きみは、あの女の子のつれなのか！　その女の子が、いま空へひっさらわれたのだ！」

「あっ！」

探偵小僧はそのとたん、全身の血がこおるような恐怖をおぼえた。ガクガクとひざがふるえて、いまにもそこへ、へたばりそうになった。しかし、すぐに勇気をふるいおこすと、

「しまった！　ちきしょう、ちきしょう！」

と、逃げまどう人々をかきわけて、日比谷公園から外へととびだしたが、その時、ふとかれの目をとらえたものがある。そこにとまっている自動車の窓から首だけだして、空を仰《あお》いでいるひとりの老紳士があった。それはまぎれもなく畔柳博士である。

御子柴くんは思わず声をかけようとしたが、そのとたん、博士の顔にうかんだ、世にも奇妙なうすら笑いに気がつくと、声がそのまま、のどのおくで凍りついてしまった。それは、してやったりというような、世にもうすきみのわるい、えがおであった。

臨時ニュース

その晩の東京の騒ぎといったらなかった。

空魔団がいよいよ活躍を開始した。ふたりの空魔団の団員が、ひとりの少女をひっさらって、空へまいあがっていったというニュースが、各放送局から放送された。それを聞いた家庭では、どこの家でもふるえあがって、あわてて雨戸《あまど》をしめるやら、ドアにカギをかけるやら、なかにはふとんをひっかぶって、ぶるぶるふるえている人もあった。

新日報社の会議室でも、山崎編集局長をはじめとして、三津木俊助に探偵小僧の御子柴くん、それからやぎひげの畔柳博士もまじえて、いっしょうけんめい、ラジオのニュースに耳をすましました。

「それではつぎに、この恐ろしい事件の目撃者、山《やま》田《だ》春雄《はるお》さんに実見談《じっけんだん》をうかがうことにいたします。山田さん、さぞびっくりなすったでしょう」

アナウンサーの声につづいて、

「いや、もう、驚いたのなんのって、それこそ、キ

モッ玉《たま》がでんぐりかえってしまいました。ちょうど、わたしの五、六歩まえを、インバネスを着た男と、十三、四のかわいいお嬢さんが歩いていたのです。ところが、突然、女の子が、なにやら小さい声で叫んだので、ひょいとみると、男のほうのからだが一メートルほど宙《ちゅう》にういていて女の子のからだをひっぱりあげるようにしているんです……」

「びっくりなすったでしょう。その時には……」

「いや、その時にはまだ、びっくりするまでにはいたりませんでした。なにがなにやらわけがわからず、ただポカンとしていたんです。そしたら、そこへ、もうひとり、男がやってきたんです」

「そうそう、空魔団はふたりだったそうですね」

「空魔団かなにかしりませんが、とにかくもうひとりの男がやってきて、お嬢さん……とかなんとかいいながら、これが左のほうから、女の子の腰か腕に手をかけたんです。そしたら、みるみるうちに、三人のからだが宙に浮いていったんです」

「まっすぐに、宙に浮いたんですか」

「そうです、そうです。音楽堂の屋根あたりまでは、垂直にのぼっていきました。それから少し方向をかえて、ななめに上昇していきましたが、それから水平に走り去ったようです」

「スピードはどのくらい……」

「そうですね。たいして速くはなかったんですよ。のろのろ走るくらいのていどでしたね。だけど、あれ、飛行機で追っかけるには、高度が低すぎると思うんです。というと、これはどういうことになるんです。ピストルの射程距離をたくみにさけて飛ぶとすれば……いや、こわいことです、こわいことです」

アナウンサーの質問に答えてきた山田春雄さんは、ここまでしゃべってくると、声をふるわしてためいきをついた。

トランクの中

臨時ニュースが終《おわ》った時、探偵小僧の御子柴くんは、いまにも泣き出しそうな顔をして、ふらふらと、いすから立ちあがった。

「山崎さん、三津木さん、ぼくこれから社長のうちへ帰ります。さっそくこのことを社長に報告しなければ……」

「探偵小僧、それじゃ、空魔団にさらわれたのは、由紀子さんに違いないというんだね」

「はい、そんな気がしてならないんです。ぼくが、そばを離れたのがいけなかったんです」

「まあ、そういちがいに、気をおとすことはない。由紀子さんはいま、うちへ帰る途中かもしれない」

山崎さんが慰《なぐさ》めたが、そんな気やすめで落ちつくはずはなかった。

「とにかく、ぼく帰ります。畔柳先生は……？」

「いや、わしはまだここにいる。いろいろ、うちあわせることがあるからな」

畔柳博士はそういうと、たいへんだ、たいへんだ、たいへんなことがおこったと、口のなかでつぶやきながらおりの中のライオンのように、へやの中を歩きまわっている。

「それではおやすみなさい」

探偵小僧の御子柴くん、しょんぼり首をうなだれて、会議室から出ていったが、いったん、外からドアをしめると、きゅうにいきいきと目を輝かせた。

探偵小僧は、いそぎあしで廊下を走ると、写真部のへやへとびこんだ。

「川本《かわもと》さん、さっきお願いしておいたもの、用意できておりますか」

「ああ、ちゃんと用意をしておいたよ。だけど、これどうするんだい」

「なんでもいいから、かしてください」

川本写真部員の手から、探偵小僧がひったくるようにうけとったのは、万年筆のキャップくらいの筒《つつ》である。

探偵小僧の御子柴くんは、それから自分のいすへかえると、小さなバスケットをとりあげた。そして、それを小わきにかかえると、おおいそぎで社から《と》び出した。

新日報社の横のうすぐらいみちばたに、一台の自動車がとまっている。さいわい、運転手の姿は見えない。

しめた！

と、心の中で叫んだ探偵小僧は、すばやくあたりを見まわしたのち、自動車のうしろについているトランクを開《ひら》いた。さっき、そのトランクが、からであることを確かめておいたのだ。

探偵小僧はもういちどあたりを見まわしたのち、するりとトランクの中へすべりこみ、中からそっとトランクのふたをしめた。それにしても、探偵小僧がごしょうだいじにかかえているバスケットの中には、いったいなにがはいっているのだろうか。
今まで、風船魔人の一味のために、さんざん、ひどいめに合わされてきた探偵小僧の御子柴くんが、なにか、風船魔人の正体についての秘密を発見したのであろうか……？
それにしても、この自動車にだれが乗って行くのか、御子柴くんは、すべてを知っているようであったが、その行き先はどこなのだろう。

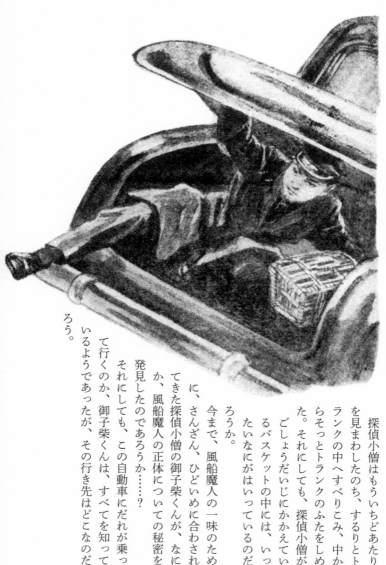

畔柳博士の正体

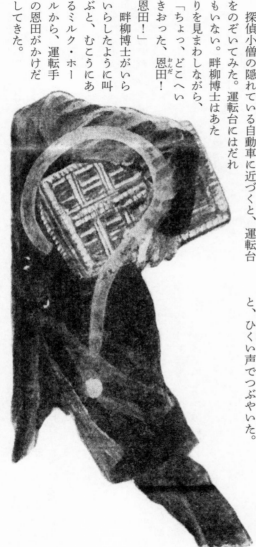

探偵小僧の御子柴くんが、自動車の後部についているトランクの中へ、身をひそませてから三十分ほどのちのこと。新日報社の中から出てきたのは、やぎひげの畔柳博士である。

探偵小僧の隠れている自動車に近づくと、運転台をのぞいてみた。運転台にはだれもいない。畔柳博士はあたりを見まわしながら、

「ちょっ、どこへいきおった、恩田《おんだ》！恩田！」

畔柳博士がいらいらしたように叫ぶと、むこうにあるミルク・ホールから、運転手の恩田がかけだしてきた。

「あっ、団長」

「しっ、ばか！」

と、畔柳博士の目がギョロリと光った。

「いや、どうも。それじゃ、先生、さあ、どうぞ」

畔柳博士はなんとなくあたりを見まわすと、自動車の中に乗りこんで、

「七号根拠地まで」

と、ひくい声でつぶやいた。

「はっ、承知しました」

運転手の恩田もひくい声でこたえると、そのまま自動車は走りだす。それにしても、不思議なのは畔柳博士のそぶりである。なんとなくあたりをはばかるような目つきといい、運転手とのことばのやりとりといい、なんだかがてんがいかないようだ。いや、いや、それよりもっと不思議なのは、運転手の恩田という男である。探偵小僧の御子柴くんは、その男に見おぼえがあったのだ。

いつか東京湾の沖合《おきあい》で、あやうくトム・高田に撃ち殺されようとした時、あのランチを運転していたのが、確かにあの男であった。トム・高田とジョージ・広田はこの男をサムという名でよんでいたが。

それはさておき、サム・恩田も畔柳博士も、探偵小僧の御子柴くんが、トランクの中にひそんでいるとはゆめにも知らない。三人を乗っけた自動車は、それからまもなく、東京の町を西へ出はずれると、甲州《こうしゅう》街道を西へ西へと走っていく。

そして、その夜も真夜中をすぎたころ、やっと自動車がやってきたのは、山梨県の山の中である。深い谷の流れの左右に、切りたてたようなだんがいが、びょうぶをつらねたように立っている。自動車はその流れにそうて、うねうねとまがっている道を走っていたが、やがてかわらへおりる道をすべりおりていった。

「先生、ここでよろしゅうございますか」

「うむ、よし。あたりにだれもいないな」

「はい、だいじょうぶです」

運転手がこたえると、自動車の中からひとりの男がおりてきた。みると、それはまっくろなトンガリずきんをすっぽりかぶって、顔を隠した人物である。しかも、からだにもすその長い、まっくろなだぶだぶのマントのようなものを、着ている。頭からすっぽりかぶったずきんには、ふたつの穴があいていて、そこから鋭い目がのぞいている。

ああ、この怪しい人物こそ、畔柳博士の正体なのか……。

伝書ばとかえる

さて、それから一週間のちのこと。新日報社にはふかい暗雲がたれこめていた。

それは社長池上三作氏の令嬢由紀子さんが、ゆくえ不明になったからである。やはり探偵小僧の空魔団《くうまだん》にゆばがあたっていたらしく、由紀子さんが空魔団にゆうかいされたらしいとわかって、池上社長の心配となげきは、ひととおりや、ふたとおりではなかった。

それと、もうひとつ、山崎編集局長と三津木俊助が心をいためているのは、おなじ晩から探偵小僧の御子柴くんが、ゆくえ不明になっていることである。

しかし、このことは川本写真部員の注意で、山崎編集局長と、三津木俊助のほかには、新日報社の社員ですらも知らなかった。

「探偵小僧のいうのに、ひょっとすると、二、三日か四、五日、自分は帰らないかもしれないけれど、ぜったいそのことをだれにもいわないように……って、そういって出かけたんですがね。さあ、ぼくにもどこへいくとはいいませんでした」

と、川本写真部員も心配そうに小首をかしげていた。だから、ある日、畔柳博士が新日報社へやってきて、

「ときに、近ごろ探偵小僧の姿がみえないようだが、どうかしたのかな」

と、たずねたときも、

「ああ、探偵小僧ですか。あれは由紀子さんがゆうかいされたということについて、ひどく責任を感じたとみえて、神経衰弱《しんけいすいじゃく》になってねこんでしまったんです」

と、三津木俊助もこたえておいた。ところが、探偵小僧がいなくなってから八日めのこと。

「山崎さん、三津木さん、もどってきました。もどってきました。ほら、この伝書《でんしょ》ばと!」

と、川本写真部員が興奮の顔色で編集局のへやへとびこんできた。みるとその胸には一羽の伝書ばとがだかれている。

「ほら、ここに手紙がついています。それからこのカメラ……」

伝書ばとの足には通信を入れるアルミのかんと、それから、いつか川本写真部員が探偵小僧に手渡した万年筆のような小さなだが結びつけてある。それは小さな小さな映画の撮影機械である。三津木俊助が取る手おそしと、通信筒《つうしんとう》から手紙を取り出して読んでみると、そこにはこんなことが書いてある。

ぼくはいま、自分がどこにいるか知りません。どこかの山の中のがけにほられた地下工場の中です。伝書ばとにつけたフィルムで、ここがどこだか判断してください。なお、きたる十日の夜八時、大仕掛けな空魔団がここからとび立つ予定です。しかし、そのことは畔柳博士にはしらせないように。由紀子さんは無事です。

探偵小僧

三津木俊助様

ああ、これでわかった。探偵小僧のかかえていたバスケットには、伝書ばとがはいっていたのである。

カメラに写る

伝書ばとの足につけられた自動式の顕微鏡式《けんびきょう》撮影機は、みごとに成功していた。川本写真部員によってそれが拡大されると、一同は目をサラのようにしてフィルムをのぞきこむ。それはいま探偵小僧のいるところから、新日報社まで、伝書ばとのとんだあいだの道中を、空から撮影したものである。

「あっ、三津木さん、これは明治神宮《めいじじんぐう》の外苑《がいえん》じゃありませんか」

「そうだ、そうだ。こいつは新宿駅《しんじゅく》だぜ」

「あっ、ここに帯のように写っているのは甲州街道じゃないかな」

山崎編集局長も、興奮のために息をはずませている。

「そして、由紀子はこの伝書ばとがとび立ったところに、いまでも無事でいるんだね」

と、ふるえる手でフィルムをめくりながら池上社長は涙ぐんでいる。こうしてフィルムは新日報社から、ぎゃくに調べられていく。三津木俊助と川本写真部員のふたりは、フィルムと東京近郊《きんこう》の地図を見くらべている。

「これでみると、伝書ばとは東京の西のほうからとんできたんですね。ああ、ここに写っているのは八王子市《はちおうじ》らしい」

「ああ、探偵小僧の手紙によると、どこかの山の中とありますが、これはおそらく甲州の山の中ですぜ」

「あっ！　社長さん、こ、これは猿橋《さるはし》じゃありませんか」

「ああ、そうだ、そうだ、猿橋だ。すると、この川は桂川《かつらがわ》だな」

ああ、こうしてついに風船魔人の根拠地は、桂川の上流の、とある山の中らしいと推定された。しかし、もちろんフィルムと地図を見くらべただけでは、くわしい地点はわからない。

「どうでしょう、社長さん。この地図をみちしるべに飛行機でとんでみたら……？」

「しかし、そんなことをして、風船魔人の一味にさとられたら……。なにしろ、由紀子さんを人質にとられているのだから……」

と、山崎編集局長には、それがいちばん心配なのだ。

「いいさ、それはかまわん。風船魔人の根拠地を知ることがなによりたいせつだ。三津木くん、きみ、やってくれたまえ」

と、池上社長は断固《だんこ》として言った。こうして、社長の命令で飛行機でとんだ三津木俊助は、とうとうその地点のあらましをつきとめることができたのである。

空の投網

さて、探偵小僧の手紙にしめされた十日の夜、八時ごろのことである。その夜はさいわい月のよい晩だったが、もし、人が桂川の上流の、とあるがけの上を注意ぶかく見まもっていたら、そこに、世にも不思議なものを見たことだろう。まず、ひとつ、がけのうえの林の中から、ふわりとひとつの人影がうきあがった。その人影はこうもりのように、インバネスのそでをはためかしながら、まっすぐに空にのぼっていく。と、また、それに続いて一つの人影……。さらに、つぎからつぎへと、同じようにインバネスを来た人影が、空へのぼっていくのである。これらの人影は百メートルくらい上昇すると、やがて方向をかえて、東の空へ飛んでいく。

「ふうむ」

と、がけ下の岩陰《いわかげ》からこれを見て、思わずうめき声をあげたのは、いわずとしれた三津木俊助。

「社長、これは大した発明ですね。これだけの発明を社会の為《ため》に使おうとせずに強盗団に利用するとは」

「三津木くん、あの人は気が違っているのだよ」

と、池上社長は暗いため息である。がけの上からとび立った人数は、ちょうど十六人だった。かれらはいっせいに東の空へ飛んでいったがその時、とつじょ聞《き》えてきたのは、けたたましい飛行機の爆音だ。空付近の飛行場で待機していた十数台の飛行機は、空魔団とびたつとの現地からの報告をうけると、いっせいに飛行場をとび立ったのだ。そして、空いく空魔団を見つけると、飛行機からパッと投げおろされたのは、かつてアメリカ空軍が使用したと同じような投網《とあみ》である。これには空魔団の連中もあわてた。驚いた。列をみだして逃げまどうのを、金属製の投網ががっきりくるんで、そのまま飛行場へひいていく。

これらの状況は、暗いところでも写る赤外線撮影機で撮影され、ニュース映画になって全国で影写《えいしゃ》されたが、この時の映画館はいつも大入り満員だった。さて、とらえられた空魔団の団長が、畔柳博士であったことは、いまさらいうまでもあるまい。博士は天才であった。と、同時に狂人でもあったのだ。しかも、博士はとらえられた瞬間に、とうとうほんとうに気が狂ってしまった。しかし博士の残した業績は大きい。いまや、日本の科学者たちは、全力をあげて博士の発明した、超高度浮揚力をもったガス体の秘密をとこうと努力している。なお、今度の事件の殊勲《しゅくん》第一人者として、探偵小僧は近く総理大臣から、表彰されるということである。

黄金魔人

尾行する足音

それは木枯《こがら》しの吹きすさぶ、去年の十二月以来のことである。

東京にはふしぎな噂《うわさ》がながれはじめた。全身黄金でできた人間が、ときおり、東京のあちこちに出没するというのである。

それをはじめにいいだしたのは伊東伊津子《いとういつこ》という、ことし十六才になる少女であった。

伊東伊津子は渋谷《しぶや》にある、東京デパートという百貨店の売子《うりこ》であった。

十二月もなかばをすぎると、どこのデパートも年末の大売出《おおうりだ》しでいそがしい。ふだんは五時にしめる東京デパートも、年末大売出しの期間だけは、閉店時刻が八時までのばされている。

だから、その夜、お店がしまって、売場のあとしまつをしたのちに、伊東伊津子が東京デパートを出たのは八時半をとっくにすぎていた。

伊東伊津子の家は久我山《くがやま》にある。久我山というのは、渋谷から吉祥寺《きちじょうじ》まで走っている、井の頭《いかしら》線という郊外《こうがい》電車のとちゅうに駅のあるところである。

だから、乗りかえなしに約二十分の通勤距離だが、伊津子の家のあるあたりは、たいへんさびしいところなので、いつもはおかあさんが駅までむかえにくることになっている。

伊東伊津子のおとうさんは、新宿《しんじゅく》の映画館で映写技師をしているのだが、伊津子の下に弟や妹がたくさんあるので、伊津子もはたらかねばならないのである。

伊津子はその春、中学校を卒業すると、東京デパートの売子募集におうじて、何百人という競争者の中からめでたくえらばれて仕事にありついたのである。それだけに、伊津子はたいへんかわいい、頭のよい、しかも勇気のある少女であった。

さて、その夜九時ごろ、伊津子が久我山の駅におりたつと、いつも迎えにきているおかあさんのすがたがみえなかった。伊津子はしばらく駅のまえで待っていたが、おかあさんのすがたは見えなかった。

そのうち伊津子はふと、けさ出がけに、おかあさんがかぜをひいたのか、少し頭がいたいといっていたのを思いだした。ひょっとすると、そのかぜが悪くなって熱でも出たのではないか。おかあさんが寝ているとすると弟や妹たちはまだ幼くて、とても迎えにはこられないのである。それに、おとうさんはまだ新宿の映画館ではたらいている時刻である。

まえにもいったように、伊津子はたいへん勇気のある少女であった。夜道をこわいとも思わなかった。毎日かよいなれた道である。いつまでもここでぼんやり待っているより、ひとりでかえろうと決心してあるき出した。いつもの道をとおってかえれば、もしおかあさんが迎えにきても、とちゅうでいきちがいになる気づかいはない。

伊津子はいそぎあしに歩きだした。片手にアルミのべんとう箱、片手にこうもりがさを持って、うつむきかげんにあるいていく。

まもなくお店などのある明《あ》かるい町をとおりすぎて、畑や林のあるさびしい道にさしかかった。それでも、ところどころに街灯がついているので、ぜんぜんまっくらというわけではない。

伊津子のうちは、むこうに見える林のそばをとおりすぎたところにある。

伊津子はとつぜん、ぎょっと息をのんだ。さっきからおなじ間隔をへだてて、うしろからついてくる足音に気がついたからである。

コツ、コツ、コツ……不完全ながらも舗装《ほそう》してある道に、かたい金属性の音をたてながら、足音のぬしはつけてくる。

黄金人間

こんなばあい、かえってひとりのほうがこわくない。夜道に、だれかうしろからついてくるというのは、まことにきみが悪いものだ。

伊津子はうしろからくるひとをやりすごそうとして、少し歩調をゆるめてみた。すると、その足音もおなじように、歩調をゆるめるのである。

伊津子は、ゾーッと全身からつめたい汗が吹きだすのをかんじた。

伊津子はふたたび歩調をはやめた。すると、うしろの足音も、おなじように歩調をはやめてついてくるのだ。

ああ、もうまちがいはない。うしろからくるひとは、ぐうぜんおなじ道をいくのではない。あきらかに、伊津子のあとをつけてくるのだ。

伊津子はうしろをふりかえろうか

と思ったが、とてもその勇気は出なかった。また走りだそうかと思ったが、それではかえって、あいてをおこらせはしないかと、ただひたすら足をいそがせていく。

　やがて、伊津子は林のそばの道にさしかかった。そこは片がわが学校のへいになっており、片がわがそうとう広い林になっている。駅からおうちへかえりつくまでのあいだでも、いちばんさびしい場所である。

　とつぜん、うしろからくる足音が、コツ、コツと大《おお》またに伊津子のほうへちかづいてきた。伊津子の心臓はガンガンおどって、全身から吹き出す汗で、こうもりがさの柄《え》をにぎったてのひらもぐっしょりである。

　とうとう伊津子はむちゅうになって走りだした。いや、走りだそうとしたといったほうがただしいかもしれない。

　そのとたん、うしろから追いついた人物が、

「伊津子サン、伊津子サン、アナタ、伊東伊津子サンデショ」

　みょうな声だった。まるで外人のはなす日本語のように、鼻にかかって、アクセントもおかしかった。

　伊津子はまたゾーッとした。全身の毛という毛がさかだつ思いで、むちゅうになってかけだそうとした時、うしろからきた男が、むんずと伊津子の手くびをつかんだ。

「あれえッ！」

　と、悲鳴をあげながらも、にぎられた手首のつめたさに、はっとあいての手を見ると、それは金色にかがやいて、しかも、その手のつめたさは金属性のつめたさであった。

　はっとして、伊津子がうしろをふりかえると、あいての顔はお能《のう》の面のようにつるつるしていて、しかも、これまた金色にかがやいていた。

「あれえッ!!」

　こんどこそ、伊津子はのどもさけんばかりに悲鳴をあげた。

「だれかきてえッ!!」

　と、さけぼうとする伊津子の口を、奇怪な男は片

手でふさいだ。その手も金色にかがやく金属性のつめたい手だった。

「シッ、静カニ。ワタシ、黄金人間、ワタシノ体、黄金デデキテイマス。ワタシトイッショニクル、面《オモ》白《シロ》イモノ見セテアゲル」

そういいながら黄金人間は、伊津子の体を横抱きにした。

伊津子はそのとき、恐怖のどん底にたたきこまれた。それでも目をあげてみると、奇怪な黄金人間はつばのひろい山高帽《やまたかぼう》をかぶっていて、その下に、表情のないお能の面のような金属性の顔が、つるつると金色にかがやいていた。

そして、からだにはすっぽりとかかとまでとどきそうなマントをまきつけているのだが、マントの下ははだからしく、かたい金属性のかんじである。足を見ると、靴もはいていなくて五本の指が金色にかがやいて、しかも、身うごきするたびに、コツ、コツとかたい金属性の足音がする。

「だ、だれか来てぇッ!!」

と、伊津子はひと声たかく叫んだきり、とうとう奇怪な黄金人間の腕にだかれたきり、気をうしなってしまった。

気ちがいあつかい

「おい、きみ、きみ、どうした。さっきの叫びはきみだったのか」

ゆすり起《おこ》されて伊津子がはっと気がつくと、パトロールのおまわりさんが、懐中電灯の光を、まともに伊津子にむけている。

「ああ、黄金人間……」

「えっ、黄金人間……?」

「はい、いま体じゅう黄金でできたひとがあたしのあとを追っかけてきて……」

伊津子の奇怪なことばに、おまわりさんは目をまるくした。

「きみ、きみ、気でもちがってやあしないか。体じゅう黄金でできた人間なんてばかばかしい。さあさあ起きたまえ、きみの叫び声を聞きつけて駆けつけてきたんだが、だれもそのへんにはいなかった。いったい、どんなやつにおそわれたんだい」

「はい、それですから、黄金人間に……」

と、道にたおれていた伊津子は、よろよろしながら起きあがった。まだ膝《ひざ》がしらが、がくがくふるえている。

「ば、ばかなことをいっちゃいかん。ほんとのことをいいたまえ。いったい、どんなやつだったんだ。きみをおどかしたのは……?」

「いいえ、ほんとのことなんです。顔も、手も、足も、いいえ、体ぜんたいが黄金でできてるこわい人なんです。じぶんでも、黄金人間だといっていました」

パトロールはあきれかえったように、伊津子の顔を見ていたが、きっと気でもくるっているのであろうとあきらめたのだろう。

「きみのうちはどのへんだい。なんなら、ぼくがおくっていってあげよう」

「はい、この林をとおりすぎたところです。おまわりさん、後生《ごしょう》ですから送って……あたし怖《こわ》くて、怖くて……」

伊津子はゾーッとしたように、林のなかを見まわしたが、そこにはもう、さっきの怪人のすがたは見えなかった。

「ああ、そう、よし、送っていってあげよう。ああ、これ、きみのべんとう箱だね」

親切なおまわりさんは、道におちているべんとう箱とこうもりがさをひろってくれた。

それから、伊津子とならんであるきながら、もういちど、伊津子をおそった人間について聞きただしたが、しかしなんど聞いても、伊津子の返事がかわらないので、おまわりさんもそれ以上、聞きただすのをあきらめた。きっと、気がくるっているか、それともすこし足りないのかもしれないと思ったのだろう。

親切なおまわりさんは、伊津子を家まで送りとどけると、おかあさんに伊津子の精神状態をきいてみた。

伊津子のおかあさんは、はたして熱を出して寝ていたのだが、おまわりさんの話を聞くと、けっして伊津子はばかでもなければ気ちがいでもない、小学校から中学校にかけて、ずうっと首席でとおしてきたと断言した。

顔を見ても、伊津子はいかにもりこうそうである。おまわりさんは小首《こくび》をかしげた。

「だけどね、伊津子ちゃん、さっきの黄金人間の話ね。あれ、だれにもいわないほうがいいぜ。ぼくでなくったってだれだって、きみをばかか気ちがいにちがいないと思うからな。あっはっは……」

おまわりさんは、笑いながらかえっていったが、それでも気になったのか本署のほうへは、伊津子の話したとおりに報告書を出しておいた。

これが警察の書類のなかに、はじめて黄金人間なる名前があらわれたさいしょだった。むろん、本署でも問題にしなかった。

そんな報告書を提出した園部《そのべ》巡査を、かえってばかにしたくらいである。

伊東伊津子はこの事件のために、熱を出して三日ほどお店をやすんだが、その後は元気にかよっている。

ローズ・蠟山

さて、伊東伊津子が奇怪な黄金人間におそわれたのは、去年の十二月中旬のことだったが、それから十日ほどたって、またもや、黄金人間が出現した。

黄金人間におそわれた二番目の犠牲者《ぎせいしゃ》というのは、ローズ・蠟山《ろうやま》というレビューのおどり子で、伊東伊津子とおないどしの十六才の少女であった。

ローズ・蠟山は丸の内の帝都《ていと》劇場というレビューの小屋に出ているのだが、その年の春、中学校を出てレビューに入団したばかりの、ほんのまだ駆け出しの踊子《おどりこ》だった。

その晩ローズ・蠟山は、真夜中の二時ごろまで、踊りのおけいこに熱中していた。なにしろ、ふつう興行がおわったあとでお正月のレビューのけいこをするのだから、どうかすると、徹夜になることもある。

そんなときには、おさない少女に夜道をあるかせて、もし悪者におそわれてはいけないというので、みんな劇場の楽屋にとまることになっているのである。

その晩もローズ・蠟山は、はげしいおけいこのあと、いっしょに入団したお友だちといっしょに、楽屋の大部屋でざこ寝《ね》をした。大部屋というのは、下っぱの役者たちがいっしょに化粧をしたり、衣裳《いしょう》をつけたりするへやである。

、ざこ寝というのは、雑魚《ざこ》がほしてあるように、おおぜいおなじ部屋へ寝ることだ。

さて、ローズ・蠟山はあけがたの四時ごろふと目をさました。寒くて、よく寝つかれなかったのである。ローズ・蠟山はうすいせんべいぶとんから抜けだすと、階下にあるトイレットへいった。

劇場というものは、舞台で幕がひらいているあいだは、まことに陽気で、はなやかなものだが、そうでないときはいかにもがらんとして、うすきみ悪いものである。

ローズ・蠟山は大《おお》いそぎで用をたすと、楽屋の階段をあがろうとした。

と、そのとき、上からコッ、コッと、かたい金属性の音をさせて、おりてくるものがあった。

「おや、だれかトイレへいくのかしら？」

そう思いながら、ローズ・蠟山はなにげなく上を見た。

そのとたん、ローズ・蠟山はシーンと体じゅうの血がこおるような怖《こわ》さをかんじた。

階段の上にはほのぐらい、はだか電球がぶらさがっている。

そのはだか電球の下に、雲つくばかりの大男が立っていた。いや、じっさいはそれほどの大男だったかどうだかわからないのだが、階段の下から見あげたローズ・蠟山にはそう見えたのだ。

その男はふちのひろい山高帽子《やまたかぼうし》をまぶかにかぶって、かかとまでとどきそうなすその長いマントを体にまきつけていた。

そして、首をふかくたれているので、顔はさっぱり見えなかったが、そのかっこうがいかにもきみわるくかんじられたのだ。

「だれ……？　そこにいるのは……？」

ローズ・蠟山はがたがたふるえながら、それでも勇気をふるって声をかけた。

すると、あいては首をたれたまま、

「ローズ・蠟山ダネ」

と、みょうに鼻にかかった、だみ声でたずねた。

「ええ、あたしローズ・蠟山だけど、あなたはだあれ？」

ローズ・蠟山がかさねて質問したとき、

「ワタシ、黄金人間デス」

と、きっぱりいうと、あいてはさっと顔をあげ、

マントのまえをパッとひらいた。そのとたん、ローズ・蠟山は、

「キャーッ!」

とさけんで、両手で顔をおさえた。

つばのひろい山高帽子の下には、お能《のう》の面のように表情のない顔が、つるつると金色に光っていた。そして、マントをひらいたその下は、金色のパンツをはいただけのはだかだったが、その全身がピカピカと黄金《こがね》色にかがやいている。

しかも、靴をはかぬはだしの足の五本の指も爪《つめ》も、これまた金色にかがやいていて、

「ワタシ、黄金人間デス」

と、もういちどいった。

そして、一歩一歩、階段をおりてくるとき、それは、かたい金属性の音を立てるのである。

楽屋の怪

蛇《へび》にみこまれるとかえるは身動きができなくなるという、そのときのローズ・蠟山がちょうどそれだった。

「ワタシ、黄金人間デス」

と、みょうな声でつぶやくようにそういって、黄金人間は一歩一歩階段をおりてくる。

金属性のその足音をききながら、ローズ・蠟山は逃げだすことはおろか、声をあげることすらできなかった。両手で顔をおさえたまま、ただぶるぶるとふるえているばかり。

黄金魔人はとうとう階段のしたまでおりてきた。そして、小鳥のようにふるえているローズ・蠟山の手をにぎると、

「ワタシノ顔、ゴランナサイ。ワタシノ体、黄金デデキテイマス。ワタシトイッショニクル。面白《オモシロ》イモノ見セテアゲル」

氷のようにつめたい手だった。その手で手首をにぎられて、ぐいと腕をねじあげられたとたん、ローズ・蠟山はおもわずあいての顔を見た。

その顔はお能の面のように、つるつると金色にかがやいて、瞳《ひとみ》がキラキラ鬼火《おにび》のように光っている。そして、くわっと大きく口をひらいたとき、ローズ・蠟山はのこぎりのようにギザギザとがった歯が、ぜんぶ金色にひかっているばかりか、舌さえ黄

金色にかがやいているのを見た。

「キャーッ！」

そのとたん、ローズ・蠟山のくちびるからおもわず悲鳴がとびだした。

「だ、だれかきてえ！　ひとごろしィ……」

そこまでさけぶのがせきの山だった。ローズ・蠟山は氷のようにつめたい黄金人間の体温をねまきのうえから感じながら、とうとう気をうしなってしまった。

黄金人間は、にったりとうすきみわるい笑いをうかべると、ローズ・蠟山をだいたまま、楽屋へいこうとした。

だが、そのときだ。ローズ・蠟山の悲鳴がきこえたにちがいない。にわかに二階のほうがさわがしくなったかとおもうと、どやどやと階段をおりてくる足音がする。

黄金人間はローズ・蠟山を抱いたまま、さっとマントをひるがえして、まっくらな舞台裏を走っていたが、とつぜん、ぎょっと立ちすくんだ。目のまえにパッとあかりがついたからである。

「だ、だれだ！」

と、宿直室からとびだしたのは、わかい元気な守衛《しゅえい》だった。

「黄金人間！」

と、奇怪な黄金の男は、あいかわらずひくい、みょうなだみ声である。

「黄金人間……？」

と、さすがに守衛もいきをのんで、あいてのすがたを見なおした。

「おい、ばかなまねはよせ。いま何時だと思っているんだ」

と、そのまま宿直室へはいろうとした時、どやどやと二階からおりてきたのは、少女たちにとりかこまれたレビューの北川《きたがわ》先生である。北川先生も黄金人間を見ると、ぎょっとばかりに立ちどまった。そのうしろには少女たちが恐ろしそうにしがみついている。

「おい。古田《ふるた》くん、そこにいるみょうな男はいったいだれだ！」

「あっ、北川先生、これ、レビューの役者じゃないんですか」

「そうじゃない。さっきだれか人ごろしとさけんだぞ」

「ああ、あれ……その人に抱かれてるの、ローズちゃんだわ」

少女のひとりがおそろしそうにさけんだとたん、黄金人間はローズ・蠟山を抱いたまま、身をひるがえして、舞台裏からさっと舞台へとびだした。

黄金のやもり

「おい、古田くん、電気だ、電気だ！　劇場じゅうの電気をつけろ！」

北川先生のさけび声に、守衛《しゅえい》の古田も、はじめてあいてがただ者でないことに気がついた。配電室へとびこむと、つぎからつぎへとスイッチを入れて、劇場じゅうの電気をつけた。

「おい、どうしたんだ。どうしていまごろ電気をつけるんだ」

劇場の入口のほうにも宿直室がある。こん夜《や》の宿直は青田《あおた》という事務員だった。青田事務員はねぼけまなこをこすりながら、宿直室からとびだしたが、舞台からとびおりてきた黄金人間を見ると、

「や！　おまえはなんだ！」

「ああ、青田くん、泥棒だ！　泥棒だ！　あやしいやつだ。そいつをつかまえてくれたまえ」

と、さけびながら北川先生と古田守衛が、舞台裏からとびだしてくる。

「ようし！」

青田事務員もわかくて元気者だった。大手《おおで》をひろげて黄金人間に突進していく。なにしろ椅子《いす》と椅子とのあいだのせまい通路だ。しかも黄金人間は、ローズ・蠟山を抱いている。これでは不利だと思ったのか、黄金人間はローズの体を椅子へおろすと、身をひるがえして、横の通路へ逃げだした。

「おい、女の子、外へ出ておまわりさんを呼んでこい。こわけりゃ、五六人かたまっていけ」

北川先生が声をからしてさけんでいる。この帝都劇場のすぐ表《おもて》に交番があって、いつもおまわりさんが二三人いる。北川先生の命令で、勇敢な少女が五六人、舞台から土間《どま》へとびおりると、ひとかたまりになって表へとびだした。

こちらは黄金人間だ。横の出口から廊下へとびだすと、すぐ目のまえに二階へあがる階段がある。黄

金人間はこうもりのように、ひらひらと黒いマントをひるがえしながら、大股《おおまた》にその階段をのぼっていく。

そのうしろから、北川先生と青田事務員、古田守衛がおっかけた。

黄金人間は二階から、さらに三階へあがっていく。そして、追跡する三人が、三階までたどりついたときには、黄金人間はバルコニーからとびだして、柱をつたってするすると円型の屋根へのぼっていった。

ああ、なんという大胆さ。おわんをふせたような円型の屋根を、黄金人間は四つんばいになってのぼっていくのだ。まるで足の裏に吸盤でもついているかのように、たくみによちよちのぼっていく。バルコニーの三人は、あきれかえって手に汗にぎって見つめていたが、そのときやっと、三人のおまわりさんがかけつけてきた。

「どこだ、どこだ。あやしいやつは?」

「あそこにいます。あの屋根のうえ……」

北川先生に指さされて、屋根のうえへ目をやったおまわりさんは、思わずあっといきをのんだ。

黄金人間はいま避雷針《ひらいしん》のそばに立っている。じゃまになると思ったのか、いつかマントをかなぐりすてて、全身はパンツひとつのはだかである。

ああ、そのすがた、そのあやしさ。ふしぎさ! おりからの月の光に照らされて、全身がきらきらと黄金色にかがやいて、それこそ金色《こんじき》のやもりである。

「おのれ! 化物《ばけもの》!」

おまわりさんのひとりが、黄金人間めがけてズドンと一発ピストルをぶっぱなしたが、ああ、なんということだ。カチッとつめたい音をたてて、ピストルのたまがはねかえされたではないか。

「ワッハッハッ、ワタシ、黄金人間。ピストルノタマ、ダメ、ダメ、ダメ!……」

そうさけんだかと思うと、黄金人間は手をふってさっとダイビングの姿勢になった。

帝都劇場のすぐ横にはそうとうふかい堀がある。

「あっ!」

と、一同が手に汗にぎってさけんだとき、黄金人間は金色の線をえがいて、まっくらな堀のなかへまっさかさまに……。

探偵小僧

「三津木《みつぎ》さん、黄金人間て、いったいなにをたくらんでるんでしょうねえ？」

新日報社《しんにっぽうしゃ》の会議室では、さっきから黄金人間のことが話題にのぼっていたのだが、その話の切れめを待って、そう口をはさんだのは、探偵小僧の御子柴《みこしば》くんである。

みずから黄金人間と名のる怪物が、この東京のどこかにいることは、帝都劇場の事件があって以来、だれももううたがうものはなくなった。黄金魔人は帝都劇場の屋上から、堀へとびこみ、そのままゆくえをくらましたのだが、大勢のひとが黄金人間のすがたを見ていた。また、黄金人間とみずから名のることばも聞いた。

伊東伊津子のばあいには、伊津子のほかにだれも黄金人間を見たものはいなかった。だから園部巡査も、伊津子のことばを信じなかった。また、ねんのために提出しておいた園部巡査の報告書も、本署のほうで問題にされなかった。

　しかし、ローズ・蠟山のばあいには、たくさんのひとが黄金人間を見ているのだ。また、みずから、黄金人間と名のるのを聞いているのだ。だから、ローズ・蠟山が正気にかえって、恐ろしかった話をしたとき、だれもその話をうたがうものはなかった。

　そして、この事件が大きく新聞にのったとき、園部巡査の報告書がはじめて問題になってきた。そこで、伊東伊津子はあらためて、警視庁によびだされ、等々力《とどろき》警部からあの恐ろしかった晩のできごとをたずねられた。

　こうしてふたりの少女が、奇怪な黄金魔人におそわれたということがわかると、世間のさわぎはたいへんなものだった。しかも、その怪物はピストルのたまさえはねかえすのだ……。

　そんなことが毎日のように新聞に書きたてられ、口から口へと語りつたえられるものだから、親たちのしんぱいはたいへんなものだった。ことに十五六の娘をもった親たちは、しんぱいのために夜もねむれぬくらいだった。

　この世間の恐怖をしずめるためには、いちにちもはやく、黄金人間をとらえるよりほかに方法はない。そこで、新日報社では名探偵そこのけという腕きき記者、三津木俊助《しゅんすけ》を中心に、きょうも対策をねっているのである。

「それだよ、探偵小僧」

　と、三津木俊助もまゆねにしわをよせながら、

「あいての目的がわかれば、正体もはんぶんわかったようなものだが、それがわからないだけに、警視庁でもこまっているのだ」

「ほんとにへんですねえ」

　と、探偵小僧の御子柴くんも、おとなのようにしあんくさい顔をして、

「伊東伊津子のばあいも、ローズ・蠟山のばあいも、黄金魔人はしっぱいしています。だけど、どこかほかで成功して、十五六の少女をかどわかしている

……と、いうようなことがあるのですか」

「いや、警視庁でもそれをしんぱいして、東京じゅうの警察で調べてみたんだが、ここのところ、行方《ゆくえ》不明になっている少女はひとりもいないのだ」

「いよいよもって、へんですねえ」

と、そういう探偵小僧の顔色には、気にかかる、なにかしらがあるらしかった。

長谷川花子

中央線の吉祥寺で電車をおりて、南口の改札口から外へ出たとき、長谷川花子《はせがわはなこ》はしまったとおもった。調布《ちょうふ》いきの終《しゅう》バスがいま出たばかりなのに気がついたからである。そのバスに乗りおくれると、さびしい夜道を三十分ばかり、あるかなければならないのだ。

「いいわ、あるくわ。こわくなんかないわ」

花子はじぶんでじぶんに勇気づけるようにつぶやくと、すたすたとうつむきかげんにあるきだした。

しかし、ゆくてにあのさびしい井の頭公園のそばの道が待ちうけていると思うと、ちょっと心が重くなる。

「いやだわ、御子柴さんたら……今夜にかぎって、なぜあんないやなことをいいにきたのかしら」

長谷川花子と探偵小僧の御子柴くんはおない年で、ことしいっしょに中学を出た。そして御子柴くんは新日報社に入り、長谷川花子は有楽町《ゆうらくちょう》の喫茶店、スプリングという店につとめることになった。

御子柴くんと花子は学校時代から仲よしだった。しかも、つとめさきもつい近所なので、御子柴くんはちょくちょくスプリングへお茶をのみにいく。

その御子柴くんが今夜もきて、

「花ちゃん、気をつけなきゃあいけないぜ」

と、もったいらしくいうのである。

「気をつけろって、なんのこと?」

と、花子があどけなくたずねると、

「ほら、あの、黄金人間のことさ。花ちゃんは十六だろう。だから……」

「うっふっふ……」

と、花子はおもわず笑いだした。

「なんのことかとおもったら、そのことなの。だけど、あたしなんかだいじょうぶよ」

「どうしてさ」

「だって、あたしをかどわかしてどうするの。かどわかしって、たいてい身のしろ金《きん》とやらを要求するためでしょう。あたしみたいな貧之人の娘を……」

「だって、伊東伊津子だって、ローズ・蠟山だって、金持ちじゃないんだよ」

「あら、そうお」

と、花子はあどけなく首をかしげて、

「じゃ、そのかわり、きっときれいな人なんでしょう。あたしなんか……」

「きれいだの、きれいでないなんて問題じゃないんだ、花ちゃんは、黄金人間にねらわれる可能性があるんだ」

「あら、どうして……？」

と、花子が目をまるくすると、

「ううん、つまりきみが十六だからさ」

「だって、十六の女の子なら、東京に何万、いや、何十万いるかもしれないわ。なにもあたしにかぎって……」

「うん、うん、そういえばそうだが……まあ、よく気をつけたまえ」

と、御子柴くんはそういって、かえっていったが、花子は今そのことが気になってきたのである。

『でも、なんでもないことなんだわ。御子柴さんはしんせつだし、まえから仲よしだから、しんぱいしてくれただけのことなんだわ。なにもわたしにかぎって、黄金人間にねらわれるわけってないわ……』

だが、そのとたん、長谷川花子は全身の血がこおりついたように、その場に立ちすくんでしまったのである。

気がつくといつのまにやら、いちばんさびしい、井の頭のそばの道まできていた。そして、うす暗がりのどこかから、

「花子サン、花子サン、アナタ、長谷川花子サンデショ？」と、きみの悪い声がきこえてきたからである。

花子おそわる

長谷川花子もそのとしごろの少女としては、だいたんなほうである。いったんは全身の血がこおりつくような恐怖をおぼえて、その場に立ちすくんでし

まったが、すぐに勇気をとりもどした。

「だれ？　いま、あたしの名をよんだのは？」

そういいながら、花子はあたりを見まわした。だれかしりあいの人が、からかっているのだろうと思ったのである。

「ワタシダヨ」

気味のわるい声は、また、どこからともなくきこえてきた。

「どこにいるのよ。こっちへ出ていらっしゃいよ」

「ホラ、ココダヨ、頭ノウエヲゴラン」

その声にはっと上をあおいだ花子は、こんどこそ気がとおくなるようなおそろしさに、からだ中《じゅう》がしびれてしまった。

道ばたにはえている大きなけやきの木が、からかさのように枝をひろげて、その枝のひとつが花子の頭のうえまでのびている。

その枝のうえにだれかいるのだ。

けやきの葉はすっかりおちているうえに、空にはいっぱい星がかがやいていた。それに五メートルほどむこうに街灯がともっている。だから、下からあおいだ花子の眼《め》にも、枝のうえにいる人影が、かなりはっきりみえたのだ。

その人影はつばのひろい、大きなぼうしをかぶっていた。そのうえ、全身をくろいトンビでつつんでいるようだった。トンビの袖《そで》がひらひらとこうもりのようにゆれている。おまけにぼうしの下からのぞいているのは、キラキラと金色にかがやく顔ではないか。

黄金人間だ！　ああ、御子柴さんがいったとおり、黄金魔人がじぶんをねらっているのだ！

「……」

花子は声を出してさけぼうとした。しかし、からからにのどがかわいて、声が出なかった。逃げだしたいと心があせった。しかし、足がしびれて一歩もうごけなかった。

とつぜん、黄金人間はひらりと身をひるがえして、花子のまえにとびおりた。アスファルトのうえにとびおりたとき、黄金人間の足は、ガチャリと金属性の音をたてた。

「長谷川花子サン、サッキカラ待ッテイマシタ。サア、ワタシトイッショニ、オモシロイトコロへ、イキマショウ」

そういいながら、むんずと花子の手首をにぎった黄金人間の手は、氷のようにつめたかった。その気味わるいつめたさが、ゾーッと体中にしみわたったとき、花子ははじめて、はっとじぶんに立ちもどった。

「あれえッ。はなしてえ！」

花子はむちゅうになって、黄金人間の手をふりほどこうとした。しかし、黄金人間のつめたい手は、がっきりと釘抜《くぎぬ》きのように花子の手をにぎったままはなさなかった。

「花子サン、ナニモコワイコトハナイ。ワタシ、黄金人間デス。アナタニ、トテモオモシロイモノ見セテアゲル」

そういうと、黄金人間はやにわに花子のからだを横抱きにした。黄金人間のからだのつめたさが、オーバーの上からしみとおるように、花子にはかんじられた。

「あれえッ、助けてえーッ。だれか来てえ！」

花子が足をバタバタさせているところへ、うれしや、駅のほうからふたつの人かげがちかづいてきた。

それを見ると、花子は地獄でほとけにあったように、のどもさけよとばかりに大声でさけんだ。

「助けてえーッ、助けてえーッ、黄金人間です。黄金魔人がここにいます。助けてくださあい」

またまた失敗

花子の声がきこえたのか、むこうからちかづいてきたふたつの人かげは、にわかに足をはやめて走りだした。しかも、ふたつの人かげのうちの小さいほうが、

「なに、黄金人間だって？」

と、少年の声でさけんだかとおもうと、

「そこにいるの、花ちゃんじゃない？」

と、そういう声は意外にも、探偵小僧の御子柴くんではないか。

「ああ、御子柴さん、助けてえーッ。あなたのいったとおりよ、黄金人間があたしをねらっているのよ。黄金人間があたしをどこかへつれていこうとするのよ」

「ようし！」

と、さけんだのは、新日報社の腕きき記者、探偵

小僧が先生とたのむ三津木俊助だ。

黄金人間は、おもいがけなく、じゃまものがあらわれたと気がつくと、

「チッ！」

と、するどく舌をならして、花子のからだをつきとばした。そして、さっきとびおりたけやきの木にスルスルとのぼると、さっきとは反対がわの枝をつたって這《は》っていく。

ちょうどそこは井の頭自然文化園のへいのそとで、その枝は文化園の中へつきだしている。

「黄金人間ー　待てえ！」

三津木俊助と探偵小僧が、けやきの木のねもとまでかけつけてきたとき、黄金人間はこちらをふりかえると、

「サヨナラ、アバヨ。アッハッハ！」

と、あざわらうような声をのこして、ひらりと文化園の中へ姿を消した。

「ちくしょう！」

と、三津木俊助もけやきの木をのぼろうとしたが、靴をはいていてはのぼれない。大《おお》いそぎで靴をそこへぬぎすてると、黄金人間のあとをおって木をのぼっていく。

探偵小僧の御子柴くんは、そこに倒れている花子のそばへかけよると、

「花子さん、花子さん、しっかりしたまえ。どこにもけがはなかった？」

「ああ、御子柴さん！」

と、花子はその手にすがりついて、

「いま、つきとばされたひょうしに膝《ひざ》をすりむいただけ……でも、あのひと……黄金人間はどこへいって？」

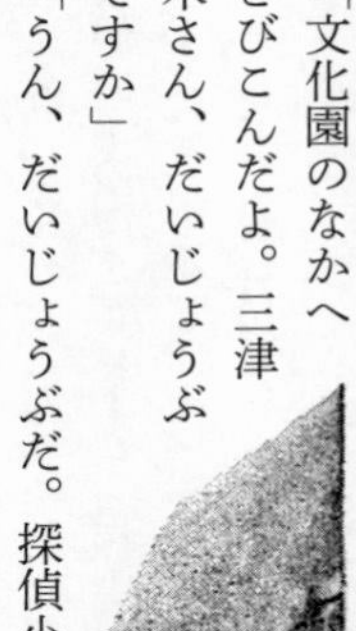

「文化園のなかへとびこんだよ。三津木さん、だいじょうぶですか」

「うん、だいじょうぶだ。探偵小僧、おまえはそのお嬢さんを家までおくりとどけて、そのついでに、おまわりさんに知らせてこい」

そういったかと思うと、三津木俊助も黄金人間のあとを追って、文化園の中へとびこんだ。

だが、ここで三津木俊助は大きな失敗をやったのだ。それは靴をへいのそとへぬいできたことだ。文化園のなかにはくま笹《ざさ》がいっぱい生えている。靴下だけではとてもいたくて、おもうように歩けなかった。

そのあいだに、黄金人間はまんまとすがたをくらまして、それからまもなく、探偵小僧の知らせによって、おまわりさんがかけつけてきたときには、黄金人間のすがたはどこにも見えなかった。

それにしても黄金人間は、またしても少女をかどわかすことに失敗したのである。

探偵小僧の推理

「いいえ、ねえ……」

と、ここは武蔵野《むさしの》警察の一室である。署長のさしずによって、黄金魔人そうさく隊が出発したあとで、三津木俊助が署長にむかって説明している。

「この探偵小僧が、今夜ひょっとすると黄金人間が、井の頭のへんにあらわれるのではないかというので、ねんのためいっしょにやってきたんです。ただし、探偵小僧がどうして今夜、黄金人間があそこにあらわれることを知っていたのか、それはぼくにもまだわからないのです」

「ふふん」

と、署長も目をみはって、

「探偵小僧、きみはどうして黄金人間が、あそこへあらわれることを知っていたんだね」

「はあ、あの、それはこうなんです」

と、探偵小僧は、はにかんでもじもじしながら、

「ぼく、こんど黄金人間にねらわれるのは、花ちゃんじゃないかと思ったものですから……」

「どうして、花ちゃんがねらわれるとおもったんだね」

と、三津木俊助もふしぎそうな顔色である。

「はい、それはこうです。いちばんはじめにねらわれたのが、伊東伊津子という字でしょう。苗字《みょうじ》も名前もイではじまってます。それから二番めにねらわれたのは、ローズ・蠟山という子でしたね。苗字も名前もロではじまっています。しかも、ふたりとも十六です。だから、こんどねらわれるのは、苗字も名前もハではじまっていて、しかも十六の女の子じゃないかと思ったんです」

「な、なんだって！」

署長と三津木俊助は、おもわず大声をあげていっせいにさけんだ。

「それじゃ……黄金人間はイロハ順に女の子をおそうというのか」

「ええ、ぼく、なんだかそんな気がしたんです。伊東伊津子のつぎがローズ・蠟山ですから……だから、こんどはハの番じゃないかと思ったんです」

「それで、長谷川花子がねらわれると思ったんだね」

「ええ、そうです。花ちゃん、ことし十六です。それは東京じゅうに十六の女の子はたくさんいるでしょう。しかし、苗字も名前もハではじまっていて、しかも、十六の女の子はそうたくさんはいないと思うんです。いえ、たとえいても、家にいる子、学校へいってるだけの子なら、黄金魔人にもわからないんじゃないかと思ったんです。そこへいくと、伊東伊津子もローズ・蠟山も、外へ出てはたらいているでしょう。花ちゃんも喫茶店ではたらいていて、お客さんがたくさんやってきますから、苗字も名前もハではじまっていて、しかも十六だってことが、黄金魔人にしれてるんじゃないかと思ったんです」

「しかし、なぜまた黄金魔人は、イロハ順に女の子をおそうのだ」

「それは、ぼくにもわかりません」

探偵小僧にもそこまでは謎《なぞ》がとけなかった。

しかし、げんに探偵小僧の予想はみごとにあたって、長谷川花子がおそわれたのだ。

いったい、黄金魔人はなにを目的としているのだろう……。

三津木俊助はぼうぜんとして、署長と顔を見合わせていた。

丹羽虹子

黄金魔人はイロハ順に、ことし十六になる女の子をねらうのではないかという、探偵小僧の推理が、そのつぎの朝の新日報にのせられると、世間の人びとは、あっとばかりにおどろいた。

もし、それがほんとうだとすると、つぎにねらわれるのは、苗字と名前がニではじまっている、ことし十六の女の子ということになる。ニではじまっている苗字といえば、新田《にった》、西田《にしだ》、西野《にしの》、西井《にしい》とたくさんあるが、ニのつく名前というのはいったいなんだろう……。

新日報社の会議室では、山崎《やまざき》編集局長を中心として、三津木俊助と探偵小僧、それから幹部のひとたちがあつまって、いろいろ評議をしていたが、そのとき、デスクの上の電話のベルがけたたましく鳴り出した。

山崎編集局長は、すぐに受話器をとって耳にあてると、

「なに、探偵小僧にあいたいといって人がきてる……？　なんて人……？　丹羽安麿《にわやすまろ》さん……ええ、なに？　それから丹羽虹子《にじこ》というお嬢さんがいっしょだと……？」

電話を聞いていた一同は、おもわずぎょっといきをのむ。

丹羽虹子……苗字も名前もニではじまっているではないか。

「ふむ、ふむ、それで虹子さん、ことし十六だというんだね。ああ、そう。それじゃすぐにこちらへご案内してくれたまえ」

ガチャンと受話器をおくと、山崎編集局長はこうふんした目つきで一同を見まわした。

「探偵小僧、やっぱりおまえの推理があたっているらしい。丹羽虹子という少女になにか思いあたるところがあるというのだ」

一同がさっときんちょうしているところへ、受付けの女の子に案内されてはいってきたのは、五十ばかりの紳士とかわいい少女である。紳士はそろそろ髪が白くなりかけていて日本人にはめずらしい片眼鏡《めがね》《かた》をかけている。

「いや、とつぜんおしかけてまいりまして失礼ですが、けさのおたくの新聞をみて、この子がみょうなことをいいだしたもんですから……」

「ああ、どうぞおかけなすって……それで、そのお嬢さんは、あなたのお子さんで……」

山崎編集局長が尋《たず》ねた。

「いや、これはわたしの姪《めい》でして……つまり兄のわすれがたみなんですが、両親とも死んでしまったので、わたしがめんどうをみているんですが……」

「ああ、なるほど。それで虹子さんがどんなことをおっしゃるんですか」

三津木俊助がたずねると、

「虹子、さあ、おまえから話をしなさい。なにもこわいことないよ。こうして、みなさんがいらっしゃるんだから……」

「はい」

虹子はかわいい肩をすぼめると、つぎのような話をはじめたのである。

それはいまから一週間ほどまえのことである。四五人のお友だちといっしょに虹子は銀座をあるいていた。そのとき、お友だちが丹羽さんだの、虹子さんだのと苗字でよんだり、名前でよんだりしていた。

　すると、虹子たちのそばをあるいていたサンタクロースのみなりをしたサンドイッチマンが、とつぜん足をとめて虹子のお友達にたずねた。

「そのお嬢さん、丹羽虹子という名前かな」

「ええ、そうよ。おじさん、それがどうして？」

「そして、年はいくつだね」

「十六よ」

「ふうむ。それで学校は……ああ、桜《さくら》ガ丘《おか》女子学院だね」

　と、サンタクロースはそういうと、にやりとうすきみのわるい微笑をうかべたというのである。

万有還金

「ところが、そのつぎの日……」

　と、丹羽虹子はおびえたように肩をすぼめて、おずおずと山崎編集局長から三津木俊助、それから探偵小僧の顔を見まわした。

「ふむ、ふむ、そのつぎの日……？　どうしたの？　おじょうさん」

　と、山崎編集局長が、はげますようにあとをうながす。

「さあ、虹子、なにもびくびくすることはないんだよ。なにもかも、みなさんに聞いていただきなさい」

　と、片眼鏡をかけた丹羽安麿氏も、やさしく虹子の肩をたたいた。

「はい……」

　と、虹子はかわいたくちびるをなめながら、

「そのつぎの日、学校へ電話がかかってきて、だれかがあたしのところをたずねたそうです。三年生の丹羽虹子のすまいはどちらかって……」

「だれがその電話に出たの？」

　と、こんどは三津木俊助が口を出した。

「はい、あたしの受持《うけも》ちの宮崎《みやざき》先生です」

「それで、宮崎先生は虹子さんのところをおしえたの？」

「いいえ、宮崎先生はあいての名まえをたずねたんです。そしたら、むこうが名まえをいわなかったもんだから、あやしんでところを教えなかったんです。でも、そのことを先生は、ねんのためあたしに話し

てくださいました。あたし、へんだなあと思ったんですけれど、べつに気にもとめなかったんです。そしたら、けさの新聞に、イロハ順に女の子がおそわれると出てたもんですから、なんだかきゅうにこわくなって……」

と、虹子はさすがにじぶんの取り越し苦労がはずかしくなったのか、ちょっとほおをあからめた。

「それで、学校へ電話がかかってきてから、きょうまでになにかあやしいことがあった？　ひょっとすると、黄金人間のしわざじゃないかと思われるようなことが……？」

と、三津木俊助の質問にたいして、

「いいえ、いままでのところ、べつに……」

と、虹子はきっぱりと頭を左右にふった。

「ところで、丹羽さん」

と、山崎編集局長が、デスクの上から身をのりだして、

「このおじょうさん、ご両親がおありでないとかおっしゃったが、おとうさんはどういうかただったんですか」

「ああ、それは、ひょっとすると、みなさんもごぞんじゃないかと思いますが、丹羽式真空管《しんくうかん》の発明者の、丹羽武麿《たけまろ》というのが、これの父なんです」

山崎編集局長と三津木俊助は、おもわず、あっと顔を見あわせた。

丹羽式真空管というのは、世にも偉大な発明で、その発明のおかげで武麿氏は、すばらしい財産ができたはずである。しかも、この偉大な発明家の夫婦が、去年旅客機のついらくで同時に死亡したということは、当時、いたましい事故として新聞に報道された。

「それで、このおじょうさん、ほかに肉親は……？」

「ところが、これはひとりっ子なので……肉親といえば、わたしのほかにこれの叔父《おじ》、すなわちわたしにとってはたったひとりの弟、丹羽文麿《ふみまろ》があるだけです」

「その文麿氏というのは、なにをなさるかたですか」

山崎編集局長はたずねた。

「それが……」

と、安麿氏は、困ったような顔をして、ちょっと口ごもったのち、

「狂人なんです」

「狂人……？」

「いや、狂人といってもほんとの気ちがいじゃありません。つまり、兄の武麿が偉大な発明で財産をつくったものだから、じぶんも発明で金もうけをするんだといって、愚《ぐ》にもつかん発明にこりかたまっているんです」

「なにを発明しようというんですか」

「万有還金《ばんゆうかんきん》……つまり、なまりを金にかえようというんですね」

万有還金……黄金人間……山崎編集局長と三津木俊助、それから探偵小僧の三人は、思わずはっと顔見あわせた。

いんきな研究室

万有還金……すべての金属を黄金にする。これは人間が昔からもっている夢である。西洋ではその昔、いろいろなひとがこれを試みて失敗した。そのうち科学の進歩につれて、そのようなことができるものでないということが、いまでははっきりわかっている。

それにもかかわらず、なまりを黄金にかえようと苦心しているその丹羽文麿とは、ばかか気ちがいにちがいない。

「そうなんです。見たところふつうの人間にかわらないんですが、ほんとうは気がくるっているんですから、みなさんもそのつもりで、気をつけてください」

丹羽安麿氏は、三津木俊助と探偵小僧の御子柴くんを、おとうとの文麿の研究室へ案内するとちゅう、くれぐれもそういって注意した。いっしょについてきた虹子は、なんだか不安そうである。

丹羽文麿の研究所は、小田急《おだきゅう》沿線の経堂《きょうどう》にある。経堂の町からかなりはなれた、さびしい一軒家である。

武蔵野の雑木林《ぞうきばやし》にとりかこまれて、いかにもいんきな建物である。

「文麿氏は、財産をもっているんですか」

と、三津木俊助がたずねた。

「ええ、兄の武麿が丹羽式真空管でもうけたとき、それをわたしや弟にも財産をわけてくれたんです。それをおとうとのやつ、くだらない研究につかいはたして、しょっちゅう虹子のところへ金をねだりにくるんです。それが心配で、心配で……」

と、安麿氏はいかにも心配そうである。

「虹子さんの財産は、だれが管理しているのですか」

「それはもちろん、わたしなんですが……」

と、そういいながら片眼鏡《かためがね》の安麿氏は、研究所のベルをおした。

いんきな建物のおくのほうで、ジリジリとやけつくようなベルの音がする。しかしそれ以外は、家のなかはシーンとしずまりかえって、ひとの気配はさらにない。もちろん返事もなかった。

「召使《めしつか》いかだれか、いないんですか」

「それがかわり者でしてねえ。ひとりですんでいるんですよ」

そういいながら安麿氏は、なに気《げ》なくドアのとってをひねっておしたが、意外にもドアはみんな向《むこ》うへひらいた。

「こういうやつです。不用心な……しかし、ちょうどいいぐあいだから、中へはいってみましょう」

窓をしめきった研究所のなかは、薄暗くて、ほこりっぽく、まるであき家《や》のようだった。

安麿氏は勝手をよくしっているとみえ、スイッチをひねって、ろうかの電気をつけながら、先にたって三人を案内する。

「ほら、ここが研究室なんですよ」

と、あるへやのドアをひらいて、かべのスイッチをひねったとたん、一同は思わずぎょっといきをのんだ。

ごたごたと研究用具がいっぱいならんだへやの中央に、アーム・チェアがひとつおいてある。

そのアーム・チェアにひとりの少女がしばりつけられ、がっくりと首をうしろにたれているではないか。

うりふたつ

少女は目かくしをされ、その上さるぐつわまでかまされている。だからはじめは、それがだれだかわからなかった。

「文麿のやつ、……文麿のやつ……あいつはやっぱり気がくるっているんだ！」

いっしゅんのおどろきからさめると、一同はなだれをうったように、へやのなかへとびこんだ。

「み、三津木さん、死んでいるんですか！」

と、探偵小僧はいきをはずませる。虹子はまっさおになって、ブルブルふるえている。

三津木俊助は、だらりとたれている少女の手をとって、脈をあらためると、

「いや、死んじゃいない。気を失っているだけだ。探偵小僧、目かくしやさるぐつわをとってやりたまえ」

言下《げんか》に探偵小僧の御子柴くんは、少女の顔から目かくしとさるぐつわをとりのけたが、そのとたん、思わず大きく絶叫した。

「やあ、やあ、これは！」

「御子柴君、きみはこの子を知っているの？」

と、片眼鏡の安麿氏は、目玉もとびださんばかりの顔色である。

「伊東伊津子です！　いちばんはじめに黄金人間におそわれた、あの伊東伊津子という少女です」

「それじゃあ、これがイロハのイの字の伊東伊津子か！」

と、三津木俊助もいまさらのように、いきをのんだ。

「それじゃあ……それじゃあ……黄金人間というのは、文麿おじさま……？」

と、虹子はいまにも気を失いそうである。

三津木俊助も探偵小僧も、それには答えなかったが、ここに伊東伊津子がいる以上、そうとしか思えない。

「伊津子をいったい、どうするつもりでいたのだろう」

「いや、それはとにかく、この子をかいほうしなければ……」

さいわいへやのすみに、そまつなソファがおいてある。伊津子のからだをそこへはこんであおむけに寝かせると、三津木俊助が人工呼吸だ。

一同が息をこらしてみつめているうちに、やがて伊津子の胸が大きく波うってきた。

「さあ、だいじょうぶだ。もうすこし……」

三津木俊助があせをたらして、なおも人工呼吸をつづけているうちに、伊津子のくちびるから苦しそ

うな吐息《といき》がもれた。

「伊津子さん！　伊津子さん。しっかりして！……」

探偵小僧が声をからしてさけんでいると、やがて伊津子の目がぱっちりひらいた。

伊津子はぼんやり三津木俊助から探偵小僧と顔を見まわし、さいごの安麿氏に視線をとめたが、そのとたん、さっと恐怖のいろがはしった。

「あっ、黄金人間！　このひとが黄金人間です。」

伊津子はふるえる指で、真正面から片眼鏡《かためがね》をおとした安麿氏の顔を指さした。

「な、な、なにをばかな！」

安麿氏はびっくりして、目を丸くする。

「いいえ、このひとが黄金人間です！」

と、やっきとなって伊津子がさけんでいるとき、

「だれだ！　ひとの研究室へむだんで入ってきたやつは！」

ドアのほうで、かみなりのような声がばくはつした。

その声にはっとうしろをふりかえった三津木俊助と探偵小僧は、またまたぎょっといきをのんだ。

怒りのいろを満面にうかべて、ドアのところに仁《に》王《おう》だちに立っている男の顔は、なんと、片眼鏡をおとした丹羽安麿氏の顔に似たりも似たり、うりふたつではないか。

くるえる発明家

「文麿、おまえは気がくるったのか。このおじょうさんをどうする気だ」

安麿氏は片眼鏡をひろいあげて、左の目にはめながら、強い調子でおとうとをなじった。

「そのおじょうさん……？　そのおじょうさんがどうしたのだ」

と、怒りのいろをたぎらせながら、それでも文麿はふしぎそうな顔いろである。

「とぼけるな。おまえがこのおじょうさんをかどわかしてきたんだろう。いったい、このおじょうさんをどうする気だ」

「しらん、しらん。そんなことはおれはしらぬ。それよりきさまら、おれの研究をぬすみにきたな」

ぎらぎらと怒りにふるえて、一同の顔をみわたす

その目つきは、たしかに正気のひとではない。

「文麿さん」

と、三津木俊助が一歩ふみだして、

「あなたはなにを研究していらっしゃるんですか」

「そういうきさまは、なに者だ」

「わたしですか、わたしは新日報社の記者で三津木俊助」

「おのれ、おのれ」

と、文麿はけだもののように歯ぎしりして、

「さては、いよいよ兄《あに》きの安麿の手先になって、おれの研究をぬすみにきたな」

「だから、その研究というのは？」

「鉛《なまり》から黄金をつくる方法だ。そして、それはもう完成に近づいているんだ。おのれ、イヌめ、これでもくらえ！」

文麿は、とつぜん手にした犬ころしの棒のようなふといステッキを、さっと頭上にふりかぶった。

「あっ、あぶない！」

と、探偵小僧の御子柴くんがさけんだせつな、さっとふりおろされた犬ころし棒は、床をたたいて、カラカラと文麿の手からはなれて飛んでいた。

「なにをする！」

と、あやうく体をかわした三津木俊助が、きっと立ちなおったとたん、文麿もくるりと身をたてなおしていた。

「くるか！」

歯ぎしりをするようにさけんだ文麿の手には、いつの間にやらピストルがにぎられている。

文麿は、さっとろうかへとびだすと、そとからバタンとドアをしめて、ガチャリとかぎをまわす音。

ああ、それではやはり黄金人間とは、あの気のくるった発明家、丹羽文麿なのであろうか？

三つ児兄弟

黄金魔人とは、はたして丹羽虹子のおじの、丹羽文麿なのであろうか。

もし、文麿が黄金魔人であったとしても、かれはいったい、なにをたくらんでいるのであろうか。

文麿の兄の安麿の話によると、文麿は発明に熱中しすぎたあげく、なかば気がくるっているのであるという。鉛を黄金にかえるという、とほうもない発

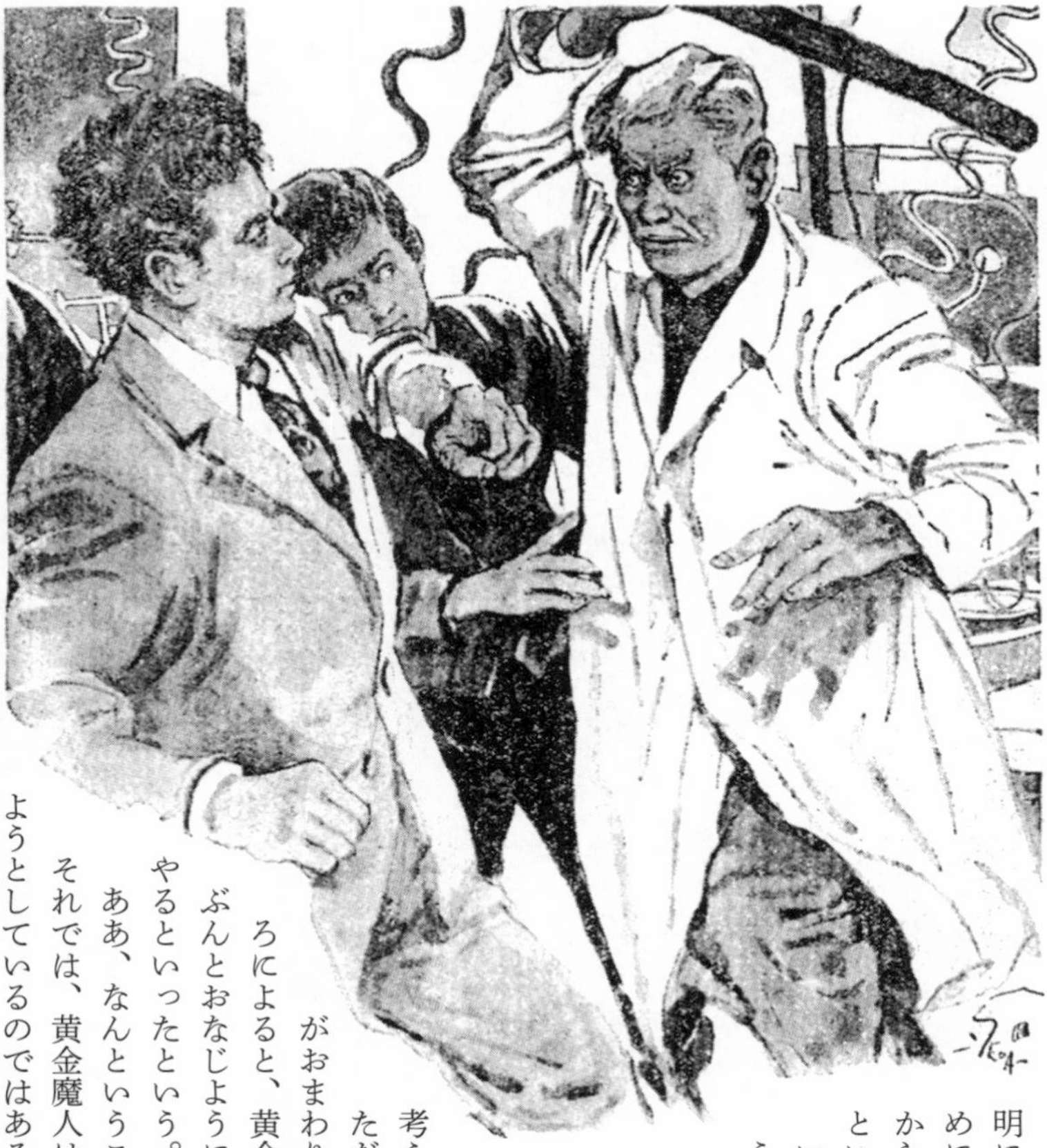

明に熱中した文麿は、そのためにに気がくるって、じぶんのからだが黄金からできているという、ゆめみたいな考えをいだくようになったのだろうか。

　それにしても、イロハ順に十六歳の少女ばかりをねらうというのは、いったい、どういうわけだろう。これはやはり、気ちがいの気ちがいじみた考えからだろうか。

ただ、そののち、伊東伊津子がおまわりさんのまえで話したところによると、黄金魔人は伊東伊津子を、じぶんとおなじように黄金でできた人間にしてやるといったという。

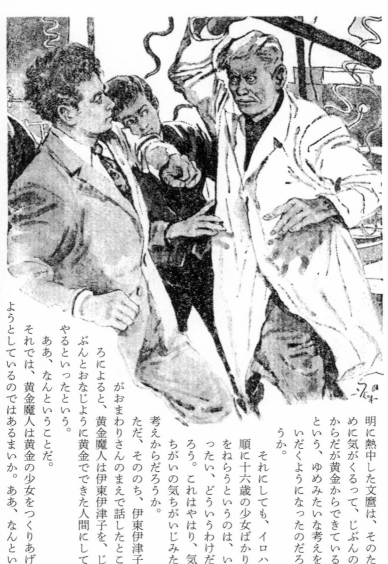

　ああ、なんということだ。

　それでは、黄金魔人は黄金の少女をつくりあげようとしているのではあるまいか。ああ、なんとい

うことだ。

「三津木さん」

と、それをきいたとき、探偵小僧の御子柴くんはおもわず声をふるわせた。

「それでは、黄金魔人はイロハ順に、四十七人の黄金の少女をつくるつもりではないでしょうか」

ばかなことを……といいかけて、しかし、三津木俊助はことばをひかえた。なにしろ、あいてはなかば気がくるっているのである。ふつうの人間の頭では、とても気ちがいの気もちはおしはかられぬ。

「それにしても、丹羽さん」

と、三津木俊助は丹羽安麿氏にたずねた。

実験室のできごとがあった翌日のこと、三津木俊助と探偵小僧の御子柴くんは、麻布《あざぶ》の丹羽虹子の家を訪ねたのだ。虹子は学校へいってるすだった。

「失礼なことおたずねするようですが、あなたの弟さんは、あなたとうりふたつというほどにていましたが、あなたがたはふたごですか」

「はあ、なくなった兄、武麿と三人は三つ児《みご》なのです」

と、安麿氏はちょっと口ごもった。

「なに？　三つ児ですって？」

と、三津木俊助と探偵小僧の御子柴くんは、思わず顔を見あわせた。

「ええ、そうなんです。武麿とわたしと文麿とは、三つ児として生まれたのです。そして、この三人とも、とてもよくにていたんです。ところがねえ、三津木さん」

と、安麿氏は片《かた》めがねをはずして、そわそわとハンケチでふきながら、なんだか不安そうなおももちで、

「きのうの男ですね。経堂の実験室であった男……あれ、なんだか、弟の文麿じゃないような気がしてきたんです」

「弟の文麿さんじゃないというと……？」

「はあ、それが……」

と、安麿氏はいよいよ不安そうに、ハンケチでごしごし、ひたいの汗をぬぐいながら、

「きのうの男は文麿より、どちらかというと、兄の

武麿のほうによくにていたような気がするのです」
「だって、そんなばかな……武麿氏は去年死亡なすったじゃありませんか」
「そ、そうです。そういうことにはなっています。しかし、旅客機は伊豆沖へついらくしたんですよ。そして、姉の死体は発見されたが、兄の武麿の死体は、いまだに見つからないのです。だから……」
と、そこまでいって、丹羽安麿氏は片めがねをかけなおすと、ゾーッとしたようにかたをすぼめて、まじまじと三津木俊助の顔を見ていた。

灯台守《も》りのむすめ

丹羽安麿氏はみょうなことをいいだした。去年旅客機で遭難《そうなん》した、兄武麿が生きており、それがきのうのあの半きちがいではないかというのである。

それはさておき、話かわって、ここに細田《ほそだ》星子《ほしこ》という少女がある。星子の父は細田源三《げんぞう》といって東京湾の、とある岬《みさき》の灯台もりである。

三津木俊助と探偵小僧の御子柴くんが、麻布の丹羽安麿をたずねていったその晩、星子はひとりで勉強していたが、どういうものか今夜は勉強に身がはいらない。父の細田源三は、ちかくの村へ使いにいったまままかえってこない。

なんだか、お天気が荒れもようになってきたらしく波の音がだんだんたかくなってくる。

「おじさん」

と、星子はとうとう机から立ちあがって、となりの部屋をのぞいてみた。

せまい灯台もりの一室には、いろりが切ってあって、そのそばに髪もひげもぼうぼうとはやした男が、こっくりこっくりいねむりしていた。

その目はとろんとにごっていて、とんと生気というものがかんじられない。まるで夢でもみているような目つきである。

「なんだか、嵐がきそうよ。あたし、心細くなってきたわ」

「嵐……?」

と、ひげ男は小首《こくび》をかしげたが、あいかわらずその目つきには、生気がなかった。

「嵐といっても、名なしのおじさんにはわからないのね。びゅうびゅう吹く風、ざあざあ降る雨を嵐というのよ。いまにうんと波がたかくなってくるわ」

「風……？　雨……？　波が高くなる……？」

ひげ男はひたいに手をあてて、なにかを思いだそうというふうだったが、やがて、こまったような顔をして、首を左右にふった。そして、ボロボロの服をきた両手を、いろりの火の上にさしのべた。

「ほんとにおじさんには、なにもわからないのね。でも、あたし、嵐よりももっともっとこわいものがあるのよ」

「こわいもの……？」

と、ひげ男はまたショボショボと目をしょぼつかせる。

「そうよ。黄金魔人よ。あたしの名、細田星子でしょ。しかも、十六よ。だから、黄金魔人にねらわれるのではないかと、あたしそれがこわいの。それでおととい、新日報社の御子柴進さんという人に、手紙を出しておいたのだけど……なんだか、今夜あたり、黄金魔人がやってきそうな気がして……あら、おじさん、どうしたの？」

ひげ男のみょうな目つきに気がついて、ふとうしろをふりかえった細田星子は、そのとたん、くちびるの色までまっさおになった。

なんと、ドアから中をのぞいているのは、新聞でなんどもよんだ黄金魔人!!

らせん階段

「あっ、きた！」

星子はおもわず、いろりのそばから立ちあがると、

「おじさん、おじさん、助けてえ！　あれが黄金魔人よ。あたしをさらいにきたのよ」

星子はロビンソン・クルーソーのような、ひげ男のうしろにまわって、その背中にしがみついたが、ひげ男ははりこの虎《とら》のように、ぼんやり首をふるだけで、たよりのないことおびただしい。

この男、からだは生きているけれど、魂《たましい》は死んでいるのもおなじらしい。

「星子サン、星子サン」

と、黄金魔人はいつものように、舌たらずの鼻にかかった声である。

「ナニモ、コワイコトアリマセン。ワタシ、イマ、ヒョウバンノ黄金人間。サア、イッショニクルヨロ

シイ」

「いやよ、いやよ。おじさん、おひげのおじさん。名なしのおじさん、助けてえ！　助けてえ！」

しかし、名なしのひげ男は、ただふしぎそうにまじまじと、きみょうな黄金魔人を見ているだけで、ただ、ぼんやりとすわっている。

黄金魔人はのっしのっしとそばへよってくると、いきなり星子の腕をむんずとつかんだ。ああ、その手のつめたいことといったら、まるで氷のようである。

「いや、いや、はなして！」

星子はむちゅうで、黄金魔人の手をふりほどくと、身をひるがえしてうしろのドアからとびだした。

ドアの外は灯台の内部である。

「アッ、オマチナサイ。星子サン」

黄金魔人が星子のあとを追おうとすると、いろりのそばにすわっていたひげ男が、いきなりその右足をひっぱった。不意をつかれて黄金魔人は、おもわず板《いた》の間《ま》に四つんばいになった。

「あっはっは!!」

ひげ男はばかみたいに、よだれをたらして笑っている。

「このばかものめ!」

黄金魔人はおきあがると、いたそうに腰をなでながら、いやというほど、ひげ男の頭をけとばした。

だが、そのことばはいつものように、舌たらずでもなく、鼻にかかってもいなかった。

かたい黄金魔人の足でけとばされても、ひげ男はただえへらえへらと笑うばかりだ。

がらんとした灯台の塔の内部には、かべのうちがわにそってらせん型の階段がぐるぐると上にむかってついている。黄金魔人がひげ男をけとばして、ドアから外へとびだすと、階段づたいに上へ上へとにげていく、星子のうしろすがたが見えた。

「星子サン、星子サン、マチナサイ。チョット、マチナサイ」

黄金魔人も階段の手すりに手をかけると、これまたいちもくさんに星子のあとを追っていく。

星子は、やっと階段をのぼりきった。そこに海上を照らす灯台のへやがある。星子はそのへやへとびこむと、ドアをしめて、中からピーンと掛金《かけがね》をおろしたが、そのとたん、黄金魔人がかけつけてきたらしく、

「星子サン、星子サン、ココヲアケナサイ。イイ子ダカラ、ココヲアケテクダサイ」

と、どんどんドアをたたきながら、黄金魔人のうす気味わるい猫《ねこ》なで声である。

S・O・S

それをきくと星子はまた、ゾーッとつめたい水をあびせられたような、うす気味わるさをおぼえた。あたりを見まわすと、ぴったりしまったそのへや

は、ドアのほかにどこにもにげだすすきはない。しかも、そのドアの外には黄金魔人が立っていて、ドンドン、ドアをたたくのだ。

「コレコレ、星子サン、ココヲアケナサイ。サア、ナニモコワイコトハナイ。ココヲアケテ……」

と、はじめのうちは猫《ねこ》なで声でいっていたが、しだいにその声が荒っぽくなってくる。

「コラッ、星子！　ココヲアケヌカ。アケヌト……ウヌ！」

怒りに声をふるわせると、体ごとドシン、ドシンとドアにぶっつけてくる。

そのたびに、ドアがみしみしと音をたてて、きしんだかとおもうと、やがてちょうつがいがミシリ、ミシリと気味わるい音をたてはじめた。

「ああ、どうしよう。どうしよう。あのドアがやぶれたらそれっきりだわ。あたしは黄金魔人にとっつかまって、しめ殺されてしまうにちがいない」

塔の窓から外を見れば、まっ暗《くら》な海上にはしだいに風と雨がつのってくる。窓から外をのぞいてみると、下のがけまでやく二十メートル、しかも、この灯台は岬《みさき》のとっぱなに立っているので、そこからとびおりたがさいご、木っ葉《こっぱ》みじんとなって、死んでしまうにきまっている。

しかも、ドアをたたく音はますますはげしく、いまにもちょうつがいがはずれそうだ。

だが、そのとき、星子のあたまに、さっとひとつの名案がうかんだ。

星子の今いるへやは灯台の光源室《こうげんしつ》（光の出るへや）である。したがって、そこには明るい電灯がついており、電灯のまえには強烈なレンズがとりつけてある。

まっ暗な海上をいく船は、この灯台の光を目じるしにして、進路と方向をさだめるのだ。

しかも、そこには光源となる電灯をつけたり、消したりするスイッチがついている。

星子はそのスイッチにとびついた。そして、バチバチ星子がスイッチを入れたり切ったりするたびに、光源のあかりがパチパチと、ついたり消えたりするのである。

ああ、星子はなにをしているのだろうか。あぶない命のせとぎわに、星子はなんだってそんないたずらをするのだろうか。

いや、いや、星子はいたずらをしているのではないのだ。

諸君はS《エス》・O《オー》・S《エス》ということばをしっているだろうか。

難破《なんぱ》した船が無電で助けをもとめるとき、電信記号のながさの組合《くみあわ》せで、S・O・Sの符号になるのである。S・O・Sとは、「救いを求む」という意味なのだ。

いま、星子がスイッチを入れたり切ったりしているのは、それによって、S・O・Sを海上へ送っているのだ。

ああ、だれかがその符号に気がつくだろうか。しかし、そのとき、ミリミリとはげしい音をたてて、ドアのちょうつがいがはずれてしまった。

嵐の東京湾

「あっ、三津木さん、みょうですね。あの灯台、どうしてあんなについたり、消えたりするのでしょう」

細田星子が灯台の光源室で、ひっしとなって電灯のスイッチを切ったり、入れたりしているころ、いましも、東京湾をいく汽船のカンパンのうえで、思わずそうさけんだ少年がある。いうまでもなく、探偵小僧の御子柴進《すすむ》くんである。

「ふむ、おれもさっきから、すこしへんだと思っているんだが……」

と、探偵小僧のそばに立って、くいいるようにむこうの灯台を見ているのは、いわずとしれた三津木俊助。ふたりとも、防水帽にレインコートを着て、降りしきる雨のカンパンに立っている。

嵐はいよいよはげしくなって、汽船はいま木《こ》の葉《は》のように波にもまれている。ビュー、ビューと吹きつのる風はいよいよすごく、うっかりしていると、カンパンから吹きとばされそうないきおいである。降りしきる雨は、滝のようにザーザーとふたりの頭上からおちてくる。

おりおりさっと、大きな波がふたりの足もとを洗っていった。

「探偵小僧、難船岬《なんせんみさき》の灯台というのはあれじゃないか」

「三津木さん、たしかにそうですよ。ほらむこうに見えるのが鷲《わし》の巣山《すやま》ですから」

と、探偵小僧は灯台のうしろにそびえている、まっくろな山のかげをゆびさした。

海の上は墨汁《ぼくじゅう》をながしたようにまっくらだが、それでも、ついたり消えたりする灯台の灯《ひ》で、くろぐろとそびえている山が、鼻をつくように見えるのだ。

「すると、細田星子という少女はあの灯台のなかにいるのだな」

「そうです、そうです。きっとそうにちがいありません。ぼくに手紙をよこした女の子があの灯台のなかにいるんです。それにしても、どうしてあんなに灯台の灯が、ついたり、消えたりするのでしょう」

ふたりが不安そうにカンパンの手すりにもたれて、灯台の灯の明滅《めいめつ》を見つめているところへ、にわかに騒《そう》ぞうしい足音がきこえてきたかと思うと、二、三人の船員が、ドヤドヤとカンパンへとびだしてきた。

船員たちも嵐のなかに立ったまま、くいいるように消えたり、ついたりする灯台の灯を見つめていたが、

「やっぱりそうだ。あれはS・O・Sにちがいない!」

と、嵐のなかでひとりの船員が大声でさけんだ。

「なに? S・O・Sだと……?」

俊助が思わずそのことばを聞きとがめる。

「そうです。そうです。お客さん、あの灯台の明滅のしかたはS・O・Sの符号になっているんです。だれかがきっとあの灯台のなかで危険におちいり、外部にむかって救いを求めているんですぜ」

「あっ三津木さん、それじゃ、もしや細田星子という女の子が、黄金人間におそわれているんじゃ……」

探偵小僧の御子柴くんは、船の手すりにつかまったまま、思わずガチガチ歯を鳴らした。

「ああ、きみ、すまないが、それじゃ、すぐにボートをおろしてくれないか。ぼくたち、あの灯台へ出かけるところなんだ」

「ええ、ようがす、お客さん。しかし、もうすこし待ってください。この船がもうすこし灯台にちかづいてから……おおい、みんな気をつけろ、暗礁《あんしょう》にのりあげるな」

吹きつのる風、滝のように降りしきる雨、大荒れに荒れ狂う東京湾の波をけって、汽船はしだいに問題の灯台へちかづいていく……。

絶体絶命

いっぽう、こちらは灯台の光源室《こうげんしつ》だ。

さっきから、ひっしとなって細田星子が、スイッチを切ったり、入れたりしているへやの外では、黄金魔人がけだもののようにたけり狂っている。

「コラ、星子、ココヲアケンカ。アケヌナ、ヨシ、ソレジャ、コノドア、破ッテシマウカラ、ソノツモリデイロ！」

と、体ごと、ドシン、ドシンとドアにぶっつけてくる。そのたびに、ドアがミシミシ音をたて少しずつ、ちょうつがいがゆるんでくるのだ。

（ああ、もうだめだ！）

と、細田星子は全身から力がぬけてしまいそうになる。

だが、そのときだ。窓の外からきこえてきたのは、

ポー、ポー、ポー……

と、意味ありげな汽笛《きてき》の音。

星子が、はっと窓からのぞくと、すみをながしたような嵐の海面に、いっそうの汽船がとまっている。そして、その汽船がなにかあいずをするように、さかんに汽笛を鳴らしているのだ。

なおも星子がよく見ると、たけり狂う海上を、木《こ》の葉《は》のようにゆれながら、こちらへちかづいてくる灯が見える。まっくらなのでよくわからなかったが、どうやらそれはボートらしかった。

星子はそれを見ると、スイッチから手をはなした。そして、窓から半身のりだすと、

「助けてぇ！　助けてください。人殺しです！　黄金人間です！」

と、気ちがいのように両手をふった。

むろん、いかに叫んだとて、呼んだとてこのひどい嵐のなかである。とても、その声がむこうにとどこうとは思えなかった。しかし、声はとどかなかったにしても、すがたが見えたにちがいない。

まっくらな海上から、なにか合図をするように、光がちゅうにくるくる舞って、嵐のなかに輪をえがく。いまいくぞという合図であるらしい。

しかも、その光はもうすでに、難船岬《なんせんみさき》のとっぱなまできているのだ。

（ああ、助かった！）

と、そう思うと、星子はきゅうに気のゆるむのをおぼえたが、そのときだ。メリメリメリとはげしい音をたてたかと思うと、とうとう、ドアのちょうつがいがはずれてしまった。

「星子サン！　星子サン！　ナニモコワイコトハナイ。サア、ワタシトイッショニイキマショウ」

斜《なな》めにかしいだドアを肩でおしのけながら、れいによって黄金魔人はねこなで声である。そして、あのお能《のう》の面のようにつるつる光る金色の顔から、気味のわるい目つきでジロジロとなめるように星子を見ながら、のっしのっしと、へやのなかへはいってくる。もうこうなったらこちらのものと思ったのか、あわてず騒がず、一歩一歩、窓のそばへよってくる。

星子はゾーッと全身の毛がさかだつ思いだ。
「いや！　いや！　そばへよっちゃいやよ！　それ以上おまえがそばへよってきたら、わたしは、この窓からとびおりてしまう！」
星子はぜったいぜつめいなのだ。窓がまちのうえにとびあがると、いまにもとびおりそうなしせいをしめした。

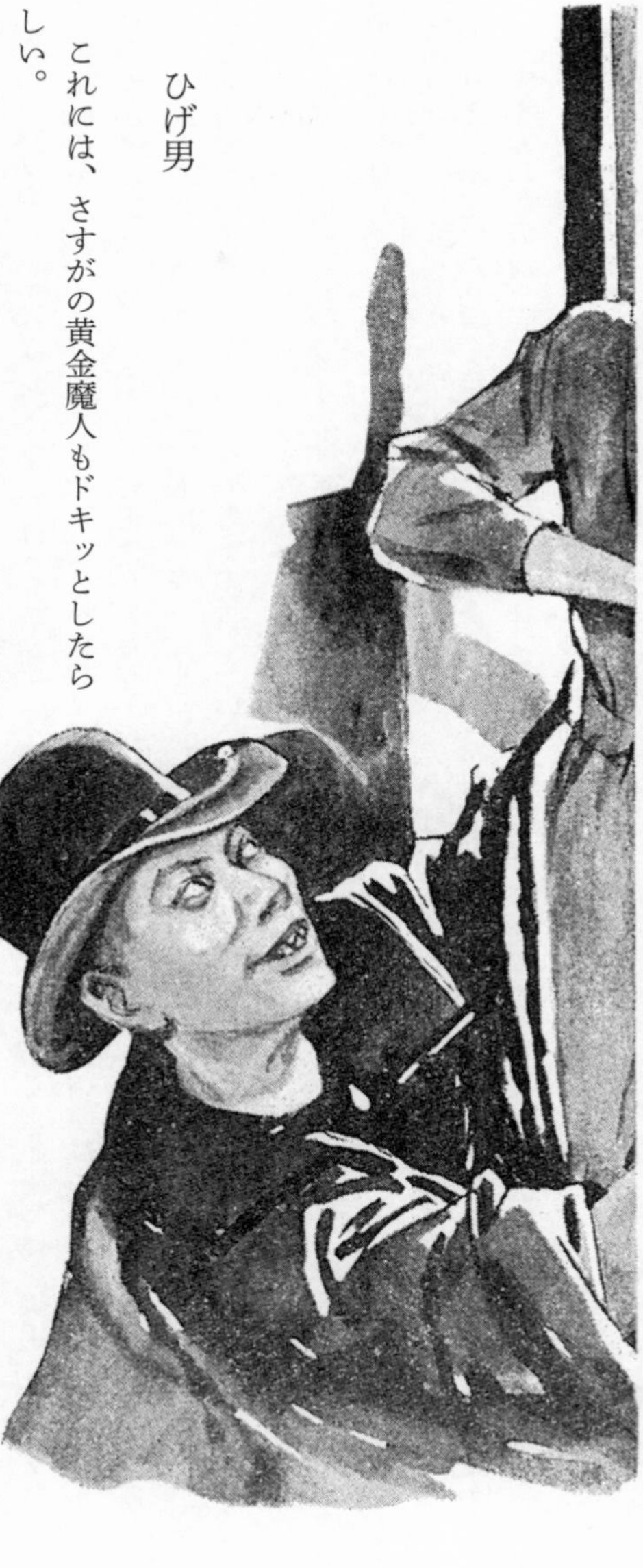

ひげ男

これには、さすがの黄金魔人もドキッとしたらしい。

「イケナイ！　星子サン！　ソ、ソンナ、乱暴ナ……」

「乱暴でもなんでもいいのよ。おまえにつかまるくらいなら、死んだほうがよっぽどましよ。さあ、それ以上、一歩でもちかづいてごらん、星子はここからとびおりてしまうんだから」

と、金切《かなき》り声《ごえ》をあげながら、星子がそっと窓から下を見ると、ボートは難船岬《なんせんみさき》へついたらしい。いましも嵐をついて灯《ひ》の色が、灯台のほうへ走ってくる。その灯の光で見るとどうやら、四、五人いるらしい。しかし、あのひとたちがかけつけてくれるまで、黄金魔人をこれ以上、そばへちかよせないようにできるだろうか。

黄金魔人はちょっとようすをうかがうように、帽子のひさしの下からジロジロと星子の顔を見ている。

そして、すこしずつ、すこしずつ窓のほうへよってくるのだ。

「いけない！　それ以上、よってはいけない。もしそれより一歩こちらへよったら……あっ！」

星子は、思わず金切り声をはりあげたが、しかし、そのときはおそかったのだ。ねこがねずみにとびつくように、背中をまるめてさっと窓のそばへとびよった黄金魔人は、いきなり星子の足をつかんだ。

「あっ、いけない！　はなしてぇ！　はなしてぇ！」

星子は窓のうえで身もだえした。手足をバタバタ、ばたつかせながら、やっきとなってあばれまわった。しかし、そうはいうものの人間として、星子はやっぱり命がおしいのだ。窓から外へおちるのはこわいのだ。

黄金魔人はしめたとばかりに、窓の下から星子の両足をだきすくめると、そのままずるずるひきずりおろした。

「あれえ、かんにんしてぇ……だれか来てぇ……」

うすきみわるい黄金魔人にだきすくめられ、星子はしばらくやっきとなってあばれていたが、もうこうなったら、くもの巣につかまったちょうもおなじことである。さんざんもがいたあげく、星子はとうとう気をうしなってしまった。

恐怖のあまり、気がとおくなったのである。

「ウッフフフ、トウトウ、気ヲウシナッタヨウダ」

と、黄金魔人はきみのわるい声でひくくわらうと、

「そうだ。そうだ。そのほうがいい。そうしておとなしくしているあいだに、よいところへつれていってやるからな」

黄金魔人はかるがると星子の体を両手にだいた。そして、ちょうつがいのはずれたドアのほうへむきなおったが、そのとき、思わずぎょっとしたように立ちすくんだ。

いつのまにかえってきたのか、ドアの外には星子のおとうさんの細田源三と、あの名《な》なしのひげ男が立っている。

「き、き、きさま……」

と、灯台もりの源三は歯をガチガチ鳴らしながら、じだんだふんで叫んだが、あまりの気味わるさにそばへはよれない。

それを見ると黄金魔人は、

「ウッフッフ……」

と、あざけるようにひくく笑って、

「サア、コノオジョウサンハ、ワタシガモラッテイク。ソコ、ノキナサイ。ジャマダテセズト、道、ヒラキナサイ」

と、れいによってふくみ声で、それでも命令するように強く叫んだ。源三はそれをきくと、まるで催《さい》眠術《みんじゅつ》にでもかかったようにそっと体をよこへよけたが、そのときである。ぼんやりそばに立っていたひげ男が、とつぜん、背中をまるくしたかと思うと、さっとばかりに黄金魔人に、とびついた。

悪魔の煙幕

まさか、せみのぬけがらのようなこのひげ男が、とびついてくるとは思わなかったにちがいない。

「アッ、シマッタ！」

と、叫んだかと思うと、黄金魔人は星子の体をつきはなし、ひげ男ととっくんだまま、もんどりうって床に倒れた。

「オノレ！　オノレ！」

黄金魔人はなんとかしてひげ男をひきはなそうとするのだが、相手はむしゃぶりついたまま、がっきり四つに組んで、ごろごろとまりのように、床のうえをころげまわる。

灯台もりの源三は、あっけにとられてしばらくこのようすを見ていたが、きゅうにはっと気をとりなおすと、いそいでへやのなかへとびこんだ。そこには星子が気をうしなったまま、ぐったりと床のうえに倒れている。

「星子……星子……」

叫びながら源三は、いそいで娘をだきあげる。

「オノレ！　オノレ！」

それを見ると黄金魔人は、やっきになって、ひげ男をつきはなそうとするのだが、ばか力《ぢから》とでもいうのだろうか。相手はくいついたまま、はなれないのだ。

そのまに灯台もりの源三は、星子をだいて光源室《こうげんしつ》から逃げだした。そして、あのくるくるまわる、らせん階段のとちゅうまで、おりてきたときである。どかどかと、灯台のなかにとびこんできたのは、いわずとしれた探偵小僧に三津木俊助、それに船員が三人ついてきている。

「あっ、助けてください。うえに……うえのへやにへんなやつがいるんです」

「へんなやつとは……？」

と俊助がいちばんになって、らせん階段をかけのぼってくると、息せききって源三にたずねた。

「ええ、へんなやつです。体じゅうが金《きん》ぴかにぴかぴか光っている化物《ばけもの》です。あれ、ひょっとすると、いま、新聞でひょうばんの黄金人間では……？」

「そして、そして、おじさん、そのおじょうさん細田星子さんではありませんか」

と、俊助につづいてのぼってきた、探偵小僧の御子柴くんが、灯台もりにだかれている星子の顔をのぞきこんだ。

「そうです。そうです。星子は気をうしなっているのです。とにかく、あの化物をつかまえてくださ い」

「ようし！」

と、さけんで一同は、どやどやとらせん階段をのぼっていったが、あのこわれたドアのまえまできたときである。黄金魔人は、むしゃぶりついてくるひげ男にものみごとにアッパー・カットをくらわせた。

「あっ！」

とさけんでひげ男が、あおむけざまにひっくりかえるのを尻目《しりめ》にかけて黄金魔人は、ひらりと窓にとびあがった。

「おのれ、黄金魔人、待てえ！」

俊助がそばへかけよろうとしたとき、とつぜん、黄金魔人の右手があがった。

「あっ、危い！」

一同が思わず床につっぷしたとたん、黄金魔人の右手からとんだのは、梅の実ほどの小さい玉だ。それが床へあたったと思ったせつな！

ドカーン！

と音がしたかと思うと、稲妻《いなずま》のように紫《むらさき》色の光が走って、あたりいちめん、もうもうたる煙が立ちこめて……なにもかもいっさい、煙のなかにつつまれてしまったのである。悪魔の煙幕《えんまく》なのである。

毒ガスぜめ

目も口もあけておれないほど強い臭気《しゅうき》、いがらっぽい煙がのどにしみて、一同はゴホンゴホンとせきこみながら床の上をはいずりまわる。毒ガスのような黄色い煙が目にしみて、ポロポロとたきのようになみだがながれる。

「ああ、ちくしょう！　ちくしょう！　黄金魔人め！」

と、三津木俊助は床をたたいてくやしがったが、なにしろ、目をあけておれないのだからどうにもならない。いや、いや、目をあけておれないどころではない。あとからあとから出るせきに、はらわたもよじれるような苦しさである。

「わあ、わあ、わあ、ああ、苦しい。……なんとかしてくれえ……」

三津木俊助や探偵小僧についてきた三人の船員たちも、七《しち》てん八《ばっ》とう、ゴホンゴホンとせきこみながら、横腹《よこっぱら》をかかえてのたうちまわっている。

「三津木さん！　三津木さん！　黄金魔人は？」

探偵小僧も目からポロポロ涙をながして床の上をはいずりまわりながら、それでも黄金魔人のことを気にしているのである。

「ちくしょう！　ちくしょう！　ああ、この煙……」

三津木俊助は床からよろよろとたちあがったが、あとから、あとからこみあげてくるせきに、またよろよろとうずくまった。

こうして、地獄のような苦しみが、およそ五分ほどつづいたろうか。

キラキラとへやのなかに立ちこめていたどくどくしい悪魔の煙も、ようやくうすれて、やっと目をあけられるようになったときには、黄金魔人のすがたは、もちろんもうそのへんには、見あたらなかった。

「ああ、ひどいめにあわせやがった」

と、船員たちは、まっかに充血した目をこすりながら、きょろきょろあたりを見まわして、

「三津木さん、さっきの、あのばけもののようなやつは、何者ですか」

「あれが、ちかごろ評判の黄金魔人なんですか」

「どっちにしてもおどろいた。おれはあまり苦しくて、もう少しで、死ぬかと思ったよ」

およそものにおどろかぬ海の勇者たちも、いまの毒ガスぜめには、よほどこりたのだろう。気味わるそうに、たがいに顔を見あわせている。

いちばんせんとうに立っていた三津木俊助は、そ

れだけいちばん多く毒ガスを吸ったわけである。まだ、ポロポロ涙を流しながら、

「ちくしょう、ちくしょう！」

と、ただそればかり、地団駄《じだんだ》ふんで、くやしがっている。

「三津木さん、しっかりしてください。まだ、目があきませんか」

と、やっと目があくようになった探偵小僧の御子柴くんは、心配そうに三津木俊助の顔をのぞきこむ。

「いや、いや、だいじょうぶだ。もうじきもとどおりになるだろう」

俊助は両手で目をこすりながら、やっとよろよろおきあがったが、そのときである。灯台のすぐ下あたりから、けたたましいエンジンの音がきこえてきた。

モーター・ボートの音らしい。

「おや！」

と、さけんで窓のそばへかけよった船員のひとりは、そこから下をのぞきこんで、

「あっ！　あそこへ黄金魔人がいく……。ああ、女の子もいっしょだ！」

「だれか……」

ひげ男の正体

「な、な、なんだって？」

と、窓のそばへかけよった探偵小僧御子柴くん。下をのぞくと、いましも、嵐にもまれる崖下《がけした》の、波をついてはしり出したのは、いっそうのモーター・ボート。

その時、いっしゅん、いなずまがパッと海面をてらしたが、そのいなずまの光でみれば、モーター・ボートにのっているのは、たしかに黄金魔人ではないか。それだけならばまだよかった。ここで黄金魔人をのがしても、またつかまえる機会もあるだろう。

だが……

「三津木さん、たいへんです。たいへんです。黄金魔人が……黄金魔人が……」

と、探偵小僧の御子柴くんが、金切《かなき》り声《ごえ》をはりあげたというのは、モーター・ボートのなかにだれやら、もうひとり乗っていたではないか。

「どうした、どうした。探偵小僧、黄金魔人がどう

したというのだ」

　三津木俊助も、ようやく目をあけられるようになって、あわてて窓のそばへやってきた。

「黄金魔人がだれやらつれていくのです。ひょっとしたら細田星子という子では？」

　探偵小僧の、そのことばもおわらぬうちに、またさっと青白いいなずまが、あれくるう嵐の海面を照らしたが、ああ、もうまちがいはない。モーター・ボートのなかにたおれているのは、たしかに十五、六の少女である。

「しまった！　それではわれわれが目つぶしをくらって苦しんでいるうちに……」

「細田星子がさらわれたのです。三津木さん、なんとかしてあげてください」

「ようし！」

と、さけんで身をひるがえした三津木俊助、灯台の光源室《こうげんしつ》からとびだそうとしたが、そのときである。そこにたおれているひげ男の横腹《よこっぱら》を、いやというほどけとばした。

さっき、黄金魔人のアッパー・カットをくらって、そこにながくのびていたひげ男は、三津木俊助にけとばされて、それがしぜんと活《かつ》をいれられたことになったらしい。

「ううむ」

と、うめいて、夢中で俊助の脚《あし》にすがりつく。

「はなせ、はなしてくれたまえ！　大急ぎで海上自衛隊に連絡せねばならんのだ。きみきみはなしてくれたまえ」

しかし、ひげ男はまだ夢うつつの状態で、ただ、むやみに取りすがって、三津木俊助の脚からはなれない。

探偵小僧の御子柴くんはふしぎそうにつらつらとひげ男の顔を見ていたが、なに思ったのか、

「あっ、三津木さん」

と、いなごのように俊助にとびついた。

「ど、どうした。探偵小僧……？」

「このおじさん……このおじさん、ひげをそりおとしたら、丹羽安麿や文麿のおじさんとそっくりです！」

丹羽武麿

「なに？」

ぎょっとした三津木俊助、身をかがめてじぶんの足にすがりついているひげ男の顔をのぞきこんだが、なるほど、探偵小僧のいうとおりだ。顔いちめん、熊《くま》のように生《は》えているひげを、そりおとしたら、きっと丹羽安麿や文麿とそっくりおなじ顔になるにちがいない。

丹羽武麿！

丹羽安麿や、文麿と三《み》つ児《ご》のきょうだいのいちばん兄で、偉大なる発明家の丹羽武麿、飛行機事故で死んだと信じられていた虹子の父……ああ、ひょっとすると、そのひとではあるまいか。

「丹羽さん、丹羽さん、あなたひょっとすると、丹羽武麿さんじゃありませんか」

三津木俊助がこころみに声をかけると、ひげ男は、ぼんやりと顔をあげた。

そして、ふしぎそうにきょろきょろとあたりを見まわし、それから三津木俊助をはじめとして、探偵

小僧の御子柴くん、三人の船員のすがたを、かわるがわる見ていたが、いかにもがてんがいかぬ、というふうに、小首《こくび》をかしげて、

「こ、ここはいったいどこだね。それからきみはいったいだれだね」

と、ひくいながらも、はっきりした声である。

「あなたは、ここがどこだか、ごぞんじないのですか」

「知らぬ、こんな場所見たこともない」

と、またふしぎそうに首をかしげる。

ああ、わかった。わかった。丹羽武麿博士は飛行機事故にあったとき、そのショックで、まったく記憶をうしなってしまったのだ。そして、どういうはずみでかこの灯台へたどりつき、名《な》なしのごんべえとしてやしなわれていたのを、さっき、黄金魔人に、アッパー・カットをくわされて、いったん気絶しているうちに、ふたたび記憶がよみがえってきたのではあるまいか。

「先生、先生、先生！」

と、三津木俊助はこうふんして、大声でさけんだ。

「先生は、虹子さんというおじょうさんをおぼえていますか」

「虹子……虹子……？」

丹羽博士の眼《め》に、しだいにかがやきがましてくる。

「おお……虹子……虹子というのはわたしの娘だが……」

「ああ、それじゃ、やっぱり丹羽先生ですね。しっかりしてください。先生、先生は飛行機事故にあわれたのです。飛行機で遭難《そうなん》されたのです。おわかりですか」

「飛行機事故……飛行機……？　おお！」

とつぜん、博士の顔色にさっと恐怖の色がつっ走った。

「そうだ、そうだ、飛行機……墜落《ついらく》……」

と、おおきく呼吸をはずませると、

「そして、千代子《ちよこ》は？　千代子は……？」

千代子というのは、おそらく丹羽博士のおくさんだろう。

探偵小僧と三津木俊助は、思わずはっと顔を見合《みあわ》せた。

「先生、千代子さんというのは……？」

「わたしの妻だ。虹子の母だ。その千代子は……？」

「先生、お気の毒ですがそのおくさまは、あの事故のときおなくなりになりました」

「おお……」

と、丹羽博士は両手で頭をかかえたが、そのときだ。よろめくようによろよろと、光源室《こうげんしつ》へはいってきたのは、灯台もりの細田源三。

「おお、たすけてくれえ。娘を……娘を……」

それだけいって、源三はその場にばったり倒れると、床にひれふしおいおいと声をあげて泣きだした。泣いていては、どうにもならない。みんなは、いっしょうけんめいおちつかせようと、つとめた。

会いにきた人

それから、難船岬《なんせんみさき》のきんぺんが、たいへんなさわぎになったことはいうまでもない。

嵐の中を、村の青年団が総動員で浜辺の警戒にあたることになった。ひょっとすると黄金魔人が、ひきかえしてくるかもしれないと思ったからである。

また、ただちにこのむね（ようす）が海上自衛隊に報告されたから、東京湾いったいの海岸には、ぞくぞくとして、自衛隊のランチが出動した。しかし、なにがさて、吹きすさぶ風、降りしきる雨……海上のそうさくも思うにまかせず、とうとう黄金魔人のモーター・ボートは、細田星子をのせたまま、いずこともなく消えてしまったのである。

さて、こちらは灯台の内部だ。

かなしみに沈んでいる細田源三をなぐさめて、話をきくと、だいたいつぎのとおりである。

「はい、これはもういまから三か月もまえになりましょうか。ある日の夕方、このかたが、ぼんやりここへ入ってきたんです」

と、細田源三は、丹羽博士を指さした。

「いまから三か月まえ……?」

と、三津木俊助はききかえす。丹羽博士が飛行機で遭難《そうなん》したのは、それよりもずっとまえのことだった。

「ええ、そうです。そうです」

「それで、そのとき先生のみなりは……?」

「はい、いまと同じでした。ひげをぼうぼうと生《は》やして、やっぱりこのルンペンみたいななりをして……」

ああ、すると丹羽博士は、飛行機の遭難から助かって、ここへたどりつくまでに、あちこちをさまよい歩いていたにちがいない。

「なるほど、それで……？」

「それで、わたしと星子とが、いろいろたずねたんですが、なにを聞いてもぼんやりと首をふるばかり、それでいて、ひどく腹がへっているらしいんです。そこで夕飯《ゆうはん》をごちそうしたんですが、ようすがへんでしょう。追いだすのもお気の毒なような気がしたんです。ことに星子が同情して、ここへおいてあげましょうと、それで、いままでおせわをしていたんです」

「なるほど、それじゃ、いままで、このかたのご身分を、ぜんぜんしらなかったんだね」

「はい、このかた、なにをきいてもぼんやりしていらっしゃるものですから……。そうそう、それでもひとりだけこのかたに、あいにきたひとがあるんです」

「それはどういう……？」

「いや、それはこうです。このかたの腹巻《はらまき》のなかから、くちゃくちゃになった名刺がいちまい出てきたんです。それで、ひょっとすると、このかたの知合《しりあ》いかなんかじゃないかと、星子がそこへ手紙を出したんです。そしたら、そのひとがやってきて、このかたをごらんになったんですが、ぜんぜん、しらないひとだといって、かえっていったんです」

「それは、どこの、なんという人……？」

「さあ……」

と、細田源三は小首をかしげて、

「星子が手紙を書いたので、ところは忘れましたが、たしか丹羽安麿というひとへ手紙を書いたのです。そしたら、あいにきたのは片眼鏡《かためがね》をかけた紳士でしたが……」

「なに――丹羽安麿が……？」

と、三津木俊助と探偵小僧の御子柴くんは思わず顔を見合《みあわ》せた。

「なに、安麿があいにきて、わたしを見ながら、知らぬといってかえったのか」

丹羽武麿博士も、思わず、大きく目をみはった。

ああ、あいにきたのが、丹羽安麿氏だとしたら、安麿氏は、いったいなにをたくらんでいるのだろうか。

白髪の老人

東京はいまやおおさわぎだ。黄金魔人がとうとう大活躍を、開始したからである。難船岬《なんせんみさき》の灯台から、細田星子がかどわかされたという報告があったので、東京の警視庁でも、つぎは苗字《みょうじ》と名前のかしらにへの字のつく少女ではないかと、さっときんちょうしていたやさき、黄金魔人にまんまと、うらをかかれたのだ。

黄金魔人はおまわりさんたちをだしぬいて、伊東伊津子にローズ・蠟山、長谷川花子に丹羽虹子と、いままで目をつけていた四人の少女をかたっぱしから、どこかへかどわかして、しまったのである。

それに難船岬からかどわかされた、細田星子をあわせると、つごう五人のかわいい少女が、黄金魔人にかどわかされて、いまやゆくえ不明になっているのだ。新聞ではまい日《にち》まい日《にち》、

じゃんじゃんこのことを書きたてた。

万有還金《ばんゆうかんきん》というとほうもない夢をいだいている気ちがいが、いまや罪もない五人の少女をかどわかして、金《きん》メッキにしようとしているのだ。なぜはやくこの危険な気ちがいをつかまえて、ろうやへぶちこむなり、気ちがい病院へいれるなりしないのかと、新聞という新聞が、さんざん警視庁をやっつけた。警視庁では等々力警部をはじめとして、おまわりさんたち一同が、あわてふためいたのもむりはない。

そこで、さっそく小田急沿線経堂にある万有還金論者、丹羽文麿の研究室を調べてみたが、そこはいつか三津木俊助や探偵小僧に発見されていらい、もぬけのからになっているのだ。そして、あれ以来というのは、丹羽文麿もゆくえが、わからないのである。

さて、五人の少女がゆくえ不明になってから、一週間ほどのちのこと、幽霊屋敷みたいにあれはてた丹羽文麿の研究室を、おとずれてきた三人づれの人物がある。

あらかじめ通知してあったのか、研究室には丹羽安麿氏が先にきて待っていた。

「やあ、三津木さんに、探偵小僧、ようこそ。聞けばこのあいだはまた、難船岬でたいへんだったそうですね」

と、安麿氏はこころよく三津木俊助と、探偵小僧を出むかえたが、もうひとりの人物を見ると、思わず片《かた》めがねをかけた目をひそめて、

「こちらのご老人は……？」

と、ふしぎそうにたずねた。

安麿氏がふしぎがるのもむりはない。そのひとは頭に雪のようなしらがをいただき、ほおからあごから鼻の下から、これまた雪のようにまっしろなひげをはやしている。そして、よほど目でもわるいのか、大きな黒めがねをかけた老紳士である。

「いや、こちらは金属学の大家《たいか》の山田《やまだ》正雄《まさお》先生ですよ。文麿さんの研究にいたく興味をだかれて、ぜひいちど、研究室を見学したいと、そうおっしゃるのですから、きょう、こうして御案内してきたんで

す」

「おや、おや、文麿みたいな気ちがいの、万有還金なんてたわごとに、興味をもつ学者もあるんですかねえ」

と、安麿氏はひどくばかにした口調である。しかし、山田先生はそんなことばは耳にもいれず、いとも熱心に一時間あまり、研究室のすみからすみまで調べていたが、ときどき、ほほ……と、感心したようなため息をもらした。

「山田先生、こんながらくたな研究室でも、なにか参考になることがありましたか」

丹羽安麿氏は、せせらわらうようにたずねたが、山田先生はなんともこたえなかった。しかし、研究室を出ていくとき、山田先生の目は黒めがねのおくで、なにやらギラギラ光っているようであった。

幽霊屋敷

さて、三人を送りだしてから、二時間ほどのちのこと。

研究室のドアをひらいて出てきたのは、例の片《かた》めがねの安麿氏である。腕時計をみると六時過ぎ。そろそろ日が暮れようという時刻である。

安麿氏はギロリと片めがねをひからせると表《おもて》においてあった自動車にとびのった。そしてじぶんで自動車を運転すると、経堂から甲州《こうしゅう》街道へ出ていった。そして、そこから街道を、まっしぐらに、西へ走りだしたのである。

丹羽安麿氏のおうちは、東京の麻布にあるはずである。それにもかかわらず安麿氏は、こんなに日が暮れてから、いったいどこへいくのであろうか。

それはさておき、安麿氏がむしんに自動車を走らせているうちに、自動車の後部にあたって、みょうなことがおこった。

ふつうトランクをいれている、自動車のうしろの物入れのふたが、とつぜん、そっと動いたのである。

いやいや、そのふたははじめから、ぴったりしまっていなかったのだ。空気が流通するように、ほんのわずかだけれど、すきまができていたのだ。

さて、そのふたがこっそりひらいて、あたりのようすをうかがうように、なかから顔をのぞいたのは、なんと探偵小僧の御子柴くんではないか。御子柴くんはなんだって、そんなところにかくれているのであろうか。

それはさておき探偵小僧は、そこが甲州街道であることをたしかめると、またそっとトランクのふたをなかからしめた。

それから半時間ほどのちのこと。甲州街道を西へ西へと走った自動車は、多摩川《たまがわ》をわたり、小高い丘の上のまがりくねった道を、くねくねと走りまわったすえ、やっとたどりついたのは、山のなかに一軒ぽつんとたっている、ふしぎな洋館のまえである。

もと、その洋館は東京のさるお金持ちがたてたのだけれど、のちに事業に失敗したとやらで、気がくるって、この洋館のなかで首をくくって死んだのである。

それいらい、この洋館のなかには、首くくりの幽霊が出るのだの、気ちがいのお化《ば》けがまよなかに、うろうろ、廊下から廊下へと、あるきまわるなどと、いやなうわさばかりあって、いまではそれこそ幽霊屋敷みたいにあれほうだいになっているのだ。

自動車がこの幽霊屋敷のうしろへはいっていくと、それこそ車もうずまるくらいに、草ぼうぼうと生《は》えていて、自動車をかくしておくには、おあつらえむきのあれかただ。

丹羽安麿氏はこの草のなかに自動車をかくすと、あたりのようすをみまわしながら、幽霊屋敷へ入っていく。幽霊屋敷にはドアもなければ、窓にはガラスもはまっていない。もう日はとっぷり暮れはてて、幽霊屋敷のなかはまっくらだ。それでも安麿氏はよくかってをしっているとみえて、懐中電灯の光をたよりに、くさった階段をみしみしと、きみのわるい音を立てながら、二階のほうへのぼっていく。

二階にはそれでも、ドアのついたへやがあった。安麿氏はあたりをみまわし、そのへやのなかへ入っていったが、それから五分もたたぬうちに、ドアのなかから出てきたのは、なんと黄金魔人ではないか。

魔人の最後

黄金魔人はドアから出てくると、まるで昆虫のように両手をこすりあわせて、

「うっふっふ、これからいよいよ黄金魔人の大活躍だ。五人の少女が生きながら、黄金になってしまう

のだ。うっふっふ、うっふっふ」

きみわるいつぶやきをもらしながら、黄金魔人はまたしても懐中電灯の光をたよりに、こんどは三階の階段をのぼっていく。三階はまるで塔のようになっており、もとはそこに西洋風の吊鐘《つりがね》がつってあったのだが、いまはもちろん吊鐘もなく、塔もボロボロにくちはてている。

この塔まであがってきた黄金魔人は、そこからそっと下界《げかい》を見ていたが、見えるものといっては山また山、遠くに谷川のせせらぎがきこえるだけで、人のけはいはさらにない。

黄金魔人は満足そうなため息をもらすと、床に腹ばい、なにやらガチャガチャいわせていたが、やがて、やっこらさと持ちあげたのは、重いコンクリートのあげぶたである。見るとそこにはまっくろな穴があいており、コンクリートの階段が、突きおとすようについている。

「うっふっふ、この家をたてたやつは、はじめから気がくるっていたのだ。そして、いたるところに、こんなしかけをしておいたのだ。黄金魔人のかくれがとして、これ以上、けっこうなところはないじゃないか」

ぶつぶつと、とくいそうにつぶやくと、黄金魔人はきゅうな階段をおりていく。

階段をおりると、そこには窓ひとつない円型のへやがある。へやのなかはまっくらだったが、黄金魔人がランプをつけると、やがてボーッとあかるくなった。

と、見ればそこに五つのいすがあり、五つのいすには五人の少女が眠れるごとく腰をおろしているではないか。ああ、あわれな五人の少女は、人里《ひとざと》はなれたこんな幽霊屋敷のなかに閉じこめられていたのだ。これでは警察が、いかにやっきとなっても、わかる道理がない。

「うっふっふ！　よい子たちだな。さあ、さあ、いまに苦しみも、悲しみもなくしてあげるぞ。ほら、むこうに黄金の液体がいっぱいたまったタンクがあるだろう。そのなかへつけて、黄金少女にしてあげる」

ああ、見ればへやのすみには、西洋のおふろのようなタンクがあって、そのなかに、黄金《こがね》色をした液体が、ふつふつとたぎっているのである。タンクの下には強烈なヒーターがしかけてあるらしい。

「どれ、だれからにしようかな。やはり、うらみっこなしに、伊東伊津子にしようかなあ。うっふっふ」

黄金魔人はうすきみわるい笑い声をあげ、いちばん手《て》ぢかの少女を抱きあげようとしたが、そのとたん、

「わー、わー、わー、こ、こりゃどうしたのじゃ、人間じゃない！　いつのまにやら人形にかわっている！」

黄金魔人はあわてふためき、つぎからつぎへと五人の少女にさわってみたが、五人の少女が五人とも、なんと人形にかわっているではないか。

「しまった！　文麿のやつが逃げたのではないか」

この円型のへやのすみには、長持《ながもち》のように大きなトランクがおいてあった。黄金魔人はあわててそのトランクのふたをひらいたが、そのとたん、なかからヌーッと立ちあがったのは、なんとピストル片手にもった三津木俊助ではないか。

「丹羽安麿さん、あなたの悪《わる》だくみはぜんぶばくろしました。おとなしく警察のおせわになるんですね」

「お、お、おのれ！」

と、逃げようとして、ふりかえった安麿の目にうつったのは、等々力警部や、探偵小僧の御子柴くんとともに、入口に立ったふたりの人物。ひとりは片《かた》めがねこそかけていないが、安麿とそっくりおなじ顔をした人物、そして、もうひとりは、さっきあった山田老先生ではないか。

「き、きさまはいったいなにものだ！」

「安麿、わたしだよ。おまえの兄の武麿だよ」

そういいながら白髪《はくはつ》の老人が、かつらを取り、ひげをむしりとると、その下からあらわれたのは、これまた、片めがねこそかけていないが、安麿とそっくりおなじ顔をした人物だった。黄金魔人はしばらくあたりの顔を見くらべていたが、とつぜん腹をゆすって笑いだした。

「わっはっは、わっはっは、これは大笑いだ！　わっはっは！　わっはっは！」

黄金魔人はとつぜん床にぶっ倒れると、まるで丸太んぼうのように、そこらじゅうをころげまわって、

「わっはっは！　わっはっは！　わっはっはっは！」

ああ、こうして黄金魔人の丹羽安麿は、とうとう

ほんとうに気がくるってしまったのである。

五人姉妹

「丹羽安麿さんの考えではこうだったんですね」

こうして黄金魔人がほろんだのち、関係者一同があつまった席で、三津木俊助は、つぎのように説明した。

「お兄さんの武麿さんは、じっさいに遭難《そうなん》されたのじゃなく生きていられた。しかし、記憶をうしなってじぶんがだれだかわからない。また、世間でも武麿さんが生きているとはゆめにもしらない。だから虹子さんをころしてしまえば、虹子さんの財産はぜんぶじぶんのものになるとおもったんです」

と、三津木俊助は、ひといきいれると、

「しかし、虹子さんひとりをころしたのでは、すぐおじであるじぶんにうたがいがかかってくる。ところが難船岬《なんせんみさき》へたずねていったとき、そこに細田星子さんという少女がいるのに気がついた。名前も苗字《みょうじ》もホの字ではじまっている。しかも、じぶんのねらっている虹子さんも、丹羽虹子で名まえも苗字もニの字ではじまっている。そこで、伊東伊津子さんとローズ・蠟山さん、長谷川花子さんという、虹子さんとおなじとしで、しかも、苗字も名前もおなじ字ではじまっている少女をさがしだしたんです。そして、だれか気ちがいみたいな人間がいて、イロハ順に少女をねらうのだと……安麿さんはそう世間に思いこませようとしたんです。それだと、虹子さんがやられてもじぶんにうたがいは、かからないだろうと思ったんですね」

「そして、その気ちがいを文麿だと思わせようとしたんですね」

と、武麿氏がいった。

「そうです。そうです。ひとつにはそれによって文麿さんをなきものにして、文麿さんの偉大な発明の権利を横どりしようとしたんですね」

「いやあにきが、わたしを気ちがいにしたてようとしたのも、むりはありません。発明に熱中するあまり、わたしはとかく、気ちがいじみた行動が、おおかったのですからね」

文麿氏もいまさら後悔するようにつぶやいた。

それにしても、文麿氏の発明とは……それはいままで世界にしられなかった新しい合金《ごうきん》である。合金とはちがった種類の金属をふたつ以上あわせて、新しくつくり出された金属のことである。

文麿氏のつくり出した合金は、いままでのどの金属よりも延展力《えんてんりょく》（うすく平たくひろがる性質）にとんでおり、まるで繊維《せんい》品みたいに、かるくて、またじゆうに形がつくられる。しかもピストルのたまもはねかえすほど、堅牢《けんろう》にできているのだから、これほど偉大な発明はなかった。

安麿氏はその合金をぬすんで、黄金魔人になりすましていたのである。

さて、伊東伊津子をはじめ、イロハ順の五人の少女だが、この事件以来、すっかり仲よしになった。

丹羽武麿氏もじぶんの弟の悪心《あくしん》から、おそろしい目にあった少女たちをふびんがって、四人の少女をじぶんの手もとにひきとった。

そしていまでは五人姉妹として、仲よくそだてているのである。

そして、この五人の少女が、いちばん感謝の念をささげているのは、探偵小僧の御子柴くんだということである。

動かぬ時計

動かぬ時計

（あたしの時計、あたしの可愛《かわい》い時計さん、あなた今なにを考えているの？　何も考えないで、ただコチコチとひとりごとを言ってるの）

眉子《まゆこ》は、そっとかわいい時計にほおずりをした。薄紫《うすむらさき》とばら色の細いリボンをつけた金《きん》の時計は、貧しい電話係の少女の持物《もちもの》としては、すこし不似合いなものであった。だから眉子はなるべく人に見せないように、いつもふところの奥深く、その時計をしまいこんでいた。

時計はいつも、彼女の心臓の上で、コチコチ、コチコチと、何か話しかけるようにささやいている。そして貧しい電話係の少女は、いつも幸福だった。

×　　×

眉子は高等小学校を出るとまもなく、父の六造《ろくぞう》が勤《つと》めている会社の、電話係として通勤することになった。彼女の父は、長いことその会社で小使《こづか》いとして働いて来たのだった。

その父の腰にぶらさがるようにして、眉子はまい朝《あさ》たのしい会社通いをする。お天気のいい、暖い日など、父の六造は、眉子のために、わざわざ丘を越えて廻《まわ》りみちをしたりした。

丘の上には、べにがら色の屋根をもった洋館だの、いきなかっこうのアトリエなどが並んでいる。

眉子はそこのだらだら坂を一息でかけ登りたいと思った。しかし、およそ一丁《ちょう》程もある、かなり勾配《こうばい》のきゅうな坂は、十四の少女にはとてもだめだった。彼女はまい朝、一息でかけ登れたところに目印をつけておいた。

「明日は、もう少し上までかけ登ってよ、お父さん」

　眉子はハアハア息をはずませながら、後からエッチラ、オッチラ登ってくる父をかえりみてそう言った。六造はしわの深い顔の相好《そうごう》をくずしながら笑っていた。

×　　　×

　五月になった。

　丘の上には、まい朝びろうどのように草がぬれていた。空気ががらすのように光った。

　眉子と父とは、丘のはずれの、町が一目に見わたせるところに腰をおろした。父は父で、バットの一本に火をつけるし、眉子は眉子で、元気に歌をうたったり、白い小さい花を探したりした。

「眉子や、その黄色い、光った花は毒だから手でさわっちゃいけないよ」

　ときどき父の六造が、そばからそう言って注意した。彼のはき出すむらさき色の煙が、海草のように揺れながら、丘のむこうへ消えて行った。

　ある日眉子は、その煙の行方《ゆくえ》を見守りながら、めずらしく父のそばに腰をおろしていた。

「眉子や、きょうは花をつまないの」

　六造が不審そうに彼女のほうをふりかえった。

　眉子はそれに答えなかった。何かしら楽しいことを胸に秘めているように、ときどきそっとうつむいてほほえんだりした。

　白いちょうちょうと紅《あか》いちょうちょうが、もつれるように彼女の目の前を横ぎっていった。

　やがて六造が一本のバットを吸い終《おわ》るころ、眉子はやっと口をきった。

「お父さん」

　そういって、彼女はもう一度つばをのみこんだ。

「明日は何日か知ってて?」

　おや――というふうに、父の六造は彼女の顔をみた。

(いつの間にこんな口のききようをするようになったのかしら)

「明日は五月の十五日よ」

「……」

「ほら、いつもあれの来る日よ」

とつぜん六造は不機嫌《ふきげん》な顔をして、眉子から目をそらせた。

五月十五日。眉子にいわれるまでもなく、六造はこの間からそれを意識していた。

ただ、眉子がその日を、どんな心持ちでみているか、それが彼にはしんぱいの種だった。

(眉子もだんだん大きくなって行く。いつまでも気がつかずにはおくまい。今のうちになんとかしなきゃあ)

「眉子や、もうそろそろ出かけることにしようぜ。あんまり遅くなるといけないからね」

しばらく黙っていた後、とつぜん父はそういって腰をあげた。

「ええ」

眉子はガッカリしたように、ふじ色の弁当づつみを取りあげた。父が彼女と同じように、その日を喜んでくれないのがもの足りなかった。彼女はせっかくの希望が、根こそぎ持ってゆかれたような気がした。

(もとはあんな父ではなかったのに、その日を自分といっしょに、どんなにか喜んでくれたか)

父と眉子とは、思い思いにおしだまったまま、丘を向《むこ》う へ越していった。

× ×

眉子には母がなかった。亡くなったのか、それとも遠い所へ行ってしまったのか、物心《ものごころ》ついてから、眉子はついぞ母の記憶を持たなかった。

父の六造にきいて見ても、それが母のことだと、いつも彼は言葉をにごしてしまうのだった。

(へんだわ、わたしにはお母さんがないんだもの)

(そんなことを言うもんじゃないよ、眉子。それともお前は、このお父さんひとりじゃ不足だと言うのかい)

(そんな事はないけれど……)
二、三年前までの眉子は、ときどき、そんなことを言って父を困らせた。しかしいつとはなしに、彼女は、母のことをいうのはいけないことだと思うようになった。
(お母さんのことを言えば、お父さんが困る)

わけがわからないなりに彼女はそうきめていた。

それ以来、ついぞ彼女は、それを口にしなくなった。

その眉子が、はじめて小学校へあがるようになった年の五月十五日のことだった。彼女のところへ、どこからともなくやさしい贈物《おくりもの》がとどいた。開いてみるとそれは、きれいな桐《きり》の箱にはいったクレオンだった。

それがまい年《とし》同じ日に彼女のもとへとどけられる。不思議な贈りもののさいしょだった。もっともそれまでにもあったのかも知れないけれど、彼女の記憶では、それがはじめてだった。

それ以来一年も欠かすことなしに、その贈りものはつづいて来た。時には、誰《だれ》からともわからない贈物を黙って、もらっておいていいのかしらと思ったりした。しかし、父の六造はいつも、

「せっかくのお志《こころざし》だからいただいておきな、めったに粗末《そまつ》にしちゃいけないぞ」

と言った。

そう言われて眉子は、はじめて安心するのだった。ときどき眉子は、その人に礼状を出したいと思うことがあった。どんな優しい人だろうと一人で考えふけることもあった。すると、いつも、所も名まえも書いてないその小包《こづつみ》が、いっそうらめしくさえなって来るのであった。

眉子が丘の上で、その話をしかけたよく日《じつ》の朝、はたして彼女が待ちこがれていた贈りものがとどいた。

「山野さん、小包」

と、いう威勢《いせい》のいい声をきいた時、眉子は台所で朝の支度《したく》をしていた。彼女はハッとして奥の間のほうへ目をやった。

父の六造がエヘンと咳《せき》ばらいをする声が聞《きこ》えた。それはいつも彼が不機嫌な時にする癖《くせ》だったので、眉子はどうしようかと思った。

「山野さん、小包ですよ」

郵便屋さんがおこったようにいった。

「眉子や、小包が来たよ」

眉子は父親の声を聞いて、しかたなしに、しかし、いそいそと、前垂《まえだれ》で濡《ぬ》れた手をふきながら表《おもて》のほうへ出た。

小包はいつものと違って、ずっと小さかった。何がはいっているのだろう——？　彼女は小さな胸をとどろかせながら、父のもとへそれを持って行った。

「開けて見な」

父の六造は、なるべくそのほうを見ないようにしながら、そう言った。

眉子は父の顔色をうかがいながら、小さいはさみで麻《あさ》の緒《お》を切った。

油紙をのけると、中には新聞紙でいくつにも、いくつにもくるんだものが出てきた。

それはまい年《とし》あじわう経験であったけれど、その新聞を一枚一枚開《ひら》いて行く時の心持ちこそ、眉子にとっては一番うれしい時であった。

「何だかいやに小さいものだな」

いつの間にやら、父もそのほうに心を取られていたらしく、眉子の開くのをさももどかしそうに言った。

「そうね、お父さん。なんでしょうね」

父の機嫌がなおったらしいのを、眉子はうれしく思いながら、いそいそと包みを開いていった。新聞紙をみんなのけてしまうと、中からは、むらさき色のびろうどの小さい函《はこ》がでてきた。眉子と父はおもわず顔を見あわせた。

「お父さん、時計よ！」

その函を開いて見た時、眉子はおもわず歓喜の声をあげた。

「どれ、どれ」

父親もにじりよってのぞきこんだ。

「ほう、立派なものだな、金時計じゃないか」

金時計！　眉子の父にとっては、生涯持ったことはおろか、夢みることさえ出来ないものにちがいなかった。彼はぼんやりとしたように、すべすべとした、金柑《きんかん》色のその時計を見ていたが、やがて思いだしたように、じぶんの時計を探りだすと、それにならべてみた。それはそれは古い大型の、見るからにみにくい時計だった。

「まるで、俺《おれ》とお前みたいなちがいだな」

何気《なにげ》なく父はそう言った。その言葉を聞くと、いままで時計に見とれていた眉子は、急に泣けそうな気がして来た。

「お父さん、あたしこの時計を持たないわ」

「どうして？」

「だって、だって……」

父はふしぎそうに、眉子の顔をのぞきこんだ。

そう言っているうちに、いつの間にやら眉子は泣けてきた。父親にはすぐにその心持ちがわかった。

「そんな事をいうもんじゃないよ、他人さまがせっかく贈ってくださったものだ、大事に持っていな」

それだけ言うと、彼はくるりと向うをむいてしまった。

×　　　×

眉子はその時計に、うすむらさきとばら色のリボンをつけた、それがまた、ひどくその時計に似あっていた。

(いったい、いくらぐらいするものかしら)

眉子はときどきそう思った。きっと安いものじゃないわ。金時計だもの。小学校にいた時、一番お金持ちの久原《くはら》さんはやっぱり時計を持っていたけれど、でも、金時計じゃなかったわ。あんなお金持ちだって持たないんだもの、きっときっと高いものに違いないわ——。

しかし眉子は、値段などとは関係なしに、その時計が好きだった。金柑色の、つやのいい肌、黒耀石《こくようせき》のように黒い小さい二本の針《はり》、それに数字を朱《しゅ》で書いてあるのまでが彼女の気にいっていた。ねじを巻くと、ジイ、ジイと気持ちのいい音をたてる。そしてどんな時でも休むことなしに、コチコチとひとり言をいっている時計——。

(時計さん、かわいいいきな時計さん。なんてまあ、あなたにはこのリボンがよく似あうんでしょうね)

眉子は一時もその時計をはなさなかった。家にいる時も、会社にでる時も、そして寝る時さえも、その時計を肌身につけていた。

「眉子や、おまえそんなに時計にばかり気をとられていて、お勤めのほうをお留守《るす》にしちゃいけないぞ」

ときどき、父の六造がそんなことを言った。

「大丈夫《だいじょうぶ》よ。お父さん」

眉子は元気に答えた。

彼女はいつも快活で、はきはきしていたから、勤《つと》め先《さき》ではみんなからかわいがられていた。

それにその時計がふところの中で、コチコチと言っていると、いっそう彼女は仕事に精がだせるように思えた。

×　　　×

そうしているうちに八月が来た。

暑い暑い八月だった。お金にくったくのない人たちは、誰もかも避暑に出かけて行った。

しかし、眉子と父の六造だけは、あいかわらず手をたずさえて丘の道を通った。

丘の上には月見草《つきみそう》が露《つゆ》にぬれて咲きほこっていた。

眉子には海水浴も、登山も、旅行も、少しもうらやましいとは思えなかった。彼女にはただ、かわいい、かわいい時計さえあればよかった。

ある晩眉子は、寝床《ねどこ》に入ってから、いつものように時計のねじを巻いていた。するとどうしたはずみからか、ふいに時計が動かなくなった。

彼女はハッと思ったがすでに遅かった。ねじを巻きすぎた時計は、物にすねた子どものように、彼女がどんなにすかしてもなだめても、二度と動きだそうとはしなかった。

(時計さん、どうしたの、憤《おこ》ったの、あたしがあんまりひどいことをしたので、あなた憤ってしまったの、かんにんしてちょうだいな。ね、ね、あたしがあやまるから、もう一度きげんをなおして動いてちょうだいな)

しかし、一度狂った時計は、彼女のどんな願いをも聞こうとはしないで、唖《おし》のように押しだまっていた。

眉子はうろたえて途方に暮れた。

どうしたら時計がきげんをなおしてくれるだろう――彼女は寝床の上に起きあがると、ねじをもどそうとしてみたり、振ってみたりした。

しかし何もかも駄目《だめ》だった。彼女は泣けそうな気がして来た。

その時、ふと眉子は、いつか父が時計の裏側の蓋《ふた》を開いていたことがあるのを思い出した。

「お父さん、どうしてそっちのほうの蓋を開くの?」

と眉子がたずねると、

「狂ったもんだからね、修繕《しゅうぜん》しようと思ってるんだよ」

と父が言ったのを思い出した。

こっちの方の蓋を開くとなおるのかしら。しかし眉子には何かそれが恐ろしかった。壊してしまやあしないかと思った。

でも彼女は、そうするよりほかにしようがなかった。彼女は机の抽斗《ひきだし》から小さいナイフを取出《とりだ》すと、そっと裏蓋のすきまへあてがった。恐ろしくて手がブルブルとふるえた。

やがて彼女が思いきって、ナイフを握った指先きに力を入れると、パチッと金属性の音を立て、勢いよく裏蓋がはねかえった。

そのはずみに、蓋の裏側をのぞきこんだ眉子は、ハッと息をうち へ引いた。

浅い凹《くぼ》みをなしたその裏側には、見知らぬ婦人の写真が貼着《はりつ》けてあるのだった。

小さい眉子には、はっきり見当《けんとう》はつかなかったけれど、およそ三十五、六とも思われる、上品な顔立ちをした、束髪《そくはつ》の婦人だった。じっとある一点を見つめた切れの長い目は、思いなしか、深い悲しみをたたえているようで、見ていると、知らず知らずひきずりこまれるような気がした。

(どなたの写真だろう?)

むろん眉子にはわからなかった。いままでについぞ見たことのない女《ひと》だった。

(いつもやさしい贈りものをくださるのは、この方じゃないかしら)

眉子はふとそう思った。

彼女はしばらく、あかずその写真に眺《なが》めいっていた。

すると、今ふと考えたことが、だんだんまちがいのない事のように思われてくるのだった。

(そうだわ、きっとそうだわ。この方にちがいないわ。いつもあの優しい贈りものをくださる方にちがいないわ)

その夜、壊れた時計を、ひしと胸にいだいて寝た眉子は、つづけざまにいろんな夢をみた。

――広いひろい野原だった。まっ黄色な菜《な》たねばたけの中を、白い小径《こみち》が、どこまでもどこまでもつづいていた。その小径の上を、眉子は写真の主《ぬし》の婦人と、手をつないで歩いていた。どこから来たのか、そしてどこへ行くつもりで歩いているのか、眉子には少しもわからなかった。

しかし彼女は、そんなことを別にふしぎとも思わないで、ただひたすらに歩いていた。

小さい眉子は、ときどき足がだるくなって、ともすれば婦人より遅れそうになった。すると連れの婦人は、立ちどまって彼女の方をふりかえるのだったが、その目はいかにも悲しそうであった。

風が鉛《なまり》のように沈んで、物音といったら何一つ聞えなかった。その広いひろい景色の中で、動いているものといったら、眉子と、その婦人の二人だけだった。しかも二人とも、さっさから唖のように一言も口をきかなかった。

やがて眉子の足は、だんだん重くなって来た。それだのに、連れの婦人は、そんなことにはいっこうかまわないで、かえって足を速めて行くのだった。

とうとう眉子は、歩く元気を失ってしまった。すると二、三間先《けんさ》きに立っていた婦人は、世にも悲しげな顔をして彼女の方をじっと見ていたが、やがて踵《きびす》をかえすと、スタスタと向うのほうへ行ってしまった――。

目がさめたとき眉子は、レースのくくり枕《まくら》が、じとじとに濡れているのに気がついた。

× ×

二、三日眉子は、その夢が気になってしかたがなかった。

彼女は父にたのんで、壊れた時計を修繕してもらおうかと思ったが、そうすると時計の裏の秘密が知られるように思えたので黙っていた。彼女は誰にも知らせずに、ただ一人でその秘密を自分のものにしていたかった。それはうれしいことではなく、反対に悲しいかなしいことだったけれども。

ある日、彼女の会社はひどくひまだった。

彼女はつれづれのあまり、誰かがおいていった新聞の綴《つづ》りこみをひろい読みしていた。

そのとき彼女は、思わず心臓の冷《つめた》くなるようなものをそこに発見した。

時計の裏にはりつけてあった写真。あれと同じ写真が、そこに出ているのだった。

深い悲しみをたたえた切長《きれなが》な目、やさしく結んだ唇《くちびる》、束髪に結《ゆ》ったやわらかそうな髪の毛、まちがいなく眉子の持っている写真と、おなじ女《ひと》のおなじ写真だった。

眉子は息をはずませながら、そこに出ている記事を読んだ。それによると、その婦人の名は深見《ふかみ》八重《やえ》子《こ》といって、有名な金持ちの奥さまだった。そして彼女は昨夜、彼女が乗っていた自動車が、あやまって外濠《そとぼり》の中に顚覆《てんぷく》したため、不慮の死をとげたというのだった。

昨夜――？ 昨夜――？

眉子は大急ぎで、その新聞の日付を読んだ。すると果して、自動車の顚覆したというのは、眉子の時計が壊れたと同じ日であった。思いなしか眉子には、時刻まで同じであるように思えた。

（やっぱりそうだったのだわ。やっぱりわるいしらせだったのだわ）

眉子は目がくらみそうだった。胸のなかにポカンと大きな穴があいたような気がした。そしてそこから熱い涙がとめどなくあふれ出るのだった。

それ以来、眉子の時計は二度と動かなかった。

バラの呪い

あやしい人声

部屋へかえってきたとき、鏡子《きょうこ》はすっかりくたびれていた。テニスの猛れんしゅうでながした汗を、ろくろくあらわないうちに、舎監《しゃかん》先生によばれたりしたものだから、ねばりっこい汗が、まだどこかにのこっているようで、気持《きもち》がわるかった。

「どなたかお風呂《ふろ》へいらっしゃらない？　あたしさっきいちど入ったんだけど、なんだかまだ気持が悪くて……」

部屋へはいってくると、鏡子は、いきなり同室のだれかれにそう声をかけた。

「ええ、でもあたしたち、いま入ってきたばかりのところなのよ。それより鏡子さん、先生からなにかお話があって？」

三年の早苗《さなえ》という少女が、机の前からふりむいてそうたずねた。

「いいえ、べつに……。そう心配するほどのことはないのよ。じゃあたし、ちょっといってくるわ」

鏡子は、手ぬぐいと石鹼《せっけん》をとりだすと、うすぐらい廊下へでた。まだ五時にもならないのに、十一月の陽足《ひあし》はみじかかった。

寄宿舎《きしゅくしゃ》の廊下は、はやネズミ色にけむって、ところどころに、いまついたばかりの電灯が、ぎぼしのようにぼんやり光っている。

「榊《さかき》さん、どちらへ？」

「ちょっとお湯へはいってこようと思うの」

「あら、だめよ。もうすっかりつめたくなっているわ。お風邪《かぜ》をめしちゃいけませんよ」

ごはんまえの寄宿舎はにぎやかだ。

榊鏡子が通るのを見つけると、どの部屋からも、快活な少女の声がかかった。

「ええ、ありがとう。だいじょうぶよ」

鏡子は、もちまえのうつくしい頰《ほお》に、こぼれるような愛《あい》きょうを見せながら、そのひとりひとりにあいさつをして通った。

この学校に、だれがつくったのか、こんな歌がある。

S学校の誇りといえば
妙子《たえこ》の君《きみ》に鏡子さま
いずれおとらぬバラとユリ

しかし、バラにたとえられた、妙子という少女は、今年の春に亡くなった。以来S学校の誇りといえば、榊鏡子ひとりになったわけである。

鏡子は、もう三年になった。

彼女のうつくしさは、少女の美そのものであるかのように輝いていた。

いつもうるおいがちな黒耀石《こくようせき》のような瞳《ひとみ》、長いふさふさとしたまつ毛、たえぬ微笑を、つつましやかにかくしている赤い唇《くちびる》、それらは、全校の少女のあこがれの的《まと》となっていた。しかし、鏡子の均整のとれたからだに、いちどラケットがにぎられたとき、この近県の学校じゅうでそれにたちむかえるものは、ひとりもなかった。

「鏡子さんとおなじ室に、起きふしできたら……」

それは嫉妬《しっと》と反感のうずまいている少女間での、ただひとつの正直な願いごとだった。

お風呂は、なるほどなかば冷えていた。

でも、運動につかれた鏡子には、それがなによりのごちそうにおもえた。

かるく汗をながして、みだれた髪をときあげると、鏡子はぬれた手ぬぐいをもって、風呂場をでた。

おそかったので、そのへんには、ひとりもすがたが見えなかった。たぶんお食事がはじまったのだろう。さっきまでのにぎやかさはどこへやら、水底《みなそこ》のような沈黙が、大きな建物いっぱいにひろがっている。

日はもうすっかり暮れてしまった。濃いむらさき色の暗闇《くらやみ》が、鏡子の前後左右から、おしよせてくる。

こういう大きな建物の、こういう瞬間は、いちばんもの淋《さび》しいものだ。

せまい階段をあがるとき、鏡子はふと、さっきの舎監先生のことばを思いだして、おもわず、しなやかな肩をすぼめた。

「榊さん」

と、先生は鏡子ひとりを前にしておっしゃった。

「このごろ、この寄宿舎で、ときどきへんなうわさをきくのですがね」

「へんなうわさって?」

鏡子は、きよらかな瞳をあげて、先生の顔を見つめた。

寄宿舎の不《ふ》しまつは、舎監先生の責任であると同時に、鏡子の責任でもあった。鏡子はまた、いたずらな下級生たちの不しまつが、先生のお耳に入ったのではないかと思って、早くも、そのやさしい心をいためた。

「なにも、そんなに心配するほどのことでもないのです。むしろ、ばかばかしいような話で……」

先生も、さすがにいいにくいと見えて、ちょっとことばをにごしたあと、

「たぶん、臆病《おくびょう》な生徒たちの思いちがいだろうと思いますが、この寄宿舎に、幽霊が出るというのです」

「まあ」

鏡子は、あまり思いがけないことばに、おもわず目を見はったが、すぐそのつぎの瞬間には、あまりのおかしさに、おもわず微笑をもらした。

すると先生も、それにつりこまれて笑いながら、

「もちろん、枯尾花《かれおばな》を見て、幽霊と早合点《はやがてん》のたぐいにちがいありませんが、なにしろ、臆病な人たちのあつまりですから、あなたも、せいぜい気をつけて、そんなうわさがあったら、できるだけうちけしてください」

舎監先生の話というのは、ただ、それだけのことであった。

鏡子は、いま、ふとその話を思いだすと同時に、なにかしら、つめたいものを襟《えり》あしから投げこまれたように、おもわず前をかきあわせた。

さっきはむしろ笑いだしたくらい、こっけいに思えた話が、いまではひしひしと身内にせまってきて、しぜんに足が早くなってくる。

「ばかな! さっき先生の前では、あんなにりっぱな口をききながら、自分から臆病風に吹かれるなん

て、あたしもずいぶんおばかさんね」

鏡子は、自分をたしなめるように、心のなかでそうつぶやいた。しかし、いかに気丈《きじょう》とはいえまだ十五の少女にとっては、おそろしいうわさは、やはりおそろしく、気味の悪いものは、やはり気味が悪かった。

そのときである。

鏡子は、突然立ちどまった。鏡子の足はきゅうにナマリの棒のように重くなった。

ゴクッと内へひいた息をはきだすまでもなく、心臓がふうせんのようにふくれあがって、息苦しくのどへひっかかった。

「どなた……？」

鏡子は、精いっぱいの力をふりしぼって、何者ともわからぬ、目に見えぬ相手にそう声をかけた。

答えはない。水アメのように、とろりとよどんだ暗闇が、あたりいっぱいにはびこっているばかり……

「どなた……」

鏡子は、もういちどそう声をかけておいて、さっき、人の声がしたと思われる、右手のほうの部屋へ、そっとちかよっていった。あいかわらず答えはない。

ふと気がつくと、その部屋というのは、あの事件以来とざされて、いまでは、だれもはいるもののない、無人であるべきはずの部屋であった。

そう気がつくと、鏡子はもういちど、ゴクンと唾《つば》をのみこんだ。

あの事件……そうだ、あの悲惨《ひさん》なできごと……。

鏡子は、今まざまざとそれを思いだした。

と、そのとたん、ふたたびあやしい人声が、かすかに鏡子の耳たぶをうった。

「バラが……ああ、赤いバラが……おそろしい！　おそろしい！　そのバラの花が……」

それは瀕死《ひんし》の人の声であった。あやしくみだれ、ふるえ、きれぎれに、黄泉《よみ》の国《くに》からわきおこる声のように、恨《うら》みっぽく、なげかわしくつづいた。

「バラ……バラの花……あたしの命をとる、おそろしいバラの花……」

それにつづいて、すすり泣くような声がしばらくつづいた。

「ああ、妙子さんの声だ！」

そう気がつくと、鏡子は、ふしぎにも今までの恐怖は、すっかりうち忘れてしまった。

彼女はわれにもあらず、ドアのハンドルに手をかけた。とざされてあるべきはずのドアは、ふしぎにも、なんの手ごたえもなくあいた。

しかし、部屋のなかには、鏡子の期待に反して、何者のすがたも見えなかった。

開放された窓から、いつのまに出たのか、黄色い月がさしこんでいるばかりである。

鏡子は勇《ゆう》を鼓《こ》して、その窓のそばへよって外をのぞいた。そこにもしかし、コスモスの花が露《つゆ》にぬれて、さやさやとゆらめいているばかりであった。

花束の謎《なぞ》

鏡子はしかし、そのことを、だれにも話さなかった。同室の生徒はもとより、舎監《しゃかん》先生にすらそのことをうちあけようとはしなかった。

亡くなった妙子——それは鏡子とともに、S学校の誇りとまでうたわれたうつくしい人で、しかも鏡子にとっては、この世にふたりとない、したしい友だちでもあった。

思えば今年の春、ちょうどさくらの花びらが、校庭にふりしきるころ、あの寄宿舎《きしゅくしゃ》の一室で、妙子は狂おしい死を遂《と》げた。病気とはいえ、それは世にもみじめな最期《さいご》であった。

鏡子にもおとらぬうつくしいあでやかなその容貌《ようぼう》が、たった一夜のうちにみにくく崩れ、これまでの面影《おもかげ》はどこへやら、高熱のうちに狂おしくうわ言《ごと》をつづけながら、醜怪《しゅうかい》な亡骸《なきがら》を、そこにさらしたのであった。

「丹毒《たんどく》」という医師の診断に、学校では伝染をおそれて、だれも妙子にちかづくことをゆるさなかった。ただひとり鏡子だけが、その禁をおかして、さいごまで、妙子のそばをはなれなかった。

「バラが……ああ、おそろしいバラが……」

なぜか妙子は、生前あれほど愛していたバラの花を、おそれ、呪《のろ》いつづけながら最後の息をひきとったのであった。

妙子さんの思いが、まだのこっているのだわ。おかわいそうに、でも、むりはないわ。あんなうつくしい人が、あんなにみじめな死にかたをなすったんですもの。

「鏡子さん、どうかなさったのじゃないの。なんだか、顔の色がすぐれないようよ」

「そう、ありがとう。べつになんでもないんだけど」

「お風邪《かぜ》でもめしたのじゃない？　きょうは、テニスの練習はおよしになったほうがよくない」

おなじクラスの人たちに、そんな注意をうけた鏡子は、正直にそれをうけいれて、その翌日はいつもより早く、部屋へかえってきた。

部屋には、この秋から転校してきた、一年の鈴代《すずよ》という少女をのぞいたほかは、だれもいなかった。

鈴代は、所在《しょざい》なげに、編物針《あみものばり》をうごかしていたが、鏡子の顔を見るとびっくりした。

「まあ、鏡子さん、顔の色がまっさおだわ。どうかなさったの？」

「いいえ、たいしたことはないのよ。ちょっと風邪でもひいたのだろうと思うわ」

「いけませんわねえ。まるで幽霊にでもつかれた人のようよ」

鈴代のなにげないことばに、鏡子は、ギクリとしたように、相手の顔を見た。しかし、鈴代はそんなことには気がつかぬらしく、むこうをむいて編物をかたづけていた。

「お床《とこ》をとりましょうか。横になっていらしったほうがよくはありません？」

「ありがとう。でも、そんなにしなくってもだいじょうぶよ」

「そう……じゃ……」

鈴代はまた、編物を手にとろうとしたが、ふと思いだしたように、

「そうそう、鏡子さん、あなたのところへ小包《こづつ》みがまいっていますよ」

「小包み？」

「ええ」

鈴代は、立って押入《おしい》れのなかから、ボール紙の箱をとりだしてわたした。見ると、おもてには「榊鏡子さま」とだけ書いてあるだけで、差出人《さしだしにん》の名まえはどこにもなかった。

「おや、どなたからかしら？」

鏡子は不審そうに、十文字《じゅうもんじ》にからげたひもを切って、ふたをあけた。

「まあ、きれいなバラだこと……」

寄宿舎にでるという、幽霊のうわさは、打消《うちけ》せばうちけすほど、だんだんひろがってきた。鏡子も思いきって、それを否定することができなかった。

このあいだの晩、浴室からのかえりがけ、鏡子自身耳にした、あのおそろしいつぶやきは、いまだに鏡子の耳のそこに、こびりついていてはなれない。

そんなばかなことが……と否定するそこから、いやいやとうたがう心がわきおこってくる。

だれかのいたずらだろうと思ってみても、さて、だれが、なんのために……と考えてくると、いまどき、そんなばかげたいたずらをするものがあろうとは思えない。それに、あのときいた声は、たしかに亡くなった妙子の声と、そっくりだったではないか。

「ええ、あたしもきいたわ。妙子さんの声と、そっくりだったわ」

「バラが……バラが……という声でしょう」

「いやよ。そんなまねしちゃ、気味が悪い」

そんなうわさが、全校にひろがってゆくころ、しかし、一方では、それとは関係なしに、この学校の年中行事のひとつである、秋期テニス大会がちかづきつつあった。

×　×

鏡子といっしょに、なかをのぞいていた鈴代が、おもわずそう声をあげた。

それは、いかにもみごとなバラの花束であった。あでやかな花びらの下からにおう高い香気が、いっせいにふたりの鼻をうった。

「へんだわ。どなたが送ってくださったのかしら」

鏡子は不審そうに首をかしげた。自分にバラを贈ってくれそうな人は、どう考えても、思いあたるところがなかった。

そのうち、花束のなかから一枚の名刺のようなものが、パラリと畳《たたみ》の上におちた。鏡子はなにげなくそれを手にとったが、その瞬間、鏡子の頰《ほお》の色がさっとかわった。

それは名刺ではなかった。

そこにはこんなことが書いてある。

「復讐《ふくしゅう》は汝《なんじ》のうえにあるべし……」

鏡子はあわてて、それを手でおさえながら、鈴代のほうを見たが、一瞬間、鈴代の目が、夏の稲妻《いなずま》のようにするどく走ったのを見た。

鏡子は長いあいだ、ダブルの選手として、名誉ある第一位をしめていたが、この春、もっともよきパートナーである妙子をうしなったので、こんどはいやが応《おう》でも、シングルにでなければならなかった。

もっとも、鏡子の正確なストロークと、もうれつなサーヴをもってすれば、シングルでも、勝つ自信はあったが、それにしても、思いだされるのは、妙子のことであった。

もういちど、ふたりしてコートに立ってみたい……それは、いってもむりなこととわかっていながらも、大会の日がちかづいてくるにしたがって、ともすれば鏡子には、亡き友の面影が、しみじみと思いだされるのだった。

「榊さん、ちょっと」

鏡子が、ラケットをふるって猛練習に余念《よねん》のないときであった。むこうのほうからひとりの生徒が声をかけた。

「なあに」

鏡子は、おりから飛んできた球を、かるく打ちかえしておいて、そのほうへふりむいた。

「舎監先生がおよびよ。すぐいらしてくださいって……」

「あ、そう、ありがとう」

鏡子は、ラケットをおくと、みんなにちょっとあいさつをして、舎監部屋のほうへ、いそぎ足でかけていった。

「先生、なにかご用ですか」

ドアをひらくと、そこには先生がひとりで、なにか思案顔《しあんがお》に、ぼんやりとしていたが、鏡子がそう声をかけると、ふとこちらをむいて、

「あ、いらっしゃい。あとをよくしめといてくださいな。あまり人にきかれたくないお話ですから……」

そういう先生のようすや、ことばつきから、鏡子はまた、何かよくないことが、おこったのにちがいないと思って、だまって先生の顔を見あげたまま、つぎのことばをまっていた。

「榊さん、あなたのところへだれからか、バラの花束をおくってきやしませんでしたか？」

「え？」

鏡子は、ドキッとして、先生の顔を見あげた。

「おくってきたでしょう。じつはそのことについて、

お話があるのですがね」

そこで先生はことばを切ると、机のひきだしから、一枚の紙きれをとりだして、だまって、それを鏡子にわたした。

鏡子はなにげなくそれをうけとって見たが、あやうく叫びだすところであった。

そこには、鏡子にも見おぼえのあるおなじ筆蹟《ひっせき》で、

「復讐は汝のうえにあるべし」

とただ一言。

その文句までもおなじである。

「先生、これは……」

と、鏡子がなにかいおうとするのを、先生はとちゅうでさえぎって、

「じつはね、あなたのほかにも、おなじようなバラの花束をおくられた人が、二、三人あるのです。こういうあたしも、そのひとりなんですよ」

「まあ、先生！」

鏡子はおどろいて、先生の顔を見なおした。

「復讐は汝のうえにあるべし……榊さん、あなたこのことばについて、なにか思いあたることはありませんか」

「いいえ、ちょっとも。あたしもわけがわからないので、おどろいてしまいましたわ」

「そうですか。ところでけさほどね、あたしはまた、こんな手紙をうけとったのですがね」

そういって先生は、さらに一通の手紙をとりだした。

見ると、そこにはこんなことが書いてある。

いよいよ秋のテニス大会も近づきました。あなたは、この春のテニス大会のあとにおこった、あの悲惨《ひさん》なできごとをおもいだしはしないでしょうか。

復讐はおなじテニス大会ののちに、かならずおこなわれるものとごしょうちください。

「さいしょあたしにも、なんのことだか、さっぱりわかりませんでした。しかし、さっきふと思いついたのですがね。榊さん、この事件と、このごろおこる寄宿舎の幽霊事件ね。これはたしかに、おなじ事件なんですよ」

そのことばに、鏡子はおもわず、水のようにつめたいものを背すじに感じた。

なにかしら、わけのわからない、あやしいものが、灰色の雲となって、鏡子のまわりをとりまいているような気がする。自分の知らないまに、おそろしい悪魔が、銀色のトゲトゲした爪《つめ》を、みがいているのではなかろうか。

「つまりね、あたしの考えるのに……」

と、先生はさらにことばをついで、

「この春のテニス大会のあとにおこった、悲惨なできごとといえば、とりもなおさず、あの妙子さんの死んだことでしょう。そこであなたにおたずねしなければならないのですが、あのときはあなたと、妙子さんの組が優勝して、だれか妙子さんのところへ、バラの花束をおくった人がありましたね。あなた、そのおくり主《ぬし》について、ごぞんじありませんか」

鏡子は、ちょっと首をかしげて考えてみた。

なるほど、この春の大会のとき、ふたりが光栄にかがやく優勝旗を手にしたとき、だれか主のわからない花束が、妙子のもとにおくられた。そして、その夜から、あのおそろしい病気が妙子をおそったのだ。しかし、それとこれと、どんな関係があるのだろうか。

そこまで考えてきたとき、鏡子は、ハッとおもわず息をのみこんだ。

そうだ。臨終《りんじゅう》における、妙子のあの苦しいうわ言《ごと》――そしてそのなかから、ふと耳にしたことば――

「…………」

鏡子がおもわずせきこんで何かいおうとした刹那《せつな》、先生はふいにだまって立ちあがった。そして、鏡子になにか目であいずをすると、しずかにドアのそばへ歩みよった。

しかし、その手がハンドルにかかるまえに、それと感づいたものか、ドアの外を、バタバタとむこうへかけてゆく足音がきこえた。

「だれか立ちぎきをしていた人があります。ここできくのは危険です。いずれのちほどうけたまわりましょう」

先生は、何かふかい思案にとらわれながら、そうつぶやいた。

秘密を誓う

寄宿舎《きしゅくしゃ》の幽霊――妙子の死――ふしぎな花束――

おそろしい呪《のろ》い――

そういうふうに考えてくると、その夜、鏡子は、まんじりともすることができなかった。

鏡子の耳には、さっき、舎監《しゃかん》先生のおっしゃったことばが、しつこくこびりついていて、はなれない。

妙子さんにバラをおくった人……ああ、それはなんという、おそろしいことであろうか。鏡子は、ふと妙子の臨終《りんじゅう》のうわ言《ごと》のなかに、その人の名をきいたのだ。

しかし、どうしてそれが人にいえようか。あのときはなにげなくきいていたことばだけれど、いまになってみれば、はっきりとわかってくる。妙子さんが、あんなにバラを呪いつづけて、亡くなった理由も、ようやくわかってきた。

しかし、しかし、どうしてそれが人にもらされよう。あのバラの花束に、なにかしかけがしてあって、それがついに妙子さんの命をうばったのであったとしても、そのおくり主《ぬし》の名を、どうして人の前でいうことができるだろうか。それはむしろ、妙子さんがゆるさないだろう。妙子さん自身それをだれにも知られずに、墓場のなかまでもってゆきたかったただろう。

「妙子さん、かわいそうな妙子さん。あたしは今まで、ちょっとも知りませんでした。しかし、あなたなればこそ、だれにもいわずに、甘んじて死んでいかれたのです。その人を恨《うら》んではだめよ。あたしもきっときっと、生涯その人の名を、口にしないことを誓います」

鏡子のくくり枕《まくら》のレースのふちは、あわれな妙子のために、じとじとにぬれてきた。

夜はもうすっかりふけわたって、広い宿舎のなかは、水底《みなそこ》のように、つめたくしずかである。

だれかしめわすれたものか、たったひとつあいている窓からは、ブドウ色の外気がさやさやとながれこんで、空気が氷のようにひかってつめたい。

同室生五人、鏡子のほかの生徒たちは、みんな昼のつかれからか、スヤスヤと健康な眠りにおちいっている。だれかが寝がえりをうった。そしてむちゅうで夜着《よぎ》の襟《えり》をかきあわせている。

寒いのだ。窓をしめなければ……

鏡子は立ちあがって窓のそばによった。

そのとき、鏡子はふと、ひとつの寝床《ねどこ》がからになっているのに気がついたのである。

紫紺色《しこん》の地に、黄《き》みどりで、ナシの葉をちらした掛《かけ》ぶとん、からになっている寝床の主《ぬし》は、たしかにこのあいだ転校してきた、一年の鈴代にちがいない。

「おや？」

というように、鏡子はあたりを見まわした。

いつのまに出ていったのかしら。たしかに、部屋のなかにはすがたがみえない。お便所かしら。そう思ってしばらく鏡子はまっていたが、なかなかかえってくるようすは見えぬ。

鏡子はふと、あやしい胸《むな》さわぎをおぼえてきた。廊下のほうのドアをおすと、苦《く》もなく、スーッとあく。

外をのぞくと、金柑色《きんかん》のほのぐらい電球が、ぽっつりと天《てん》じょうにまたたいているばかりで、そのむこうのほうは、うば玉《たま》の闇《やみ》のなかに、とけあっている。

あいかわらず、鈴代のすがたも見えねば、足音もきこえない。

鏡子は廊下へでると、そっとうしろのドアを、音のしないようにしめた。

鏡子の足のむかうところは、あのおそろしい部屋、しかし、鏡子にとっては、もっともなつかしい部屋である。

一歩一歩足音をしのばせつつ、その部屋にちかづくにしたがって、鏡子の胸は、おもわず潮騒《しおさい》のようにざわめきたっていた。

すすり泣くような声。

そして、なにかかきくどくような声。

それはたしかに、妙子の部屋からであった。いまこそ、寄宿舎の幽霊の正体を、見きわめることができるのだ。

鏡子は、わななく足をふみしめ、ふみしめ、その部屋の前までやってきた。そっとドアによりそうと、やっぱりそうだ。まぎれもなく鈴代の声にちがいない。なにか口のなかで、つぶやいてはすすり泣いているのがもれてくる。

鏡子は、おもわずつばをのみこむと、しっかりと、ドアのハンドルに手をかけた。と、そのとたん、こんなことばが、鏡子の耳をうった。

「ええ、ええ、あたしもっと、みごとに仕《し》おわせて見せます。あなたの敵《かたき》は、かならず討《う》ってみせます。

もうしばらく、ほんとうにもうしばらくです。……ああ、ああ、しかし、あたしにはわからない。だれがあなたの敵《かたき》なのか、あたしにはそれがまだわからないのです」

それにつづいてまたもや、くやしそうにすすり泣く声がきこえた。

それだけきけば、もうじゅうぶんである。鏡子はガチャリとハンドルをならした。

そして、そのつぎの瞬間には、幽霊のように、顔あおざめた鈴代と、たがいに目と目とを見あわせていた。

「あなた……あなたはいったい、ここでなにをしているのです」

鏡子の声はのどにからまって、おもわずみだれた。鈴代は思いがけない侵入者に、しばらく口もきけないほど、転倒しているらしかったが、相手のことばとともに、かくしきれない悩ましさを、その目のなかに見せた。

「あたし……」

と、鈴代は、口のなかでそれだけいったが、突然面《おもて》をぐいとあげると、真正面から、鏡子の顔をみつめて、

「榊さん、どうぞ、あたしにおしえてくださいませ。毒の花束をおくった人はだれなのです。あたしにそれだけおしえてください」

鏡子は、ハッと顔色をかえた。鏡子はおもわずヨロヨロとよろめいた。

「あなたは……あなたは……」

と、鏡子がなにかいおうとするのを、鈴代はおしかぶせるように、早口に叫んだ。

「あたしは、妙子の妹です。あたしは、姉のかたきを討たなければならない。あたしは、さいしょあなたを疑っていました。鏡子さん、ほんとうのことをおしえてください。あなた、あなたですか!」

「ああ!」

鏡子はおもわず卒倒《そっとう》しそうになって、こめかみをしっかりとおさえた。

「妹ですって? 妙子さんの妹ですって?」

しばらく、じっと相手のようすを見ていた鈴代は、なにを思ったのか、突然ドアのほうへかけよった。そして、そこでくるりとふりかえると、敵意と反感のいっぱいにみなぎった目で、鏡子のほうをキッと

見るとこうさけんだのである。

「わかった、わかった。やっぱりあなただった。あなたのそのおどろき、おそれ、やっぱりあなたが、姉のかたきだったのですわ」

それだけいうと、鈴代は、うしろも見ずに、廊下のかなたへとかけていった。

鏡子は、その後を追いかけようとして、おもわず、ヨロヨロとそこによろめいたが、そのときふと鈴代ののこしていった、ちいさな位牌《いはい》が目についた。

鏡子は、おもわずそれをだきしめた。

「妙子さん、だいじょうぶよ。あたし、けっしていわないわ。鈴代さんに、どんなにうらまれても、あたし、けっして、けっしていわないからだいじょうぶよ」

そういう鏡子の目からは、とめどもなく涙があふれた。

妙子に毒の花束をおくった人！

鏡子はそれを知っているのだ。

知っていて、しかし彼女にはいえない。

ああ、ああ、わけても鈴代には、どうしてそれがいえようか。

ふしぎな訪問者

いよいよ秋のテニス大会が、まぢかにせまってくるにつれて、鏡子の胸は、あやしくおびえはじめた。

なにかしら、よくないことが、自分の身のまわりにせまってくるのが、ひしひしと感じられて、このごろでは鏡子はすっかり日ごろの勇気をうしなっていた。

「榊さん、あなたどうかなすったんじゃなくって？」

鏡子の練習ぶりが、日ごろとはちがっているのを、早くも見てとった友だちが、やさしくそうたずねてくれるのであったが、鏡子はいつも、

「いいえ、べつに……」

と、さびしく微笑しながら、ただかんたんに、そう答えるだけだった。

そういうとき、鏡子はどこかしらに、鈴代のゆがんだまなざしがあるように思えて、おもわずあたりを見まわしたりするのだった。

おそろしい鈴代の呪《のろ》い……

それは鏡子にとっては、どうすることもできない

のであった。友だちにも、先生にも、うちあけることのできない、かなしい事実だった。

自分にたいする鈴代の呪いの、故《ゆえ》ないことはわかっていても、さてそれを弁明しようとすれば、いきおい、妙子が墓までもっていったあのおそろしい秘密を、口にしなければならぬ。

それが、どんなにおそろしいことであるか……話す自分よりも、よりおそろしい、むしろきく鈴代にとって、よりかなしい、秘密でなければならない。

はじめてすべてを知ったときの、鈴代のおどろき……絶望を想像すれば、鏡子には、とうていそれを口にだす勇気はもてなかった。

「榊さん、あなたにご面会の人がいらしってよ」

大会の前日であった。

いよいよ最後の猛練習に、日の暮れるのもわすれていたとき、ひとりの友だちがそういって、コートのむこうから呼びかけた。

「お客さま？」

「ええ、ご婦人のかたです。職員室のところでお待ちしていらっしゃいます」

「そう、ありがとう」

鏡子はラケットをおくと、しずかに汗をぬぐった。

「このままでいいかしら？」

「いいでしょう。早くいってらっしゃい」

鏡子は、うすくかげりはじめた校庭をぬけて、職員室のほうへいった。

「榊さん、あの、榊さんではありませんか？」

ポプラのおいしげったあたりまでくると、鏡子はふいに背後からそうよびかけられて、ドキリとしたように足をとめると、のぞくように、薄暗いポプラの下をながめた。

「いま、お目にかかりたいとお願いしたものでございます。あちらでは人目がありますので、わざと、ここまできて、お待ちしていました」

「はあ？」

鏡子は、そうあいまいな答えをすると、二、三歩そのほうへよって、相手の顔をながめた。
三十七、八のうつくしい奥さまふうの婦人だった。物をいうたびに、細い金歯がくらがりのなかにひかる。
それにしても、なぜこんな薄暗いところで、待っていたりするのだろうか。

鏡子にはわからなかった。

「あの、わたくし、名前をいうのはちょっとはばかるのですけれど、あなたのことは、前々よりよくぞんじています。きょうはじつは、たいへんおかしなお願いにまいったのですけれど……」

「はあ?」

鏡子はもういちど、前とおなじような返事をすると、首をかしげて相手の顔をのぞきこんだ。

「あしたは、いよいよテニス大会でございましたわね」

「はあ、さようで……?」

「それについて、お願いがあるのですが……」

と婦人はちょっといいしぶって、

「あなたは、やはりご出場になるおつもりなんでしょうか?」

「ええ」

鏡子は、相手がなにをいいだそうとするのか、計《はか》りかねて、あまりはっきりした返事をすることがはばかられた。

「じつは、まことにへんなお願いなんですけど、それをこんどだけは、お見あわせしていただきたいと思いまして……」

「え? 見あわす? あの、あたしがですか」

「はい」

婦人はうつむいて、ちょっと唇《くちびる》をかんだ。

「とおっしゃるのは? あの……なにか意味でもございますんでしょうか」

「それは申しあげかねます。ですけど……」

と婦人はよどみがちに、

「あたくし、たいへん、あなたのことを心配しているものでございます。ですからどうぞ……」

「すると、あたしが出れば、なにかあたしに危険なことでもあるとおっしゃるのですか」

「はい」

婦人はそういって、じっと鏡子の目をのぞきこんだ。

その顔には、ことばではいいつくしがたいほどの、ふかい悩みと、かなしみとがみなぎっているのであった。

「ではあの、あなたはもしや……」

鏡子はおもわずせきこんで、そうたずねようとしたが、そのことばは、とちゅうで口のなかにきえてしまった。

婦人があやうく倒れそうになったからである。

解けた呪い

大会の日がやってきた。

校庭には、いっぱいにうつくしい幕などが張りめぐらされて、空には色とりどりの万国旗《ばんこくき》が風にひらめいていた。

若い張りきった選手たちは、朝から上気した頬《ほお》をかがやかせながら、小鳥のように、校庭のなかを飛びまわっていた。

やがて若い選手たちから、ゲームの幕は切っておとされる。

こころよいラケットの音が、よく晴れた空にひびいて、ファイン・プレーを演ずるたびにおこる拍手《はくしゅ》の音が、校庭のポプラの梢《こずえ》をゆすぶっていた。

この大会には、近県のほとんどの学校から、参加選手をだしているので、それらの応援のために、うつくしい父兄たちも、たくさん見物のなかにまじっていた。

そういうなかで、晴れの試合を演ずるのであるから、どの選手の胸にも、若い功名心のたぎっているのは、いうまでもなかった。

それにしても、きょうのスター榊鏡子は、いったいどうしたのだろう。鏡子の顔は、早朝よりあおざめたまま、ゲームが進んでいくにつれても、すこしも昂奮《こうふん》の色は見せなかった。

なにかしら物思わしげに、なにかしらなやましげに、したしい友だちがことばをかけても、ろくろくそれに返事をしようともせず、あたかも放心しているようにさえ見えた。

「榊さん、ほんとうにどうしたの？　どこか悪いんじゃない？」

「いいえ、ありがとう」

「しっかりしてちょうだいな。あなたが、そんなふうだと、あたしたちまで心ぼそくなってくるわ。あのトロフィーのためにも、ぜひぜひ奮闘してちょうだいな」

「ええ、それはよくわかっているんですけど……」

鏡子は、ことばすくなにこう答えるだけだった。

そういううちにも、ゲームはどんどんすすんでいった。そしてついに鏡子の番がやってきた。

鏡子のきょうの相手というのは、おなじ町のY中学校の主将だった。Y中学校というのは、ことごとに鏡子の学校と競争の立場にたっていた。わけてもこのテニスの主将は、鏡子のもっともいい好敵手だった。

春の大会には、鏡子は妙子とくんで、相手をやぶっている。したがってこの秋には、ことに鏡子のいままであまりなれていない、シングルであるから、ぜひやぶらなければならないという闘志が、相手の選手にはじゅうぶんうかがわれた。

ゲームは、まず相手方のサーヴによって、切っておとされた。われるような拍手が、これを名《な》ごりとばかりに、空いっぱいにひびきわたる。

美技また美技——そうしてゲームは進展していった。さいしょのうち、どうしたものか、鏡子に元気がなく、凡失《ぼんしつ》のために、しばしば敵に乗じられた。

「どうなすったんでしょう、榊さん。いつもとはまるっきりちがっているわ」

「いやね、トロフィーをY中学校にもっていかれるなんて」

味方のそうした懸念《けねん》のうちに、第一セットはかんたんに鏡子の敗《まけ》となった。

そして第二セット。

これもさいしょのうちは鏡子にミスが多かった。敵の選手は、案外という顔つきで、鏡子のゆるい球をうちかえしている。

だが、第二セットがなかばごろまできたときである。ふいに鏡子の球はするどくなった。鏡子のとくいとする正確なストロークは、ほとんど相手にそのスキをあたえなくなった。また鏡子の体内にみなぎっていた闘志は、ゲームの進展につれて、猛然と頭をもたげてきたのだ。

鏡子の心には、もはやこうなると、鈴代のことも、きのうの婦人のこともなくなった。あるのはただゲームばかりである。着々としてもりかえしてきたゲームは、はげしい接戦ののち、ついに鏡子のものとなった。

そして第三セット。

しかし、これはほとんど問題ではなかった。いちど堰《せき》を切っておとされた、鏡子の戦闘的な意識は、相手に乗ずるスキをゆるさなかった。しごくのんきなたたかいののちに、栄《はえ》ある月桂冠《げっけいかん》は、ふたたび鏡子の上におちた。

なりもやまぬ拍手……海鳴りのようなどよめき……そのなかに鏡子は、しばらく呆然《ぼうぜん》と立ちつくしていた。

そのときである。

突然ひとりの少女が、人なみをかきわけて、鏡子の前にあらわれた。いうまでもなく、それは鈴代であった。

鈴代の目は異様に血走り、そして、うつくしい花束をつきつけるようにさしだした。

「さあ、これをおうけとりなさい。この呪《のろ》いの花束をおうけとりなさい」

鈴代の舌はもつれ、あたかも気ちがいのように目をかがやかせている。

鏡子をとりまいていた友人たちは、あっけにとられたように、このふたりをながめていた。

「なにをおそれているのです？　おねえさまの呪いの花束……かつて、あなたがおねえさまをおとしいれたとおなじように、あなたもまた、このおそろしい毒の花束を、うけとらなければならないのです」

鏡子の目はうつろのようにひらいていた。

鏡子はなにかいおうとしたが、のどがやけつくようにただれて、一言も口にだすことはできなかった。

「卑怯者《ひきょうもの》……さあこれを……」

鈴代がむりやりにそれをさしだそうとしたときである。とつぜん、人々の背後から、ひとりの婦人がとびだしてきた。

「その花束はわたくしがもらいます！」

そう叫んだかと思うと、婦人は、いきなりその花束をうばいとって、しっかりと自分のうつくしい顔におしあてた。

「あっ！　おかあさま！　あなたは……」

そう叫んだのは鈴代だった。

「鈴代！　ゆるしておくれ……みんな、みんなあたしの罪だったのです。おまえがかわいいばかりに、妙子に、あんなおそろしい最期《さいご》をとげさせた……ああ！　みんな、みんなあたしの心得《こころえ》ちがいだったのです」

鈴代は、そのことばをきくと同時に、棒をのんだように爪立《つまだ》ちした。

と、思うと、泳ぐように両手をわななかせたが、そのままばったりと校庭にうちたおれた。

×　　　×

さて、ここで、次のような蛇足《だそく》を付けくわえる必要があるだろう。

妙子と鈴代とは、腹違いの姉妹《きょうだい》だった。そして鈴代の若い母は、妙子の美しさが、むしろ鈴代よりも、幾倍《いくばい》も優《まさ》っているのが気にいらなかった。

そこに、あの恐ろしい陰謀《いんぼう》がたくらまれたわけである。

ただ一つ、鈴代の母の知らなかったことは、鈴代自身では、妙子を真実の姉以上に懐《なつか》しみ、親しんでいたことである。

しかし、もうすべては過ぎ去ったことである。

いまでは鈴代の病気もなおった。

鈴代は今、鏡子を亡き姉とも思って親しんでいる。このふたりの仲は、昔日《せきじつ》の鏡子と、妙子の仲以上に、全校の羨望《せんぼう》の的《まと》となっている。

真夜中の口笛

不気味な物音

あたたかいベッドのなかで、益美《ますみ》はふと目をさました。

なんとなく寝ぐるしい夜です。部屋のなかの空気が、ねっとりと、息ぐるしいほどしめり気《け》をおびているくせに、唇《くちびる》も鼻孔《びこう》もからからにかわいて、ふんわりとかけた羽根ぶとんさえ、その重さに耐えかねるくらい……

いま時分《じぶん》、なんだって目がさめたのだろう。夜明までにはまだ大分《だいぶ》間があるようすだのに……

益美はかけぶとんからすこしからだをずらせると、しずかに寝がえりをうって、強《し》いて目をとじてみました。

しかし、その夜の気候のせいだったか、それとも益美のからだの加減か、いくら眠ろうとしても眠れない。あせればあせるほど、頭がしんと冴《さ》えてくるばかりか、なんとなく、不安な胸《むな》さわぎさえつのってきます。

やわらかい枕《まくら》につけた耳を、じっとすましていると、どこかで、さらさらと湯の湧出《わきで》る音のするほかは、このひろい湖畔《こはん》の温泉旅館のなかは、ひっそりと海底のように静まりかえっているのです。

どこかで、ボーン、ボーンと二時を打つ時計の音がしました。

それをきくと、益美は何を思ったのか、ふいに毒虫にでも刺されたように、ベッドからとび起きると、逃げるように窓のそばにかけよりました。

ゆるいタオルのねまきを着た細い肩がガクガクとふるえて、からだ中の毛あなという毛あなから、一《いち》どにゾッと冷《つめた》い汗がにじみ出ています。

しばらく益美は、窓のそばに棒立ちになったまま、じっとまっくらな部屋のなかへ瞳《ひとみ》をすえていましたが、やがてだんだんと日頃《ひごろ》の落ちつきをとりかえしてきました。

なんでもない。なんにも恐《おそろ》しいことはないのだわ。まあ、あたしとしたことが、二時の音をきいてあんなにびっくりするなんて、ずいぶんばかばかしい話だわ。今夜はよほどどうかしているわ……

しかし、そう考えながらも、益美のふるえはなかなかとまりません。なにも恐しい理由も、こわがるわけもないと、自分で自分にいいきかせてみても、さてベッドへ帰ってねようという気にはどうしてもなれないのです。

何かしら、まっくらな部屋のすみずみに、黒い、恐しい魔物が、爪《つめ》をとぎながら待ちかまえているような気がする。

いっそ叔父《おじ》さんを起《おこ》して、いっしょに寝かせていただこうかしら……

そうも考えてみましたが、さてこの真夜中に、そんな人騒がせなまねをする勇気もありません。

益美はとほうにくれたように、ねまきの襟《えり》をかきあわせながら、ふとカーテンのすきまから、窓の外を眺《なが》めてみました。

ふかい、乳色の靄《もや》のなかに、ひろい湖水が、銀をいぶしたように、にぶく光っているのが見えます。どこに月があるのか、つらなりあった信州《しんしゅう》の山々の嶺《みね》が、くっきりと空と境《さかい》しています。

益美は、この深夜の高原の、ひっそりとした夢のような景色に、しだいに心のなごやかさをとりもどそうとしていました。

と、そのときです。ふいに、カサカサ、カサカサという物音に、彼女はもう一どギョッとして部屋のなかを振りかえったのでした。

たしかにそれは、益美のすぐ身近に聞《きこ》えたような気がします。カサカサ、カサカサと、何かしら得体《えたい》の知れぬ魔物が、ひそやかにうごめいているような物音……闇《やみ》のそこから、恐しい妖気《ようき》をはきながら、じっと自分のほうをねらっているのではありますまいか。

カサカサ、カサカサ……

無気味な物音がふたたび聞えてきました。

まちがいはありません。たしかに、何者かが部屋のなかにいるのです。たった今まで、益美の寝ていたベッドのうえを、恐しい毛むくじゃらの手で撫《な》でまわしているような物音。

カサカサ、カサカサ、カサカサ……

無気味な物音はくらやみの底からしだいにせわしく、はげしくなってきます。

益美はもう、全身の血が凍ってしまいそうな恐しさにうたれました。誰《だれ》か人を呼ぼうにも、のどがふさがってしまって声が出ないのです。明るみのなかで見たら、総身《そうみ》の毛が逆立《さかだ》っていたにちがいありません。

と、この時でした。

どこからともなく、ひくい口笛の音が聞えてきました。

ルルルルルル……ルルルルルル……

ゆるい、ふるえをおびた口笛の音、はじめはひくく、どこか遠くのほうで聞えていたのが、しだいに高く、間近《まぢか》にせまってきます。

ああ、真夜中の口笛の音!

益美はそれを聞くと、もうまっ青《さお》になってしまいました。

呪《のろ》わしい口笛、真夜中の口笛、自分たち一家のうえにおおいかぶさっている呪いの口笛……益美はいまそれを聞いたのです。

ルルルルル……ルルルルル……

口笛の音はしだいにせっかちに、高くなってきます。

益美は思わず気を失いそうになるのを、やっと窓わきで身をささえると、ヨロヨロとよろめきながら、ドアのほうへ歩みよりました。ドアにはちゃんとカギがかかっています。益美はもどかしそうに、そのカギをひらくと、まるで倒れるように廊下の外へよろめき出ました。

「おや、益美さん、どうしたのですか」

出あいがしらに強い青年の声。

「ああ、雄策《ゆうさく》さん、あの口笛……恐しい口笛……」

「ええッ、口笛ですって?」

たぶん、ご不浄《ふじょう》にでも起きたのでしょう、ねまき姿の、がっしりとした青年は、ふしぎそうに耳をすましました。

「何も聞えやしないじゃありませんか。益美さん、夢でも見てたんじゃありませんか」

「いいえ、いいえ、たしかにだれかあたしの部屋のなかにいます。ああ、恐しい」

雄策はそれを聞くと、片手で益美のからだをかばいながら、つと部屋の中に入ると、勝手知ったスイッチのありかをさぐって、カチッとひねりました。明るいバラ色の灯《あかり》が、さっと洪水《こうずい》のように部屋のなかに溢《あふ》れます。

しかし、部屋のなかには人のいた気配などありません。

「益美さん、だれもいやしないじゃありませんか」

益美はその声に、夢からさめたようにあたりを見まわしました。

ああ、あのカサカサという無気味な物音の主《ぬし》、口笛の主はどこへいったのでしょう。

ベッドのうえには益美のはねかえした羽根ぶとんがくしゃくしゃになっているばかり、怪しい物影とてはさらに見えません。

やっぱり自分は夢でも見ていたのだろうか……

その翌朝、益美はホテルのベランダに、折りたたみ式のデッキ・チェアをもち出して、それに寄りかかりながら、ぼんやりと寝不足の頭をもみながら、湖水のうえをながめていました。

湖水のうえには、あたたかい高原の四月の陽《ひ》が、さんさんとふりそそいで、きょうもまたいいお天気です。高い山々に区切られた空は、まるで藍《あい》をとかしたような青さ、澄みきった空気のなかには、かぐわしい湯の町の風が光っています。

益美が何気《なにげ》なくふと下のほうをみると、今しも湖ぞいに歩いてゆく、叔父《おじ》さんの小さな後姿《うしろすがた》が見えました。片手に採集網を、片手に採集箱をさげた叔父さんは、きょうもまた昆虫の採集に出かけるとみえます。

益美の叔父さんというのは、片桐敏郎《かたぎりとしろう》といって、日本でも有名な昆虫博士です。

片桐博士と姪《めい》の益美が、もう一カ月あまりも、この温泉旅館に逗留《とうりゅう》しているというのは、益美の健康がすぐれないせいもありましたが、一つには、この地方の昆虫に、博士が一方《ひとかた》ならず興味をいだいていたからでもあるのです。

益美には親も姉妹もありません。幼いときに両親に死別《しにわか》れ、一昨年たったひとりの姉を失ってからというものは、親戚といっては叔父にあたるこの老博士があるきりなのです。

益美はことし十六になるのですが、からだが弱いために女学校にもゆけず、しょっちゅうこうして、叔父さんにつれられて、全国の保養地を旅行してまわっているのでした。

「やあ、おひとりですね。先生はまた昆虫の採集ですか」

強い、元気のいい声を聞いて、益美はふと湖水のほうから目をそらして、うしろを振返《ふりかえ》ってみました。そこには昨夜《ゆうべ》の雄策青年が、湯あがりとみえて、てかてかと光った顔に、ニコニコと元気な微笑をうかべながら立っていました。

「ええ、たった今、出かけていきましたの」

益美は青白いほおに、よわよわしい微笑をうかべながら答えます。

「どうしたのです。今朝はまた顔色がよくありませんね。昨夜、あれから眠れましたか」

「ええ、あの……」

「眠れなかったのでしょう。いけないなあ。益美さんは、すこし神経質すぎるんだよ。そんなことじゃ、いつまでたったところで、からだのよくなりっこはないと思うなあ」

雄策はぬれたタオルをぽんとベランダの欄干《らんかん》になげかけると、籐椅子《とういす》を引きよせて、益美のそばに腰をおろしました。美しい引きしまった顔だちに、がっしりとした肩巾《かたはば》、いかにもスポーツマンらしい体格をした青年です。

雄策……姓は畔柳《くろやぎ》、東京の高等学校の二年生です。試験勉強がすぎて、すこしからだをこわしたので、春の休暇を幸いに、二週間ほどこの旅館に滞在しているのですが、そのあいだに益美とすっかり仲好《なかよ》しになってしまいました。ほかに話相手のないせいもありますが、まるで妹をいたわるように、この病身の少女にピンポンを教えたり、いっしょにボートをこいだりして、なんとかして健康をとりもどしてやろうと苦心しているのです。

「どうです。あとでまたボートをこぎにいきませんか」

「ええ、でも……」

益美はなんとなくうかないようすです。

「いやですか」

「いやってことありませんけれど、あたし、なんだか頭痛がしますの」

「すぐ、これだからな……」

雄策は眉《まゆ》をしかめながら、

「それだから益美さんはいけないのですよ。運動をすればそんな頭痛なんかすぐけしとんでしまう。第一、運動がたりないから、昨夜《ゆうべ》みたいに寝ぼけたりなんかするのですよ」

「あら」

ふいに益美はおおきな、鈴《すず》のような目をみはりました。

「ひどいわ、雄策さん……あたし寝ぼけたりしやしないわ」

「だって、昨夜《ゆうべ》したじゃありませんか。夜中に口笛が聞えるの、カサカサという音が聞えるのなんのって、あんな大《おお》さわぎをしたのはだれだい」

「だって、だって、ほんとうに聞えたんですもの」

「よしんば、ほんとうに聞えたところで、何もあんなにまっ青《さお》にならなくてもよさそうなものだと思うな。真夜中だからといって、口笛を吹いちゃ悪いというわけはなし、ぼくだって吹くことはありますよ」

「あら、それじゃ雄策さん、昨夜《ゆうべ》のはあなたがお吹きになりましたの」

「いいや、昨夜《ゆうべ》のことは知らない。だけど、これから先、真夜中に口笛が吹きたくなることがあるかも知れないけれど、その時には、あんな大さわぎをしないでくれたまえね」

「よしてちょうだい！」

ふいに、何を思ったのか、益美はすっくとデッキ・チェアから立ちあがりました。そして、いかにも恐しそうに、ブルブルと肩をふるわせながら、じっと雄策の顔を見つめていましたが、やがてよわよわしく腰をおろすと、ふいに両袖《りょうそで》で顔をおおったのでした。

「雄策さん、あなたは何もごぞんじないから、そんなことをおっしゃるのですわ。だけど、だけど、真夜中に口笛を吹くことだけはよしてちょうだい――それは、それは、あたしにとっては恐しい呪いなんです」

そういったかと思うと、益美はふいにはげしくすすり泣きをはじめたのでした。

雄策は、しばらく呆然《ぼうぜん》として益美のようすを眺《なが》めていました。

それから、ゆっくりと立ちあがると、益美の肩にやさしく手をかけて、泣きじゃくりをしている顔をのぞきこみながら、

「ごめんなさい。何か気にさわることをいったのなら、ごめんなさい。そして、さあ、ぼくにその話をしてくれたまえ。ね、真夜中に口笛を吹くと、どうして益美さんのために呪《のろ》いになるの。その話をしてくれませんか」

益美はやっと、顔から袖《そで》をはなしましたが、涙にぬれた目に、またしても、恐怖にみちた色をうかべました。雄策はすばやくそれを見てとると、

「ねえ、その話は他人にしてはいけないことなの？　だって、益美さんとぼくとは兄妹《きょうだい》みたいなものなんだろう。知りあってからたった二週間にしかならないけれど、ぼくは益美さんをほんとうの妹のように思っているのだよ。益美さんだってこの間そういったろう。だったら兄さんにかくすことなんかないじゃないか。もし、他人にいってはいけないことだったら、ぼく、だれにもしゃべりやしないよ。さあ、話してごらん」

益美はそれでも、まだしばらくためらっているようすだったが、やっと決心がついたように、

「このことは、だれにもいっちゃいけないと、叔父《おじ》さまから堅《かた》く口止めされているんですけれど、あたし、心配で心配で仕方がないから、雄策さんだけにお話しするわ。だけど、だれにもいわないでちょうだいね。叱《しか》られるとこわいわ」

「叱るって、だれが叱るの」

「叔父さまよ」

「うん、ならだまっているよ。さあ、話してごらん」

益美はさも恐《おそろ》しそうに、そっとあたりに目をくばると、おずおずと、いかにも臆病《おくびょう》そうに話しました。

「あたしのうちにはね、口笛の呪いがあるんですって。だれでも真夜中に口笛を聞くと、きっといけないことがあるという話なのよ。お父さまでもお母さまでも、お亡くなりになるまえには、きっと真夜中

に恐しい口笛をお聞きになったのですって。そして、それを聞くと、間もなく、ぽっくりとお亡くなりになったということなのよ」

「ふうむ」

それを聞いているうちに、雄策はおもわず鼻の穴をふくらませました。いかにもこの病弱な、神経質な少女の話にふさわしい、あまりにもこっけいな、取るに足らぬことのように思えたからでした。

「いったい、だれがそんなことを益美さんに話して聞かせたの？」

「叔父さまよ。そして、これはずっと昔から、代々うちに伝わっているたたりなんですって。だれでも、真夜中に口笛を聞いたものは、必ず死ななくてはならないのよ」

益美はそこまで話すと、急におびえたように、肩をすくめながら、あたりを見まわしています。

「ばかだなあ、益美さんは。そんなことをほんとうにしているのかい？　じょうだんだよ。きっと、叔父さんがじょうだんにおっしゃったのだよ。そんなばかな話って今の世にあるもんか」

「いいえ、いいえ」

益美ははげしくからだをゆすりながら、

「だって、あたしにも一《いち》ど経験があるんですもの。お姉さまがお亡くなりになったとき、あたしもちゃんと聞いたのよ。あの恐しい口笛を……」

益美はふいに、恐しい回想に、肩をブルブルとふるわせながら、

「いつか、お話をしましたわねえ。お姉さまは一昨年《おととし》亡くなったのよ。その時分、しょっちゅうお姉様さまはおっしゃってたわ。真夜中になると、どこかで口笛の音が聞《きこ》えるんですって。お姉さまはそれがこわくて、だんだんやせておしまいなすったの。でも、あたし、そんな恐しい呪いのお話はまだ知らない時分のことでしたから、まあ、普通のご病気だろうと思って、いろいろ、なぐさめたり、介抱《かいほう》したりしていましたの。その時お姉さまは十七で、あたしは十四だったの。でも、いまとちがって、あたしはとても丈夫《じょうぶ》な、元気のいい子だったのよ。ところが、とうとう、あの晩……」

益美はそこで、またしても、瞳《ひとみ》一ぱいに恐怖の色をうかべると、ゴクリと音をたてて唾《つば》を飲みこみながら、

「忘れもしない、四月十四日の晩でしたわ。

ちょうど、昨夜《ゆうべ》のように、みょうに生《なま》あたたかい、寝苦しい晩でしたけれど、あたしふとま夜中《よなか》に目をさましましたの。すると、どこかでかすかに、ルルルルルルと、ひくい口笛の音が聞えるじゃありませんか。あたし、はっと思いましたわ。お姉さまがこの頃《ごろ》、毎晩なやまされている口笛というのはあれじゃないかしら……そこで、あたしは自分の部屋を出ると、そっとお姉さまの部屋のまえへ行って中のようすをうかがってみましたの。

すると、中から、いかにも苦しそうなお姉さまのうめき声が聞えてきます。お姉さま、お姉さまとドアの外から呼んでみても返事はありません。バタン、バタンとベッドのうえを叩《たた》くような物音がするばかり、それにまじって、息もきれぎれなお姉さまのうめき声が聞えますの。そのようすがただごとじゃありません。ドアをひらこうとしても中からぴったりとカギがかかっています。そこであたしは大《おお》いそぎで自分の部屋へ帰ると、あたしの部屋のカギをもって来て、お姉さまの部屋をひらいたのです。あたしの部屋とお姉さまの部屋とは同じカギでひらくことになっていましたのよ。

さて、部屋の中へ入って電灯のスイッチをひねってみますと、お姉さまは今にもベッドからすべり落ちそうになって倒れていました。あたしはびっくりして側《そば》へかけよると、お姉さまのからだをしっかりと抱きしめました。そして、夢中でお姉さまの名前を呼んだのですの。すると、その声にうっすらと目をみひらいたお姉さまは、いかにも恐しそうに身ぶるいをしながら、

『益美さん、気をおつけ、あの口笛の音……あの、恐しい、悪魔の手……毛むくじゃらの悪魔の手……』

と、そういったかと思うと、そのまま、がっくりと頭を垂《た》れてしまいましたの。それっきり、ええ、それっきりなの。お姉さまはそのまま息を引きとってしまいになりましたの。そして、それと同時に、あの恐しい口笛の音はぴったりと聞えなくなりましたのよ」

益美はそこまで話すと、まっ青《さお》な顔をまたしても両袖《りょうそで》の中に埋《うず》めてしまいます。

その話を聞いているうちに、雄策の面《おも》はしだいに引きしまってきましたが、ふと思いついたように、

「その時分、益美さんのお家にはどんな人がいたの？」

とたずねました。

「だれって、あたしたち姉妹《きょうだい》に叔父さまと、それから召使《めしつかい》が二、三人、ただそれだけですわ」

益美はふしぎそうに顔をあげて答えます。

「それで、益美さんは、その口笛のことを誰《だれ》かに話しましたか」

「ええ、叔父さまにお話ししましたの。すると、叔父さまははじめて、家に伝わっている恐しい呪いのことを話してくだすったのですわ。ねえ、雄策さん、ですから、後生《ごしょう》ですから真夜中に口笛など吹かないでちょうだいね」

しかし、雄策はその言葉を聞いているのかいないのか、じっと、湖水のうえに瞳をこらして考えこんでいます。その雄策の視線のむこうに、ふとある人影がうつってきました。

大きな採集箱を肩にした、益美の叔父の片桐老博士の姿です。

「ああ、叔父さんが帰ってみえましたよ。益美さん、ぼくもいまの話はだまっていますから、あなたもだれにもいわないほうがいいですよ」

そういいながら、雄策はつと益美のそばを離れると、びっくりしている益美をあとに、あわててベランダから中へ入って行ったのでした。

その日一日、雄策はどこへ行ったのか、旅館のなかには姿を見せませんでした。

叔父さんは相も変らず、自分の研究に夢中になっていらっしゃるし、雄策はいないしするので、益美はなんとなく、淋《さび》しい、つまらない一日を送ってしまいました。

「益美や、夜《よ》ふかしをせずに、なるべく早く寝るのですよ」

晩御飯《ばんごはん》がすむと、叔父さんはやさしくそういいのこして、隣の自分の部屋へ引きとってしまいました。

しかし、昨夜のことを思うと益美はとても眠れそうもありません。なんとなく恐しさ、心細さがひしひしと胸に迫ってきます。益美はふと廊下に出てみますと、いつの間に帰ってきたのか、雄策の部屋から、かすかに灯《あかり》がもれているのです。益美はほっとしたように、そのほうへ歩いてゆきました。

「雄策さん、いつ帰っていらしったの？」

益美がそう声をかけると、中から雄策のギョッとしたような声が聞えました。

「ああ、益美さん、どうしたの」

「まだ眠れそうにないから、お話にきたのよ。入ってもいい」

「あ、ああ、いいよ。お入り」

益美がドアをひらくと、雄策は何かしら鞭《むち》のようなものを編んでいます。

「まあ、何をこしらえていらっしゃるの？」

「これ？」

雄策はできあがった鞭をビューと振って見せながら、ニコニコと笑って見せました。

「細い柳の若枝でつくってみたんだよ。あまり退屈なものだからね。さあ、お入り」

雄策はベッドのうえに鞭を投出《なげだ》すと、益美のほうへ椅子《いす》を押しやりながら、

「叔父さんは？」

「お部屋よ。またご研究でしょう。それよりあなたは今日、どこへ行っていらしたの？」

「どこってことはないけど、それより、益美さんは、叔父さんがいま、何を研究していらっしゃるか知っている？」

「知らないわ。何かまたむずかしい昆虫なんでしょう」

「ところが大《おお》ちがい。昆虫は昆虫だけど、ちっともむずかしくない昆虫さ」

雄策は何かニヤニヤとわらいながら、

「ハエだよ」

「ハエ？」

「そうさ。普通のハエさ。叔父さんはね、毎日ああして採集箱を持ってお出かけになるが、いつもその中には一杯ハエを入れてお帰りになるのさ。ハハハハハ、こっけいじゃないか。ねえ」

「まあ」

益美は何かわけの分《わか》らぬ顔つきで、

「あなた、どうして、そんなこと知っていらっしゃるの？」

「なあに、この湖水の向《むこ》うの番人に聞いてきたのだよ。博士はその番人にハエ取《とり》を頼んでいらっしゃるのだよ。そして、毎日採集箱をさげては、そのハエを買いにいらっしゃるのだ。ハハハハハ、あのへんはとてもハエが多いからね」

雄策はなぜかしら上機嫌《じょうきげん》です。益美にはしかし、そのわけが分りません。叔父さんがなぜハエを買いあつめていらっしゃるのか、それよりも、そんなことを聞込《ききこ》んできて、なぜ雄策がうれしがっているのか、いっこう意味がわかりません。益美はなんとなく、叔父さんを侮辱《ぶじょく》されたような気がして、不機嫌にだまりこんでしまいました。

「どうしたの、きゅうにだまりこんでしまったね。ごめんごめん、あまりくだらないことをいったので、おこってしまったのだね。どうだね、益美さんの好きな、いつものホット・レモンをこさえてやろうか」

「ええ」

益美はやっと機嫌をなおして、ニッコリとうなずきました。

ところが、それからしばらくして、雄策のこしらえてくれたホット・レモンを飲んだ益美は、何かしら、舌を刺すような苦みを覚えたかと思うと、ふいにわけのわからぬ眠気《ねむけ》に襲われてきたのです。雄策は何かしきりにおしゃべりをしています。益美は夢中になってそれにあいづちをうっていましたが、その返事がだんだん間遠《まどお》になってきたかと思うと、とうとうぐったりと眠りこけてしまいました。

と、思うと、いままでニコニコと笑っていた雄策の形相《ぎょうそう》が、ふいに恐しく引きしまってきました。しばらく、じっと益美の寝息をうかがっていた雄策は、ふいに、ニッタリと気味のわるい笑いをうかべると、益美のからだをベッドのうえにねかせ、そして、そっと柳の鞭をとりあげたのです。

それからしのび足で廊下へでると、外からぴったりとドアをとざし、自分は柳の鞭をかかえたまま、ぬき足さし足、益美の部屋へしのびこむと、中からぴったりとカギをおろし、そして、カチッと電灯を消してしまったのです。

いったい、雄策は何をしようというつもりなのでしょう。

寝室の毒グモ

くらやみの中にじっとうずくまった雄策は、柳の鞭を砕《くだ》けるほどかたく握りしめて、じっと時のたつのを待っているのでした。

ときどき、懐中電灯を取りだしては、そっと腕時計を眺《なが》めます。十二時半ごろのこと、ドアの外で一ど、片桐博士の声が聞《きこ》えました。

「益美、益美……もうねたのかい」

雄策がだまってからだをちぢめていると、しばらくドアをガタガタといわせていましたが、中からカギがかかっているのをみると、

「ふむ、もうねたようだな」

と、低い声でつぶやきながら立ち去りました。

それから間もなく、ボーンと廊下の端《はし》にある大時計が一時を打ちました。そして、それから大分《だいぶ》たってからのこと……ふいに、どこかで口笛を吹く音が聞えました。

ルルルルル……ルルルルル……

それを聞くと、雄策はゾッとするような恐怖を感じながら、それでもじっと歯をくいしばって、砕けんばかりに柳の鞭をにぎりしめながら、くらやみの中に瞳《ひとみ》をすえています。

ルルルルル……ルルルルル……

低い、あたりをはばかるような口笛の音です。雄策の額《ひたい》にはびっしょりと汗がうかんでいます。ガクガク、ガクガクと、こらえてもこらえても嚙《か》み合わせた歯がなりだすのでした。

口笛の音はすぐ止《や》みました。と、思うと、ふいにバサッと何かしらベッドのうえに落ちたような物音……それを聞くと、雄策はギュッとからだをかためながら、右の手に柳の鞭を振りあげ、左の手でさっと懐中電灯の光をベッドのうえに投げかけました。

その途端《とたん》、さすがの雄策もおもわず、アッと声をあげてたじろいでしまったのです。

ベッドのうえには、直径一尺《しゃく》もあろうかと思われる大グモが、毛むくじゃらの足をあげながらのっそのっそと這《は》いまわっているではありませんか。その無気味な、醜怪《しゅうかい》な、ゾッとするような動物は、まるで犠牲者《ぎせいしゃ》の姿を探し求めるかのように、のろのろとベッドのうえを這いまわっていましたが、いま、ふいの光にあうと、ぴんと二本の足をあげ、ギロリと金色の目玉を光らせながら、いまにも挑みかかろうとするようなかっこうをしました。雄策の手にした柳の鞭が、ビューッと風を切ってクモのうえに落ちたのはちょうどそのときでした。

クモは危《あやう》く身をかわすと、憤《いきどお》りにからだをふるわ

せながら、足をちぢめて、今にも飛びかかりそうな身がまえをしています。ビュー、ビューと雄策は夢中になって三どばかり柳の鞭を振りおろしました。

と、そのときです。またしてもあの無気味な口笛の音が聞えてきました。それを聞くと、恐《おそろ》しい大グモは、いままでの攻勢的な姿勢をがらりとかえると、ふいにスルスルと壁を這って天井《てんじょう》のほうへ登ってゆきます。雄策の鞭がその後を追って、二ど三ど振りおろされましたが、いずれも手もとが狂って、いたずらに壁を叩《たた》いている間に、クモはするりと天井の穴へもぐりこんでしまったのでした。

鋭い、せっかちな口笛の音。

ルルルルル……ルルルルル……

それが途絶《とだ》えたと思う瞬間、ふいに隣室から、鋭い叫び声が聞えてきました。

「うわッ！　ちくしょう！　わしだ、わしだ。ちくしょう！　ああ、助けてくれえ！」

それはたしかに片桐老博士の悲鳴です。それにつづいて、バタバタと床を蹴《け》るような足音、ドタリとだれかが床に倒れたような物音が聞えてきました。

「しまった！」

雄策があわてて隣室へかけつけた時には、しかし、万事はすでに終《おわ》ったところでした。

床に倒れた老博士の顔のうえには、あの恐しい大グモが、毛むくじゃらの八本の足を一《いっ》ぱいにひろげ、その鋭いくちばしは、しっかりと博士の首にくいいっているのでした。

「ちくしょう！」

雄策が力まかせに振りおろした鞭は、こんどこそ間違いなく、恐しい毒グモに命中しました。ポロリと博士の顔から、床のうえにおちたところを、遮二《しゃに》無二《むに》叩かれた大グモは、間もなく八本の足をピクピクと痙攣《けいれん》させながら、口からまっ白な泡《あわ》を吐いてへたばってしまったのでした。

×　　　×

「これで、あたしはもう完全に、真夜中の口笛の呪いから逃れることができましたのねえ」

益美は汽車の窓から、高原に降りしきる雨を眺めながら、軽い溜息《ためいき》まじりにいいました。

「そうですよ。最初からそんな呪いなんかありはしなかったのです。あれはみんな叔父さんのでたらめだったのです。あれはね、クモを呼びもどすときの合図だったのですよ」

雄策はなぐさめるように、益美の肩に手をかけてそういいました。

「お姉さまが亡くなったときも、きっと天井かどこかに、あのクモの出入《でいり》をする穴があったに違いありませんよ。叔父さんはそこからそっとクモをすべりこませては、いい頃合《ころあい》を見計《みはから》って、呼びもどすためにロ笛を吹いていたのでしょう。益美さんの聞いたのはそれだったのですよ」

「でも、昨夜《ゆうべ》にかぎって、どうしてそのクモが叔父さまに嚙みついたのでしょうね」

「それはね、ぼくの鞭で叩かれて、クモのほうでひどくおこっていたから、ひとの見さかいがつかなくなっていたからなのですよ。ぼくはこのあいだ益美さんから、お姉さまの亡くなったときの話を聞いたとき、すぐいつか動物の本で読んだ、あのクモのことを思い出したのです。

それで、町の図書館へ行ってさっそく調べてみたんですがね。あれは台湾《たいわん》の南などにいる恐しい毒グモで、一《いち》ど嚙まれると十中八、九命《いのち》はないのです。

土人たちはそれで、あのクモのことを「悪魔の手」と呼んで恐れているんですよ。ちょうど、毛むくじゃらの足をひろげたところが、どこか人間の手に似ているからですね。しかもこのクモは、ひどく口笛がすきだという習性をもっているのです。

お姉さまにもきっと、このクモの姿が、なにかしら恐しい悪魔の手のように見えたのでしょうね。

だから、お姉さまが、「悪魔の手が……」といったということ、口笛が聞えたということを聞いたとき、ぼくはてっきり、昆虫博士の叔父さんがこのクモをつかっているのだと思ったのです。

しかも、図書館からの帰りにあの水車小屋の番人に聞いてみると、博士が毎日ハエを集めていたこと、そして、今日かぎり、もうそのハエにも用はないといったということ……それを聞いてぼくはドキリとしました。

ハエはむろん、クモの餌《えさ》にちがいないが、今日かぎりいらないというのはどういうわけだろう……それはつまり、今日かぎりクモに用はないということになる。ということはいよいよ今夜、そのクモを使って、益美さんを殺しておいて、そのクモのしまつをするのではなかろうか……

そう考えたので、ぼくは益美さんに眠り薬を飲ませておいて、自分でそっとクモのくるのを待っていたのですよ。

それもこれも、あなたたち姉妹《きょうだい》にのこされたお父さんの財産のおかげなんですね。学者だってやっぱり金を欲しがる人もある。しかし、非道《ひどう》な手段でそれを手に入れようとすると、かえって自分の身をほろぼすことになるんだね」

益美は雄策の胸によりかかったまま、涙ぐんだ目でうっとりと、雨の高原の移りゆく景色をながめていました。

汽車はいま、無心の煙をはきながら、東京への旅をいそいでいるのでした。

バラの怪盗

恐怖の一幕

朱実《あけみ》はふと、ピアノの鍵盤《キー》から手をはなすと、ぎくりとしたようにあたりを見廻《みまわ》した。

居心地《いごこち》のよさそうな部屋のなかにはバラ色の灯《ひ》があふれ、煖炉棚《マントルピース》のうえに飾ってあるフランス人形といい、壁間《へきかん》の鳩時計《はとどけい》といい、いかにも少女の部屋らしい、上品な趣味によってみたされている。

「なんだかいま、妙な音がしたようだけれど、気のせいかしら」

朱実は不安そうに立ちあがる。

ピンク色の夜会服に真珠《しんじゅ》の頸《くび》かざりをかけた朱実の姿は、まるで煖炉棚《マントルピース》のうえのフランス人形のように、高貴にも美しいのである。

「いやだわ。こんなことならお留守番《るすばん》なんかするんじゃなかったわ。おとうさまもおかあさまもまだお帰りにならないし、わたしなんだかこわくてゾクゾクしてきたわ」

朱実はふとフランス人形をみて、

「イヴォンヌさん。笑わないでね。わたしそれほど臆病《おくびょう》じゃないのだけれど、この頃《ごろ》はいやなうわさがあるでしょう。あら、イヴォンヌさんごぞんじじゃないの、では今話してあげるわ」

朱実は煖炉棚《マントルピース》のうえから人形をおろすと、かわいい顔にほおずりをしながら、

「イヴォンヌさん、きいてちょうだい。東京には今、それは恐ろしい紳士盗賊《とうぞく》が横行しているのよ。神出《しんしゅつ》鬼没《きぼつ》とはまったくあの怪盗のことね。盗みにはいると、かならずバラの花を一輪《りん》残していくというところから、世間ではバラの怪盗といって大《おお》さわぎをしているのよ」

朱実はそこまで言うと、はっとしたようにイヴォンヌの体を抱きしめ、こわごわ窓のそばへよった。どこかで、またもやカタリというような音が聞こえたからである。

「いや！　わたしこわいわ。あれ、バラの怪盗じゃないかしら。きっとそうだわ。わたしの頸かざりをねらっているのよ。ああ、こわい！　わたしどうしたらいいだろう」

朱実のそのことばも終《お》わらぬうちに、風もないのに重いカーテンがゆらめいたかと思うと、スーッと現われたのは二本の手。——

「あれッ！」

朱実はイヴォンヌを抱いたまま棒立ちになった。体がジーンとしびれて、心臓がいまにもやぶれやしないかと思われるばかりである。

「お嬢さん、こんばんは」

カーテンの間から静かにすがたをあらわしたのは、黒い燕尾服《えんびふく》に黒い絹帽《シルクハット》、黒いトンビに黒いマスクという異様な黒装束《くろしょうぞく》の一紳士。ああ、まぎれもない、いまうわさに高いバラの怪盗だ。夢がとうとう現実になったのである。

「あなたは——あなたはいったいだれです」

「おや、わたしをごぞんじないのですか。そんな事ないでしょう。今もお嬢さんは、その人形とわたしのうわさをしていたじゃありませんか」

「ああ、それじゃ、やっぱり。——」

「さよう、世間のことばにしたがえば、バラの怪盗というのがわたしの名前ですよ」

怪盗は胸にさしたバラをぬきとってピアノの上においた。朱実は必死となって、

「行ってください。行かなければおとうさまやおかあさまを呼びますよ」

「はははは、うそを言ってもだめですよ。みんな留守なことはよく知っています」

「いったい——いったい、何がほしいのです」

「お嬢さんのその頸かざり——」

「いや！　こればかりはかんにんして……」

「だめです。よこしなさい」

「いや、いや、あれ、だれかきてえ」

ふいに怪盗がおどりかかって、朱実の口にふたをした。それから小さな瓶《びん》をとりだすと、朱実にそれをかがせようとする。

「いや、いや、はなして。……」

朱実はけんめいになってもがいていたが、しだいにその動作が緩慢《かんまん》になってきたかと思うと、やがてぐったりと首をたれてしまった。麻酔薬《ますいやく》のききめが勝ちを制したのである。

「フフフフ、うまくいったぞ」

怪盗はものすごい笑いをもらすと、カーテンの蔭《かげ》から大きな麻袋《あさぶくろ》を取り出して、

「おやおや、人形を抱いたまま離さないな。ええッ、めんどうだ、このまま連れて行こう」

朱実のからだをイヴォンヌごと、袋の中につめこむと、

「よいしょと、しめしめ、うまくいったわい」

怪盗はまるでサンタクロースのように、その袋を肩にかつぐと、何を思ったのか帽子をとって正面に向かい、ペコリとおどけたお礼を一つ、それから窓を越えて出て行った。

と、――突如《とつじょ》、万雷《ばんらい》のような拍手《はくしゅ》とともに、スルスルと幕がおりて、広間にはパッと電気がついた。

『バラの怪盗』

劇の第一幕が終ったのである。

怪盗登場

「おふたりともお芝居《しばい》がとてもお上手ね。史郎《しろう》さんがカーテンの蔭からぬっと出てきたときには、わたしほんとうにゾッとしたわ」

「ほんと。――お嬢さん、こんばんは。――ですって、あの声の気味悪いこと。まるで本物のバラの怪盗そっくりね」

「あらいやだ。あなたバラの怪盗ごぞんじなの」

「そういうわけじゃないけど。――それに朱実さんだってお上手じゃないの、眠薬《ねむりぐすり》をかがされるところなんか、ほんとうみたいだったわ」

などと広間では少女たちのさわがしいこと。

こんな風に書くと皆さんは、狐《きつね》につままれたような気がされるだろうが、実はさっきの場面はみんなお芝居だったのである。

きょうは瓜生《うりゅう》家の令嬢、朱実の誕生日、毎年のように、お友だちや親戚の方たちを大勢招待して、盛んなお祝いがもよおされたが、それだけではおもしろくないとあって、当《とう》の朱実の従兄《いとこ》の史郎が、さん

ざん頭をひねって考えだしたのが、この『バラの怪盗』というお芝居なのである。

バラの怪盗とは、目下《もっか》都内を荒し廻《まわ》っている実在の人物である。その神出鬼没《しんしゅつきぼつ》、人におそれられた怪盗を、一種の喜劇的人物に仕立てて、舞台のうえで愚弄《ぐろう》してやろうというのが二人のいたずらごころだった。

ところは瓜生邸《てい》の大広間。一方にかんたんな舞台をしつらえて、カーテンをつづり合わせた幕がかかっている。芝居では夜だったけれど、実際はまだ日が高いのである。

広間のかたすみには、朱実のご両親をはじめ、おとなのお客さまたちも陣取っていて、次の幕のひらくのを待っていられる。

「どうしたんだろう。ひどく幕のあくのがおそいじゃないか」

「なれないものだから、大方《おおかた》まごまごしているのでございましょう」

「それにしても史郎と朱実も、いつの間にあんなおけいこをしたのだろう。これだから、近ごろの若いものはゆだんがならない」

などと瓜生夫妻も上《じょう》きげんでいられるところへ、いそぎ足ではいって来たのは、するどい眼《め》つきをした中年の紳士だ。

「おそくなってすみませんでした」

「いや、これはよく来てくだすった。この調子では、別にご足労《そくろう》ねがうまでのことはなかったかも知れませんがね」

「いや、まだゆだんは出来ませんよ。なにしろ相手は名《な》うてのバラの怪盗ですからな」

この紳士というのは、ちかごろバラの怪盗を向《む》うに廻して、たいへん活躍している、志賀俊郎《しがとしろう》という私立探偵なのである。

どうしてその探偵が、こんな席につらなっているかと言えば、もしもほんとうのバラの怪盗が芝居のうわさを耳にして、何か変なまねでもしやしないかと、そこはありがたい親心から、ひそかに探偵をまねいて、万一にそなえているのだ。

「いま、第一幕が終《おわ》ったところですがね。どうしたんだろう、ひどく幕間《まくあい》が長いが……」

と、瓜生氏が思わず眉《まゆ》をひそめたところへ、あわただしくはいってきたのはひとりの書生《しょせい》。主人の耳

に何かささやいたかと思うと、そのとたん、

「ええッ」

と瓜生氏はのけぞらんばかりにおどろいたが、すぐあたりのお客さまに気がつくと、強《し》いてことばをおちつけ、

「志賀君、ちょっと」

「はあ、何かご用でございますか」

「いや、何でもないがちょっと来てくれたまえ」

と、広間からぬけだした瓜生氏と探偵の二人づれ、そこは職業がら、瓜生氏はああいうものの何かよういならぬ椿事《ちんじ》が突発したのに違いないと、早くも見てとった探偵は、無言のまま瓜生氏のあとについて行く。

やがて、書生に案内されたふたりが、そそくさとはいっていったのは舞台裏の楽屋にあてられたせまい一室で、見ればそこには、バラの怪盗の扮装《ふんそう》をしたままの青年が、ぼんやりとした顔で椅子《いす》にしばりつけられているではないか。

「史郎、これはいったいどうしたというのだ」

瓜生氏はまるでかみつきそうなようすである。

「ああ、伯父《おじ》さまですか」

史郎はまだ夢からさめきらぬように、あおい顔をして、力なく首をふりながら、

「ぼくにもさっぱりわけがわからないのです。扮装を終って、舞台へでる時間を待っているとふいに後《うしろ》から、だれかがぼくのからだを抱きしめて、何か甘《あま》酸《ず》っぱいにおいのするものを鼻におしつけられたかと思うと、そのまま気が遠くなって。……いま、やっと気がついたところです。伯父さん、この縄をといてくださいな」

「それじゃ、さっき舞台へでたのはおまえじゃなかったのか」

「え？　だれかぼくの代《かわ》りをやった者があったのですか」

「あったも、大《おお》ありだ。そいつが朱実に薬をかがせて、麻袋《あさぶくろ》の中に入れてどこかへ連れていってしまったが……」

「それは妙ですね。ぼくの芝居にはそんなところはなかったのですが、反対にあそこでは、バラの怪盗がさんざん朱実さんにやっつけられることになっていたのですよ」

「それじゃ、さっきの奴《やつ》は何者だろう」

と言いかけて瓜生氏はさっと顔色をかえた。ある恐ろしい考えが稲妻《いなずま》のように脳裡《のうり》に浮かんで来たのである。他のふたりもほとんど同時に、同じ事を考えたのだろう、いっせいに、

「バラの怪盗」

と、あえぐようなつぶやきをもらすと、ぼうぜんとしてそこに立ちすくんでしまったのである。

人形の使者

さあ大《たい》へん、瓜生邸《てい》は上を下への大さわぎ。

家中の者を総動員して捜索してみたが、朱実の姿はどこにも見あたらないのである。

そのうちに次のようなことが、しだいに明らかになってきた。

あの芝居の、幕が下りた直後のことである。バラの怪盗の扮装をしたマスクの男が、麻袋をかついだまま、ゆうゆうとして正面玄関から自動車に乗って立ちさったというのだ。これを目撃した者は二、三にとどまらなかった。

しかしその人達は皆、これも芝居の延長ぐらいに心得て、笑いながら見送ったというのだ。

ああ、何という大胆さ！　何というすばらしい奇《き》智《ち》！　怪盗はこうして白昼、公衆の面前から堂々と、朱実を誘拐《ゆうかい》してしまったのだ。こうなるともう、相手の正体を詮議《せんぎ》するだけ野暮《やぼ》な沙汰《さた》。バラの怪盗以外に、こんなズバぬけた芸当のやれる人間が、あろうとは思えないからである。

はたせるかな。

舞台のうえの煖炉棚《マントルピース》の上に、さきほど怪盗にふんした男がおいていったバラの花を見ると、茎《くき》のところに次のようなカードがブラ下げてあるのだ。

拝啓、しばらく令嬢を拝借《はいしゃく》仕《つかまつ》り候《そうろう》、いずれそのうちに何等《なんら》かのご要求を申し上ぐべく候、その時には何分《なにぶん》よろしくお願い申し上げ候

本物の『バラの怪盗』より

瓜　生　殿

夫人はそれを見るとウーンと卒倒《そっとう》し、瓜生氏はまっさおになって歯をくいしばった。

こうしたさわぎのなかにあって、ひとり悄然《しょうぜん》と胸

をいためているのは史郎である。史郎は幼い時に両親に死別し、それ以来、伯父《おじ》夫妻の手許《てもと》に引きとられ、わが子のようにそだてられてきた。

その大恩人にこんな心配をかけるのも、もとはといえば、かれがこんな芝居を思いついたからである。——そう考えると伯父や伯母《おば》の顔を見るさえつらい。穴あらばはいりたいほど面目《めんぼく》ないのである。

「伯父さま、なんとももうしわけありません」

「いまさら、そんなことを言っても仕方がない。このうえは、朱実の身に間違いのないように、無事に取り返す工夫が第一だ」

そこで志賀探偵とも額《ひたい》をあつめて、いろいろと善《ぜん》後策《ごさく》を協議していたが、そこへはいってきたのが自動車の運転手である。

「ご主人さま、さきほどあやしげな風体《ふうてい》をした男が、ご主人さまに差上《さしあ》げてくれと言って、こんなものを置いて参りましたが」

見るとかなり大きな白木《しらき》の箱だ。

何気《なにげ》なく瓜生氏が開《ひら》いてみれば、現われたのはイヴォンヌ人形、朱実の愛するフランス人形なのである。

「あっ、朱実からだ！」

と飛び立つ思いで人形を抱きあげたせつな、ひらひらと舞いおちたのは一通の手紙だ。取る手おそしと開いてみれば、筆のあともたどたどしい乱れがきで、

麻袋に入れられ布で猿轡《さるぐつわ》されて三々苛《さんざんいじ》められる本当に苦しい※木て頂戴《ちょうだい》五十万化粧鞄《けしょうかばん》に入れて物て来て下さい屋敷中の人に宜敷《よろし》く願います※明晩十時神宮外苑《じんぐうがいえん》絵画館の横まで持って来て下さい。警察へ報《し》らせると私を殺すと申します。

父上さま

朱実より

まぎれもない、朱実からの悲しい訴《うった》えなのだ。そのたどたどしい、間違いだらけの字を見るにつけても、瓜生氏はもう胸のふさがる思いで、ウームと太い眉《まゆ》を動かしながら、

「志賀君、これはどうしたものだろうね」

「そうですな。これは一応、相手の要求に応ずるよりほかにしようがありますまいね」

「それじゃ警察へとどけるのも見合わせるのか」

「そうなすったほうが、お嬢さんのために、賢明のさくかと存じますね」

「よし、それじゃさっそく、五十万円の金を用意することにしよう」

瓜生氏と志賀探偵が、こういう相談をしている間、なにげなくその手紙をながめていた史郎は、とつぜん何を思ったのか、さっと満面に朱《しゅ》をそそいだ。それから、内心のこうふんを押し殺すように、きっと歯を食いしばり、じっと手紙の面《おもて》をみつめていたが、その眼《め》は、しだいにれつれつたる輝きをおびてきたのである。

ああ、史郎はいったい、この手紙のうえに何を発見したのであろうか。

ガラス箱の少女

話かわってこちらは朱実。

重苦しいねむりからふと眼ざめた朱実は、なんともいえぬほどふしぎな感じにうたれた。

見廻《みまわ》せばどこもかしこも氷のようにきらきらと光って、まるで海底にでも寝ているような気がするのである。

はっとして手を伸ばせば、その指さきにふれたのは冷たいガラスの感触。なんということだ！ 朱実の体は大きな長方形のガラス箱の中に寝かされているのである。

朱実がドキッとして体を動かそうとすると、その拍子《ひょうし》に、太い女の声が耳もとで聞こえた。

「おや、気がついたのね」

その声におどろいてふり返ると、自堕落《じだらく》な洋装の女が、床にねそべってトランプのひとり占《うら》ないをしている最中だった。

物すごくあれ果てた洋風の部屋で、床にはボロボロの絨《じゅう》たんがしいてあるほかに、家具といっては何一つない。

ただ朱実の押しこめられたガラス箱が、大きな台のうえにのっかっているばかりなのだ。

「ちょうどよかった。そろそろ起こそうと思っていたところだよ。さっそくだがおまえさん、この紙にわたしの言う通り手紙をかいておくれ」

女はペンと紙を持ってたちあがると、ガラス箱のふたをひらいてくれた。

「まあ、ここはどこですの。わたしはどうしてこんなところにいますの」

「ほほほほほ、何も知らないのもむりはないね。ここは麻布《あざぶ》六本木《ろっぽんぎ》の有名な化物《ばけもの》屋敷さ」

「まあ！」

　朱実はごくりとつばをのんで、

「わたし、どうしたのでしょう。あなたはいったいだれです？」

「わたしかい、わたしは混血児《あいのこ》リリーという者だが、バラの怪盗に頼まれてここにいるんだよ」

「ええ？　バラの怪盗ですって？」

「そうよ。おまえさんは本物のバラの怪盗に誘拐《ゆうかい》されて来たんだよ。わかったかい？」

「まあ！」

　朱実は思わず唇《くちびる》までまっさおになった。恐怖のために声も出ないのである。

「何もこわがる事はないよ。取って食おうとは言やしない。金《かね》さえもらえばかえしてあげるんだからね。さあ、わたしの言う通り手紙をお書き」

「なんと書いたらいいんですの」

「明晩十時、神宮外苑の絵画館横まで現金で五十万円もって来るようにお書き。もし間違ったり、警察へとどけたりすると、おまえの生命《いのち》はないのだから、そのつもりで、うんとあわれっぽく書いたがいいよ」

　朱実はペンを持ったまま何か考えている。

「何を考えてるのだ。さっさと書かないか」

「はい。書きます」

　朱実は一字一字考えながら書きあげて、

「これでよろしゅうございますか」

「どれどれ」

　リリーは手紙を読むと、

「よしよし、いい児《こ》だね。それじゃこのフランス人形に使いをたのむことにしようよ」

　そういって手早く、フランス人形と共に、手紙を木の箱におさめると、そそくさと部屋を出て行ったが、すぐ引き返して来た。

「今、使いの者に持たしてやったからね。苦しくとも、もう少ししんぼうしているんだよ」

　そう言ったかと思うと、隠しもった半巾《ハンケチ》をいきなり朱実の鼻先におしつける。はっと思ったがもうおそい。麻薬《まやく》の匂《にお》いが、ツーンと鼻から脳へぬけたかと思うと、朱実は再びこんこんたるねむりの中へ落ちてしまったのである。

「ほほほほ、もろいものだね。かわいそうだが明日の晩まで眠っていてもらわねばならないのだよ」

リリーは再びトランプの札《ふだ》をめくりはじめたが、やがて日が暮れて夜になった。朱実は相変《あいかわ》らずガラス箱の中でこんこんと眠っている。リリーはあきもせずトランプをやっていたが、その時コツコツとかすかに扉《ドア》を叩く音。

「だれ?」

「おれだ。バラの字だ」

「おや、親分ですか?」

リリーが急いで扉《ドア》のかんぬきをはずすと、はいって来たのは黒マントに黒マスク。まさしく例のバラの怪盗といういでたちである。

「どうしたんですの。何か忘れものでも……」

「いや、ちょっとようすを見た来たのだ。ああ疲れた。何か飲物はないかね」

「ちょっと待ってらっしゃいよ。今すぐ持って来ますから」

リリーが向《むこ》うを向いたせつなである。

いきなり怪人がおどりかかって、両腕でグイグイとのどをしめつける。驚いたのはリリーだ。

「あれ、苦しい、ど、どうするのよ、親分」

しばらく手足をバタバタさせていたが、しだいにぐったりと首うなだれる。急所をしめあげられて気絶してしまったのだ。

「ふふふ、もろい奴《やつ》だ」

マスクの下から、小気味のよい笑いをもらした怪人。手早くリリーの体をしばりあげると、ツツツーとすり足でガラス箱のそばへよった。

そしてガラス越しに、するどい眼で、じっと朱実の寝姿をうち見守っていたが、やがてニヤリと会心の笑みをもらすと、ガラスのふたにしずかに手をかけたのである。

ああ、ふしぎなる怪人の行動よ、かれはそも何者であったろうか。

仮面をとれば

麻布六本木の化物《ばけもの》屋敷へあらわれた怪人は、果《はた》して何者であったか、またガラス箱の中にこんこんと眠りつづける朱実の運命やいかに。——

それらのことはしばらくおあずかりする事にして、さて話はその翌日の夜の十時少し前、神宮外苑、絵画館の横に自動車をとめて、街灯の影もほのぐらき樹蔭《こかげ》に、人待ちがおにたたずんでいる三人は、言わずと知れた瓜生氏に甥《おい》の史郎青年、いまひとりは志賀探偵である。

怪盗との約束を守って、五十万円の金を持って、朱実を取りかえしにきたのだが、三人ひとかたまりになっていては、怪盗のほうでも近づきにくかろうというので、瓜生氏ひとりをそこに残して、あとの二人は、絵画館裏手のやみのなかに、合図のあるのを待つことになった。

「それでは伯父《おじ》さん、かばんをお渡ししておきますから、どうか気をつけてください」

「なに、大丈夫《だいじょうぶ》だ」

「金《かね》はたしかにそのかばんの中にはいっているのですね」

と、これは志賀探偵。

「はいっていますとも、手の切れそうな千円紙幣《しへい》が五百枚、ちゃんとはいっていますよ」

「それじゃ瓜生さん、万一、危険なことがあれば口笛をふいてください。すぐかけつけて来ます」

と、志賀探偵と史郎青年のふたりが、思い思いの方角に消えていったあとには、かばんをかかえた瓜生氏がただひとり、うすくらがりの樹《こ》かげにとり残された。

月も星もない晩で、吹く風も生ぬるく、ホーホーとなきしきるふくろうの声がゾッと身にしむような物すごさ。

と、そのとき、どこやらでポキリと枝の折れるような音がした。はっとした瓜生氏が、思わずステッキを握りしめて身がまえをしたとき、くらやみのなかから蝙蝠《こうもり》のようにさっと現われた奇怪な人影——言わずと知れたバラの怪盗だ。

「瓜生さんですね」

押し殺したようなふくみごえ。黒い仮面《マスク》の下から、殺気をおびた両眼《りょうがん》が、うす気味わるく輝いて、トンビの下にかまえているのはピストルらしいのである。

「金を持って来ましたか」

「持って来た」

「よろしい、こちらへいただきましょう」

「いや、その前に朱実を返してもらわねば……」

「お嬢さんはすぐ後で返します」

「間違いないか」

「大丈夫、わたしもバラの怪盗です」

「よし、それでは信用して金を渡すが、娘のことは間違えてはこまるぜ」

「ご心配はいりません。すぐ部下に電話をかけて、お嬢さんを送りかえさせますよ」

「よし、それでは五十万円」

ずっしり重いかばんをうけとった怪盗、にやりとほくそ笑《え》むと、ピストルを腰に、手早くかばんをひらくと、両手を中へつっ込んだが、そのとたん、カチリという物音と共に、あっという苦痛の声が、怪盗の唇《くちびる》をついて出た。

「ちくしょうッ、一杯《いっぱい》はめやがったな」

「ど、どうしたのだ?」

「しらばっくれるない。かばんの中にこんな仕掛《しかけ》をしやがって、うぬ! あっ痛《いた》ッ、タ、タ、タ!」

怒髪天《どはってん》をつく、というのはこういう時に使う言葉だろう。満身を怒りにふるわせながら、さっと振りあげた両手を見れば、こは如何《いか》に、そこには鋼鉄の手錠《てじょう》がしっかと食いこんでいるではないか。

あっけにとられた瓜生氏は、眼《め》ばかりパチクリさせている。

「おれは知らぬ。いったいだれがこんなことをしたのだろう」

「はははは! 伯父さん、ご心配はいりませんよ。ぼくがちょっと細工をしておいたのです」

声と共に樹《こ》かげからおどりだした史郎青年。

「伯父さん、こんな奴《やつ》に五十万円なんて大金をくれてやるのは、もったいないじゃありませんか。だから先程、邸《やしき》を出るとき金のはいったほうはわざと置いてきて、この手錠仕掛のかばんだけもってきたのですが、こんなにうまく行くとは思いませんでしたよ。さあ、こいつを警官に引き渡してやりましょう」

と、闇《やみ》に向かって口笛を吹けば、バラバラとあらわれたのは数名のおまわりさん。さすがの怪盗もこうなれば絶体絶命である。

何しろ手錠をはめられているのだからどうにもならない。観念の眼をとじるよりほか、致《いた》し方《かた》がないのである。

「伯父さん、それではこいつの正体をお眼にかけましょう。おどろいてはいけませんよ」

というより早く史郎青年、猿臂《えんぴ》を伸ばして怪盗の顔よりさっとマスクをはぎとれば、あっとばかりに棒立ちになったのは瓜生氏である。

意外とも意外、それは志賀探偵ではないか。ああ、あの有名な私立探偵、怪盗追撃の第一人者、志賀探偵こそ怪盗その人だったのだ。

「伯父さん、これで今まで、バラの怪盗の容易につかまらなかった理由がわかったでしょう。自分でどろぼうをして、自分で追っかけているんですもの、つかまるはずがありませんよ。おや、伯父さん、どうかしましたか」

「いや――」

と瓜生氏は不安そうに額《ひたい》の汗をぬぐいながら、

「史郎、おまえこんなことをして大丈夫かい。もしも朱実に間違いでもあったら……」

「ああ、そのことですか。なに、伯父さん、大丈夫ですよ。こいつさえつかまえてしまえば何が出来るものですか。おい、バラの怪盗、こうなりゃ神妙《しんみょう》に、朱実さんのいるところへ案内したほうがよかろうぜ」

「ふむ」

何を考えたのか、怪盗は案外すなおに、

「よし、それじゃ、おれを自動車にのっけてくれ。お嬢さんのいるところへ案内してやろう」

そういって怪盗は、薄気味《うすきみ》悪い微笑をもらしたのである。

木っ葉みじん

麻布六本木の化物《ばけもの》屋敷。

漆喰《しっくい》ははげ、窓は破れて、ぼうぼうと生《お》いしげったその表《おもて》玄関へ、めずらしくも横づけになった二台の自動車。いうまでもなくそれは、怪盗を先頭にたてた瓜生氏、史郎、ならびに警官の一行である。

怪盗の案内にしたがって、ふめばそのまま足もめりこみそうな廊下づたいに、やって来たのは奥まったせまい一室。うすぐらいはだか電灯の光でみれば、ボロボロの絨《じゅう》たんが敷いてある部屋の向《むこ》うの壁ぎわに、大きなガラスばりの箱が安置してあって、そのなかに眠っているのは夜会服姿の少女である。

「ほら、お嬢さんはあそこにいるよ」

と、いいながら怪しむべし、怪盗はツツーッと二、三歩壁ぎわに退《さが》った。とは気づかぬ瓜生氏、

「あっ、朱実！」

と、思わずそばへかけよろうとしたせつな、怪盗の手が壁のスイッチにふれた。

「あぶない！」

史郎が瓜生氏をだきとめたその一《いち》せつな、轟然《ごうぜん》たる音響と共に、ガラス箱の上から落下してきたのは一大磐石《いちだいばんじゃく》である。あっという間もあらばこそ、朱実のからだはその下敷《したじき》になって、木《こ》っ葉《ぱ》みじんとくだけてとんだ。

「あっ！」

と瓜生氏は棒立ちになってしまった。

「はははは。どうだ小僧。貴様《きさま》がいらぬおせっかいをしたばかりに、かわいそうに、お嬢さんは木っ葉みじんだ。瓜生氏、おまえさんもいい甥御《おいご》をもたれてしあわせなことだ。うわはははは！」

と、傍若無人《ぼうじゃくぶじん》な高笑いの面憎《つらにく》さ。

瓜生氏は胸をさされたようによろめいた。その面《おもて》にありありと刻まれているのは千万無量《せんばんむりょう》のうらみの色だ。

史郎はさぞやしょげるだろうと思いのほか、

「ははは、伯父《おじ》さん、心配なさることはありませんよ。おい、バラの怪盗さん、利口《りこう》なのは自分ひとりだと思っていると大違いだぜ。朱実さん、出ていらっしゃい」

声に応じて、さっと間の扉《とびら》がひらくと、さっそうとしてあらわれたのはセーラー服も可愛《かわい》い朱実のすがた。

これはとばかりおどろく怪盗を尻眼《しりめ》にかけ、

「ごめんなさい、おとうさま、ちょっとこの怪盗さんの裏をかいてやったのよ」

「朱実。――」

瓜生氏は夢に夢みる心地だ。

「それじゃ、さっきガラス箱のなかにいたのは――？」

「あれはお人形よ。お人形にわたしの着物を着せて、ちょっと怪盗をからかってやったの」

「ああ、これは夢でなければよいが。……」

しかし、それは夢ではなかった。朱実はたしかに

生きていた。そして完全に、あのバラの怪盗にかぶとをぬがせたのである。

暗号解読

「それにしても朱実や。おまえは、どうしてあいつの手をのがれることができたのだね」

と、瓜生氏があらためてそうたずねたのは、その夜、警官たちにまもられ、母待ちます邸《やしき》へ親子そろって無事にかえりついてからのことであった。

「おとうさま、これもみんな史郎兄さんのおかげよ。兄さんに助けていただいたの」

「史郎さんが……？」

と、これは夫人、不審のはれぬ面持《おももち》で、

「史郎さんが、どうしてあの賊《ぞく》のかくれ家《が》をしっていたのでしょう」

「伯母《おば》さん、それは朱実さんが知らせてくれたからですよ」

「まあ、朱実が。——朱実や、おまえそんな暇《ひま》があるなら、なぜわたしたちにもひと筆書いてくれなかったの？　そうすれば、どんなに安心したか知れないのに」

「あら、おかあさま。おかあさまだってわたしの手紙をごらんになったはずよ。ほら、イヴォンヌに持たせてよこしたでしょう」

「うん、あれなら見たが、別にあれには所《ところ》なんか書いてなかったはずだが。——」

と、まだ不審のはれぬ瓜生夫妻のおもてへ、にっこりといたずらそうな微笑を送った史郎と朱実のふたり。

「ところが、伯父さん、伯母さん、あの手紙は暗号になっていたんですよ」

と、いいながら、イヴォンヌ人形の持ってきた、朱実の手紙をとりだした史郎。

(皆さんもここでもう一度あの手紙のところを開《ひら》いてください)

「この手紙をみたとき、ぼくはなんともいえぬほどふしぎな気がしたのです。というのは、ずいぶん、間違った字や、書きちがいがある。

いかに朱実さんが狼狽《ろうばい》しても、来てちょうだいを木てちょうだいと書いたり、持って来てくださいを、いちど、物て来てくださいと書いて消したり、あまりひどすぎます。その他、さんざんと書くべきを三々と書いたり、送りがなが落ちていたり、五十万円の金《かね》をわざわざ化粧《けしょう》かばんに入れてもって来てくれといったり、どうも理由のわからぬ所がある。日ごろの朱実さんとも思えない。

そこでぼくはふと、これは暗号になっているのではないかと思って、はじめのほうの文章だけ文字を数えてみると、ちょうど六十三文字あります。しかも、どうやら、六十三文字にするために、わざと字をけしたのではないかと思われるところもある。

なぜだろう、なぜ、六十三文字にしなければならぬのだろう、と、そう考えて、すぐ気がついたことは、六十三という数が七九《しちく》、六十三と三と七の倍数になっていることとです。そこで最初三字ずつとばして読んでみたのですが、なんのことかさっぱりわからない。そこで、こんど、七字ずつとばしてみると、果《は》たせるかな、

『麻布三本木化物屋敷《ばけものやしき》』

という文字が出てきたじゃありませんか。

しかし、麻布には六本木というところはあるが三本木というところはない、そう思ってもう一度よく手紙をみると、三々とここでダブっているから、六という意味になるのでしょう。

つまり、そうするために、散々《さんざん》を三々と書いたり、頂戴《ちょうだい》を木て頂戴と書いたり、用もないのに、わざわざ化粧鞄《かばん》と書いたらしいのです。そこまでわかればしめたもの、ぼくはさっそく六本木へ出向いて、化物屋敷というのをさがしてみたのですが、何しろ附近《ふきん》でも評判だからすぐわかりましたよ。

そこでいちど家へかえると、こんどはバラの怪盗の扮装《ふんそう》をして、まんまとあの家へ忍びこみ、留守番《るすばん》をしていた混血児《あいのこ》リリーという女をたおして、朱実さんをたすけ、おまけにリリーの口から志賀探偵こそ怪盗である事を知ったのです」

聞けば聞くほど意外なことばかり、瓜生夫妻が感にたえて、史郎をほめそやせば、史郎はにっこりと微笑しながら、

「いや、伯父さん、伯母さん、ぼくの手柄《てがら》なんかなんでもありませんよ。それより、ああいう危険なさいに、沈着冷静《ちんちゃくれいせい》、よくもああいう暗号を考えだされたものだと、ぼくはただ朱実さんの勇気に感服するばかりです。朱実さんこそ怪盗捕縛《ほばく》の第一の功労者

ですよ」

といえば、さっと頬《ほお》に紅《べに》をはいた朱実さん、甘えるように両親に向かって、

「お父さまやお母さまったら、わたしがいつも探偵小説ばかり読んでるって、苦い顔をなさいますけれど、探偵小説だって時には役に立つこともございますでしょう」

と言ったから、瓜生夫妻をはじめ、史郎さんや当の朱実さんまで、思わずどっと笑いくずれた。

恐ろしかった出来《でき》ごとも、今はもう昔の語りぐさ、瓜生邸《てい》には平和な灯《ひ》のいろがまたたいているのである。

廃《はい》屋《おく》の少女

深夜の客

「おや、お母さまがおきていらっしゃるのかしら。それとも看護婦さんかしら」

ま夜中《よなか》ごろ、ふと眼《め》をさました千晶《ちあき》は、紅《あか》いもようの枕《まくら》から頭をもたげると、電気のきえたくらい座敷のなかに瞳《ひとみ》をこらした。ミシリミシリとしのびやかにたたみをふむ音が聞《きこ》えるのだ。

どうやらふすまひとつへだてた、隣のへやらしい。

「なんだろう。お父さまが急におわるくなったのではないかしら」

千晶はふと、胸をつかれるような不安をかんじて、寝床の上に起きなおった。

千晶の父の御子柴《みこしば》博士は、有名なえらい学者だったが、この春ごろからふと健康を害して、ちかごろでは頭もあがらぬ大《おお》わずらい。ここ二三日というものは、お母さまはほとんど夜もねむらずに、お父さまのそばにつききっていらっしゃる。まだ十二になったばかりの幼い千晶が、ともすればめざめがちだったのも、そういう心配があったからなのである。

「おかあさま?——」

千晶はふとそう呼んでみる。しかし返事はなかった。いままできこえていた足音さえ、ピタリとやんで、息づまるような暗いしずけさ。

「だれ?　看護婦さんなの?」

千晶はおきあがると、音のしないようにふすまを押しひらいて、壁ぎわのスイッチをひねったが、そのとたん、冷たい手がいきなり千晶の口をおさえたのである。

「シッ、しずかに、声をたてるとひどいぜ」

「…………」

千晶がはっとして目をあげると、そばにつっ立っているのは、垢《あか》のにじんだ鳥打帽《とりうちぼう》をまぶかにかぶって、ギョロリとしたひとみのものすごい大男。

「あらっ」

と、千晶は思わずこごえでさけんだが、すぐ気がついたように、

「おねがい！　大きな声をなさらないで」

「え？　なんだと？」

「お父さまがお病気でねていらっしゃるのよ。おねがいだからしずかにしてね」

いい家庭に育って、やさしい両親からいつくしまれてきた千晶には、世のなかにおそろしいものとてはなに一つない。人はみなたがいにしんせつにしあわなければならぬ、と教えられてきた千晶には、泥棒さえもこわくなかった。

千晶があまりおちつきはらっているので、男はあきれたように手をはなして、顔をのぞきこんだ。

「お嬢さん、おまえさんはわしがどういう人間か、おわかりにならないとみえますね」

「あら、わかってよ。あなた泥棒さんでしょう」

男はまた、めんくらったように目をパチクリさせる。まだ若い、二十五、六の青年なのだ。

「なんでもいいから早く金を出しねえ」

と男は急にこわい声を出した。

千晶はこまったように首をかしげていたが、きゅうに何か考えついたように、

「ああ、そうそう、いいことがあるわ。あたしお金をもっているのよ。それをさしあげますから、もう泥棒なんてするのおよしなさいね」

千晶は机のひきだしをあけると、あかい縮緬《ちりめん》のさいふをとり出して、

「さあ、ここに二千円くらいあるわ。だけど、これだけでたりるかしら」

と、いくらか心配そうになかみをかぞえている千晶の、あどけないようすを見ているうちに、男のようすがしだいにかわってきた。

「お嬢さん」

「なあに、あら、どうなすって？　泣いていらっしゃるのね」

「もったいのうございます。お嬢さん」

男はふいに、たたみのうえへうちふすと、

「聞いてください、お嬢さん。わしにもちょうど、

お嬢さんとおなじ年ごろの妹がひとりあります。かわいそうに、その妹が、長いことわずらっているんです」

と、声をのんで泣きながら、

「医者は、病院へ入れなければ、とてもたすかるまいと申します。しかし病院へ入れる金はなし、ええままよ、かわいい妹にゃかえられねえと、わるい考えをおこしたのでございますが、お嬢さんのおやさしさに、わしはつくづくまよいの夢がさめました」

「まあ、そうだったの」

千晶も思わずもらい泣きをしながら、

「それじゃ、とてもこのお金じゃたりないわね。どうしたらいいかしら。――ああ、いいことがあるわ。あたしずっとまえに、親類のおばさまからいただいた指輪があるのよ」

と、千晶はたんすのひきだしから指輪をとり出すと、

「これ、とても高いんですって。ね、だからこれを売ってそのお金で、妹さんを病院へ入れてあげてくださいな」

「いえいえ、お嬢さん、こんなにいただいちゃ。……」

「いいのよ、ね、いいからこれをもっていってちょうだい。ああ、そうそう、妹さんご病気だと、さぞお淋《さび》しいでしょう。これね、フランスから送っていただいたルミーという、あたしの一番仲よしの人形なの」

「お嬢さん」

男はポロポロと涙をこぼしながら、

「ありがとうございます。ありがとうございます。お嬢さん、このご恩はけっして忘れやしません」

天使のような千晶のやさしさに、ふとしたまよいの夢からさめはてて、うれしげに外のやみへ消えていく男の後《うしろ》すがたには、もう二度と悪心《あくしん》をおこすまいというかたい決心が見えるのだ。

「よかったわ。だれも眼をさまさなくて……」

千晶はほっとかるいため息をもらしたが、ああ、あとになって考えれば、この夜のささいなできごとこそ、千晶の身にとって、生か死かという大きな関係をもってくることになったのである。

怪射撃手

「どうだ、千晶。おまえあの軽気球にのってみないかね。弓雄《ゆみお》君、君はどうだね。それはいい気持《きもち》だぜ。なにしろ東京中が、ひと目で見わたせるんだから」

ここは一週間ほどまえからひらかれた上野《うえの》の産業博覧会。みどりのアーチをくぐると、正面には天を摩《ま》するような産業塔がそびえていて、五色《ごしき》の万国旗《ばんこくき》が虹《にじ》のようにはためいている。おりおりドカーン、ドカーンとうちあげられる花火の音のにぎやかさ。

きょうは日曜、おりからの好天気をさいわいに、叔父《おじ》の御子柴剛三《ごうぞう》と、親戚にあたる弓雄少年といっしょに、この博覧会の見物にやってきた千晶は、ひととおり場内見物を終《お》わって、いましも、よびものの軽気球掲揚場《けいようじょう》へやってきたところだった。

まえにのべた事件から、半年ほどのちのことである。

この半年ほどのあいだに、千晶の身には、かずかずの悲しいできごとがふってきた。まず第一に、お父さまの御子柴博士がおなくなりになったこと、そして、お父さまがおなくなりになるとどうじに、お母さまも看病つかれとかなしみのために床《とこ》にふすようになっていた。

もっとも、千晶の父の御子柴博士は、莫大《ばくだい》な財産をのこしていかれたので、くらしに困るようなことはなかったが、わるいことには、父がなくなると間もなく、叔父の剛三が屋敷へのりこんできた。この剛三という人は、兄の博士とはうってかわって、わかいころから身持《みもち》のわるい人で、博士の生前はなるべく寄せつけないようにしていたが、博士がおなくなりになると、屋敷へのりこんできて、病身のお母さまがなにもおっしゃらないのをさいわいに、ちかごろは、まるで自分の家のように、とかくわがままなふるまいが多かった。

その剛三がなにを思ったのか、きょう千晶や親戚の弓雄少年をともなって、この博覧会へやってくると、さっきからしきりに、軽気球にのるようにと千晶にすすめているのである。

「千晶や、ほら軽気球がおりてきたよ、おまえ乗るなら、わたしがキップを買ってあげよう」

と、早くも大股《おおまた》にキップ売場《うりば》のほうへ行く。見上げれば軽気球はたぐり寄せる綱とともに、スルスルと地上へおりてくるところだった。

「さあ、千晶、キップ買ってきたよ。弓雄君、君もいっしょにのりたまえ」

「あら、おじさまはお乗りにならないの」

「ああ、わたしはもうまえに一度のったことがあるから、今日はよそう。弓雄君とふたりで乗ればいいだろう」

千晶はその時、なんとなく不安そうな顔をした。

「なにもこわいことはありゃしないよ。ねえ、弓雄君、君は乗るだろう」

「ええ、乗りましょう。千晶さん、だいじょうぶですよ。僕がついているからこわいことなんかありゃしない」

千晶より三つ年上の弓雄少年は、元気にそういうと、早くも軽気球のかごにかけた梯子《はしご》に足をかける。K中学の三年生で、金ボタンの制服すがた、いかにもりりしい感じのする少年だった。

千晶はなんとなく気がすすまなかったが、叔父があまり熱心にすすめるので、ついその気になって弓雄のあとから乗りこんだ。

「お嬢さんと、坊《ぼっ》ちゃんのふたりきりですね。それじゃあげますよ」

と、気球番のじいさんがハンドルを廻《まわ》すとともに、車にまいた綱《ロープ》がするするとゆるんで、軽気球はゆるやかに晴れわたった空へとのぼっていく。

「やあ、すてきだ。千晶さん、見てごらん、むこうの産業塔がだんだん、地の底へめりこんでいくような気がするぜ」

「あら、ほんとうね。そして、おじさまのすがたが、あれ、あんなに小さくなっていくわ」

かごのなかから見まわせば、博覧会の建物が、しだいに下へめりこんでいくと、やがて上野から浅草《あさくさ》、そして、遠く帯のように流れている隅田川《すみだがわ》までが、手にとるように見わたせるのだ。やがて、ググンと軽気球が大きくゆれたかと思うと、ピンと綱《ロープ》が張りきれそうな一直線になった。

と、この時である。

あの産業塔のてっぺんに、さっきからうずくまっていたひとりの男が、ふいにスックと立ちあがると、しばらくこの気球のなかをながめていたが、やがて、ふとその目を地上にうつした。見ると軽気球の掲揚場をとりまいた蟻《あり》のような群衆のなかに、御子柴剛三が、しきりに帽子をふっているのが、はっきりと見えた。

剛三はしばらく軽気球にむかって帽子をふっていたが、やがてなにか合図でもするように、大きく宙《ちゅう》に、三度輪をえがいた。これを見るや、塔上の怪人は、ニヤリと気味わるい微笑をもらすと、そっと洋服の下から取り出したのは一挺《いっちょう》のピストル。あっ、いったい、この男はなにをするつもりだろう。

男はあたりを見まわして、だれも見ていないことをたしかめると、袖《そで》でかくすようにしながらピストルをかまえる。

一瞬、二瞬――

やがて、ドカーンと花火をうちあげる音がした。と同時に、怪人のかまえた銃口から、パッと白いけむりがあがったと思うと、そのせつな、張りきった綱《ロープ》がぷっつりと切れたからたまらない。ググンと一《ひと》ゆれ、気球がななめに大きくゆれたかと思うと、やがてフワフワと空高くまいあがっていく。

ああ、奇怪な男！　こいつはあの綱《ロープ》をねらっていたのだ。そして、なんというたくみな射撃手であろう。たった一発のもとに、あの細い綱《ロープ》をプッツリと断ちきってしまったのである。

「わっ！」

とあがるおどろきの声。

「大へんだ！　軽気球の綱《ロープ》が切れた！」

博覧会の会場はたちまち、上を下への大さわぎ。そのあいだに塔上の怪人は、いち早く、ピストルを洋服のポケットにかくすと、こそこそと塔をおりていって、まもなくいずこともなく、すがたを消してしまったのである。

一方こちらは千晶と弓雄のふたりである。

ググンと気球が大きく動揺したとたん、ふたりはまりのようにモンドリうって、かごのなかに投げ出されたが、しばらくして起きなおった弓雄少年。

「あっ、大《たい》へんだ。軽気球の綱《ロープ》が切れた」

「えっ、綱《ロープ》が切れたのですって？」

千晶はまっさおになった。外を見ると、森や町や川のながれが、右に左にはげしく動揺しながら、しだいに眼下に消えていく。

「まあ、弓雄さん、どうしましょう！」

千晶は思わず弓雄の胸にすがりつく。

「しっかりしてください。千晶さん、さわいだら、かえって危険ですよ」

軽気球はしだいに西南のほうへと流れていく。やがて家も森も川も見えなくなって、あたりはただ一面の空漠《くうばく》たる青空。千晶はあまりの心ぼそさに、思わず身ぶるいしながら、

「弓雄さん、弓雄さん、あたしたちはいったいどうなるのでしょうね」

「さあ、こうなれば運を天にまかせるよりほかにしようがありません」

「それじゃ、助かる見こみはないのね」

「いや、まだそうあきらめてしまうのは早いでしょう。そのうちに気球のガスがぬけていって、どこかへおりていくでしょう。さいわい北東風だから、海のほうへ流される心配はない。それだけはだいじょうぶです」

口では元気らしくいうものの、弓雄とて内心そのこころぼそさといったらない。

千晶は泣かなかった。すっかり覚悟をさだめたふたりは、手をにぎり合ったまま、石のように動こうともしない。やがて半時間たった。そしてまた、一時間たった。しかし、この一時間はふたりにとっては、まるで十年もたったような気がするのだった。

「おや？」

弓雄が、ふいにむっくりと首をあげると、

「あの音は——？」

「あっ、あれはガスがもれていく音ではないでしょうか」

「あっ、そうだ」

やにわに立ちあがって、下をのぞいた弓雄少年。

「ああ、見える、見える。森や畑が見えますよ。しかもだんだん近くなってくる。しめた。千晶さん、軽気球は下降しているのだ！」

「まあ、うれしい！」

千晶は手をたたいてよろこんだが、しかしふたりがよろこぶのは、まだ早かったのだ。ガスのぬけていくいきおいは、ふたりが考えたよりはるかに猛烈だった。軽気球はまるで礫《つぶて》のように、グングンと下降していく。人家《じんか》のないいなかの森や畑が、もりあがるようにふたりのほうへせまってくる。そのおそろしさ！

「あっ！」

ふいにふたりは、だきあったままに顚倒《てんとう》した。さびしい武蔵野《むさしの》の空高くそびえている森のこずえに、軽気球からさがっている綱《ロープ》がからまったのだ。ググン、ググンと軽気球は怒ったように二三度、左右に大きく動揺したが、やがてすさまじい音をたてて爆発したかと思うと、まっさかさまに落下していったのである。

それからいったいどのくらいたったか――ここは神奈川県のさみしいいなか。このいなか道を、いましもまっしぐらに走ってきた一台の自動車が、うっそうと茂っている森のそばにさしかかった時、なかにのっていた男が、ふとみょうなものを見つけた。

「おい、熊公《くまこう》、ありゃなんだね。へんなものが木の上に、ブラさがっているじゃないか」

「おやおや」

と、ハンドルをにぎっていた熊公という男もすぐ気がついたらしく、

「親方、あれは軽気球らしいですぜ」

「ふうむ、軽気球がどうして、こんなところにブラさがっているのかな。とにかく、そばへいってよく見よう」

やがて自動車は、めざす木の下までやってきてとまった。見ると、こずえのてっぺんに、ふろしきをかぶせたように、ペシャンコになった気球がかかっていて、そこからブラリとさがったかごが、地面とすれすれのところに、ユラユラとゆらめいているのだ。

自動車からおりたったところを見ると、ふたりとも、なんとなく、うさんくさいような人相をしている。

親方といわれたほうが、しばらく千晶のようすを見ていたが、やがて、ギロリと眼《め》をひからせると、

「おい、熊公見な。こいつはだいぶ金持《かねもち》の娘らしいぜ」

「そうらしいですね。親方、それじゃこいつをネタに、ひと芝居《しばい》書きますかね」

「よかろう、女の子を自動車に乗っけてつれていけ」

「おっとがってんだ」

熊公がかるがると千晶のからだをはこびこむと、

自動車はやがて砂ぼこりを立てて、いずこともなく走っていく。ああ、奇怪なるこの自動車、いったいこの男たちは何ものであろう。

黒手組

「おばさん、もうしわけありません。僕がそばについていながら、こんなことになって」

「いいえ、これも災難です。神さまのおぼしめしです。弓雄さんにはなにの罪もありませんのよ」

千晶の母は、病気と心労のため気も狂わんばかりであったが、それでも健気《けなげ》に、弓雄をなぐさめるようにそういった。あのおそろしいできごとがあってから二日後のこと。

弓雄はあの日、通りがかりの村びとに救われたが、その時には、すでに千晶のすがたはどこにも見あたらなかった。しんせつな村びとは、弓雄の話をきくと、総出《そうで》でそのへんをさがしてくれたが、千晶のすがたは、ついに発見することができなかった。やむなく、村びとに送られた弓雄が、しょんぼりとして千晶の家へ帰ってくると、それと前後して、世にもおそろしい手紙が、千晶の母のもとにとどけられたのである。

——お母さま、わたくしはいま、黒手組《くろてぐみ》の人たちにとらえられています。あの人たちはわたくしをかえしてやるかわりに、百万円出せと申しております。お母さま、お願いです。明晩八時、だれかに百万円もたせて、新宿駅《しんじゆく》までわたくしをむかえに来てください。もしまちがったり、警察へとどけたりすると、わたくしをころしてしまうと申しています。お母さま、わたくしをたすけてください。

千晶

ああ、何ということだ。一難のがれてまた一難。千晶は、世にもおそるべき黒手組のとりこになってしまったのだ。

そのころ、東京は黒手組のうわさにおそれおおのいていた。黒手組とは、良家の子女を誘拐《ゆうかい》しては、身代金《みのしろきん》を要求する悪漢団《あっかんだん》。もし要求をきかなかったり、警察へとどけたりすると、ようしゃなく人質をころしてしまうという、兇悪無残《きょうあくむざん》な殺人団なのだ。

千晶の母はこの手紙を読むと、気もくるわんばかりになげいたが、たとえ百万円が二百万円であろうと、かわいい娘にはかえられない。めいれいされるままに、叔父《おじ》の剛三に百万円持たせ、約束の時間に新宿駅へむかえにやったのだが、剛三はどういうわけか手ぶらでかえってきた。あのような手紙をよこしながら、黒手組のものは、やくそくの場所へやってこなかったというのである。さればこそ母のなげき、弓雄の心配、それはもう筆にもことばにもつくせないくらいであった。

それにしても千晶はいったいどうしたのだろう。ひょっとすると、もう黒手組のためにころされてしまったのではなかろうか。

いやいや、千晶はまだ死んではいなかった。死んではいなかったけれども、千晶は死ぬよりも、もっとおそろしい目にあっていたのである。

あの軽気球が落下したところから、一キロほどはなれたところに、無気味な洋館がある。もとここには、アメリカ人の宣教師がすんでいたのだが、その人たちが本国へ帰ってから、まるでゆうれい屋敷のように荒れはてていた。その洋館のなかにいつのころよりか、フクロウのような婆《ばあ》さんと、十二、三の顔色の青い、びっこの少女が住んでいた。

この洋館の奥ふかく、まっくらな地下のあなぐらに、千晶はただひとりとらわれの身となっているのだ。そのあなぐらのなかには、千晶のほかに無数のネズミがいた。そして、夜となく昼となく、千晶の肩から、頭から、胸から、腰から、ネズミどもがかけずりまわる、そのおそろしさ。おまけにご飯《はん》がさしいれられると、わっとばかりにむらがりよってくる、その気味わるさ。

「ああ、お母さま、お母さま」

千晶は、もう涙も声もかれはてて、ときどきうわごとのようによぶのは母のなまえ。こうして千晶は、夜も昼もない暗いあなぐらのなかで、恐怖と苦痛のために、半死半生《はんしはんしょう》の状態だった。

壁信号

コツコツツコツ、コツコツツコツ。

千晶はハッと暗がりのなかへおきなおった。どこかで壁をたたくような音。コツコツツコツ、コツコツコツ、あたりをはばかるような、しのびやかなその物音。コツコツコツ、コツコツコツ。

壁信号。——千晶はふと、土牢《つちろう》にとじこめられた囚人《しゅうじん》どもが、たがいに壁をたたきあって信号するという、外国の小説を思い出した。

コツコツコツ——壁をたたく音は、あいかわらずきこえてくる。千晶はふいに眼《め》をかがやかすと、コツコツコツ——とこちらからもたたいてみる。

と、——ふいに、壁をたたく音はバッタリとやんだが、しばらくすると、前よりいっそうせわしいたたきかたで、コツコツコツ。——

それに力をえた千晶が、ひっしになって、コツコツと壁をたたいていると、ふいに、

「お嬢さま、お嬢さま」

と、かすかな声がきこえてきた。弱々しい少女の声なのだ。

「だれ？　呼んでいるの、あたしのこと？」

「そうですよ、お嬢さま」

と、そのふしぎな声はあたりをはばかるように、

「お嬢さまのおなまえは？」

千晶は思わずハッとして、

「あたしの名？　あたしは御子柴千晶」

そうささやいたせつな、壁のむこうから、あっとおどろく声がきこえてきた。

「どうなすって？　あなたはいったいだれ？」

「お嬢さま」

しばらくして、またふしぎな声がきこえてきた。

「いまあなたに、お目にかけるものがあります。ちょっとまって——」

そういったかと思うと、まもなくてんじょうにポカリとあながあいて、さっと入ってきた光線とともに、一本のなわがゆるゆるとさがってきた。見るとそのなわのさきに、なにやら白いものがブラブラとおどっている。あわててそれを手にとった千晶は、ふいに、はっと顔色をかえた。それはかわいいフランス人形だったのだ。

「あっ、ルミー」

「お嬢さま」

てんじょうの声は、ふいに涙にうるんで、

「あたしは半年ほど前のある晩、お嬢さまの家にしのびこんだ男の妹です。お嬢さまのおかげで命がたすかりました。あたしの名は真弓《まゆみ》というのよ」

「まあ！　そして、そしてお兄さまは？」

「兄は死にました。ふとしたかぜで死にましたが、死ぬまぎわまで、あなたのことを申しつづけていましたわ。しんせつなお嬢さん、天使のようなお嬢さん――と」

真弓は声をのんで泣きだした。ああ、なんというふしぎなめぐりあいだろう。千晶がぼうぜんとして立ちすくんでいると、真弓はようやく涙をおさめ、

「あたし、一度お嬢さまにお眼にかかって、よくお礼を申しあげようと思っていたのですが、兄の死後、ずいぶんつらい目にあって……悪《わる》ものにかどわかされて、こんなところで、わるもののてつだいをさせられているのですわ」

「真弓さん」

「お嬢さま、しっかりしていらっしゃい。いまにあたしがおすくいしますわ。あっ、だれかきた。しっ、しずかにして」

てんじょうのあなが、そっともと通りにしめられた。と、そのとたん、コツコツと冷たい床をふむ音がきこえたかと思うと、入口のドアが開いて、ヌーッと顔を出したのは、ゾッとするようなあのフクロウ婆《ばばあ》。

「おまえ、だれかと話をしていたのじゃないかね。いま、しっ、という声がきこえたようだが」

「あれは、あたしがネズミをおっていたのよ」

「ふふふ、そうかい。どうじゃ、ネズミがたくさんいて、にぎやかでいいじゃろう、ふふふ」

バターンとドアがしまった。それから、コツコツという足音は、しだいに遠くなっていく。

「お嬢さま、さ、いまのうちよ。早くはやく」

フクロウ婆の足音が遠のくと同時に、またもやてんじょうの口がポッカリとひらいて、そこからパラリとおちてきたのは縄《なわ》ばしご。千晶は必死となって、その縄ばしごをのぼった。

「ありがとう、真弓さん。あたし、このご恩を一生忘れませんわ」

そういいながら、真弓の手をとろうとして、千晶は思わずはっとした。ああ、なんという気の毒な少女だろう。栄養の悪いあおい顔、眼ばかりギロギロとひかっていて、しかもところどころ、いたいたしいみみずばれのきず。おまけに真弓は松葉杖《まつばづえ》をついているのだ。

「さあ、お嬢さま、ぐずぐずしていちゃいけませんわ。あたしの後《あと》からついていらっしゃい」

真弓はくるりとうしろをふりむくと、ピョンピョンと松葉杖をつきながら、とぶように歩いて行く。千晶はだまってそのあとからついて行く。

長いながい、まがりくねったうすぐらいろうか。

しばらくふたりは、息をこらして、しのび足にそのろうかを歩いていったが、とあるまがり角《かど》まできたとき、ふいにふたりは、ドキリとしたようにたちどまった。

「しっ、だれかきた。だまって!」

ふたりはペタリとコウモリのように、うす暗い壁にへばりつく。足音はしだいしだいにこちらへ近づいてくる。と、この時、ふいにむこうのドアがパッと開いたかと思うと、バラバラとおどり出したのは、御子柴剛三をはじめとして、兇悪無残《きょうあくむざん》な黒手組の悪ものたち。

「やあ、あの娘、千晶のやつを救いだしたぞ」

「いけない! お嬢さん、こちらへ!」

真弓はさっと身をひるがえすと、そばにあった階段をいちもくさんにのぼっていく。

「ちくしょう、うぬ、待て! 待たぬか!」

口々にわめきながら、追っかけてくる悪党どものおそろしさ。階段をのぼると二階のろうか。そのろうかのはしに、せまいドアがあったが、そのなかにとびこむと、真弓はすばやく、中からピンと錠《じょう》をおろした。

「さあ、こちらへいらっしゃい」

見るとそこにはさらにせまい階段がついている。その階段をのぼりきると、高い鐘楼《しょうろう》になっていた。窓から流れこんだ月光が、古びたつり鐘《がね》をななめにてらしていた。おりから下のほうでは、ドンドンとドアを乱打する音。

「まあ、いったいどうしたの。おじさまがああして救いにきてくだすったのに」

真弓は千晶のことばに耳もかさず、手早く窓から縄ばしごをおろしながら、

「あなたはなにもごぞんじないのです。あなたのおじさまは、世にもおそろしい悪人です。あの人が、今夜きたのは、あなたを救うためではなくて、あなたを殺すためですよ」

「えッ、なんですって?」

「あたし、フクロウ婆《ばあ》さんからなにもかも聞きました。あの軽気球の綱《ロープ》を切ったのも、みんなあの人のしわざなんですよ」

「まあ！」

「おじさんはあなたを殺して、財産を横領《おうりょう》しようとしているのよ。ところがあてがはずれて、あなたはあの災難からのがれることができたけれど、こんどはまた黒手組につかまった。黒手組はあなたの身分がわかると、百万円出せと脅迫状《きょうはくじょう》を送ったでしょう。なにもごぞんじないあなたのお母さまは、その百万円をおじさんにことづけたのです。ところがおじさんは、黒手組の使いのものにあうと、あなたを返してもらうより、いっそ、人知れず殺してくれたら、二百万円出そうと申し出たのだそうです。そして今夜、あなたの殺されるのを、自分の眼で見とどけようとしてああしてやってきたのですよ」

聞けば聞くほど、おそろしいおじのたくらみ。千晶はもう生きた心地《ここち》とてもなかった。

「まあ、あたしどうしましょう。どうしましょう」

「なにも心配なさることはありません。さあ、縄ばしごがかかりましたわ。あなたはこれをつたっておりてくださいな。あとはあたしに考えがあります」

千晶は窓からのぞいてみて、思わずブルルと身ぶるいをする、ああ、どうしてここからおりられよう。そこは地上から数十メートルもあるのだ。

「さあ、早く！　あっ、ドアがやぶれました」

千晶は、押し出されるようにその窓からはい出して行く。と、その時、メリメリと音がして、ドッと階段の下になだれこんできた悪党のむれ。

真弓はそれと見るや、

「お嬢さま」

と呼んでみた。

「真弓さーん」

はるか下のほうから千晶の声が聞《きこ》えてきた。

「あたしは、ここで悪ものたちを、どこまでもふせいでやります。お嬢さま、おたっしゃで」

「真弓さん、真弓さーん」

「さようなら、お嬢さま。あたしは……あたしは兄のところへまいります。そしてご恩返しをしたことを、兄にはなしにまいります。さようなら、お嬢さん」

真弓は声をかぎりにさけんでいた。

だが神は真弓のま心《ごころ》をお見すてにはならなかった。千晶の急報によって、たちまち鐘楼をとりかこんだ警官たちによって、悪ものどもは一網打尽《いちもうだじん》に捕縛《ほばく》されてしまった。その時、真弓ははりつめていた気がゆるんだのか、がっくりとうちふしていたが、その顔には、自分のいのちがけのつとめをはたすことのできた、幸福なほほえみがうかんでいたという。

巻末資料

インタビュー〝夫〟としての横溝正史　横溝孝子

角川スニーカー文庫版解説　中村うさぎ

インタビュー　〝夫〟としての横溝正史《よこみぞせいし》

横溝孝子《たかこ》
（聞き手「The Sneaker」編集部）

——奥様が最初に先生にお会いになったのはいつのことですか？

結婚する前の年、私が数えで二十一歳、主人が数えで二十五歳の時だったでしょうか。主人とは見合いで知り合ったのです。私の次兄のお嫁さんが主人の遠い親戚で、それで主人と見合いすることになったのです。

見合いをした時分は主人はまだ薬剤師で、神戸《こうべ》で原稿を書きながら薬を作っていましたが、ある時、江戸川乱歩《えどがわらんぽ》さんから「東京の博文館《はくぶんかん》という出版社に入らないか」という誘いがあって、主人は東京に行ってしまったのです。それ以前、主人は十九歳の時、博文館から出されていた雑誌「新青年」の懸賞小説に『恐ろしき四月馬鹿《エイプリル・フール》』という作品で一等に入選していました。それで江戸川さんは、このままこの才能を薬屋さんで、埋もれさせておくのはもったいないとお考えになったんでしょうね。それで主人を東京に呼び寄せたのだと思います。

その後、主人は東京から岡山の私のところに、「薬屋になるのではなく、東京へ来てしまったけれどそれでも僕のところへ来る気があるか？」という内容の手紙を寄こしたのです。原稿用紙一枚きりのペラッと書いた手紙でしたけれど（笑）。

——そして結婚後しばらくしてから、博文館を辞《や》めなされて……。小説家一本でやっていこうとした矢先に大喀血《かっけつ》

確かあれは、昭和八年の五月のことでしたね。富士見療養所で三ヵ月過ごし、療養生活の仕方を覚えた後、上諏訪《かみすわ》に転地したのです。そこで療養しながら書いたのが、『鬼火《おにび》』という作品です。

一日に原稿を一枚書いたり二枚書いたりして「新青年」に寄稿していました。病気になってからずっと「新青年」の皆様にお世話になっていて、その恩返しのつもりだったのですね。ところが『鬼火』の中には、当時としては「時局において不謹慎」とされる、耽美《たんび》的な表現があったことから、その部分を

切り抜いてほしいという通達が、博文館にあったのです。博文館は配本の終わった本を全部とりよせて、訂正を行なわなければなりませんでした。それを主人が気にしてしまって、「少しでも恩返しのようなつもりで書いたのに、それが仇《あだ》となってしまった。博文館の皆様に申し訳ない、オレは死ぬ」と言い出し、たいへん心配したこともありました。

――そしてしばらくして健康に自信を取り戻してから東京に戻り、そののち今度は疎開《そかい》で岡山にお移りになりますよね。そこで『本陣《ほんじん》殺人事件』『獄門島《ごくもんとう》』『八《や》つ墓村《はかむら》』などの基となるお話をその土地の人からきいた、ということですが。

岡山地方で実際におきた殺傷事件や言い伝え、噂《うわさ》話を主人が自分の頭のなかで発酵《はっこう》させて、一篇の小説にしていったのです。

『八つ墓村』と『獄門島』の基になる話は加藤一《かとうひさし》さんという、瀬《せ》戸《と》内海《ないかい》の島のほうで学校の先生をしていらした方から、『本陣殺人事件』は岡山の医大の学生さん、『蝶々《ちょうちょう》殺人事件』は東洋音楽学校の学生さんで神戸から疎開されていた方から、それぞれ基となるお話を聞いたのです。

毎晩のようにその三人が来て話をしていましたね、縁側《えんがわ》に腹ばいになって。主人はその三人の話をなんとはなしに聞いていたんです。

――先生は基本的には無口、あんまりお話しにならない方だったんですか?

ええ。それに私との間では、特に仕事の話はいっさいしなかったですね。私が原稿をいじったりしたら怒りました。だから本になってからじゃないと読めませんでした。本当に一生懸命書いてましたから。原稿用紙に一字しか書いてなくても、ちょっとでも声をかけたらパリッと破ってしまう。トンボが飛んできてもパリッと。ですからうっかり声をかけられない。子供も泣かせられないし、側《そば》に近づくなんてできないでしょ。そういう気遣《きづか》いが必要でしたね。

――ものすごい集中力ですね。

疎開先の岡山でのことですが、散歩の間も夢中で考えていて、帯がとれても羽織《はおり》が脱げても気がつかずに歩いていきそうな様子でした。そして家に帰って、また散歩に出るということを一日に何回もするのです。それを見て、近くで畑仕事をしている人たちが「先生はまた原稿をせかされて困っているのだろう、書くのがつらいから何回も出たり入ったりしてるのだろう」なんて言っているのですけれど、そうではないのです。頭から次から次へとアイディアが出てきて、筆のほうが追いつかないんです。それがじれったくて、イライラして家から飛び出るらしいのです。

――創作の裏で奥様の協力がなければ、これほどたくさんの作品は生まれなかったと思われますが。

食事とか病気になった時の世話はできましたけれど、仕事自体では何の役にも立たなかったみたいですよ（笑）。でも、ひとつだけ仕事でも役立てたと思うのは、『獄門島』なんです。その作品の執筆中、主人は夜になってめずらしく小説の筋《すじ》を聞かせてくれました。あの話にはお医者さんだ、村長さんだ、お坊さんだと次々と出てくるでしょう。「その三人がみんな犯人ですか？」と聞きましたら、「そんな馬鹿なことはないよ」なんて怒っておいて、それをちゃんと小説で使ってるのです（笑）。あのアイディアを使ったよ、なんて一言も言わずに。言えないですよね、私に怒ったのですから。

――戦後は金田《きんだ》一《いち》シリーズを、本当に多くお書きになってますね。

戦争中は「時局において不謹慎」ということで探偵小説が書けませんでしたから。それでその間は「戦争が終わったら自由に書ける時代がくる」と思って、疎開中に外国の原書や資料もたくさん読んで、いろんなアイディアをあたためていたようでした。疎開先の岡山から東京に帰ってきたあと性格が丸くなったのは、自分でも満足したものを書けるようになったからかもしれません。

――それだけの情熱や蓄積があったから、名探偵といえば金田一耕助《こうすけ》、というぐらい先生の作品が世の中に浸透していったんですね。

今日は貴重なお話をありがとうございました。

（「The Sneaker」一九九五年十二月五日発売号掲載）

角川スニーカー文庫版解説

中村《なかむら》うさぎ

私が高校生くらいの頃《ころ》である。

横溝正史《よこみぞせいし》(失礼ながら敬称略)の作品が、映画やTVドラマ、漫画などになって、いきなり一世を風靡《ふうび》した時期があった。

たぶん最初の映画は、『八《や》つ墓村《はかむら》』だったと思う。主演の山崎努《やまざきつとむ》がハチマキに懐中電灯を二本、角《つの》のようにニョッキリと差して、「祟《たた》りじゃあ〜っ、八つ墓の祟りじゃあ〜〜〜っ!」と叫ぶ……そんなCFが、TVで何度も流された。それは、一度見たら忘れられないCFであった(いろんな意味で)。

この「タタリじゃあ〜〜っ!」は、たちまち流行語になった。期末試験で悪い点を取ると「タタリじゃあ〜〜っ!」、財布を落とすと「タタリじゃあ〜〜っ!」、男にふられると「タタリじゃあ〜〜っ!」……なんでもかんでも、「八つ墓のタタリ」になってしまった。

思えば、罰当《ばちあ》たりな流行語である。汝《なんじ》、神の名をみだりに唱えるなかれ。テーブルの皿がひっくり返っても「タタリじゃあ!」だなんて、おもしろがって言ってた自分が恐ろしい。しまいにゃ、ホントに崇られちゃうぞ!

しかしまぁ、今も昔も、女子高校生は軽薄なものである。そして私はまた、誰《だれ》にも負けないほど軽薄な女子高校生であった。私は、単純におもしろがっていた。山崎努の妙に真面目《まじめ》な顔も、頭に差した懐中電灯も、何もかもおもしろがっていた。

私は、横溝正史の恐ろしさを知らなかったのだ。

映画がヒットし、CFが流行語を生むと、世間は「横溝正史」に夢中になった。当時から「流行《はや》りモノ」に弱かった私は、当然、横溝正史にハマった。TVドラマも欠かさず見たし、小説も読み漁《あさ》った。「犬神家《いぬがみけ》の一族」「本陣《ほんじん》殺人事件」「獄門島《ごくもんとう》」「悪魔の手毬唄《てまりうた》」「悪魔が来《きた》りて笛を吹く」「真珠郎《しんじゅろう》」「三《み》つ首塔《くびとう》」などなど……とにかくもう、読んで読んで読みまくったのである。

横溝正史は、麻薬《まやく》であった。読めば読むほど、次の作品が読みたくなる。それが何故《なぜ》なのか、自分でもわからない。彼の作品にはひとつのパターンがあり、読み慣れると展開が見えてしまうという、ミステリーにあるまじき弱点があった。しかも、動機やトリックに無理があったりという、これまたミステリーの風上《かざかみ》にもおけない弱点すらあった。

だが！　だが、だが、だが！　人は何故か、彼の作品にハマってしまうのだ。たとえ途中で犯人がわかっても、「金田一《きんだいち》って、じつはボンクラじゃねーの？」とか思ってしまっても、人は横溝正史を読みつづけてしまうのである。

これって、すごいことだと思う。もしもこの世に「弱点のない完璧《かんぺき》な小説」などというモノが存在したとしても、これほどたくさんの作品（しかもシリーズ物）を読ませつづけるのは、並み大抵《たいてい》のことではない。しかも、横溝正史の作品は、ハッキリ言ってけっこう弱点だらけなのである。

それでも、人は横溝正史を読まずにはいられない。この不思議な吸引力に関しては、ホームズもポワロもエラリー・クィーンも、金田一耕助《こうすけ》にはかなわない……と、私は今でも思っている。

横溝正史の魅力は、じつに映像的な舞台演出と特異なキャラクターにある。

満開の菊の花の真ん中に、カッと目を見開いた生首。桜の樹から逆《さか》さ吊《づ》りになった、あでやかな振袖《ふりそで》姿の美少女。口に漏斗《じょうご》をくわえた、ろうたけた美女の水死体。

彼の描く殺人現場は、常に美しい。美しくて、そして恐ろしい。美しさと背中合わせの恐怖。それは、この世のものとも思われない、ゾクゾクと鳥肌がたつほど鮮烈な映像だ。その倒錯《とうさく》的な快感が、読者を虜《とりこ》にする。

加えて、不気味なキャラクターたち。奇妙な仮面を被《かぶ》った男。美しいけれども完全に狂っている三姉妹、素性《すじょう》不明の老婆《ろうば》、謎《なぞ》の復員兵、妖気《ようき》漂う美少年……どの人物も奇妙、かつ異様である。彼らは、日常の風景の中に突然現れた、異形《いぎょう》の者たちだ。まわりの人間たちを不安にする、不協和音のような存在だ。彼らの登場に、読者は怪しい胸騒ぎを感じる。そして、その先に続くはずの恐ろしい事件、しだいに明らかになるであろうおぞましい因縁《いんねん》話を、わくわくしながら待ちわびるのである。

横溝正史の語る物語は、読者を別世界に引きずり込む。その世界は、たとえばコナン・ドイルの描くビクトリア王朝時代とか、アガサ・クリスティが案内する二十世紀初頭の優雅な社交界とか、そういう類の別世界ではない。それは、いつかどこかに実在した世界ではなく、現実とはわずかに位相《いそう》のズレた別世界……日常の裂け目から覗《のぞ》き見る、狂気の異世界なのである。

この世ならぬどこかに、異形の者たちが住んでいる。その禁断の場所へ、読者は金田一耕助とともに足を踏み入れ、戦慄《せんりつ》の殺人現場を目《ま》の当たりにする。あなたはその瞬間、恐怖と快感に震えながら知るだろう。見てはいけないものを見てしまった、来てはいけない場所に来てしまったのだ、と。

横溝正史があなたを引きずり込むのは、そんな世界である。それを猟奇《りょうき》と呼ぶのか、狂気と呼ぶのか、私にはわからない。だが、ひとたびその味を知った者は、再びその世界に行きたくなる。殺人者が殺人現場に戻るように、アルコール中毒者が酒場の扉《とびら》を開くように。何度も何度も、あなたはそこに呼ばれるだろう。そして、もっと奥へ、もっと奥へ、取り返しがつかないほど深い迷宮の中へと……。

まぁ、ものは試しだ。まずは、この作品集から読んでみてください。で、横溝正史の奇妙な世界が気に入ったら、ぜひとも「獄門島」とか「犬神家の一族」などの長編にトライしていただきたい。ただし彼の作品を、ミステリーとかホラーとか、既成の枠《わく》にはめて読まないように。横溝正史の作品は、どんなジャンルにも属さない。それは、「横溝正史」という、ひとつの特異なジャンルなのである。

『蠟面博士』（一九九五年）所収

編者解説

日下三蔵《くさかさんぞう》

横溝正史《よこみぞせいし》の少年少女向けミステリをオリジナルのテキストで集大成する柏書房の《横溝正史少年小説コレクション》、第五巻の本書には、新日報社《しんにっぽうしゃ》の花形記者・三津木俊助《みつぎしゅんすけ》と探偵小僧の御子柴進《みこしばすすむ》少年が活躍する長篇四作に加えて、ノン・シリーズの短篇五作を収めた。

このうち『蠟面博士《ろうめんはかせ》』は朝日ソノラマの《少年少女名探偵金田一耕助《きんだいちこうすけ》シリーズ》で探偵役が金田一耕助に改変されているので、三津木俊助ものとしては、実に五十年ぶりの復刊ということになる。

なお、この《少年少女名探偵金田一耕助シリーズ》は、文章や探偵役を改変しているだけでなく、ところどころ原文を省略したアブリッジ（短縮）版である旨、浜田知明さんからのご教示を得た。同じ作品がソノラマ文庫や角川文庫に収められた際には、削られた文章は元に戻されている。

現在では文芸作品の改変や省略は基本的に行われないので、過去のこうした措置は「暴挙」「蛮行」と見られがちだが、こうしてみると、当時の関係者は、その時々の基準に則《のっと》って最適な形を模索し、細かく対応していたことが分かるのである。

『白蠟仮面《びゃくろうかめん》』は芳文社の児童向け月刊誌「野球少年」に一九五三（昭和二十八）年二月号から十二月号まで十一回にわたって連載され、五四年六月に偕成社から刊行された。

この時期、三津木俊助と御子柴少年のコンビが怪盗・白蠟仮面と対決する作品が、立て続けに三作書かれている。

A　探偵小僧　「読売新聞」52年12月9日～53年4月24日付　※絵物語
B　青髪鬼《せいはつき》　「少年クラブ」53年1～12月号　※「大宝窟《だいほうくつ》」改題
C　白蠟仮面　「野球少年」53年2～12月号

Aは論創ミステリ叢書《そうしょ》『横溝正史探偵小説選V』に、Bは本シリーズ既刊の第四巻『青髪鬼』に、それぞれ収められているので、お読みでない方は、ぜひ併せて手に取っていただきたい。

連載に先立つ「野球少年」五三年一月号の次号予告には、小松崎茂《こまつざきしげる》の「大長編絵物語　白銀《しろがね》の騎士」と並んで「探偵小説　白蠟仮面」とあり、「二大連載の大ホームラン!!」と書かれていた。

この作品の刊行履歴は、以下の通り。

白蠟仮面　54年6月　偕成社
白蠟仮面　77年1月　朝日ソノラマ（ソノラマ文庫）
白蠟仮面　81年9月　角川書店（角川文庫）

『白蠟仮面』
偕成社版カバー

『白蠟仮面』
ソノラマ文庫版カバー

『白蠟仮面』
角川文庫版カバー

偕成社版は「ビーナスの星」「花ビラの秘密」「怪盗どくろ指紋」、ソノラマ文庫版と角川文庫版は「バラの怪盗」「『蛍《ほたる》の光』事件」を、それぞれ併録。本シリーズでは「怪盗どくろ指紋」が第三巻『夜光怪人』、「ビーナスの星」「花ビラの秘密」「『蛍の光』事件」が第四巻『青髪鬼』に収録済。「バラの怪盗」は本書に入っている。

本書には初刊本から深尾《ふかお》徹哉《てつや》氏によるイラスト十葉を再録した。

『蠟面博士』は集英社の児童向け月刊誌「おもしろブック」に一九五四年一月号から十二月号まで十二回にわたって連載され、五四年十二月に偕成社から刊行された。「おもしろブック」は現在の「少年ジャンプ」の前身に当たる雑誌である。

前年十二月号で連載の終了した久米《くめ》元一《げんいち》の探偵小説「覆面皇帝《ふくめんこうてい》」の最終ページには、囲み記事で以下の予告があった。

横溝先生の大傑作!
新年号から連載の大読物!!
冒険探偵小説　魔人獣人
私は『魔人獣人』に全力をあげている。東京にあらわれた魔人獣人をあいてに新聞社の花形記者と探偵小僧がたたかって手にあせにぎる物語である。

この号自体の次号予告には、「横溝正史先生の探偵冒険小説　怪人魔人」とあり、タイトルがきちんと決まっていなかった様子がうかがえる。ちなみに「怪人魔人」は、一九二七（昭和二）年に横溝正史が初めて手がけた少年向けミステリと同じタイトルである。森下雨《もりしたう》村《そん》名義で博文館の少年向け月刊誌

「少年世界」一月号から十二月号に連載され、二〇〇八（平成二十）年十月に論創ミステリ叢書『横溝正史探偵小説選Ⅱ』に初めて収録された。

この作品の刊行履歴は、以下の通り。

蠟面博士　54年12月　偕成社
蠟面博士　58年9月　偕成社
蠟面博士　71年7月　偕成社（ジュニア探偵小説19）
蠟面博士　75年1月　朝日ソノラマ（少年少女名探偵金田一耕助シリーズ5）
蠟面博士　76年11月　朝日ソノラマ（ソノラマ文庫）
蠟面博士　79年6月　角川書店（角川文庫）
蠟面博士　95年12月　角川書店（角川スニーカー文庫）

偕成社からは、他に五五年版も出ている。偕成社版は「悪魔の画像」「バラの呪《のろ》い」「真夜中の口笛」、ソノラマ文庫版以降は「黒薔薇荘《くろばらそう》の秘密」「灯台島の怪」「謎《なぞ》のルビー」を、それぞれ併録。このうち、「バラの呪い」と「真夜中の口笛」は本書に収録。「灯台島の怪」は第二巻『迷宮の扉《とびら》』、「謎のルビー」は第四巻『青髪鬼』に収録済。「黒薔薇荘の秘密」と「悪魔の画像」は第七巻『南海囚人塔《なんかいしゅうじんとう》』に収録予定である。本書には初刊本から岩田浩昌《いわたひろまさ》氏によるイラスト十一葉を再録した。また、角川スニーカー文庫版の中村《なかむら》うさぎさんによる解説を、巻末資料として再録させていただいた。

朝日ソノラマの《少年少女名探偵金田一耕助シリーズ》で山村正夫《やまむらまさお》によって文章の改変が行われ、その際に探偵役が金田一耕助に変更されている。以下の刊本は、このバージョンを引き継いでいるので、この作品をオリジナルの形で読めるのは偕成社の児童書だけであった。

『蠟面博士』
偕成社（54年版）カバー

『蠟面博士』
ソノラマ文庫版カバー

『蠟面博士』
偕成社（71年版）カバー

『蠟面博士』
角川文庫版カバー

『蠟面博士』
朝日ソノラマ版カバー

『蠟面博士』
スニーカー文庫版カバー

『風船魔人』は小学館の学年誌「小学五年生」の五六（昭和三十一）年四月号から翌年三月号まで十二回にわたって連載され、八五年七月に角川文庫から『黄金魔人』とのカップリングで初めて刊行された。三月号の次号予告にタイトルが載っているが、「すばらしい八大連載小説」のうちの一本であり、個別の言及はなかった。

天馬《てんま》サーカスのライオン使いトム・高田は、初登場時には「トム・宮田」だったが、後半は「トム・高田」。角川文庫版では登場頻度《ひんど》の多い「トム・高田」に統一されており、本書でも、これを踏襲《とうしゅう》した。

本書には初出誌から梁川剛一《やながわごういち》氏によるイラスト九葉を再録した。

『黄金魔人』は「おもしろブック」の五七年一月号から八月号まで八回にわたって連載され、八五年七月に角川文庫から『風船魔人』とのカップリングで初めて刊行された。本書には初出誌から伊勢田《いせだ》邦彦《くにひこ》氏によるイラスト九葉を再録した。

連載第一回の扉ページには、以下のような「作者のことば」がある。

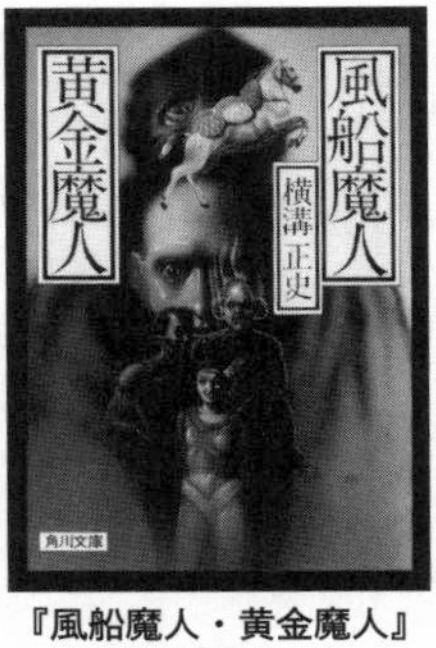

『風船魔人・黄金魔人』
角川文庫版カバー

愛読者のみなさん、世の中はふしぎなものだ。ちょっと見るとなんのへんてつもないことの中にも、よく見ると神秘なものやふしぎなことがらがかくされているのだ。ぼくは「黄金魔人」をはじめるにあたって、みなさんに人生のふしぎをのぞいてもらい、この世の深さ、ふしぎさというものに目をひらいてもらいたいとおもう……。そうすればきっと、みんなの心は今の二倍も三倍も豊かになるだろう。

横溝正史

角川文庫の『風船魔人・黄金魔人』は、未刊行だった短い長篇二本を併せて収録し、巻末に山村正夫（司会）、横溝孝子《たかこ》夫人、長男の横溝亮一《りょういち》氏による「座談会・横溝正史を語る(二)」、山村正夫氏による資料「横溝正史少年少女小説著書・作品目録」「雑誌・新聞掲載作品リスト」が付されていた。リストは、それぞれ単行本リストと初出発表順の作品リストである。

座談会の前篇は、八四年十月に角川文庫オリジナルで刊行されたジュブナイル作品集『姿なき怪人』に掲載。本シリーズでは、全篇をまとめて第七巻『南海囚人塔』に付録として収める予定である。

短篇「動かぬ時計」は東京社の少女向け月刊誌「少女画報」一九二七（昭和二）年七月号に発表され、偕成社『獣人魔島《じゅうじんまとう》』（55年8月）に初めて収録された。ソノラマ文庫版『迷宮の扉』（76年12月）と角川文庫版『迷宮の扉』（78年12月）にも収録。

本書には初刊本から岩田浩昌氏によるイラスト一葉を再録した。

短篇「バラの呪い」は「薔薇の呪い」のタイトルで博文館の少女向け月刊誌「少女世界」一九二八年一月号から三月号に発表され、「バラの呪い」と改題して偕成社『蠟面博士』（54年12月）に初めて収録された。角川文庫版『青髪鬼』（81年9月）、角川スニーカー文庫版『青髪鬼』（95年12月）にも収録。

本書には初刊本から岩田浩昌氏によるイラスト一葉を再録した。

短篇「真夜中の口笛」は講談社の少女向け月刊誌「少女倶楽部」一九三三年六月号に発表され、偕成社『蠟面博士』（54年12月）に初めて収録された。角川文庫版『青髪鬼』（81年9月）、角川スニーカー文庫版『青髪鬼』（95年12月）にも収録。

本書には初刊本から岩田浩昌氏によるイラスト一葉を再録した。

短篇「バラの怪盗」は「薔薇の怪盗」のタイトルで「少女倶楽部」一九三六年九月号に発表され、内田書店から四九年二月に刊行された『まぼろし曲馬団《きょくばだん》』に初めて収録された。ポプラ社版『まぼろし曲馬団』（55年3月）には「ばらの怪盗」、ソノラマ文庫版『白蠟仮面』（77年1月）、角川文庫版『白蠟仮面』（81年9月）には「バラの怪盗」のタイトルで収録。

本書にはポプラ社版『まぼろし曲馬団』から北田卓史《きただたくし》氏によるイラスト二葉を再録した。

短篇「廃屋《はいおく》の少女」は「鐘楼《しょうろう》の少女」のタイトルで「少女倶楽部」一九三八年五月増刊号に発表。戦後、偕成社の少女向け月刊誌「少女サロン」五〇年十月号に「廃屋の少女」として再録され、偕成社『青髪鬼』（54年4月）に初めて収録された。角川文庫版『青髪鬼』（81年9月）、角川スニーカー文庫版『青髪鬼』（95年12月）にも収録。

本書には初刊本から伊勢田邦彦氏によるイラスト一葉を再録した。

なお、九五年十二月に角川スニーカー文庫で横溝正史の少年もの七冊が一挙に復刊されたのに合わせ、角川書店の隔月刊誌「The Sneaker」（95年12月5日発売号）では「大特集　横溝正史が蘇る!!」と題した二十九ページにおよぶ特集が組まれているが、本書には、ここから横溝孝子夫人へのインタビュー「〝夫〟としての横溝正史」を再録させていただいた。

「The Sneaker」
95年12月5日発売号

本稿の執筆及び本シリーズの編集に当たっては、横溝正史の蔵書が寄贈された世田谷文学館に多大なご協力をいただきました。また、弥生美術館、黒田明氏に貴重な資料や情報をご提供いただいた他、創元推理倶楽部分科会が発行した研究同人誌「定本　金田一耕助の世界《資料編》」の少年もの書誌を参考にさせていただきました。記して感謝いたします。

本選集の底本には初刊本を用い、旧字・旧かなのものは新字・新かなに改めました。なお、山村正夫氏編集・構成を経て初刊となった作品および単行本未収録作品については初出誌を底本としました。明らかな誤植と思われるものは改め、ルビは編集部にて適宜振ってあります。今日の人権意識に照らして不当・不適切と思われる語句・表現については、作品の時代的背景と価値とに鑑み、そのままとしました。

横溝正史少年小説《よこみぞせいししょうねんしょうせつ》コレクション5

白《びゃく》蠟《ろう》仮《か》面《めん》

二〇二一年十一月五日　第一刷発行

著　者　横溝正史《よこみぞせいし》
編　者　日下三蔵《くさかさんぞう》
発行者　富澤凡子
発行所　柏書房株式会社
東京都文京区本郷二‐一五‐一三（〒一一三‐〇〇三三）
電話（〇三）三八三〇‐一八九一［営業］
（〇三）三八三〇‐一八九四［編集］
装　丁　芦澤泰偉＋五十嵐徹
装　画　深井国
組　版　株式会社キャップス
印　刷　壮光舎印刷株式会社
製　本　株式会社ブックアート

ISBN978-4-7601-5388-6